莎士比亚全集

IV

人民文学出版社

目　次

终成眷属 ································· 1
亨利五世 ································· 101
皆大欢喜 ································· 221
泰尔亲王配力克里斯 ························· 319

终成眷属

朱生豪 译
吴兴华 校

ALL'S WELL THAT ENDS WELL.

Vol. II.　　　　　　　　　　　　　Act IV. Sc. 1.

剧 中 人 物

法国国王

弗罗棱萨公爵

勃特拉姆　罗西昂伯爵

拉佛　法国宫廷中的老臣

帕洛　勃特拉姆的侍从

罗西昂伯爵夫人的管家

拉瓦契　伯爵夫人府中的小丑

侍童

罗西昂伯爵夫人　勃特拉姆之母

海丽娜　寄养于伯爵夫人府中的少女

弗罗棱萨一老寡妇

狄安娜　寡妇之女

薇奥兰塔 ⎫
玛利安娜 ⎭ 寡妇的邻居女友

法国及弗罗棱萨的群臣、差役、兵士等

地　点

罗西昂;巴黎;弗罗棱萨;马赛

第 一 幕

第一场　罗西昂。伯爵夫人府中一室

勃特拉姆、罗西昂伯爵夫人、海丽娜、拉佛同上；均服丧。

伯爵夫人　我儿如今离我而去，无异使我重新感到先夫去世的痛苦。

勃特拉姆　母亲，我因为离开您膝下而流泪，也像是再度悲恸父亲的死亡一样。可是儿子多蒙王上眷顾，理应尽忠效命，他的命令是必须服从的。

拉　佛　夫人，王上一定会尽力照顾您，就像尊夫在世的时候一样；他对于令郎，也一定会看作自己的儿子一样。不要说王上圣恩宽厚，德泽广被，决不会把您冷落不顾，就凭着夫人这么贤德，无论怎样刻薄寡恩的人，也一定愿意推诚相助的。

伯爵夫人　听说王上圣体违和，不知道有没有早占勿药之望？

拉　佛　夫人，他已经谢绝了一切的医生。他曾经在他们的诊治之下，耐心守候着病魔脱体，可是药石无灵，痊愈的希望一天比一天淡薄了。

伯爵夫人　这位年轻的姑娘有一位父亲，可惜现今已经不在人世了！他不但为人正直,而且精通医术,要是天假以年,使他能够更求深造,那么也许他真会使世人尽得长生,死神也将无所事事了。要是他现在还活着,王上的病一定会霍然脱体的。

拉　佛　夫人,您说起的那个人叫什么名字?

伯爵夫人　大人,他在他们这一行之中,是赫赫有名的,而且的确不是滥博虚声;他的名字是吉拉·德·拿滂。

拉　佛　啊,夫人,他的确是一个好医生;王上最近还称赞过他的本领,悼惜他死得太早。要是学问真能和死亡抗争,那么凭着他的才能,他应该至今健在的。

勃特拉姆　大人,王上害的究竟是什么病?

拉　佛　他害的是瘘管症。

勃特拉姆　这病名我倒没有听见过。

拉　佛　我但愿这病对世人是永远生疏的。这位姑娘就是吉拉·德·拿滂的女儿吗?

伯爵夫人　她是他的独生女儿,大人;他在临死的时候,托我把她照顾。她有天赋淳厚优美的性质,并且受过良好的教育,有如锦上添花,我对她抱着极大的期望。一个心地不纯正的人,即使有几分好处,人家在称赞他的时候,总不免带着几分惋惜;因为那样的好处也就等于是邪恶的帮手。可是她的优点却由于天性纯朴而越加出色,她的正直得自天禀,教育更培植了她的德性。

拉　佛　夫人,您这样称赞她,使她感激涕零了。

伯爵夫人　女孩儿家听见人家称赞而流泪,是最适合她的身份的。她每次想起她的父亲,总是自伤身世而面容惨淡。海丽娜,别伤心了,算了吧;人家看见你这样,也许会说你是故意做作出来的。

海丽娜　我的伤心的确是做作出来的,可是我也有真正伤心的事情。

拉　佛　适度的悲伤是对于死者应有的情分;过分的哀戚是摧残生命的仇敌。

海丽娜　如果人们不对悲伤屈服,过度的悲伤不久就会自己告终的。

勃特拉姆　母亲,请您祝福我。

拉　佛　这话怎么讲?

伯爵夫人　祝福你,勃特拉姆,愿你不但在仪表上像你的父亲,在气概风度上也能够克绍箕裘,愿你的出身和美德永远不相上下,愿你的操行与你高贵的血统相称!对众人一视同仁,对少数人推心置腹,对任何人不要亏负;在能力上你应当能和你的敌人抗衡,但不要因为争强好胜而炫耀你的才干;对于你的朋友,你应该开诚相与;宁可被人责备你朴讷寡言,不要让人嗔怪你多言偾事。愿上天的护佑和我的祈祷降临到你的头上!再会,大人;他是一个不懂世故的孩子,请您多多指教他。

拉　佛　夫人,您放心吧,他不会缺少出自对他一片热爱的最好的忠告。

伯爵夫人　上天祝福他!再见,勃特拉姆。(下。)

勃特拉姆　(向海丽娜)愿你一切如愿!好好安慰我的母亲,你的女主人,替我加意侍候她老人家。

拉　佛　再见;好姑娘,愿你不要辱没了你父亲的令誉。(勃特拉姆、拉佛下。)

海丽娜　唉!要是真的只是这样倒好了。我不是想我的父亲;

7

我这些滔滔的眼泪,虽然好像是一片孺慕的哀忱,却不是为他而流。他的容貌怎样,我也早就忘记了,在我的想像之中,除了勃特拉姆以外没有别人的影子。我现在一切都完了!要是勃特拉姆离我而去,我还有什么生趣?我正像爱上了一颗灿烂的明星,痴心地希望着有一天能够和它结合,他是这样高不可攀;我不能逾越我的名分和他亲近,只好在他的耀目的光华下,沾取他的几分余辉,安慰安慰我的饥渴。我的爱情的野心使我备受痛苦,希望和狮子匹配的驯鹿,必须为爱而死。每时每刻看见他,是愉快也是苦痛;我默坐在他的旁边,在心版上深深地刻划着他的秀曲的眉毛,他的敏锐的眼睛,他的迷人的鬈发,他那可爱的脸庞上的每一根线条,每一处微细的特点,都会清清楚楚地摄在我的心里。可是现在他去了,我的爱慕的私衷,只好以眷怀旧日的陈迹为满足。——谁来啦?这是一个和他同去的人;为了他的缘故我爱他,虽然我知道他是一个出名爱造谣言的人,是一个傻子,也是一个懦夫。但是这些本性难移的坏处,加在他身上,却十分合适,比起美德的嶒崚瘦骨受寒风摧残要合适得多:我们不是时常见到衣不蔽体的聪明人,不得不听候浑身锦绣的愚夫使唤吗?

　　帕洛上。

帕　洛　您好,美貌的娘娘!
海丽娜　您好,大王!
帕　洛　不敢。
海丽娜　我也不敢。
帕　洛　您是不是在想着处女的贞操问题?
海丽娜　是啊。你还有几分军人的经验,让我请教你一个问题。

男人是处女贞操的仇敌,我们应当怎样实施封锁,才可以防御他?

帕　洛　不要让他进来。

海丽娜　可是他会向我们进攻;我们的贞操虽然奋勇抵抗,毕竟是脆弱的。告诉我们一些有效的防御战略吧。

帕　洛　没有。男人不动声色坐在你的面前,他会在暗中埋下地雷,轰破你的贞操的。

海丽娜　上帝保佑我们可怜的贞操不要给人这样轰破!那么难道处女们就不能采取一种战术,把男人轰得远远的吗?

帕　洛　处女的贞操轰破了以后,男人就会更快地被轰得远远的。但是,你们虽然把男人轰倒了,自己的围墙也就有了缺口,那么城市当然就保不住啦。在自然界中,保全处女的贞操决非得策。贞操的丧失是合理的增加,倘不先把处女的贞操破坏,处女们从何而来?你的身体恰恰就是造成处女的材料。贞操一次丧失可以十倍增加;永远保持,就会永远失去。这种冷冰冰的东西,你要它作什么!

海丽娜　我还想暂时保全它一下,虽然也许我会因此而以处女终老。

帕　洛　那未免太说不过去了,这是违反自然界的法律的。你要是为贞操辩护,等于诋毁你的母亲,那就是忤逆不孝。以处女终老的人,等于自己杀害了自己,这种女人应该让她露骨道旁,不让她的尸骸进入圣地,因为她是反叛自然意志的罪人。贞操像一块干酪一样,搁的日子长久了就会生虫霉烂,自己把自己的内脏掏空;而且它是一种乖僻骄傲无聊的东西,重视贞操的人,无非因为自视不凡,这是教条中所大忌的一种罪过。何必把它保持起来呢?这样做只有让你吃

9

亏。算了吧！在一年之内，你就可以收回双倍利息，而且你的本钱也不会怎么走了样子。放弃了它吧！

海丽娜　请问一个女人怎样才可以照她自己的意思把它失去？

帕　洛　这得好好想想。有了，就是得倒行逆施，去喜欢那不喜欢贞操的人。贞操是一注搁置过久了会失去光彩的商品；越是保存得长久，越是不值钱。趁着有销路的时候，还是早点把它脱手了的好；时机不可失去。贞操像一个年老的廷臣，虽然衣冠富丽，那一副不合时宜的装束却会使人瞧着发笑，就像别针和牙签似的，现在早不时兴了。做在饼饵里和在粥里的红枣，是悦目而可口的，你颊上的红枣，却会转瞬失去鲜润；你那陈年封固的贞操，也就像一颗干瘪的梨儿一样，样子又难看，入口又无味，虽然它从前也是很甘美的，现在却已经干瘪了。你要它作什么呢？

海丽娜　可是我还不愿放弃我的贞操。你的主人在外面将会博得无数女子的倾心，他会找到一个母亲，一个情人，一个朋友，一个绝世的佳人，一个司令官，一个敌人，一个向导，一个女神，一个君王，一个顾问，一个叛徒，一个亲人；他会找到他的卑微的野心，骄傲的谦逊，他的不和谐的和谐，悦耳的嘈音，他的信仰，他的甜蜜的灾难，以及一大堆瞎眼的爱神编出来的可爱的、痴心的、虚伪的名字。他现在将要——我不知道他将要什么。但愿上帝护佑他！宫廷是可以增长见识的地方，他是一个——

帕　洛　他是一个什么？

海丽娜　他是一个我愿意为他虔诚祝福的人。可惜——

帕　洛　可惜什么？

海丽娜　可惜我们的愿望只是一种渺茫而感觉不到的东西，否则我们这些出身寒贱的人,虽然命运注定我们只能在愿望中消度我们的生涯,也可以借着愿望的力量追随我们的朋友,让他们知道我们的衷曲,而不致永远得不到一点报酬了。

——侍童上。

侍　　童　帕洛先生,爵爷叫你去。(下。)

帕　　洛　小海伦,再会;我在宫廷里要是记得起你,我会想念你的。

海丽娜　帕洛先生,你降生的时候准是吉星照命。

帕　　洛　不错,我是武曲星照命。

海丽娜　我也相信你是地地道道在武曲星下面降生的。

帕　　洛　为什么在武曲星下面?

海丽娜　一打起仗来,你就甘拜下风,那还不是在武曲星下面降生的吗?

帕　　洛　我是说在武曲星居前的时候。

海丽娜　我看还是在退后的时候吧?

帕　　洛　为什么说退后呢?

海丽娜　交手的时候,你总是步步退后呀。

帕　　洛　那是为了等待时机。

海丽娜　心中害怕,想寻求安全,掉头就跑,也同样是为了等待时机;勇气和恐惧在你身上倒是满协调的,凭你这种打扮,跑起来准能一日千里,花样也很别致。

帕　　洛　我事情很忙,没功夫伶牙俐齿地回答你。且等我回来,再叫你看我那副彬彬君子的派头吧。到那时候,我的教养会对你发生作用,你会领略到一个朝廷贵人的善意,对他大开方便之门;如若不然,你就是不知感激,只有自己遭殃,最

11

后一窍不通地死去。你要是有空的话,可以祈祷祈祷;要是没有空,不妨想念想念你的朋友们。早点嫁一个好丈夫,他怎样待你,你也怎样待他。好!再见。(下。)

海丽娜　一切办法都在我们自己,虽然我们把它诿之天意;注定人类运命的上天,给我们自由发展的机会,只有当我们自己冥顽不灵、不能利用这种机会的时候,我们的计划才会遭遇挫折。哪一种力量激起我爱情的雄心,使我能够看见,却不能喂饱我的视欲?尽管地位如何悬殊,惺惺相怜的人,造物总会使他们结合在一起。只有那些斤斤计较、害怕麻烦、认为好梦已成过去的人,他们的希冀才永无实现的可能;能够努力发挥她的本领的,怎么会在恋爱上失败?王上的病——我的计划也许只是一种妄想,可是我的主意已决,一定要把它尝试一下。(下。)

第二场　巴黎。国王宫中一室

喇叭奏花腔。法国国王持书信上,群臣及侍从等随上。

国　王　弗罗棱萨人和西诺哀人相持不下,胜负互见,还在那里继续着猛烈的战争。

臣　甲　是有这样的消息,陛下。

国　王　不,那是非常可靠的消息;这儿有一封从我们的友邦奥地利来的信,已经证实了这件事,他还警告我们,说是弗罗棱萨就要向我们请求给他们迅速的援助,照我们这位好朋友的意思,似乎很不赞同,希望我们拒绝他们的请求。

臣　甲　陛下素来称道奥王的诚信明智,他的意见当然是可以充分信任的。

国　　王　他已经替我们决定了如何答复,虽然弗罗棱萨还没有来乞援,我已经决定拒绝他们了。可是我们这儿要是有人愿意参加都斯加的战事,不论他们愿意站在哪一方面,都可以自由前去。

臣　　乙　我们这些绅士们闲居无事,本来就感到十分苦闷,渴想到外面去干一番事业,这次战事倒是一个好机会,可以让他们去磨炼磨炼。

国　　王　来的是什么人?

　　　　　勃特拉姆、拉佛及帕洛上。

臣　　甲　陛下,这是罗西昂伯爵,年轻的勃特拉姆。

国　　王　孩子,你的面貌很像你的父亲;造物在雕塑你形状的时候,一定是非常用心而不是草率从事的。但愿你也秉有你父亲的德性!欢迎你到巴黎来!

勃特拉姆　感谢陛下圣恩,小臣愿效犬马之劳。

国　　王　想起你父亲在日,与我交称莫逆,我们两人初上战场的时候,大家都是年轻力壮,现在要是也像那样就好了!他是个熟谙时务的干才,也是个能征惯战的健儿;他活到很大年纪,可是我们两人都在不知不觉中变成老朽,不中用了。提起你的父亲,使我精神为之一振。他年轻时候的那种才华,我可以从我们现在这辈贵介少年身上同样看到,可是他们的信口讥评,往往来不及遮掩他们的轻薄,已经在无意中自取其辱。你父亲才真是一个有大臣风度的人,在他的高傲之中没有轻蔑,在他的严峻之中没有苛酷;只有当那些和他同等地位的人激起他的不满的时候,他才会对他们作无情的指责;他的良知就像一具时钟,正确地知道在哪一分钟为了特殊的理由使他不能不侃侃而言,那时他的舌头就会听从他的指挥。他把那些在他下面的人当作不同地位的人看待,在他们卑微的身份前降尊纡贵,听了他们贫弱的谀辞,也会谦谢不遑,使他们因他的逊让而受宠若惊。这样一个人是可以作为现在这辈年轻人的模范的。如果他们肯认真效仿他,就会明白自己实际上是大大地后退了。

勃特拉姆　陛下不忘旧人,先父虽死犹生;任何铭刻在碑碣上的文字,都不及陛下口中品题的确当。

国　王　但愿我也和他在一起!他老是这样说——我觉得我仿佛听见他的声音,他的动人的辞令不是随便散播在人的耳中,却是深植在人们的心头,永远存留在那里。每当欢欣和娱乐行将告一段落的时候,他就会发出这样的感喟:"等我的火焰把油烧干以后,让我不要继续活下去,给那些年轻的人们揶揄讥笑,他们凭着他们的聪明,除了新奇的事物以外,什么都瞧不上眼;他们的思想都花在穿衣服上面,而且变化得比衣服的式样更快。"他有这样的愿望;我也抱着和他同样的愿望,因为我已经是一只无用的衰蜂,不能再把蜜、蜡带回巢中,我愿意赶快从这世上消灭,好给其余做工的人留出一个地位。

臣　乙　陛下圣德恢恢,臣民无不感戴;最不知感恩的人,将是最先悼惜您的人。

国　王　我知道我不过是空占着一个地位。伯爵,你父亲家里的那个医生死了多久了?他的名誉很不错哩。

勃特拉姆　陛下,他已经死了差不多六个月了。

国　王　他要是现在还活着,我倒还要试一试他的本领。请你扶我一下。那些庸医们给我吃这样那样的药,把我的精力完全消磨掉了,弄成这么一副不死不活的样子。欢迎,伯

14

爵,你就像是我自己的儿子一样。

勃特拉姆　感谢陛下。(同下;喇叭奏花腔。)

第三场　罗西昂。伯爵夫人府中一室

　　　　伯爵夫人、管家及小丑上。

伯爵夫人　我现在要听你讲,你说这位姑娘怎样?

管　家　夫人,小的过去怎样尽心竭力侍候您的情形,想来您一定是十分明白的;因为我们要是自己宣布自己的功劳,那就太狂妄了,即使我们真的有功,人家也会疑心我们。

伯爵夫人　这狗才站在这儿干吗?滚出去!人家说起关于你的种种坏话,我并不完全相信,可是那也许因为我太忠厚了;照你这样蠢法,是很会去干那些勾当的,而且你也不是没有干坏事的本领。

小　丑　夫人,您知道我是一个苦人儿。

伯爵夫人　好,你怎么说?

小　丑　不,夫人,我是个苦人儿,并没有什么好,虽然有许多有钱的人们都不是好东西。可是夫人要是答应我让我到外面去成家立业,那么伊丝贝尔那个女人就可以跟我成其好事了。

伯爵夫人　你一定要去做一个叫化子吗?

小　丑　在这一件事情上,我不要您布施我别的什么,只要请求您开恩准许。

伯爵夫人　在哪一件事情上?

小　丑　在伊丝贝尔跟我的事情上。做用人的不一定世世代代做用人;我想我要是一生一世没有一个亲生的骨肉,就要永远得不到上帝的祝福,因为人家说有孩子的人才是有福气的。

伯爵夫人　告诉我你一定要结婚的理由。

小　　丑　夫人,贱体有这样的需要;我因为受到肉体的驱使,不能不听从魔鬼的指挥。

伯爵夫人　那就是尊驾的理由了吗?

小　　丑　不,夫人,我还有其他神圣的理由,这样的那样的。

伯爵夫人　那么可以请教一二吗?

小　　丑　夫人,我过去是一个坏人,正像您跟一切血肉的凡人一样;老实说吧,我结婚是为了要痛悔前非。

伯爵夫人　你结了婚以后,第一要懊悔的不是从前的错处,而是你不该结婚。

小　　丑　夫人,我是个举目无亲的人;我希望娶了老婆以后,可以靠着她结识几个朋友。

伯爵夫人　蠢才,这样的朋友是你的仇敌呢。

小　　丑　夫人,您还不懂得友谊的深意哩;那些家伙都是来替我做我所不耐烦做的事的。耕耘我的田地的人,省了我牛马之劳,使我不劳而获,坐享其成;虽然他害我做了忘八,可是我叫他替我干活儿。夫妻一体,他安慰了我的老婆,也就是看重我;看重我,也就是爱我;爱我,也就是我的好朋友。所以吻我老婆的人,就是我的好朋友。人们只要能够乐天安命,结了婚准不会闹什么意见。因为吃肉的少年清教徒,和吃鱼的老年教皇党,虽然论起心来,在宗教问题上大有分歧;论起脑袋来,却完全一式一样;他们可以用犄角相互顶撞,就跟一帮鹿似的。

伯爵夫人　你这狗嘴里永远长不出象牙来吗?

小　　丑　夫人,我是一个先知,我用讽喻的方式,宣扬人生的真理:

    我要重新唱那首歌曲,

     列位要洗耳恭听:

    婚姻全都是命里注定,

     乌龟是天性生成。

伯爵夫人　滚出去吧,混账东西;等会儿再跟你说话。

管　　家　夫人,请您叫他去吩咐海丽娜姑娘出来;我要跟您讲的就是关于她的事。

伯爵夫人　蠢材,去对我的侍女说,我有话对她讲——就是那海丽娜姑娘。

小　　丑

    是不是为了这张俊脸,

     希腊人把特洛亚攻陷?

    做的好事,做的好事,

     这就是普里阿摩斯的心肝?

    她长叹一声站在那里,

    她长叹一声站在那里,

     这样把道理说明:

    有九个坏的,有一个好的,

    有九个坏的,有一个好的,

     总算还落下一成。[1]

---

[1] 歌词中的"她"指特洛亚王普里阿摩斯的王后赫卡柏。赫卡柏悲叹儿子帕里斯把海伦拐至特洛亚,因而引起战争。原歌词应该是:"有九个好的,有一个坏的,总还有一个坏人。"意即:其余九个儿子都很好,只有帕里斯不好。

伯爵夫人　什么,十个人里才有一个好的?你把歌词也糟蹋了,蠢货。

小　　丑　夫人,我指的是女人——十个女人里有一个好的,这是把歌词往好里唱。愿上帝能一年到头保持这个比率!我要是牧师,对这样一个抽什一税的女人,决不会有什么意见。一成,你还嫌少吗?哼,就算每出现一次扫帚星,或是发生一次地震的时候,才有一个好女人降生,这个彩票也是抽得来的。照现在这样,你把心都抽没有了,也不会中彩。

伯爵夫人　混账,你还不快去做我叫你做的事吗?

小　　丑　唉,女人反倒骑在男人身上,发号施令,认为算不了什么!当然,做好人,就不能做清教徒,可是那也算不了什么;可以外面穿上一件必恭必敬的袈裟,罩着底下的黑袍子,仍旧心安理得。好,这回我真走了;您的吩咐是叫海丽娜姑娘到这儿来。(下。)

伯爵夫人　现在你说吧。

管　　家　夫人,我知道您是非常喜欢这位姑娘的。

伯爵夫人　不错,我很喜欢她。她的父亲在临死的时候,把她托付给我;单单凭着她本身的好处,也就够惹人怜爱了。我欠她的债,多过于已经给她的酬报;我将要报答她的,一定超过她自己的要求。

管　　家　夫人,小的最近在无意中间,看见她一个人坐在那里自言自语;我可以代她起誓,她是以为她说的话不会给什么人听了去的。原来她爱上了我们的少爷了!她怨恨命运,不该在他们两人之间安下了这样一道鸿沟;她嗔怪爱神,不肯运用他的大力,使地位不同的人也有结合的机会;她说狄安娜不配做处女们的保护神,因为她坐令纤纤弱质受到爱情

18

的袭击甚至成为俘虏而不加援手。她用无限哀怨的语调声诉着她的心事,小的听了之后,因恐万一有什么事情发生,故此不敢疏忽,特来禀知夫人。

伯爵夫人　你把这事干得很好,可是千万不要声张出去。我早已猜疑到几分,因为事无实据,不敢十分相信。现在你去吧,不要让别人知道,我很感谢你的忠心诚实。等会儿咱们再谈吧。(管家下。)

　　海丽娜上。

伯爵夫人　我在年轻时候也是这样的。我们是自然的子女,谁都有天赋的感情;这一枚棘刺,正是青春的蔷薇上少不了的。有了我们,就有感情;有了感情,就少不了这种事。当热烈的恋情给青春打下了烙印,这正是自然天性的标志和记号。在我们旧日的回忆之中,我们也曾经犯过同样的过失,虽然在那时我们并不以为那有什么不对。我现在可以清楚看见,她的眼睛里透露着因相思而憔悴的神色。

海丽娜　夫人,您有什么吩咐?

伯爵夫人　海丽娜,你知道我可以说就是你的母亲。

海丽娜　不,您是我的尊贵的女主人。

伯爵夫人　不,我是你的母亲,为什么不是呢?当我说"我是你的母亲"的时候,我觉得你仿佛看见了一条蛇似的;为什么你听了"母亲"两个字,就要吃惊呢?我说,我是你的母亲;我把你当作我自己的亲生骨肉一样看待。异姓的子女,有时往往胜过自己生养的孩子;外来的种子,也一样可以长成优美的花木。你不曾使我忍受怀胎的辛苦,我却像母亲一样关心着你。天哪,这丫头!难道我说了我是你的母亲,你就这样惊惶失色吗?为什么你的眼边会润湿而起了一重重的虹晕？难道因为你是我的女儿吗？

海丽娜　因为我不是您的女儿。

伯爵夫人　我说，我是你的母亲。

海丽娜　恕我，夫人，罗西昂伯爵不能做我的哥哥；我的出身这样寒贱，他的家世这样高贵；我的父母是闾巷平民，他的都是簪缨巨族。他是我的主人，我活着是他的婢子，到死也是他的奴才。他一定不可以做我的哥哥。

伯爵夫人　那么我也不能做你的母亲吗？

海丽娜　您是我的母亲，夫人；我也愿意您真做我的母亲，只要您的儿子不是我的哥哥。我希望您是我的母亲也是他的母亲，只要我不是他的妹妹，那么其他一切都没有关系。是不是我做了您的女儿以后，他必须做我的哥哥呢？

伯爵夫人　不，海伦，你可以做我的媳妇；上帝保佑你不在转着这样的念头！难道女儿和母亲竟会这样扰乱了你的心绪？怎么，你又脸色惨白起来了？你的心事果然被我猜中了。现在我已经明白了你的寂寞无聊的缘故，发现了你的伤心挥泪的根源。你爱着我的儿子，这是显明的事实。你的感情既然已经完全暴露，想来你也不好意思再编造谎话企图抵赖了。还是告诉我老实话吧；告诉我真有这样的事，因为瞧，你两颊的红云，已经彼此互相招认了；你自己的眼睛也可以从你自己的举止上，看出你的踧踖不安来；只有罪恶的感觉和无理的执拗使你缄口无言，不敢吐露真情。你说，是不是真有这回事？要是真有这回事，那么这场麻烦你已经惹上了，不然的话，你就该发誓否认。无论如何，你不要瞒住我吧，我总是会尽力帮助你的。

海丽娜　好夫人，原谅我吧！

伯爵夫人　你爱我的儿子吗？

海丽娜　请您原谅我，夫人！

伯爵夫人　你是爱我的儿子的。

海丽娜　夫人，您不也是爱他的吗？

伯爵夫人　不要绕圈子说话；我爱他是分所当然，用不到向世人讳饰；你究竟爱他到什么程度，还是快说吧，因为你的感情早就完全泄露出来了。

海丽娜　既然如此，我就当着上天和您的面前跪下，承认我是爱着您的儿子，并且爱他胜过您，仅次于爱上天。我的亲友虽然贫寒，都是正直的人；我的爱情也是一样。不要因此而恼怒，因为他被我所爱，对他并无损害；我并不用僭越名分的表示向他追求，在我不配得到他的眷爱以前，决不愿把他占有，虽然我不知道怎样才可以配得上他。我知道我的爱是没有希望的徒劳，可是在这罗网一样千孔万眼的筛子里，依然把我如水的深情灌注下去，永远不感到干涸。我正像印度人一样虔信而执迷，我崇拜着太阳，它的光辉虽然也照到它的信徒的身上，却根本不知道有这样一个人存在。我的最亲爱的夫人，不要因为我爱了您所爱的人而憎恨我，您是一位年高德劭的人，要是在您纯洁的青春，也曾经燃起过同样真诚的情热，怀抱着无邪的愿望和深挚的爱慕，使您同时能忠实于贞操和恋情，那么请您可怜可怜我这命薄缘悭、自知无望、拼着在默默无闻中了此残生的人儿吧！

伯爵夫人　你最近不是想要到巴黎去吗？老实告诉我你有没有过这个意思。

海丽娜　有过，夫人。

伯爵夫人　为什么呢？

21

海丽娜　我不愿向夫人说谎；您知道先父在日，曾经传给我几种灵验的秘方，是他凭着潜心研究和实际经验配合起来的，对一般病症都有卓越的效能；他嘱咐我不要把它们轻易授人，因为它们都是世间不大知道的珍贵的方剂。在这些秘方之中，有一种是专门医治王上现在所患一般认为无法医治的那种瘤疾的。

伯爵夫人　这就是你要到巴黎去的动机吗？你说吧。

海丽娜　您的儿子使我想起了这一个念头；不然的话，什么巴黎，什么药方，什么王上的病，都是我永远不会想到的事物。

伯爵夫人　可是海伦，你想你要是自请为王上治病，他就会接受你的帮助吗？他跟他那班医生们已经意见归于一致，他认为他的病已经使群医束手，他们认为一切药石都已失去效力。那些熟谙医道的大夫们都这样敬谢不敏了，他们怎么会相信一个不学无术的少女呢？

海丽娜　我相信这药方，不仅因为我父亲的医术称得上并世无双，而且我觉得他传给我这一份遗产，一定会带给我极大的幸运。只要夫人允许我冒险一试，我愿意就在此日此时动身前去，拚着这一条没有什么希冀的微命，为王上治疗他的疾病。

伯爵夫人　你相信你会成功吗？

海丽娜　是的，夫人，我相信我会成功。

伯爵夫人　那么很好，海伦，你不但可以得到我的准许，也可以得到我的爱，我愿意为你置备行装，派仆从护送你前去，还要请你传言致候我那些在宫廷中的熟人。我在家里愿意为你祈祷上帝，保佑你达到目的。你明天就去吧，你尽管放心，只要是我能够助你一臂之力的事情，我一定会做的。（同下。）

第二幕

第一场　巴黎。宫中一室

　　喇叭奏花腔。国王、出发参加弗罗棱萨战争之若干少年廷臣、勃特拉姆、帕洛及侍从等上。

国　　王　诸位贤卿，再会，希望你们恪守骑士的精神；还有你们诸位，再会，我的话你们可以分领；但是即使双方都打算独占，我的忠告也可以自行扩大，供你双方听取。

臣　　甲　但愿我们立功回来，陛下早已恢复了健康。

国　　王　不，不，那可是没有希望的了，虽然我的未死的雄心，还不肯承认它已经沾上了不治的痼疾。再会，诸位贤卿，无论我是死是活，你们总要做个发扬祖国光荣的法兰西好男儿，让那些国运凌夷的意大利人知道你们去不是向光荣求婚，而是去把它迎娶回来。当那些意气纵横的勇士知难怯退的时候，便是你们奋身博取世人称誉的机会。再会！

臣　　乙　但愿陛下早复健康。

国　　王　那些意大利的姑娘们是要留心提防的；人家说，要是她们有什么请求，我们法文中缺少拒绝她们的字眼；倘然你们还没有上战场，就已经做了俘虏，那可不行的。

臣　甲　　我们诚心接受陛下的警告。
臣　乙
国　王　　再会！你们跟我过来。(侍从扶下。)
臣　甲　　啊,大人,真想不到您不能跟我们一起出去！
帕　洛　　那不是他自己的错处,他是个汉子。
臣　乙　　啊,打仗是怪好玩的。
帕　洛　　真有意思,我也经历过这种战争哩。
勃特拉姆　王上命令我留在这儿,无微不至地照顾我,说我太年轻,叫我明年再去,说是现在太早了。
帕　洛　　哥儿,您要是立定主意,就该放大胆子,偷偷地逃跑出去。
勃特拉姆　我留在这儿,就像一匹给妇人女子驾驭的辕下驹,终日在石道上消磨我的足力,等着人家一个个夺了光荣回来,再没有机会一试我的身手,让腰间的宝剑除了做跳舞的装饰以外,没有一点别的用处！不,天日在上,我一定要逃跑出去。
臣　甲　　这虽然是一件偷偷摸摸干着的事,可是并不丢脸。
帕　洛　　爵爷,您就这么干吧。
臣　乙　　您要是有需要我的地方,我愿意尽力帮您的忙。回头见。
勃特拉姆　咱们已经成了好朋友,我真不忍和你们分别。
臣　甲　　再见,队长。
臣　乙　　好帕洛先生,回头见！
帕　洛　　高贵的英雄们,我的剑和你们的剑是同气相求的:同样晶莹,同样明亮,一句话,同样是用上等精钢铸成的。让我告诉你们,在斯宾那人的营伍里有一个史布利奥上尉,他那凶神一样的脸上有一道疤痕，那就是我亲手用这柄剑给他刻下来的；你们要是见了他，请告诉他我还活着，听他怎样说我。

臣　乙　我们一定这样告诉他，队长。(廷臣等下。)

帕　洛　战神保佑你们这批新收的门徒！您怎么办呢？

勃特拉姆　且住，王上来了。

　　　　国王重上；帕洛及勃特拉姆退后。

帕　洛　你应该对那些出征的同僚们表现得更殷勤一些；方才你和他们道别的神气未免过于冷淡。应该多奉承奉承他们，因为他们代表着时髦的尖端；他们办事、吃喝、言谈和举止行为是受到普遍瞻仰的；即使领队跳舞的是魔鬼，也应该跟随在这些人后面。快追上去，和他们作一次更从容的叙别吧。

勃特拉姆　好吧，我就这样做。

帕　洛　他们都是些有身份的小伙子，耍起剑来，胳臂也满有劲的。(勃特拉姆、帕洛下。)

　　　　拉佛上。

拉　佛　(跪)陛下，请您恕我冒昧，禀告您一个消息。

国　王　站起来说吧。

拉　佛　好，我得到宽恕，站起来了。陛下，我希望原来是您跪着向我求恕，我叫您站起来，您也能这样不费力地站起来。

国　王　我也愿意这样，我很想打破你的头，再请你原谅。

拉　佛　那可不敢当。可是陛下，您愿意医好您的病吗？

国　王　不。

拉　佛　啊，我尊贵的狐狸，不吃葡萄了吗？但是我这些葡萄品种特别优良，只要您够得着，您一定会吃的。我刚看到一种药,可以使顽石有了生命,您吃了之后,就会生龙活虎似的跳起舞来;它可以使培平大王重返阳世,它可以使查里曼大帝拿起笔来,为她写一行情诗。

国　　王　是哪一个"她"?

拉　　佛　她就是我所要说的那位女医生。陛下,她就在外边,等候着您的赐见。我敢凭着我的忠诚和信誉发誓,要是您不以为我的话都是随便说着玩玩,不足为准的话,那么像她这样一位有能耐、聪明而意志坚定的青年女子,的确使我惊奇钦佩,我相信那不能归咎于我的天生的弱点。她现在要求拜见陛下,不知道陛下愿不愿意准如所请,问一问她的来意?要是您在见了她之后,觉得我说的全都是虚话,那时再请您把我大大地取笑一番吧。

国　　王　好拉佛,那么你去带那个奇女子进来,让我们大家也像你一样惊奇,或者挖苦你无故地大惊小怪。

拉　　佛　请陛下等着瞧,没错。我马上就来。(下。)

国　　王　他无论有什么事,总是先拉上一堆废话。

　　　　　　拉佛率海丽娜重上。

拉　　佛　来,这儿来。

国　　王　这么快!他倒真是插着翅膀飞的。

拉　　佛　来,这儿来。这位就是王上陛下,你有什么话可以对他说。瞧你的样子像一个叛徒,可是你这样的叛徒,王上是不会害怕的。我就是克瑞西达的舅父,把青年男女留在一块,毫不担心。再见。(下。)

国　　王　姑娘,你是有什么事情来见我的吗?

海丽娜　是的,陛下。吉拉·德·拿滂是我的父亲,他在医道上是颇有研究的。

国　　王　我知道他。

海丽娜　陛下既然知道他,我也不必再多费唇舌夸奖他了。他在临死的时候,传给我许多秘方,其中主要的一个,是他积多年悬壶的经验配制而成,他对它十分珍惜,叫我用心保藏起来,把它当作自己心头一块肉一样珍爱着。我听从着他的嘱咐,从来不敢把它轻易示人,现在闻知陛下的症状,正就是先父所传秘方主治的一种疾病,所以甘冒万死前来,把它和我的技术呈献陛下。

国　　王　谢谢你,姑娘,可是我不能轻信你的药饵;我们这里最高明的医生都已经离开了我,众口一辞地断定病入膏肓,决非人力所能挽回的了。我怎么可以糊里糊涂地把我的痴心妄想,寄托在庸医的试验上,认为它可以医治我的不治之症呢?我不能让人家讥笑我的昏愦,当一切救助都已无能为力的时候,再去相信一种无意识的救助呀。

海丽娜　陛下既然这么说,我也不敢勉强陛下接纳我的微劳,总算我跋涉了这一趟,略尽我对陛下的一番忠悃,也可以说是不虚此行了。我别无所求,但求陛下放我回去。

国　　王　你来此也是一番好意,这一个要求当然可以准许你。你想来帮助我,一个垂死之人,对于希望他转死回生的人,不用说是十分感激的;可是我自己充分知道我的病状已经险恶到什么程度,你却没有着手成春的妙术,又有什么办法呢?

海丽娜　既然陛下已经断定一切治疗都已无望,那么就给我一个机会,让我试一试我的本领,又有什么妨碍呢?创造世界的神,往往借助于最微弱者之手,当士师们有如童骏的时候,上帝的旨意往往借着婴儿的身上显示;洪水可以从涓滴的细流中发生；当世间的君王不肯承认奇迹的时候，大海却会干涸。最有把握的希望，往往结果终于失望；最少希望的事情，反会出人意外地成功。

国　王　我不能再听你说下去了；再会，善心的姑娘！你的殷勤未邀采纳，只好徒然往返；未被接受的帮助，只能以感谢为报酬。

海丽娜　天启的智能，就是这样为一言所毁。人们总是凭着外表妄加臆测，无所不知的上帝却不是这样，明明是来自上天的援助，人们却武断地诿之于人力。陛下，请您接受我的劳力吧，这并不是试验我的本领，乃是试验上天的意旨。我不是一个大言欺人的骗子，而能够说到做到；我知道我有充分的把握，我也确信我的医方决不会失去效力，陛下的病也决不会毫无希望。

国　王　你是这样确信着吗？那么你希望在多少时间内把我的病医好？

海丽娜　只要慈悲的上帝鉴临垂佑，在太阳神的骏马拖着火轮兜了两个圈子，阴沉的暮色两次吹熄了朦胧的残辉，或是航海者的滴漏二十四回告诉人们那窃贼一样的时间怎样偷溜过去以前，陛下身上的病痛便会霍然脱体，重享着自由自在的健康生活。

国　王　你有这样的自信，要是结果失败呢？

海丽娜　请陛下谴责我的卤莽，把我当作一个无耻的娼妓，让世人编造诽谤的歌谣，宣扬我的耻辱；我的处女的清名永远丧失，如果这还不够，我的生命也可以在最苛虐的酷刑中毁灭。

国　王　我觉得仿佛有一个天使，借着你柔弱的口中发出他的有力的声音;虽然就常识判断起来应该是不可能的事,却使我不能不信。你的生命是可贵的,因为在你身上具备一切生命中值得赞美的事物,青春、美貌、智慧、勇气、贤德,这些都是足以使人生幸福的;你愿意把这一切作为孤注,那必然表示你有非凡的能耐,否则你一定有一种异常胆大妄为的天性。好医生,我愿意试一试你的药方,要是我死了,你自己可也不免一死。

海丽娜　要是我不能按照限定的时间把陛下治愈,或者医治的结果,跟我说过的话稍有不符之处,我愿意引颈就戮,死而无怨。药方若不能奏效,死就是我的犒赏;不过要是我把陛下的病治好了,那么陛下答应给我什么酬报呢?

国　　王　你可以提出无论什么要求。

海丽娜　可是陛下是不是能够满足我的要求呢?

国　　王　凭着我的王杖和死后超生的希望起誓,我一定答应你。

海丽娜　那么我要请陛下亲手赐给我一个我所选中的丈夫。我不敢冒昧在法兰西的王族中寻求选择的对象,把我这卑贱的名姓攀附金枝玉叶;只要陛下准许我在您的臣仆之中,拣一个我可以向您要求、您也可以允许给我的人,我就感激不尽了。

国　　王　那么一言为定,你治好了我的病,我也一定帮助你如愿以偿。我已经决心信赖着你的治疗,你等着自己选择吧。我本来还有一些问题要问你,我也必须知道你是从什么地方来的,和谁一起来的;可是即使我不问你这些问题,我也可以完全相信你,因此,不问也罢。请你接受我真心的欢迎和诚意的祝福。来人!扶我进去。你的手段倘使果然像你所说的那样高明,我一定不会辜负你的好处。(喇叭奏花腔。

同下。)

第二场　罗西昂。伯爵夫人府中一室

　　伯爵夫人及小丑上。

伯爵夫人　来,小子,现在我要试试你的教养如何了。

小　　丑　人家会说我是个锦衣玉食的鄙夫。您的意思不过是要叫我上宫廷里去吗?

伯爵夫人　上宫廷里去!你到过些什么好地方,说的话儿这样神气活现,"不过是上宫廷里去。"

小　　丑　不说假话,太太,一个人只要懂得三分礼貌,在宫廷里混混是再容易不过的事。谁要是连屈个膝儿、脱个帽儿、吻个手儿、说些个空话儿也不会,那简直是个不生腿、不生手、不生嘴唇的木头人。这种家伙当然是不配到宫廷里去的。可是我有一句话儿,什么问话都可以应付过去。

伯爵夫人　啊,一句答话可以回答一切问题,这倒是闻所未闻。

小　　丑　它就像理发匠的椅子一样,什么屁股坐上去都合适;尖屁股、扁屁股、瘦屁股、肥屁股,或是无论什么屁股。

伯爵夫人　那么你的答话对于无论什么问题也都一样合适吗?

小　　丑　正像律师手里的讼费、娼妓手里的夜度资、新郎手指上的婚戒、忏悔火曜日①的煎饼、五朔节②的化装跳舞一样合适;也正像钉之于孔、乌龟之于绿头巾、尖嘴姑娘之于泼皮无赖、尼姑嘴唇之于和尚嘴巴,或者说,腊肠之于腊肠皮一

---

① 忏悔火曜日(Shrove Tuesday),四旬斋前的星期二,例于是日忏悔,以便开始斋戒。

② 五朔节(May-day),在五月一日举行的节日。

样天造地设。

伯爵夫人　你果然有这样一句百发百中的答话吗？

小　　丑　上至公卿，下至皂隶，什么问话都可以用这句话回答。

伯爵夫人　那准是个又臭又长的答话，才能应付所有的问题。

小　　丑　再简单没有了，真的，有学问的老先生都这么说。一共不过几个字，我来给您演一下。您先问我我是不是个官儿；问啊，这有什么关系呢？

伯爵夫人　好，我就充一会儿傻瓜，也许可以跟你学点儿乖。请问足下是不是在朝廷里得意？

小　　丑　啊，岂敢岂敢！——这不是很便当地应付过去了吗？再问下去，再问我一百个问题。

伯爵夫人　老兄，咱们是老朋友，小弟一向佩服您的。

小　　丑　啊，岂敢岂敢！——再来，再来，不要放过我。

伯爵夫人　这肉煮得太不入味，恐怕不合老兄胃口。

小　　丑　啊，岂敢岂敢！——再问下去，尽管问下去。

伯爵夫人　听说最近您曾经给人家抽了一顿鞭子。

小　　丑　啊，岂敢岂敢！——不要放过我。

伯爵夫人　你在给人家鞭打的时候，也是喊着"岂敢岂敢"，还要叫他们不要放过你吗？可是你在挨一顿鞭子之后，也的确应该喊几声"岂敢岂敢！"只要叫你手脚老实些，你对鞭子准能够应答如流。

小　　丑　我的"岂敢岂敢"百试百灵，今天却是第一次倒了霉。看来无论怎样经久耐用的东西，也总有一天失去效用的。

伯爵夫人　我就像是个大手大脚的女管家，对时间不肯精打细算，所以才跟你这傻瓜胡扯了半天。

小　　丑　啊，岂敢岂敢！你看，不是又用上了吗？

31

伯爵夫人　住口吧,老兄,现在还是谈正事吧。你看见了海伦姑娘,就把这封信交给她,请她立刻答复我;还给我致意问候我的那些亲戚们,也去问问少爷安好。这算不了什么吧?

小　　丑　您是说您的问候算不了什么吗?

伯爵夫人　我是说这点事算不了什么。你听懂了吧?

小　　丑　哦,恍然大悟。我这就叫腰腿活动起来。

伯爵夫人　你快去吧。(各下。)

第三场　巴黎。宫中一室

勃特拉姆、拉佛、帕洛同上。

拉　　佛　人家说奇迹已经过去了,我们现在这一辈博学深思的人们,惯把不可思议的事情看作平淡无奇,因此我们把惊骇视同儿戏,当我们应当为一种不知名的恐惧而战栗的时候,我们却用谬妄的知识作为护身符。

帕　　洛　可不是吗?这件事真称得起是我们这个时代里发生的最了不起的奇闻。

勃特拉姆　正是正是。

拉　　佛　当精通医道的人都束手无策了——

帕　　洛　是是。

拉　　佛　什么伽伦,什么巴拉塞尔萨斯①——

帕　　洛　是是。

拉　　佛　以及那一大群有学问的专家们——

---

① 伽伦(Galen),公元二世纪时希腊名医。巴拉塞尔萨斯(Paracelsus, 1493—1541),炼金士,医生;生于瑞士,执业于瑞士德国各地;对于医学的进步贡献甚多。

帕　洛　是是。

拉　佛　他们都断定他无药可治——

帕　洛　对啊，一点不错。

拉　佛　毫无痊愈的希望——

帕　洛　对啊，他正像是——

拉　佛　风中之烛，吉少凶多。

帕　洛　正是，您说得真对。本来我也想这样说的。

拉　佛　像这样的事情，真可以说是不世的奇迹。

帕　洛　正是正是，要是您想知道舆论对这件事的反应，您就可以去看看那篇——叫什么来着？

拉　佛　"上苍借手人力表现出来的灵异。"

帕　洛　对了，那正是我所要说的话。

拉　佛　现在他简直比海豚还壮健；这不是我故意说着不敬的话。

帕　洛　总而言之，这真是奇事；只有最顽愚不化的人，才会不承认那是——

拉　佛　上天借手于——

帕　洛　是是。

拉　佛　一个最柔弱无能的使者，表现他的伟大超越的力量；感谢上天的眷顾，他不但保佑我们王上恢复健康，一定还会赐更多的幸福给我们。

帕　洛　您说得真对，我也是这个意思。王上来了。

　　　　　国王、海丽娜及侍从等上。

拉　佛　正像荷兰人爱说的口头语："可喜可庆。"我以后要格外喜欢姑娘们了，趁着我的牙齿还没有完全掉下。瞧，他简直可以拉着她跳舞呢。

33

帕　洛　嗳哟！这不是海伦吗？

拉　佛　我相信是的。

国　王　去,把朝廷中所有的贵族一起召来。(一侍从下)我的恩人,请你坐在你病人的旁边。我这一只手多亏你使它恢复了知觉,现在它将要给与你我已经允许你的礼物,只等你指点出来。

　　　　若干廷臣上。

国　王　好姑娘,用你的眼睛观看,这一群年轻未婚的贵人,我对他们都可以运用君上和严亲的两重权力,把他们中间的任何一人许配给你;你可以随意选择,他们都不能拒绝你。

海丽娜　愿爱神保佑你们每一个人都能得到一位美貌贤淑的爱人!除了你们中间的一个人之外。

拉　佛　啊,我宁愿把我那匹短尾巴的棕色马连同鞍勒一齐送掉,只要我能恢复青春,像这些孩子们一样——嘴里牙齿生得满满的,唇上胡须没多少。

国　王　仔细看看他们,他们谁都有一个高贵的父亲。

海丽娜　各位大人,上天已经假手于我,治愈了王上的疾病。

众　人　是,我们感谢上天差遣您前来。

海丽娜　我是一个简单愚鲁的女子,我可以向人夸耀的,只是我是一个清白的少女。陛下,我已经选好了。我颊上的羞红向我低声耳语:"我们为你害羞,因为你竟敢选择你自己的意中人;可是你倘然给人拒绝了,那么让苍白的死亡永远罩在你的颊上吧,我们是永不再来的了。"

国　王　你尽管放心选择吧,谁要是躲避你的爱情,让他永远得不到我的眷宠。

海丽娜　狄安娜女神,现在我要离开你的圣坛,把我的叹息奉献给至高无上的爱神龛下了。大人,您愿意听我的诉请吗？

臣　甲　　但有所命,敢不乐从。

海丽娜　　谢谢您,大人;我没有什么话要对您说的。

拉　佛　　我要是也能站在队里应选,就是叫我拿生命去押宝我也甘心。

海丽娜　　(向臣乙)大人,我还没有向您开口,您眼睛里闪耀着的威焰,已经使我自惭形秽、望而却步了。但愿爱神赐给您幸运,使您得到一位胜过我二十倍的美人！

臣　乙　　得偶仙姿,已属万幸,岂敢更有奢求？

海丽娜　　请您接受我的祝愿,少陪了。

拉　佛　　难道他们都拒绝了她吗？要是他们是我的儿子,我一定要把他们每人抽一顿鞭子,或者把他们赏给土耳其人做太监去。

海丽娜　　(向臣丙)不要害怕我会选中您,我决不会使您难堪的。上帝祝福您！要是您有一天结婚,希望您娶到一位更好的妻子！

拉　佛　　这些孩子们放着这样一个人不要,难道都是冰做成的不成？他们一定是英国人的私生子,咱们法国人决不会这样的。

海丽娜　　(向臣丁)您是太年轻、太幸福、太好了,我配不上给您生儿养女。

臣　丁　　美人,我不能同意您的话。

拉　佛　　还剩下一颗葡萄。你的父亲大概是喝酒的。可是你倘然不是一头驴子,就算我是一个十四岁的小娃娃;我早知道你是个什么人。

海丽娜　　(向勃特拉姆)我不敢说我选取了您,可是我愿意把我

35

自己奉献给您,终身为您服役,一切听从您的指导。——这就是我选中的人。

国　　王　很好,勃特拉姆,那么你娶了她吧,她是你的妻子。

勃特拉姆　我的妻子,陛下!请陛下原谅,在这一件事情上,我是要凭着自己的眼睛做主的。

国　　王　勃特拉姆,你不知道她给我做了什么事吗?

勃特拉姆　我知道,陛下;可是我不知道为什么我必须娶她。

国　　王　你知道她把我从病床上救了起来。

勃特拉姆　所以我必须降低身份,和一个下贱的女子结婚吗?我认识她是什么人,她是靠着我家养活长大的。一个穷医生的女儿做我的妻子!我宁可一辈子倒霉!

国　　王　你看不起她,不过因为她地位低微,那我可以把她抬高起来。要是把人们的血液倾注在一起,那颜色、重量和热度都难以区别,偏偏在人间的关系上,会划分这样清楚的鸿沟,真是一件怪事。她倘然是一个道德上完善的女子,你不喜欢她,只因为她是一个穷医生的女儿,那么你重视虚名甚于美德,这就错了。穷巷陋室,有德之士居之,可以使蓬荜增辉;世禄之家,不务修善,虽有盛名,亦将隳败。善恶的区别,在于行为的本身,不在于地位的有无。她有天赋的青春、智慧和美貌,这一切的本身即是光荣;最可耻的,却是那些席父祖的余荫、不知绍述先志、一味妄自尊大的人。最好的光荣应该来自我们自己的行动,而不是倚恃家门。虚名是一个下贱的奴隶,在每一座墓碑上说着谎话,倒是在默默无言的一抔荒土之下,往往埋葬着忠臣义士的骸骨。有什么话好说呢?只要你能因为这女子的本身而爱她,我可以给她其余的一切;她的贤淑美貌是她自己的嫁奁,光荣和财富是我给她的赏赐。

勃特拉姆　我不能爱她,也不想爱她。

国　　王　你要是抗不奉命,一定要自讨没趣的。

海丽娜　陛下圣体复原,已经使我欣慰万分;其余的事情,不必谈了。

国　　王　这与我的信用有关,为使它不受损害,我必须运用我的权力。来,骄横傲慢的孩子,握着她的手,你才不配接受这一件卓越的赐与呢。你的愚妄狂悖,不但辜负了她的好处,也已经丧失了我的欢心。你以为她和你处在天平的不平衡的两端,却不知道我站在她的一面,便可以把两方的轻重倒转过来;你也没有想到你的升沉荣辱,完全操在我的手中。为了你自己的好处,赶快抑制你的轻蔑,服从我的旨意;我有命令你的权力,你有服从我的天职;否则你将永远得不到我的眷顾,让年轻的愚昧把你拖下了终身蹭蹬的深渊,我的愤恨和憎恶将要用王法的名义降临到你的头上,没有一点怜悯宽恕。快回答我吧。

勃特拉姆　求陛下恕罪,我愿意捐弃个人的爱憎,服从陛下的指示。当我一想起多少恩荣富贵,都可以随着陛下的一言而予夺,我就觉得适才我所认为最卑贱的她,已经受到陛下的宠眷,而和出身贵族的女子同样高贵了。

国　　王　挽着她的手,对她说她是你的。我答应给她一份财产,即使不比你原有的财产更富,也一定可以和你的互相匹敌。

勃特拉姆　我愿意娶她为妻。

国　　王　幸运和国王的恩宠祝福着你们的结合;你们的婚礼在双方同意之后应该尽快举行,时间就定在今晚。至于隆重的婚宴,那么等远道的亲友到来以后再办吧。你既然答应娶她,就该真诚爱她,不可稍有贰心。去吧。(国王、勃特拉姆、海丽娜、群臣及侍从等同下。)

拉　佛　对不起,朋友,跟你说句话儿。

帕　洛　请问有何见教?

拉　佛　贵主人一见形势不对就改变口气,倒很见机乖巧。

帕　洛　改变口气!贵主人!

拉　佛　啊,难道是我说错了吗?

帕　洛　岂有此理!人家对我这样说话,我可不肯和他甘休的。贵主人!

拉　佛　难道尊驾是罗西昂伯爵的朋友吗?

帕　洛　什么伯爵都是我的朋友,是个男子汉大丈夫我就跟他做朋友。

拉　佛　你只好跟伯爵们的跟班做朋友,伯爵们的主人你是攀不上的。

帕　洛　你年纪太老了,老人家,你年纪太老了,还是少找些是非吧。

拉　佛　混蛋,我是个男子汉大丈夫,你再活上一把年纪去也够不上做个汉子。

帕　洛　要不是为了礼节和体统,我准会给你点厉害。

拉　佛　原先有一段时候(也就是吃两顿饭的光景),我本来以为你是个有几分聪明的家伙,你的故事也编造得有几分意思,可是一看你的装束,就知道你不是个怎样了不起的人。我现在总算把你看透了,希望你以后少跟我往来。像你这样的家伙,真是俯拾即是,不值得人家理睬。

帕　洛　倘不是瞧在你这一把年纪份上——

拉　佛　别太动肝火了吧,那会促短你的寿命的;上帝大发慈悲,可怜可怜你这只老母鸡吧!再见,我的好格子窗;我不必打开窗门,因为我早已看得你雪亮了。来,拉拉手。

帕　洛　大人,你给我太难堪的侮辱了。

拉　佛　是的,我诚心侮辱你,你可以受之无愧。

帕　洛　大人,我没有任何理由该受您的侮辱。

拉　佛　哪里的话?你不但该受,而且休想叫我减掉一分半毫。

帕　洛　算了,以后我学乖一点。

拉　佛　还是趁早吧;你吃的全是学呆而不是学乖的药。如果有一天别人拿你的肩巾把你捆起来,好生揍你一顿,你就会领略到打扮成这份奴才相还扬扬得意是什么滋味了。我倒想继续和你结交,至少认识你,这样你以后再出丑的时候,我可以说:"那家伙我认识。"

帕　洛　大人,您这样招惹我,真是忍无可忍。

拉　佛　但愿我给你点起来的是地狱的烈火,可以把你烧个没完。可惜论我这个年岁,是不能再叫你忍什么了,所以让我把这几根老骨头活动活动,就此告辞。(下。)

帕　洛　哼,你还有一个儿子,我一定要向他报复这场耻辱,这卑鄙龌龊的老官儿!我且按下这口气,他们这些有权有势的人不是好惹的。要是我有了下手的机会,不管他是怎么大的官儿,我一定要把他揍一顿,决不因为他有了年纪而饶过他。等我下次碰见他的时候,非把他揍一顿不可!

　　　　　　拉佛重上。

拉　佛　喂,我告诉你一个消息,你的主人结了婚了,你有了一位新主妇啦。

帕　洛　千万请求大人不要欺人太过,他是我的好长官,在我顶上我所服侍的才是我的主人。

39

拉　佛　谁？上帝吗？

帕　洛　是的。

拉　佛　魔鬼才是你的主人。为什么你要把带子在手臂上绑成这个样子？你把衣袖当作袜管吗？人家的仆人也像你这样吗？你还是把你的鸡巴装在你鼻子的地方吧。要是我再年轻一些儿，我一定要给你一顿好打；谁见了你都会生气，谁都应该打你一顿；我看上帝造下你来的目的，是为给人家嘘气用的。

帕　洛　大人，你这样无缘无故破口骂人，未免太不讲理啦。

拉　佛　去你的吧，你在意大利因为从石榴里掏了一颗核，也被人家揍过。你是个无赖浪人，哪里真正游历过，见过世面啊？不想想你自己的身份，胆敢在贵人面前放肆无礼，对于你这种人真不值得多费唇舌，否则我可要骂你是个混账东西啦。我不跟你多讲话了。(下。)

帕　洛　好，很好，咱们瞧着吧。好，很好。现在我暂时不跟你算账。

　　　　勃特拉姆重上。

勃特拉姆　完了，我永远倒霉了。

帕　洛　什么事，好人儿？

勃特拉姆　我虽然已经在尊严的牧师面前起过誓，我却不愿跟她同床。

帕　洛　什么，什么，好亲亲？

勃特拉姆　哼，帕洛，他们叫我结了婚啦！我要去参加都斯加战争去，永远不跟她同床。

帕　洛　法兰西是个狗窠，不是堂堂男子立足之处。从军去吧！

勃特拉姆　我母亲有信给我，我还不知道里面说些什么话。

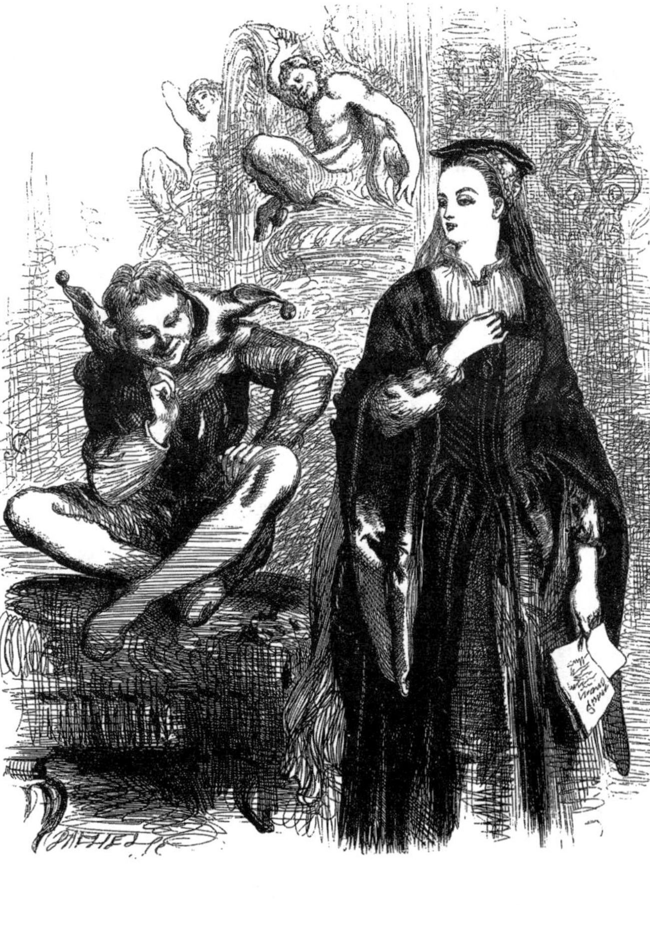

帕　洛　噢,那你看了就知道了。从军去吧,我的孩子!从军去吧!在家里抱抱娇妻,把豪情壮志消磨在温柔乡里,不去驰骋疆场,建功立业,岂不埋没了自己的前途?到别的地方去吧!法兰西是一个马棚,我们住在这里的都是些不中用的驽马。还是从军去吧!

勃特拉姆　我一定这样办。我要叫她回到我的家里去,把我对她的嫌恶告知我的母亲,说明我现在要出走到什么地方去。我还要把我当面不敢出口的话用书面禀明王上;他给我的赏赐,正好供给我到意大利战场上去,和那些勇士们在一起作战,与其闷在黑暗的家里,和一个可厌的妻子终日相对,还不如冲锋陷阵,死也死得痛快一些。

帕　洛　你现在乘着一时之兴,将来会不会反悔?你有这样的决心吗?

勃特拉姆　跟我到我的寓所去,帮我出些主意。我可以马上打发她动身,明天我就上战场,让她守活寡去。

帕　洛　啊,你倒不是放空炮,那好极了。一个结了婚的青年是个泄了气的汉子,勇敢地丢弃了她,去吧。不瞒你说,国王真是亏待了你。(同下。)

第四场　同前。宫中另一室

海丽娜及小丑上。

海丽娜　我的婆婆很关心我。她老人家身体好吗?

小　丑　不算好,但是还算硬朗;兴致很高,但是身体不好。不,感谢上帝,她身体很好,什么都不缺;不,她身体不好。

海丽娜　要是她身体很好,那么犯了什么毛病又叫她身体不好了呢？

小　　丑　说真的,她身体很好,只有两件事不顺心。

海丽娜　哪两件事？

小　　丑　一:她还没升天,愿上帝快些送她去。二:她还在人世,愿上帝叫她快些离开。

　　　　　帕洛上。

帕　　洛　祝福您,幸运的夫人！

海丽娜　但愿如你所说,我能够得到幸运。

帕　　洛　我愿意为您祈祷,愿您诸事顺利,永远幸福。啊,好小子！我们那位老太太好吗？

小　　丑　要是把她的皱纹给了你,把她的钱给了我,我愿她像你所说的一样。

帕　　洛　我没有说什么呀。

小　　丑　对了,所以你是个聪明人;因为舌头往往是败事的祸根。不说什么,不做什么,不知道什么,也没有什么,就可以使你受用不了什么。

帕　　洛　滚开！你这混蛋。

小　　丑　先生,你应该说:"气死混蛋的混蛋！"也就是"气死我的混蛋！"那就对了。

帕　　洛　你这傻子就会耍嘴皮,你那一套我早摸透了。

小　　丑　你是从自己身上把我摸透的吗,先生,还是别人教你的？你应该好好摸摸,从你身上多摸出几个傻瓜来,可以叫世界上的人多取乐,多笑笑。

帕　　洛　倒是个聪明的傻瓜,脑满肠肥的。夫人,爵爷因为有要事,今晚就要动身出去。他很不愿剥夺您在新婚燕尔之夕应享的权利,可是因为迫不得已,只好缓日向您补叙欢情。

43

良会匪遥,请夫人暂忍目前,等待将来别后重逢的无边欢乐吧。

海丽娜　他还有什么吩咐?

帕　洛　他说您必须立刻向王上辞别,设法找出一个可以使王上相信的理由来,能够动身得越快越好。

海丽娜　此外还有什么命令?

帕　洛　他叫您照此而行,静候后命。

海丽娜　我一切都遵照他的意旨。

帕　洛　好,我就这样回复他。

海丽娜　劳驾你啦。来,小子。(各下。)

第五场　同前。另一室

　　拉佛及勃特拉姆上。

拉　佛　我希望大人不要把这人当作一个军人。

勃特拉姆　不,大人,他的确是一个军人,而且有很勇敢的名声。

拉　佛　这是他自己告诉您的。

勃特拉姆　我还有其他方面的证明。

拉　佛　那么也许是我看错了人,把这只鸿鹄看成了燕雀了。

勃特拉姆　我可以向大人保证,他是一个见多识广、而且很有胆量的人。

拉　佛　那么我对于他的见识和胆量真是太失敬了,可是我却执迷不悟,因为心里一点不觉得有抱歉的意思。他来了,请您给我们和解和解吧。我一定要进一步和他结交。

　　帕洛上。

帕　洛　(向勃特拉姆)一切事情都照您的意思办理。

拉　佛　请问,大人,谁是他的裁缝?

帕　洛　大人?

拉　佛　哦,我认识他。不错,"大人",他手艺不坏,是个顶好的裁缝。

勃特拉姆　（向帕洛）她去见王上了吗?

帕　洛　是的。

勃特拉姆　她今晚就动身吗?

帕　洛　您要她什么时候走她就什么时候走。

勃特拉姆　我已经写好信,把贵重的东西装了箱,叫人把马也备好了;就在洞房花烛的今夜,我要和她一刀两断。

拉　佛　一个好的旅行者讲述他的见闻,可以在宴会上助兴;可是一个尽说谎话、拾掇一两件大家知道的事实遮掩他的一千句废话的人,听见一次就该打他三次。上帝保佑您,队长!

勃特拉姆　这位大人跟你有点儿不和吗?

帕　洛　我不知道我在什么地方得罪了大人。

拉　佛　你是浑身披挂,还带着马刺,硬要往我的怒火里闯;就像杂耍演员往蛋糕里跳一样;可是我要揪住你问个底细,你准会跑得飞快。

勃特拉姆　大人,也许您对他有点儿误会吧。

拉　佛　我永远不想了解他,就是对他的祈祷,我也有些怀疑。再见,大人,相信我吧,这个轻壳果里是找不出核仁来的;这人的灵魂就在他的衣服上。不要信托他重要的事情,这种家伙我豢养过很多,他们的性格我是知道的。再见,先生,我并没有把你说得太难堪,照你这样的人,我应该把你狠狠骂一顿,可是我也犯不着和小人计较了。（下。）

45

帕　洛　真是一个混账的官儿。

勃特拉姆　我并不以为如此。

帕　洛　啊,您还不知道他是个怎么样的人吗?

勃特拉姆　不,我跟他很熟悉,大家都说他是个好人。我的绊脚的东西来了。

　　　　海丽娜上。

海丽娜　夫君,我已经遵照您的命令,见过王上,已蒙王上准许即日离京,可是他还要叫您去做一次私人谈话。

勃特拉姆　我一定服从他的旨意。海伦,请你不要惊奇我这次行动的突兀,我本不该在现在这样的时间匆匆远行,实在我自己在事先也毫无所知,所以弄得这样手足失措。我必须恳求你立刻动身回家,也不要问我为什么我叫你这样做,虽然看上去好像很奇怪,可是我是在详细考虑过了之后才这样决定的;你不知道我现在将要去做一番什么事情,所以当然不知道它的性质是何等重要。这一封信请你带去给我的母亲。(以信给海丽娜)我在两天之后再来看你,一切由你自己斟酌行事吧。

海丽娜　夫君,我没有什么话可以对您说,只是我是您的最恭顺的仆人。

勃特拉姆　算了,算了,那些话也不用说了。

海丽娜　今后我一定要尽力在各方面顺从你,借以弥补我卑微的出身和目前的好运中间的距离。

勃特拉姆　算了吧,我现在匆促得很。再见,回家去吧。

海丽娜　夫君,请您恕我。

勃特拉姆　啊,你还有什么话说?

海丽娜　我不配拥有我所有的财富,我也不敢说它是我的,虽然它是属于我的；我就像是一个胆小的窃贼,虽然法律已经把一份家产判给他,他还是想把它悄悄偷走。

勃特拉姆　你想要些什么?

海丽娜　我的要求是极其微小的,实在也可以说毫无所求。夫君,我不愿告诉您我要些什么。好吧,我说。陌路之人和仇敌们在分手的时候,是用不到亲吻的。

勃特拉姆　请你不要耽搁,赶快上马吧。

海丽娜　我决不违背您的嘱咐,夫君。

勃特拉姆　(向帕洛)还有那些人呢?(向海丽娜)再见。(海丽娜下)你回家去吧;只要我的手臂能够挥舞刀剑,我的耳朵能够听辨鼓声,我是永不回家的了。去!我们就此登程。

帕　洛　好,放出勇气来!(同下。)

第 三 幕

第一场　弗罗棱萨。公爵府中一室

　　　　　喇叭奏花腔。公爵率侍从、二法国廷臣及兵士等上。
公　爵　现在你们已经详详细细知道了这次战争的根本原因，无数的血已经为此而流，以后兵连祸结，更不知何日是了。
臣　甲　殿下这次出师，的确是名正言顺，而在敌人方面，也太过于暴虐无道了。
公　爵　所以我很诧异我们的法兰西王兄对于我们这次堂堂正正的义师，竟会拒绝给我们援手。
臣　甲　殿下，国家政令的决定，不是个人好恶所能左右，小臣地位卑微，更不敢妄加臆测，因为既然没有充分的根据，猜度也是枉然。
公　爵　既然贵国这样决定，我们当然也不便强人所难。
臣　乙　可是小臣相信在敝国有许多青年朝士，因为厌于安乐，一定会陆续前来，为贵邦效命的。
公　爵　那我们一定非常欢迎，他们一定将在我们这里享受最隆重的礼遇。两位既然迢迢来此，诚心投效，就请各就部位；将来有什么优缺，一定首先提拔你们。明天我们就要整队出发了。(喇叭奏花腔。众下。)

第二场　罗西昂。伯爵夫人府中一室

伯爵夫人及小丑上。

伯爵夫人　一切事情都适如我的愿望,唯一的遗憾,是他没有陪着她一起回来。

小　丑　我看我们那位小爵爷心里很有点儿不痛快呢。

伯爵夫人　请问何以见得?

小　丑　他在低头看着靴子的时候也会唱歌;拉正绉领的时候也会唱歌;向人家问话的时候也会唱歌;剔牙齿的时候也会唱歌。我知道有一个人在心里不痛快的时候也有这种脾气,曾经把一座大庄子半卖半送地给了人家呢。

伯爵夫人　(拆信)让我看看他信里写些什么,几时可以回来。

小　丑　我自从到了京城以后,对于伊丝贝尔的这颗心就冷了起来。咱们乡下的咸鱼没有京城里的咸鱼好,咱们乡下的姑娘也比不上京城里的姑娘俏。我对于恋爱已经失去了兴趣,正像老年人把钱财看作身外之物一样。

伯爵夫人　啊,这是什么话?

小　丑　您自己看是什么话吧。(下。)

伯爵夫人　(读信)"儿已遣新妇回家,渠即为国王疗疾之人,而令儿终天抱恨者也。儿虽被迫完婚,未尝与共枕席;有生之日,誓不与之同处。儿今已亡命出奔,度此信到后不久,消息亦必将达于吾母耳中矣。从此远离乡土,永作他乡之客,幸母勿以儿为念。不幸儿勃特拉姆上。"岂有此理,这个卤莽倔强的孩子,这样一个帝王也不敢轻视的贤惠的妻子还

49

不中他的意,竟敢拒绝王上的深恩,不怕激起他的嗔怒,真太不成话了!

　　　　　小丑重上。

小　丑　啊,夫人!那边有两个将官护送着少夫人,带着不好的消息来了。

伯爵夫人　什么事?

小　丑　不,还好,还好,少爷还不会马上就送命。

伯爵夫人　他为什么要送命?

小　丑　我也这样说哪,夫人——我听说他逃了,那就不会送命了;只有呆着不走才是危险的;许多男人都是那样丢了性命,虽然也弄出不少孩子来。他们来了,让他们告诉您吧;我只听见说少爷逃走了。(下。)

　　　　　海丽娜及二臣上。

臣　甲　您好,夫人。

海丽娜　妈,我的主去了,一去不回了!

臣　乙　别那么说。

伯爵夫人　你耐着点儿吧。对不起,两位,我已经尝惯人世的悲欢苦乐;因此不论什么突如其来的事变,也不能使我软下心来,流泪哭泣。请问两位,我的儿子呢?

臣　乙　夫人,他去帮助弗罗棱萨公爵作战去了,我们碰见他往那边去的。我们刚从弗罗棱萨来,在朝廷里办好了一些差事,仍旧要回去的。

海丽娜　妈,请您瞧瞧这封信,这就是他给我的凭证:"汝倘能得余永不离手之指环,且能腹孕一子,确为余之骨肉者,始可称余为夫;然余可断言永无此一日也。"这是一个可怕的判决!

伯爵夫人　这封信是他请你们两位带来的吗？

臣　甲　是的，夫人；我们很抱歉，因为它使你们看了不高兴。

伯爵夫人　媳妇，你不要太难过了；要是你把一切的伤心都归在你一个人身上，那么你就把我应当分担的一部分也夺去了。他虽然是我的儿子，我从此和他断绝母子的情分，你是我的唯一的孩子了。他是到弗罗棱萨去的吗？

臣　乙　是的，夫人。

伯爵夫人　是从军去吗？

臣　乙　这是他的英勇的志愿；相信我吧，公爵一定会依照他的身份对他十分看重的。

伯爵夫人　二位还要回到那里去吗？

臣　甲　是的，夫人，我们要尽快赶回去。

海丽娜　"余一日有妻在法兰西，法兰西即一日无足以令余眷恋之物。"好狠心的话！

伯爵夫人　这些话也是在那信里的吗？

海丽娜　是的，妈。

臣　甲　这不过是他一时信笔写下去的话，并不是真有这样的心思。

伯爵夫人　"一日有妻在法兰西，法兰西即一日无足以令余眷恋之物"！法兰西没有什么东西比你的妻子更被你所辱没了；她是应该嫁给一位堂堂贵人，让二十个像你这样无礼的孩子供她驱使，在她面前太太长、太太短地小心侍候。谁和他在一起？

臣　甲　他只有一个跟班，那个人我也跟他有一点认识。

伯爵夫人　是帕洛吗？

臣　甲　是的，夫人，正是他。

51

伯爵夫人　那是一个名誉扫地的坏东西。我的儿子受了他的引诱,把他高贵的天性都染坏了。

臣　甲　是啊,夫人,他确是倚靠花言巧语的诱惑,才取得了公子的欢心。

伯爵夫人　两位远道来此,恕我招待不周。要是你们看见小儿,还要请你们为我向他寄语,他的剑是永远赎不回他所已经失去的荣誉的。我还有一封信,写了要托两位带去。

臣　乙　夫人但有所命,鄙人等敢不效劳。

伯爵夫人　两位太言重了。里边请坐吧。(夫人及二臣下。)

海丽娜　"余一日有妻在法兰西,法兰西即一日无足以令余眷恋之物。"法兰西没有可以使他眷恋的东西,除非他在法兰西没有妻子!罗西昂伯爵,你将在法兰西没有妻子,那时你就可以重新得到你所眷恋的一切了。可怜的人!难道是我把你逐出祖国,让你那娇生惯养的身体去当受无情的战火吗?难道是我害你远离风流逸乐的宫廷,使你再也感受不到含情的美目对你投射的箭镞,却一变而成为冒烟的枪炮的鹄的吗?乘着火力在天空中横飞的弹丸呀,愿你们能够落空;让空气中充满着你们穿过气流而发出的歌声吧,但不要接触到我的丈夫的身体!谁要是射中了他,我就是主使暴徒行凶的祸首;谁要是向他奋不顾身的胸前挥动兵刃的,我就是陷他于死地的巨恶;虽然我不曾亲手把他杀死,他却是由我而死。我宁愿让我的身体去膏饿狮的馋吻,我宁愿世间所有的惨痛集于我的一身。不,回来吧,罗西昂伯爵!不要冒着丧失一切的危险,去换来一个光荣的创疤,我会离此而去的。既然你的不愿回来,只是因为我在这里的缘故,难道我会继续留在这里吗?不,不,即使这屋子里播满着天堂的香味,即使这里是天使们遨游的乐境,我也不能作一日之留。我一去之后,我的出走的消息也许会传到你的耳中,使你得到安慰。快来吧,黑夜;快快结束吧,白昼!因为我这可怜的贼子,要趁着黑暗悄悄溜走。(下。)

第三场　弗罗棱萨。公爵府前

喇叭奏花腔。公爵、勃特拉姆、帕洛及兵士等上;鼓角声。

公　爵　我们的马队归你全权统率,但愿你马到功成,不要有负我的厚望和重托。

勃特拉姆　多蒙殿下以这样重大的责任相加,只恐小臣能力微薄,难于胜任,惟有誓竭忠忱,为殿下尽瘁,任何危险,在所不辞。

公　爵　那么你就向前猛进吧,但愿命运照顾着你,做你的幸运的情人!

勃特拉姆　从今天起,伟大的战神,我投身在你的麾下,帮助我使我像我的思想一样刚强,使我只爱听你的鼓声,厌恶那儿女的柔情。(同下。)

第四场　罗西昂。伯爵夫人府中一室

伯爵夫人及管家上。

伯爵夫人　唉!你就这样接下了她的信吗?我不知道她留给我一封书信,就是表示要不别而行吗?再念一遍给我听。

管　家　(读)

为爱忘畛域,致触彼苍怒,

53

>　　赤足礼圣真,忏悔从头误。
>　　沙场有游子,日与死为伍,
>　　莫以薄命故,甘受锋镝苦。
>　　还君自由身,弃捐勿复道!
>　　慈母在高堂,归期须及早。
>　　为君炷瓣香,祝君永康好,
>　　挥泪乞君恕,离别以终老。

伯爵夫人　啊,在她的最温婉的字句里,是藏着多么尖锐的刺!里那多,你问也不问一声仔细就让她这样去了,真是糊涂透顶了。我要是能够当面用话劝劝她,也许可以使她打消原来的计划,现在可来不及了。

管　　家　小的真是该死,要是把这封信昨夜就送给夫人,也许还可以把她追回来,现在就是去追也是白追的了。

伯爵夫人　哪一个天使愿意祝福这个无情无义的丈夫呢?像他这样的人,是终身不会发达的,除非因为上苍喜欢听她的祷告,乐意答应她的祈愿,才会赦免他那弥天的大罪。里那多,赶快替我写信给这位好妻子的坏丈夫,每一字每一句都要证明她的贤德,来反衬出他自己的薄情;我心里的忧虑悲哀,虽然他一点不曾感觉到,你也要给我切切实实地写在信上。尽快把这封信寄出去,也许他听见了她已经出走,就会回到家里来;我还希望她知道他已经回来,纯洁的爱情也会领导她重新回来。我分别不出他们两个人之中,谁是我所最疼爱的。快去把送信人找来。我的心因忧伤而沉重,年龄使我变成这样软弱,我不知道应该流泪呢,还是向人诉述我的悲哀。(同下。)

第五场　弗罗棱萨城外

    远处号角声。弗罗棱萨一寡妇、狄安娜、薇奥兰塔、玛利安娜及其他市民上。

寡　　妇　快来吧,要是他们到了城门口,咱们就瞧不见啦。

狄安娜　他们说那个法国伯爵立了很大的功劳。

寡　　妇　听说他捉住了他们的主将,还亲手杀死他们公爵的兄弟。倒霉!咱们白赶了一趟,他们往另外一条路上去了;听!他们的喇叭声越来越远啦。

玛利安娜　来,咱们回去吧,看不见就听人家说说也好。喂,狄安娜,你留心这个法国伯爵吧;贞操是处女唯一的光荣,名节是妇人最大的遗产。

寡　　妇　我已经告诉我的邻居他的一个同伴曾经来作过说客。

玛利安娜　我认识那个坏蛋死东西!他的名字就叫帕洛,是个卑鄙龌龊的军官,那个年轻伯爵就是给他诱坏的。留心着他吧,狄安娜!他们的许愿、引诱、盟誓、礼物以及这一类煽动情欲的东西,都是害人的圈套,不少的姑娘们都已经上过他们的当了;最可怜的是,这种身败名裂的可怕的前车之鉴,却不曾使后来的人知道警戒,仍旧一个个如蚁附膻,至死不悟,真可令人叹息。我希望我不必给你更多的劝告,但愿你自己能够立定主意,即使除去失掉贞操之外,别无任何其他危险。

狄安娜　你放心吧,我不会上人家当的。

寡　　妇　但愿如此。瞧,一个进香的人来了;我知道她会住在我的客店里的,来来往往的进香人都向朋友介绍我的客店。

让我去问她一声。

    海丽娜作进香人装束上。

寡　妇　上帝保佑您,进香人!您要到哪儿去?

海丽娜　到圣约克·勒·格朗。请问您,朝拜圣地的人都是在什么地方住宿的?

寡　妇　在圣法兰西斯,就在这港口的近旁。

海丽娜　是不是打这条路过去的?

寡　妇　正是,一点不错。你听!(远处军队行进声)他们往这儿来了。进香客人,您要是在这儿等一下,等军队过去以后,我就可以领您到下宿的地方去。特别是因为我认识那家客店的女主人,正像认识我自己一样。

海丽娜　原来大娘就是店主太太吗?

寡　妇　岂敢岂敢。

海丽娜　多谢您的好意,那么有劳您啦。

寡　妇　我看您是从法国来的吧?

海丽娜　是的。

寡　妇　您可以在这儿碰见一个同国之人,他曾经在弗罗棱萨立下很大的功劳。

海丽娜　请教他姓甚名谁?

寡　妇　他就是罗西昂伯爵。您认识这样一个人吗?

海丽娜　但闻其名,不识其面,他的名誉很好。

狄安娜　不管他是一个何等样人,他在这里是很出风头的。据说他从法国出亡来此,因为国王强迫他跟一个他所不喜欢的女人结婚。您想会有这回事吗?

海丽娜　是的,真有这回事;他的夫人我也认识。

狄安娜　有一个跟随这位伯爵的人,对她的批评不是顶好。

海丽娜　他叫什么名字？

狄安娜　他叫帕洛。

海丽娜　啊！我完全同意他的意见,若论声誉和身价,和那位伯爵那样的大人物比较起来,她的名字的确是不值得挂齿的。她唯一的好处,只有她的贞静、缄默,我还不曾听见人家在这方面讥议过她。

狄安娜　唉,可怜的女人!做一个失爱于夫主的妻子,真够受罪了。

寡　妇　是啦;好人儿,她无论在什么地方,她的心永远是载满了凄凉的。这小妮子要是愿意,也可以做一件对她不起的事呢。

海丽娜　您这句话是什么意思？是不是这个好色的伯爵想要勾引她？

寡　妇　他确有这个意思,曾经用尽各种手段想要破坏她的贞操,可是她对他戒备森严,绝不让他稍有下手的机会。

玛利安娜　神明保佑她守身如玉！

　　　　　弗罗棱萨兵士一队上,旗鼓前导,勃特拉姆及帕洛亦列队中。

寡　妇　瞧,现在他们来了。那个是安东尼奥,公爵的长子;那个是埃斯卡勒斯。

海丽娜　那法国人呢？

狄安娜　他;那个帽子上插着羽毛的,他是一个很有气派的家伙。我希望他爱他的妻子;他要是老实一点,就会显得更漂亮了。他不是一个很俊的男人吗？

海丽娜　我很喜欢他。

狄安娜　可惜他太不老实。那一个就是诱他为非作恶的坏家伙;倘然我是他的妻子,我一定要用毒药毒死那个混账东西。

海丽娜　哪一个是他？

狄安娜　就是披着肩巾的那个鬼家伙。他为什么好像闷闷不乐似的？

海丽娜　也许他在战场上受了伤了。

帕　洛　把我们的鼓也丢了！哼！

玛利安娜　他好像有些心事。瞧，他看见我们啦。

寡　妇　嘿，死东西！

玛利安娜　谁希罕你那些鬼殷勤儿！（勃特拉姆、帕洛、军官及兵士等下。）

寡　妇　军队已经过去了。来，进香客人，让我领您到下宿的地方去。咱们店里已经住下了四五个修行人，他们都是去朝拜伟大的圣约克的。

海丽娜　多谢多谢。今晚我还想作个东道，请这位嫂子和这位好姑娘陪我们一起吃饭；为了进一步答报你，我还要给这位小姐讲一些值得她听取的道理。

玛利安娜
狄安娜　　谢谢您，我们一定奉陪。（同下。）

第六场　弗罗棱萨城前营帐

勃特拉姆及二臣上。

臣　甲　不，我的好爵爷，让我们试他一试，看他怎么样。

臣　乙　您要是发现他不是个卑鄙小人，请您从此别相信我。

臣　甲　凭着我的生命起誓，他是一个骗子。

勃特拉姆　你们以为我一直受了他的骗吗？

臣　甲　相信我,爵爷,我一点没有恶意;照我所知道的,就算他是我的亲戚,我也得说他是一个天字第一号的懦夫,一个到处造谣言说谎话的骗子,每小时都在作着背信爽约的事,在他身上没有一点可取之处。

臣　乙　您应该明白他是怎样一个人,否则要是您太相信了他,有一天他会在一件关系重大的事情上连累了您的。

勃特拉姆　我希望我知道用怎样方法去试验他。

臣　乙　最好就是叫他去把那面失去的鼓夺回来,您已经听见他自告奋勇过了。

臣　甲　我就带着一队弗罗棱萨兵士,专挑那些他会误认作敌军的人在半路上突然拦截他;我们把他捉住捆牢,蒙住了他的眼睛,把他兜了几个圈子,然后带他回到自己的营里,让他相信他已经在敌人的阵地里了。您可以看我们怎样审问他,要是他并不贪生怕死,出卖友人,把他所知道的我们这里的事情指天誓日地一古脑儿招出来,那么请您以后再不要相信我的话好了。

臣　乙　啊!叫他去夺回他的鼓来,好让我们解解闷儿;他说他已经有了一个妙计;可以去把它夺回来。您要是看见了他怎样完成他的任务,看看他这块废铜烂铁究竟可以熔成什么材料,那时你倘不揍他一顿拳头,我才不信呢。他来啦。

臣　甲　啊!这是个绝妙的玩笑,让我们不要阻挡他的壮志,让他去把他的鼓夺回来。

　　　　　　帕洛上。

勃特拉姆　啊,队长!你还在念念不忘这面鼓吗?

臣　乙　妈的!这算什么,左右不过是一面鼓罢了。

帕　洛　不过是一面鼓!怎么叫不过是一面鼓?难道这样丢了

59

就算了？真是高明的指挥——叫我们的马队冲向我们自己的两翼,把我们自己的步兵截断了。

臣　乙　那可不能怪谁的不是啊;这种挫折本来是战争中所不免的,就是凯撒做了大将,也是没有办法的。

勃特拉姆　究竟我们这回是打了胜仗的。丢了鼓虽然有点失面子,已经丢了没有法子夺回来,也就算了。

帕　洛　它是可以夺回来的。

勃特拉姆　也许可以,可是现在已经没法想了。

帕　洛　没法想也得夺它回来。倘不是因为论功行赏往往总是给滥竽充数的人占了便宜去,我一定要去拼死夺回那面鼓来。

勃特拉姆　很好,队长,你要是真有这样胆量,你要是以为你的神出鬼没的战略,可以把这三军光荣所系的东西重新夺回来;那么请你尽量发挥你的雄才;试一试你的本领吧。要是你能够成功,我可以给你在公爵面前特别吹嘘,他不但会大大地褒奖你,而且一定会重重赏你的。

帕　洛　我愿意举着这一只军人的手郑重起誓,我一定要干它一下。

勃特拉姆　好,现在你可不能含含糊糊赖过去了。

帕　洛　我今晚就去;现在我马上就把一切步骤拟定下来,鼓起必胜的信念,打起视死如归的决心,等到半夜时候,你们等候我的消息吧。

勃特拉姆　我可不可以现在就去把你的决心告诉公爵殿下？

帕　洛　我不知道此去成败如何,可是大丈夫说做就做,决无反悔。

勃特拉姆　我知道你是个勇敢的人,凭着你的过人的智勇,一定会成功的。再会。

帕　　洛　我不喜欢多说废话。(下。)

臣　　甲　你要是不喜欢多说废话,那么鱼儿也不会喜欢水了。爵爷,您看他自己明明知道这件事情办不到,偏偏会那样大言不惭地好像看得那样有把握;虽然夸下了口,却又硬不起头皮来,真是个莫名其妙的家伙!

臣　　乙　爵爷,您没有我们知道他那样详细;他凭着那副吹拍的功夫,果然很会讨人喜欢,别人在一时之间也不容易看破他的真相,可是等到你知道了他究竟是一个怎么样的人以后,你就永远不会再相信他了。

勃特拉姆　难道你们以为他这样郑重其事地一口答应下来,竟会是空口说说的吗?

臣　　甲　他绝对不会认真去做的;他在什么地方溜了一趟,回来编一个谎,造两三个谣言,就算完事了。可是我们已经布下陷阱,今晚一定要叫他出丑。像他这样的人,的确是不值得您去抬举的。

臣　　乙　我们在把这狐狸关进笼子以前,还要先把他戏弄一番。拉佛老大人早就知道他不是个好人了。等他原形毕露以后,请您瞧瞧他是个什么东西吧;今天晚上您就知道了。

臣　　甲　我要去找我的棒儿来,今晚一定要捉住他。

勃特拉姆　我要请你这位兄弟陪我走走。

臣　　甲　悉随爵爷尊便,失陪了。(下。)

勃特拉姆　现在我要把你带到我跟你说起的那家人家去,让你见见那位姑娘。

臣　　乙　可是您说她是很规矩的。

勃特拉姆　就是这一点讨厌。我只跟她说过一次话,她对我冷冰冰的一点笑容都没有。我曾经叫帕洛那混蛋替我送给她许多礼物和情书,她都完全退还了,把我弄得毫无办法。她是个很标致的人儿。你愿意去见见她吗?

臣　乙　愿意,愿意。(同下。)

第七场　弗罗棱萨。寡妇家中一室

海丽娜及寡妇上。

海丽娜　您要是不相信我就是她,我不知道怎样才可以向您证明,我的计划也就没有法子可以实行了。

寡　妇　我的家道虽然已经中落,可是我也是好人家出身,这一类事情从来不曾干过;我不愿现在因为做了不干不净的勾当,而玷污了我的名誉。

海丽娜　如果是不名誉的事,我也决不希望您去做。第一,我要请您相信我,这个伯爵的确就是我的丈夫,我刚才对您说过的话,没有半个字虚假;所以您要是答应帮助我,决不会有错的。

寡　妇　我应当相信您,因为您已经向我证明您的确是一位名门贵妇。

海丽娜　这一袋金子请您收了,略为表示我一点感谢您好心帮助我的意思,等到事情成功以后,我还要重重谢您。伯爵看中令嫒的姿色,想要用淫邪的手段来诱惑她;让她答应了他的要求吧,我们可以指导她用怎样的方式诱他入彀;他在热情的煽动下,一定会答应她的任何条件。他的手指上佩着一个指环,是他四五代以前祖先的遗物,世世相传下来的,他把它看得非常宝贵;可是令嫒要是向他讨这指环,他为了满足他的欲念起见,也许会不顾日后的懊悔,毫无吝色地送给她的。

寡　　妇　现在我明白您的用意了。

海丽娜　那么您也知道这一件事情是合法的了。只要令嫒在假装愿意之前,先向他讨下了这指环,然后约他一个时间相会,事情就完了;到了那时间,我会顶替她赴约,她自己还是白璧无瑕,不会受他的污辱。事成之后,我愿意在她已有的嫁奁上,再送她三千克朗,答谢她的辛劳。

寡　　妇　我已经答应您了,可是您还得先去教我的女儿用怎样一种不即不离的态度,使这场合法的骗局不露破绽。他每夜都到这里来,弹唱着各种乐曲歌颂她的庸姿陋质;我们也没有法子把他赶走,他就像攸关生死一样不肯离开。

海丽娜　那么好,我们就在今夜试一试我们的计策吧;要是能够干得成功,那就是男的有邪心,女的无恶意,看似犯奸淫,实则行婚配。我们就这样进行起来吧。(同下。)

第四幕

第一场 弗罗棱萨军营外

臣甲率埋伏兵士五六人上。

臣　甲　他一定会打这篱笆角上经过。你们向他冲上去的时候,大家都要齐声乱嚷,讲着一些希奇古怪的话,即使说得自己都听不懂也没有什么关系;我们都要假装听不懂他的话,只有一个人听得懂,我们就叫那个人出来做翻译。

兵士甲　队长,让我做翻译吧。

臣　甲　你跟他不熟悉吗?他听不出你的声音来吗?

兵士甲　不,队长,我可以向您担保他听不出我的声音。

臣　甲　那么你向我们讲些什么南腔北调呢?

兵士甲　就跟你们向我说的那些话一样。

臣　甲　我们必须使他相信我们是敌人军队中的一队客籍军。他对于邻近各国的方言都懂得一些,所以我们必须每个人随口瞎嚷一些大家听不懂的话儿;好在大家都知道我们的目的是什么,因此可以彼此心照不宣,假装懂得就是了;尽管像老鸦叫似的,咭哩咕噜一阵子,越糊涂越好。至于你做翻译的,必须表示出一副机警调皮的样子来。啊,快快埋伏起来!他来了,他一定是到这里来睡上两点钟,然后回去编造一些谎话哄人。

　　　　帕洛上。

帕　洛　十点钟了;再过三点钟便可以回去。我应当说我做了些什么事情呢?这谎话一定要编造得十分巧妙,才会叫他们相信。他们已经有点疑心我,倒霉的事情近来接二连三地落到我的头上来。我觉得我这一条舌头太胆大了,我那颗心却又太胆小了,看见战神老爷和他的那些喽啰们的影子,就会战战兢兢,话是说得出来,一动手就吓软了。

臣　甲　(旁白)这是你第一次说的老实话。

帕　洛　我明明知道丢了的鼓夺不回来,我也明明知道我一点没有去夺回那面鼓来的意思,什么鬼附在我身上,叫我夸下这个海口?我必须在我身上割破几个地方,好对他们说这是力战敌人所留的伤痕;可是轻微的伤口不会叫他们相信,他们一定要说,"你这样容易就脱身出来了吗?"重一点呢,又怕痛了皮肉。这怎么办?闯祸的舌头呀,你要是再这样瞎三话四地害我,我可要割下你来,放在老婆子的嘴里,这辈子宁愿做个哑巴了。

臣　甲　(旁白)他居然也会有自知之明吗?

帕　洛　我想要是我把衣服撕破了,或是把我那柄西班牙剑敲断了,也许可以叫他们相信。

臣　甲　(旁白)没有那么便宜的事。

帕　洛　或者把我的胡须割去了,说那是一个计策。

臣　甲　(旁白)这不行。

帕　洛　或者把我的衣服丢在水里,说是给敌人剥去了。

臣　甲　(旁白)也不行。

帕　洛　我可以赌咒说我从城头上跳下来,那个城墙足有——

臣　甲　(旁白)多高?

帕　洛　三十丈。

臣　甲　(旁白)你赌下三个重咒人家也不会信你。

帕　洛　可是顶好我能够拾到一面敌人弃下来的鼓,那么我就可以赌咒说那是我从敌人手里夺回来的了。

臣　甲　(旁白)别忙,你就可以听见敌人的鼓声了。

帕　洛　哎哟,真的是敌人的鼓声!(内喧嚷声。)

臣　甲　色洛加·摩伏塞斯,卡哥,卡哥,卡哥。

众　人　卡哥,卡哥,维利安达·拍·考薄,卡哥。(众擒帕洛,以巾掩其目。)

帕　洛　啊!救命!救命!不要遮住我的眼睛。

兵士甲　波斯哥斯·色洛末尔陀·波斯哥斯。

帕　洛　我知道你们是一队莫斯科兵;我不会讲你们的话,这回真的要送命了。要是列位中间有人懂得德国话、丹麦话、荷兰话、意大利话或者法国话的,请他跟我说话,我可以告诉他弗罗棱萨军队中的秘密。

兵士甲　波斯哥斯·伏伐陀。我懂得你的话,会讲你的话。克累利旁托。朋友,你不能说谎,小心点吧,十七把刀儿指着你的胸口呢。

帕　洛　哎哟!

兵士甲　哎哟!跪下来祷告吧。曼加·累凡尼亚·都尔契。

臣　甲　奥斯考皮都尔却斯·伏利伏科。

兵士甲　将军答应暂时不杀你;现在我们要把你这样蒙着眼睛,带你回去盘问,也许可以告诉我们一些军事上的秘密,赎回你的狗命。

帕　洛　啊,放我活命吧!我可以告诉你们我们营里的一切秘密:一共有多少人马,他们的作战方略,还有许多可以叫你们吃惊的事情。

兵士乙　可是你不会说谎话吧?

帕　洛　要是我说了半句谎话,死后不得超生。

兵士甲　阿考陀·林他。来,饶你多活几个钟点。(率若干兵士押帕洛下,内起喧嚷声片刻。)

臣　甲　去告诉罗西昂伯爵和我的兄弟,说我们已经把那只野鸟捉住了,他的眼睛给我们蒙着,请他们决定如何处置。

兵士乙　是,队长。

臣　甲　你再告诉他们,他将要在我们面前泄漏我们的秘密。

兵士乙　是,队长。

臣　甲　现在我先把他好好地关起来再说。(同下。)

第二场　弗罗棱萨。寡妇家中一室

勃特拉姆及狄安娜上。

勃特拉姆　他们告诉我你的名字是芳提贝尔。

狄安娜　不,爵爷,我叫狄安娜。

勃特拉姆　果然你比月中的仙子还要美上几分!可是美人,难道你外表这样秀美,你的心里竟不让爱情有一席地位吗?要是青春的炽烈的火焰不曾燃烧着你的灵魂,那么你不是女郎,简直是一座石像了。你倘然是一个有生命的活人,就不该这样冷酷无情。你现在应该学学你母亲开始怀孕着你的时候那种榜样才对啊。

狄安娜　她是个贞洁的妇人。

勃特拉姆　你也是。

狄安娜　不,我的母亲不过尽她应尽的名分,正像您对您夫人也有应尽的名分一样。

勃特拉姆　别说那一套了!请不要再为难我了吧。我跟她结婚完全出于被迫,可是我爱你却是因为我自己心里的爱情在鞭策着我。我愿意永远供你驱使。

狄安娜　对啦,在我们没有愿意供你们驱使之前,你们是愿意供我们驱使的;可是一等到你们把我们枝上的蔷薇采去以后,你们就把棘刺留着刺痛我们,反倒来嘲笑我们的枝残叶老。

勃特拉姆　我不是向你发过无数次誓了吗?

狄安娜　许多誓不一定可以表示真诚,真心的誓只要一个就够了。我们在发誓的时候,哪一回不是指天誓日,以最高的事物为见证?请问要是我实在一点不爱你,我却指着上帝的名字起誓,说我深深地爱着你,这样的誓是不是可以相信的呢?口口声声说敬爱上帝,用他的名义起誓,干的却是违反他意旨的事,这太说不通了。所以你那些誓言都是空话,等于没有打印信的契约——至少我认为如此。

勃特拉姆　不要这样想。不要这样神圣而残酷。恋爱是神圣的,我的纯洁的心,也从来不懂得你所指斥男子们的那种奸诈。不要再这样冷淡我,请你快来安慰安慰我的饥渴吧。你只要说一声你是我的,我一定会始终如一地永远爱着你。

狄安娜　男人们都是用这种手段诱我们失身的。把那个指环给我。

勃特拉姆　好人,我可以把它借给你,可是我不能给你。

狄安娜　您不愿意吗,爵爷?

勃特拉姆　这是我家世世相传的荣誉,如果我把它丢了,那是莫大的不幸。

狄安娜　我的荣誉也就像这指环一样；我的贞操也是我家世世相传的宝物，如果我把它丢了，那是莫大的不幸。我正可借用您的说法，拿"荣誉"这个词来抗拒您的无益的试探。

勃特拉姆　好，你就把我的指环拿去吧；我的家、我的荣誉甚至于我的生命，都是属于你的，我愿意一切听从你。

狄安娜　今宵半夜时分，你来敲我卧室的窗门，我可以预先设法调开我的母亲。可是你必须依从我一个条件，当你征服了我的童贞之身以后，你不能耽搁一小时以上，也不要对我说一句话。为什么要这样是有很充分的理由的，等这指环还给你的时候，你就可以知道。今夜我还要把另一个指环套在你的手指上，留作日后的信物。晚上再见吧，可不要失约啊。你已经赢得了一个妻子，我的终身却也许从此毁了。

勃特拉姆　我得到了你，就像是踏进了地上的天堂。（下。）

狄安娜　有一天你会感谢上天，幸亏遇见了我。我的母亲告诉我他会怎样向我求爱，她就像住在他心里一样说得一点不错；她说，男人们所发的誓，都是千篇一律的。他发誓说等他妻子死了，就跟我结婚；我宁死也不愿跟他同床共枕。这种法国人这样靠不住，与其嫁给他，还不如终身做个处女好。他想用欺骗手段诱惑我，我现在也用欺骗手段报答他，想来总不能算是罪恶吧。（下。）

第三场　弗罗棱萨军营

二臣及兵士二三人上。

臣　甲　你还没有把他母亲的信交给他吗？

69

臣乙　我已经在一点钟前给了他；信里好像有些什么话激发了他的天良，因为他读了信以后，就好像变了一个人似的。

臣甲　他抛弃了这样一位温柔贤淑的妻子，真不应该。

臣乙　他更不应该拂逆王上的旨意，王上不是为了他的幸福作出格外的恩赐吗？我可以告诉你一件事情，可是你不能讲给别人听。

臣甲　你告诉了我以后，我就把它埋葬在自己的心里，决不再向别人说起。

臣乙　他已经在这里弗罗棱萨勾搭上了一个良家少女，她的贞洁本来是很出名的；今夜他就要逞他的淫欲去破坏她的贞操，他已经把他那颗宝贵的指环送给她了，还认为自己这桩见不得人的勾当十分上算。

臣甲　上帝饶恕我们！我们这些人类真不是东西！

臣乙　人不过是他自己的叛徒；正像一切叛逆的行为一样，在达到罪恶的目的之前，总要泄漏出自己的本性。他干这种事实际会损害他自己高贵的身份，但是他虽然自食其果，却不以为意。

臣甲　我们对自己龌龊的打算竟然这样吹嘘，真是罪该万死。那么今夜他不能来了吗？

臣乙　他的时间表已经排好，一定要在半夜之后方才回来。

臣甲　那么再等一会儿他也该来了。我很希望他能够亲眼看见他那个同伴的本来面目，让他明白明白他自己的判断有没有错误，他是很看重这个骗子的。

臣乙　我们还是等他来了再处置那个人吧，这样才好叫他无所遁形。

臣甲　现在还是谈谈战事吧，你近来听到什么消息没有？

臣乙　我听说两方面已经在进行和议了。

臣甲　不,我可以确实告诉你,和议已经成立了。

臣乙　那么罗西昂伯爵还有些什么事好做呢?他是再到别处去旅行呢,还是打算回法国去?

臣甲　你这样问我,大概他还没有把你当作一个心腹朋友看待。

臣乙　但愿如此,否则他干的事我也要脱不了干系了。

臣甲　告诉你吧,他的妻子在两个月以前已经从他家里出走,说是要去参礼圣约克·勒·格朗;把参礼按照最严格的仪式执行完毕以后,她就在那地方住下,因为她的多愁善感的天性经不起悲哀的袭击,所以一病不起,终于叹了最后一口气,现在是在天上唱歌了。

臣乙　这消息也许不确吧?

臣甲　她在临死以前的一切经过,都有她亲笔的信可以证明;至于她的死讯,当然她自己无法通知,但是那也已经由当地的牧师完全证实了。

臣乙　这消息伯爵也完全知道了吗?

臣甲　是的,他已经知道了详详细细的一切。

臣乙　他听见这消息,一定很高兴,想起来真是可叹。

臣甲　我们有时往往会把我们的损失当作莫大的幸事!

臣乙　有时我们却因为幸运而哀伤流泪!他在这里凭着他的勇敢,虽然获得了极大的光荣,可是他回家以后将遭遇的耻辱,也一定是同样大的。

臣甲　人生就像是一匹用善恶的丝线交错织成的布;我们的善行必须受我们的过失的鞭挞,才不会过分趾高气扬;我们的罪恶又赖我们的善行把它们掩盖,才不会完全绝望。

71

　　　　　　　　一仆人上。

臣　甲　啊，你的主人呢？

仆　人　他在路上遇见公爵，已经向他辞了行，明天早晨他就要回法国去了。公爵已经给他写好了推荐信，向王上竭力称道他的才干。

臣　乙　为他说几句即使是溢美的好话，倒也是不可少的。

臣　甲　怎样好听恐怕也不能平复国王的怒气。他来了。

　　　　　　　　勃特拉姆上。

臣　甲　啊，爵爷！已经过了午夜了吗？

勃特拉姆　我今晚已经干好了十六件每一件需要一个月时间才办得了的事情。且听我一一道来：我已向公爵辞行，跟他身边最亲近的人告别，安葬了一个妻子，为她办好了丧事，写信通知我的母亲我就要回家了，并且雇好了护送我回去的卫队；除了这些重要的事情以外，还干好了许多小事情；只有一件最重要的事情还不曾办妥。

臣　乙　要是这件事情有点棘手，您又一早就要动身，那么现在您该把它赶快办好才是。

勃特拉姆　我想把它不了了之，以后也希望不再听见人家提起它了。现在我们还是来演一出傻子和大兵的对话吧。来，把那个冒牌货抓出来；他像一个妖言惑众的江湖术士一样欺骗了我。

臣　乙　把他抓出来。（兵士下）他已经锁在脚桎里坐了一整夜了，可怜的勇士！

勃特拉姆　这也是活该，他平常脚跟上戴着马刺也太大模大样了。他被捕以后是怎样一副神气？

臣　甲　我已经告诉您了，爵爷，要没有脚桎，他连坐都坐不直。

说得明白些：他哭得像一个倒翻了牛奶罐的小姑娘。他把摩根当作了一个牧师，把他从有生以来直到锁在脚桎里为止的一生经历源源本本向他忏悔；您想他忏悔些什么？

勃特拉姆　他没有提起我的事情吧？

臣　乙　他的供状已经笔录下来，等会儿可以当着他的面公开宣读；要是他曾经提起您的事情——我想您是被他提起过的——请您耐着性子听下去。

　　　　　兵士押帕洛上。

勃特拉姆　该死的东西！还把脸都遮起来了呢！他不会说我什么的。我且不要做声，听他怎么说。

臣　甲　蒙脸人来了！浦托·达达洛萨。

兵士甲　他说要对你用刑，你看怎样？

帕　洛　你们不必逼我，我会把我所知道的一切招供出来；要是你们把我榨成了肉酱，我也还是说这么几句话。

兵士甲　波斯哥·契末却。

臣　甲　波勃利平陀·契克末哥。

兵士甲　真是一位仁慈的将军。这里有一张开列着问题的单子，将爷叫我照着它问你，你须要老实回答。

帕　洛　我希望活命，一定不会说谎。

兵士甲　"第一，问他公爵有多少马匹。"你怎么回答？

帕　洛　五六千匹，不过全是老弱无用的，队伍分散各处，军官都像叫化子，我可以用我的名誉和生命向你们担保。

兵士甲　那么我就把你的回答照这样记下来了。

帕　洛　好的，你要我发无论什么誓都可以。

勃特拉姆　他可以什么都不顾，真是个没有救药的狗才！

臣　甲　您弄错了，爵爷；这位是赫赫有名的军事专家帕洛先生,这是他自己亲口说的,在他的领结里藏着全部战略,在他的刀鞘里安放着浑身武艺。
臣　乙　我从此再不相信一个把他的剑擦得雪亮的人;我也再不相信一个穿束得整整齐齐的人会有什么真才实学。
兵士甲　好,你的话已经记下来了。
帕　洛　我刚才说的是五六千匹马,或者大约这个数目,我说的是真话,记下来吧,我说的是真话。
臣　甲　他说的这个数目,倒有八九分真。
勃特拉姆　像他这样的说真话,我是不感激他的。
帕　洛　请您记好了,我说那些军官们都像叫化子。
兵士甲　好,那也记下了。
帕　洛　谢谢您啦。真话就是真话,这些家伙都是寒伧得不成样子的。
兵士甲　"问他步兵有多少人数。"你怎么回答?
帕　洛　你们要是放我活命,我一定不说谎话。让我看:史皁里奥,一百五十人;西巴斯辛,一百五十人;柯兰勃斯,一百五十人;杰奎斯,一百五十人;吉尔辛、考斯莫、洛多威克、葛拉提,各二百五十人;我自己所带的一队,还有契托弗、伏蒙特、本提,各二百五十人:一共算起来,好的歹的并在一起,还不到一万五千人,其中的半数连他们自己外套上的雪都不敢拂掉,因为他们唯恐身子摇了一摇,就会像朽木一样倒塌下来。
勃特拉姆　这个人应当把他怎样处治才好?
臣　甲　我看不必,我们应该谢谢他。问他我这个人怎样,公爵对我信任不信任。
兵士甲　好,我已经把你的话记下来了。"问他公爵营里有没有一个法国人名叫杜曼上尉的；公爵对他的信用如何；他的勇气如何，为人是否正直，军事方面的才能怎样；假如用重金贿赂他，能不能诱他背叛。"你怎么回答？你所知道的怎样？

帕　洛　请您一条一条问我，让我逐一回答。

兵士甲　你认识这个杜曼上尉吗？

帕　洛　我认识他，他本来是巴黎一家缝衣铺里的徒弟，因为把市长家里的一个不知人事的傻丫头弄大了肚皮，被他的师傅一顿好打赶了出来。（臣甲举手欲打。）

勃特拉姆　且慢，不要打他；他的脑袋免不了要给一爿瓦掉下来砸碎的。

兵士甲　好，这个上尉在不在弗罗棱萨公爵的营里？

帕　洛　他在公爵营里，他的名誉一塌糊涂。

臣　甲　不要这样瞧着我，我的好爵爷，他就会说起您的。

兵士甲　公爵对他的信用怎样？

帕　洛　公爵只知道他是我手下的一个下级军官，前天还写信给我叫我把他开革；我想他的信还在我的口袋里呢。

兵士甲　好，我们来搜。

帕　洛　不瞒您说，我记得可不大清楚，也许它在我口袋里，也许我已经把它跟公爵给我的其余的信一起放在营里归档了。

兵士甲　找到了；这儿是一张纸，我要不要向你读一遍？

帕　洛　我不知道那是不是公爵的信。

勃特拉姆　我们的翻译装得真像。

臣　甲　的确像极了。

兵士甲　"狄安娜，伯爵是个有钱的傻大少——"

75

帕　洛　那不是公爵的信,那是我写给弗罗棱萨城里一位名叫狄安娜的良家少女的信,我劝她不要受人家的引诱,因为有一个罗西昂伯爵看上了她,他是一个爱胡调的傻哥儿,一天到晚转女人的念头。请您还是把这封信放好了吧。

兵士甲　不,对不起,我要把它先读一遍。

帕　洛　我写这封信的用意是非常诚恳的,完全是为那个姑娘的前途着想;因为我知道这个少年伯爵是个危险的淫棍,他是色中饿鬼,出名的破坏处女贞操的魔王。

勃特拉姆　该死的反复小人!

兵士甲

　　　　他要是向你盟山誓海,
　　　　　　你就向他把金银索讨;
　　　　你须要半推半就,若即若离,
　　　　　　莫让他把温柔的滋味尝饱。
　　　　一朝肥肉咽下了他嘴里,
　　　　　　你就永远不要想他付钞。
　　　　一个军人这样对你忠告:
　　　　　　宁可和有年纪人来往,
　　　　　　不要跟少年郎们胡调。
　　　　　　　　你的忠仆帕洛上。

勃特拉姆　我要把这首诗贴在他的额角上,拖着他游行全营,一路上用鞭子抽他。

臣　甲　爵爷,这就是您的忠心的朋友,那位精通万国语言的专家,全能百晓的军人。

勃特拉姆　我以前最讨厌的是猫,现在他在我眼中就是一头猫。

兵士甲　朋友,照我们将军的面色看来,我们就要把你吊死了。

帕　　洛　将爷,无论如何,请您放我活命吧。我并不是怕死,可是因为我自知罪孽深重,让我终其天年,也可以忏悔忏悔我的余生。将爷,把我关在地牢里,锁在脚桎里,或者丢在无论什么地方都好,千万饶我一命!

兵士甲　要是你能够老老实实招认一切,也许还有通融余地。现在还是继续问你那个杜曼上尉的事情吧。你已经回答过公爵对他的信用和他的勇气,现在要问你他这人为人是否正直?

帕　　洛　他会在和尚庙里偷鸡蛋;讲到强奸妇女,没有人比得上他;毁誓破约,是他的拿手本领;他撒起谎来,可以颠倒黑白,混淆是非;酗酒是他最大的美德,因为他一喝酒便会烂醉如猪,倒在床上,不会再去闯祸,唯一倒霉的只有他的被褥,可是人家知道他的脾气,总是把他抬到稻草上去睡。关于他的正直,我没有什么话好说;凡是一个正人君子所不应该有的品质,他无一不备;凡是一个正人君子所应该有的品质,他一无所有。

臣　　甲　他说得这样天花乱坠,我倒有点喜欢他起来了。

勃特拉姆　因为他把你形容得这样巧妙吗?该死的东西!他越来越像一头猫了。

兵士甲　你说他在军事上的才能怎样?

帕　　洛　我不愿说他的谎话,他曾经在英国戏班子里擂过鼓,此外我就不知道他的军事上的经验了;他大概还在英国某一个迈兰德广场上教过民兵两人一排地站队。我希望尽量说他的好话,可是这最后一件事我不能十分肯定。

臣　　甲　他的无耻厚脸,简直是空前绝后,这样一个宝货倒也是不可多得的。

勃特拉姆　该死！他真是一头猫。

兵士甲　他既然是这样一个卑鄙下流的人,那么我也不必问你贿赂能不能引诱他反叛了。

帕　洛　给他几毛钱,他就可以把他的灵魂连同世袭继承权全部出卖,永不反悔。

兵士甲　他还有一个兄弟,那另外一个杜曼上尉呢？

臣　乙　他为什么要问起我？

兵士甲　他是怎样一个人？

帕　洛　也是一个窠里的老鸦;从好的方面讲,他还不如他的兄长,从坏的方面讲,可比他的哥哥胜过百倍啦。他的哥哥是出名的天字第一号的懦夫,可是在他面前还要甘拜下风。退后起来,他比谁都奔得快;前进起来,他就寸步难移了。

兵士甲　要是放你活命,你愿不愿意做内应,把弗罗棱萨公爵出卖给我们？

帕　洛　愿意愿意,连同他们的骑兵队长就是那个罗西昂伯爵。

兵士甲　我去对将军说,看他意思怎样。

帕　洛　(旁白)我从此再不打什么倒霉鼓了！我原想冒充一下好汉,骗骗那个淫荡的伯爵哥儿,结果闯下这样大的祸;可是谁又想得到在我去的那个地方会有埋伏呢？

兵士甲　朋友,没有办法,你还是不免一死。将军说,你这样不要脸地泄漏了自己军中的秘密,还把知名当世的贵人这样信口诋毁,留你在这世上,没有什么用处,所以必须把你执行死刑。来,刽子手,把他的头砍下来。

帕　洛　嗳哟,我的天爷爷,饶了我吧,倘然一定要我死,那么也让我亲眼看个明白。

兵士甲　那倒可以允许你,让你向你的朋友们辞行吧。(解除帕洛脸上所缚之布)你瞧一下,有没有你认识的人在这里?

勃特拉姆　早安,好队长!

臣　乙　上帝祝福您,帕洛队长!

臣　甲　上帝保佑您,好队长!

臣　乙　队长,我要到法国去了,您要我带什么信去给拉佛大人吗?

臣　甲　好队长,您肯不肯把您替罗西昂伯爵写给狄安娜小姐的情诗抄一份给我?可惜我是个天字第一号的懦夫,否则我一定会强迫您默写出来;现在我不敢勉强您,只好失陪了。(勃特拉姆及甲乙二臣下。)

兵士甲　队长,您这回可出了丑啦!

帕　洛　明枪好躲,暗箭难防,任是英雄好汉,也逃不过诡计阴谋。

兵士甲　要是您能够发现一处除了荡妇淫娃之外没有其他的人居住的国土,您倒很可以在那里南面称王,建立起一个无耻的国家来。再见,队长;我也要到法国去,我们会在那里说起您的。(下。)

帕　洛　管他哩,我还是我行我素。倘然我是个有几分心肝的人,今天一定会无地自容;可是虽然我从此掉了官,我还是照旧吃吃喝喝,照样睡得烂熟,像我这样的人,到处为家,什么地方不可以混混过去。可是我要警告那些喜欢吹牛的朋友们,不要太吹过了头,有一天你会发现自己是一头驴子的。我的剑呀,你从此锈起来吧!帕洛呀,不要害臊。厚着脸皮活下去吧!人家作弄你,你也可以靠让人家作弄走运,天生世人,谁都不会没有办法的。他们都已经走了,待我追上前去。(下。)

79

第四场　弗罗棱萨。寡妇家中一室

　　海丽娜、寡妇及狄安娜上。

海丽娜　为了使你们明白我并没有欺弄你们，一个当今最伟大的人物可以替我做保证；在我还没有完成我的目的以前，我必须在他的宝座之前下跪。过去我曾经替他做过一件和他的生命差不多同样宝贵的事，即使是蛮顽无情的鞑靼人，也不能不由衷迸出一声感谢。有人告诉我他现在在马赛，正好有便人可以护送我们到那儿去。我还要告诉你们知道，人家都当我已经死了。现在军队已经解散，我的丈夫也回家去了，要是我能够得到上天的默佑和王上的准许，我们也可以早早回家。

寡　妇　好夫人，请您相信我，我是您的最忠实的仆人，凡是您信托我做的事，我无不乐意为您效劳。

海丽娜　大娘，你也可以相信我是你的一个最好的朋友，无时无刻不在想着怎样才可以报答你的厚意。你应该相信，既然上天注定使你的女儿帮助我得到一个丈夫，它也一定会使我帮助她称心如意地嫁一位如意郎君。我就是不懂男子们的心理，他们竟会向一个被认为厌物的女子倾注他们的万种温情！沉沉的黑夜使他觉察不出自己已经受人愚弄，抱着一个避之唯恐不及的蛇蝎，还以为就是那已经杳如黄鹤的玉人，可是这些话我们以后再说吧。狄安娜，我还要请你为了我的缘故，稍为委屈一下。

狄安娜　您无论吩咐我做什么事，只要不亏名节，我都愿意为您忍受一切，死而无怨。

海丽娜　请再忍耐片时,转眼就是夏天了,野蔷薇快要绿叶满枝,遮掩了它周身的棘刺;苦尽之后会有甘来。我们可以出发了,车子已经预备好,疲劳的精神也已经养息过来。万事吉凶成败,须看后场结局;倘能如愿以偿,何患路途纡曲。(同下。)

第五场　罗西昂。伯爵夫人府中一室

伯爵夫人、拉佛及小丑上。

拉　佛　不,不,不,令郎都是因为受了那个无赖的引诱,才会这样胡作非为,那家伙一日不除,全国的青年都要中他的流毒。倘然没有这只大马蜂,令媳现在一定好好地活在世上,令郎也一定仍旧在家里不出去,受着王上的眷宠。

伯爵夫人　我但愿我从来不曾认识他,都是他害死了一位世上最贤德的淑女。她即使是我亲生骨肉,曾经使我忍受过怀胎的痛苦的,也不能使我爱她更为深切了。

拉　佛　她真是一位好姑娘,所谓灵芝仙草,可遇而不可求。

小　丑　可不是吗,大人,把她拌在菜里吃,一定也很香。

拉　佛　混蛋,谁跟你说香草来着?我们说的是仙草。

小　丑　我不是《圣经》上说的尼布甲尼撒大王[①]。他发起疯来,整天吃草,大人,我对草可并不在行。

拉　佛　你认为自己是哪个——是坏蛋呢,还是傻瓜?

小　丑　给女人干活的时候,我是个傻瓜,大人;给男人干活的

[①] 尼布甲尼撒(Nebuchadnezzar),巴比伦王,吃草故事见《圣经·但以理书》第四章。

时候,我是个坏蛋。
拉　佛　这个分别由何而来?
小　丑　我把男人的妻子骗走,替他越俎代庖。
拉　佛　那你果然成了替男人干活的坏蛋。
小　丑　我把我常耍的这小棍给他妻子,这就也为她干活了。
拉　佛　言之有理;又是坏蛋,又是傻瓜。
小　丑　请您多照顾。
拉　佛　不,不,不。
小　丑　没关系,您要不肯照顾我,我还可以找一个身份不下于您的贵人。
拉　佛　那是谁?是个法国人吗?
小　丑　说真的,大人,论起姓名来,他是个英国人;可是看模样,他在法国比在英国更得意。
拉　佛　你说的是哪位贵人?
小　丑　黑太子,大人;也就是黑暗之王,也就是魔鬼。
拉　佛　别扯啦,把这袋钱拿去。我不是要引诱你离开你方才说起的主人;还是好生侍奉他吧。
小　丑　我是从山林里来的,大人,最喜欢生火取暖;我方才说起的主人也总是把火烧得热热的。他是统治全世界的大王;可是,叫那班贵族在他的宫廷里待着吧,我还是到那窄门的小屋里住着去,那是坐享荣华的人不屑于光临的。少数肯贬低自己的也许能去,可是大多数娇生惯养的准会怕冷,他们宁可沿着布满鲜花的大路,走向宽门,直趋烈火。①
拉　佛　去吧,我有点厌烦你了;我先告诉你,免得惹你不痛快。

---

① 窄门宽门的比喻,见《圣经·马太福音》第七章,第十三节。

去吧,好好看着我那几匹马,别胡闹。

小　　丑　　要是我在看马的时候胡闹,大人,那也不过是"马胡"而已。(下。)

拉　　佛　　真是个机灵的,会捣乱的坏蛋。

伯爵夫人　　您说得很对。先夫在世的时候很喜欢他,命令我们把他养在家里;这一来,他就认为自己有肆口胡言的权利了。他说话真是很没有分寸的,爱拿谁开玩笑,就拿谁开玩笑。

拉　　佛　　我也觉得他怪有意思的,叫他说说没有关系。我刚才正要告诉您,自从我听见了少夫人的噩耗,并且知道令郎就要回来的消息以后,我就央求王上替小女作成一头亲事;实在说起来,他们两个人都还年幼,这是王上首先想起,向我当面提起过的。王上已经答应我亲任冰人;他对令郎本来颇有几分不高兴,借此正可使他忘怀旧事。不知道夫人的意思怎样?

伯爵夫人　　我很满意,大人;希望这件事情能够圆满成功。

拉　　佛　　王上已经从马赛动身来此,他的身体健壮得像刚满三十岁的人一样。他明天就可以到这里,这消息是一个一向靠得住的人告诉我的,大概不会有错。

伯爵夫人　　我能够在未死之前,再见王上一面,真是此生幸事。我已经接到小儿来信,说他今晚便可以到家;大人要是不嫌舍间窄陋,就请在此耽搁一两天,等他们两人见了面再去好不好?

拉　　佛　　夫人,我正在想他们两人商谈的时候,我以怎样的资格参与。

伯爵夫人　　只凭你尊贵的身份就够了。

拉　佛　我谈不上什么尊贵,但是感谢上帝,总还算过得去。

　　　　小丑上。

小　丑　啊,夫人!少爷就要来了,他脸上还贴着一块天鹅绒片呢;那天鹅绒片底下有没有伤疤,要去问那天鹅绒才知道,可是它的确是一块很好的天鹅绒。他的左脸肿起来足有两寸半,可是右脸却是光光的。

拉　佛　光荣的疤痕是最好的装饰。……我看那多半是疤痕。

小　丑　我看准是杨梅疮。

拉　佛　让我们去迎接令郎吧,我渴望跟这位英勇的少年战士谈谈呢。

小　丑　他们一共有十多个人,大家戴着漂亮的帽子,帽子上插着羽毛,那羽毛看见每一个人都会点头招呼哩。(同下。)

第五幕

第一场　马赛。一街道

　　　　海丽娜、寡妇、狄安娜及二侍从上。

海丽娜　像这样急如星火的昼夜奔波，一定使两位十分疲倦了；这也实在没有办法。可是你们既然为了我的事情，不分昼夜地受了这许多辛苦，我一定会知恩图报，没齿不忘的。来得正好。

　　　　一朝士上。

海丽娜　这个人要是肯替我们出力，也许可以帮我带信给王上。上帝保佑您，先生！

朝　士　上帝保佑您！

海丽娜　尊驾好像曾经在宫廷里见过。

朝　士　我在那面曾经住过一些时间。

海丽娜　向来我听人家说您是个热心的好人，今天因为有一件非常迫切的事情，不揣冒昧，想要借重大力，倘蒙见助，永感大德。

朝　士　您要我做什么事？

海丽娜　我想劳驾您把这一通诉状转呈王上，再请您设法带我去亲自拜见他。

朝　士　王上已经不在这里了。

海丽娜　不在这里了！

朝　士　不骗你们,他已经在昨天晚上离开此地,他去得很是匆忙,平常他可不是这样子的。

寡　妇　主啊,我们白费了一场辛苦！

海丽娜　只要能够得到圆满的结果,何必顾虑眼前的挫折。请问他到什么地方去了？

朝　士　大概是到罗西昂去；我也正要到那里去。

海丽娜　先生,您大概会比我早一步看见王上,可不可以请您把这一纸诉状递到他的手里？我相信您给我做了这一件事,不但不会受责,而且一定对您大有好处的。我们虽然缺少高车骏马,一定会尽我们的力量追踪着您前去。

朝　士　我愿意效劳。

海丽娜　不管将来发生什么事,您的好心决不会没有酬报。咱们应该赶快上路了,去,去,把车马驾好了。(同下。)

第二场　罗西昂。伯爵夫人府中的内厅

小丑及帕洛上。

帕　洛　好拉瓦契先生,请你把这封信交给拉佛大人。我从前穿绸着缎的时候,你也是认识我的；现在因为失欢于命运,所以才沾上了这一身肮脏的气味。

小　丑　嘿,若照你那么说,失欢于命运可真够臭的。以后,凡是从命运的泥坑里捞上来的鱼,我是一条也不吃了。请你往那边站站。

帕　洛　不,你不必堵住你的鼻子,我不过比方这样说说而已。

小　丑　不管是你的比方也好,别人的比方也好,气味这样难闻,我总是得堵鼻子的。请你再站远点。

帕　洛　有劳你,大哥,给我送一送这封信。

小　丑　嘿!对不起,你站开点吧;从命运的茅厕里送信给一位贵人!瞧,他自己来啦。

　　　　拉佛上。

小　丑　大人,这儿有一头猫,可不是带麝香味的猫,他自己说因为失欢于命运,所以跌在他的烂泥潭里,沾上了满身的肮脏。我瞧他的样子,像是一个寒酸倒霉的蠢东西坏家伙,我很可怜他这副穷相,所以才用那番话捧他,现在请大人随便发落他吧。(下。)

帕　洛　大人,我是一个不幸在命运的利爪下受到重伤的人。

拉　佛　那么你要我怎么办呢?现在再去剪掉命运的利爪也太迟了。命运是一个很好的女神,她不愿让小人永远得志,一定是你自己做了坏事,她才会加害于你。这几个钱你拿去吧。让保甲长给你找点活干,替你向命运说合说合。我还有别的事情,少陪了。

帕　洛　请大人再听我说一句话。

拉　佛　你嫌这钱太少吗?好,再给你一个,不用多说啦。

帕　洛　好大人,我的名字是帕洛。

拉　佛　这可不止是一句话。嗳哟,失敬失敬!你的那面宝贝鼓儿怎样啦?

帕　洛　啊,我的好大人,您是第一个揭破我的人。

拉　佛　是真的吗?我也是第一个甩掉你的人。

帕　洛　您是有能力拉我一把的,大人,因为我是由于您才落到

87

这个地步。

拉　佛　滚开,混蛋!你要我一面做坏人,一面做好人,推了你下去,再把你拉上来吗?(内喇叭声)王上来了,这是他的喇叭的声音。你等几天再来找我吧。我昨天晚上还说起你;你虽然是一个傻瓜又是一个坏人,可是我也不愿瞧着你饿死。你去吧。

帕　洛　谢谢大人。(各下。)

第三场　同前。伯爵夫人府中一室

喇叭奏花腔。国王、伯爵夫人、拉佛、群臣、朝士、侍卫等上。

国　王　她的死对于我无异是丧失了一件珍贵的宝物,可是我真想不到你的儿子竟会这样痴愚狂悖,不知道她的真正的价值。

伯爵夫人　陛下,现在事情已经过去了,总是他年少无知,乘着一时的血气,受不住理智的节制,才会有这样乖张的行动,请陛下不必多计较了吧。

国　王　可尊敬的夫人,我曾经对他怀着莫大的愤怒,只待找到机会,便想把重罚降在他的身上,可是现在我已经宽恕一切、忘怀一切了。

拉　佛　请陛下恕我多言,我说,这位小爵爷太对不起陛下,太对不起他的母亲,也太对不起他的夫人了,可是他尤其对不起他自己;他所失去的这位妻子,她的美貌足以使人间粉黛一齐失色,她的言辞足以迷醉每一个人的耳朵,她的尽善尽美,足以使最高傲的人俯首臣服。

国　王　赞美已经失去的事物,使它在记忆中格外显得可爱。

好,叫他过来吧;我们已经言归于好,从此不再重提旧事了。他无须向我求恕;他所犯的重大过失,已经成为过去的陈迹,埋葬在永久的遗忘里了。让他过来见我吧,他现在是一个不相识者,不是一个罪人,告诉他,这就是我的旨意。

近　侍　　是,陛下。(下。)

国　王　　他对于你的女儿怎么说?你跟他说起过这回事吗?

拉　佛　　他说一切都要听候陛下的旨意。

国　王　　那么我们可以做成这一头婚事了。我已经接到几封信,对他都是备极揄扬。

　　　　　勃特拉姆上。

拉　佛　　他今天打扮得果然英俊不凡。

国　王　　我的心情是变化无常的天气,你在我身上可以同时看到温煦的日光和无情的霜霰;可是当太阳大放光明的时候,蔽天的阴云是会扫荡一空的。你近前来吧,现在又是晴天了。

勃特拉姆　小臣罪该万死,请陛下原谅。

国　王　　已往不咎,从前的种种,以后不用再提了,让我们还是迎头抓住眼前的片刻吧。我老了,时间的无声的脚步,往往不等我完成最紧急的事务就溜过去了。你记得这位大臣的女儿吗?

勃特拉姆　陛下,她在我脑中留着极好的印象。当我第一眼看见她的时候,我就钟情于她;可是我的含情欲吐的舌头还没有敢大胆倾述我的衷心的爱慕;她的记忆深深铭刻在我的心里,使我看世间粉黛只能用轻蔑的歪曲的眼光,觉得任何女子的面貌都不及她齐整秀丽,任何女子的肤色都不及她自然匀称,任何女子的身材都不及她修短合度。正因为如此，我那受尽世人赞美而我自己直到她死后才觉得她可爱的亡妻，才像是迷眼的灰尘，使我不能看中。

国　　王　你给自己辩护得很好，你对她还有这么一些情谊，也可以略略抵消你这一笔负心的债了。可是来得太迟了的爱情，就像已经执行死刑以后方才送到的赦状，不论如何后悔，都没有法子再挽回了。我们的粗心的错误，往往不知看重我们自己所有的可贵的事物，直至丧失了它们以后，方始认识它们的真价。我们的无理的憎嫌，往往伤害了我们的朋友，然后再在他们的坟墓之前椎胸哀泣。我们让整个白昼在憎恨中昏睡过去，而当我们清醒转来以后，再让我们的爱情因为看见已经铸成的错误而恸哭。温柔的海伦是这样地死了，我们现在把她忘记了吧。把你的定情礼物送去给美丽的穆德琳吧；两家的家长都已彼此同意，我们现在正在等着参加我们这位丧偶郎君的再婚典礼呢。

伯爵夫人　天啊，求你祝福这一次婚姻比上一次美满！不然，在他们会面之前，就叫我命终吧！

拉　　佛　来，贤婿。从今以后，我家的姓名也归并给你了，请你快快拿出一点什么东西来，让我的女儿高兴高兴，好叫她快点儿来。（勃特拉姆取指环与拉佛）嗳哟！已故的海伦是一个可爱的姑娘，我还记得最后一次我在宫廷里和她告别的时候，我也看见她的手指上有这样一个指环。

勃特拉姆　这不是她的。

国　　王　请你让我看一看；我刚才在说话的时候，就已经注意到这个指环了。——这是我的；我把它送给海伦的时候，曾经对她说过，要是她有什么为难的事，凭着这个指环，我就可以给她帮助。你居然会用诡计把她这随身的至宝夺了下来吗?

勃特拉姆　陛下,您一定是看错了,这指环从来不曾到过她的手上。

伯爵夫人　儿呀,我可以用我的生命为誓,我的确曾经看见她戴着这指环,她把它当作生命一样重视。

拉　佛　我也可以确确实实地说我看见她戴过它。

勃特拉姆　大人,您弄错了,她从来不曾看见过这个指环。它是从弗罗棱萨一家人家的窗户里丢出来给我的,包着它的一张纸上还写着丢掷这指环的人的名字。她是一位名门闺秀,她以为我受了这指环,等于默许了她的婚约;可是我自忖自己是一个有妇之夫,不敢妄邀非分,所以坦白地告诉了她我不能接受她的好意;她知道事情无望,也就死下心来,可是一定不肯收回这个指环。

国　王　能够辨别和冶炼各种金属的财神也不能比我自己更清楚地认出这个指环了。不管你从哪一个人手里得到它,它是我的,也是海伦的。所以你要放明白一些,快给我招认出来,你用怎样的暴力从她手里把它夺了来。她曾经指着神圣的名字为证,发誓决不让它离开她的手指,只有当她遭到极大不幸的时候,她才会把它送给我,或者当你和她同床的时候,她可以把它交给你,可是你从来不曾和她同过枕席。

勃特拉姆　她从来不曾见过这指环。

国　王　你还要胡说?凭我的名誉起誓,你使我心里起了一种不敢想起的可怕的推测。要是你竟会这样忍心害理——这样的事情是不见得会有,可是我不敢断定;她是你痛恨的人,现在她死了;除非我亲自在她旁边看她死去,不然只有这指环才能使我相信她确已不在人世。把他押起来。(卫士捉勃特拉姆)已有的证据已经足够说明我的怀疑不是没有根据的,相反,我过去倒是太大意了。抓他下去!我们必须把事情查问一个水落石出。

勃特拉姆　您要是能够证明这指环曾经属她所有,那么您也可以证明我曾经在弗罗棱萨和她睡在一个床上,可是她从来不曾到过弗罗棱萨。(卫士押下。)

国　　王　我心中充满了可怖的思想。

　　　　　　第一场中之朝士上。

朝　　士　请陛下恕小臣冒昧,小臣在路上遇见一个弗罗棱萨妇人,要向陛下呈上一张状纸,因为赶不上陛下大驾,要我代她收下转呈御目。小臣因为看这个告状的妇人举止温文,言辞优雅,听她说来,好像她的事情非常重要,而且和陛下也有几分关系,所以大胆答应了她。她本人大概也就可以到了。

国　　王　"告状人狄安娜·卡必来特,呈为被诱失身恳祈昭雪事:窃告状人前在弗罗棱萨因遭被告罗西昂伯爵甘言引诱,允于其妻去世后娶告状人为妻,告状人一时不察,误受其愚,遂致失身。今被告已成鳏夫,理应践履前约,庶告状人终身有托;乃竟意图遗弃,不别而行。告状人迫不得已,唯有追踪前来贵国,叩阍鸣冤,伏希王上陛下俯察下情,主持公道,拯弱质于颠危,示淫邪以儆惕,实为德便。"

拉　　佛　我宁愿在市场上买一个女婿,把这一个摇着铃出卖给人家。

国　　王　拉佛,这是上天有心照顾你才会有这一场发现。把这些告状的人找来,快去再把那伯爵带过来。(朝士及若干侍从下)夫人,我怕海伦是死于非命的。

伯爵夫人　但愿干这样事的人都逃不了国法的制裁！

　　　　　卫士押勃特拉姆上。

国　　王　伯爵,我可不懂,既然在你看来,妻子就像妖怪一样可怕,你因为不愿做丈夫,嘴里刚答应了立刻就远奔异国,那么你何必又想跟人家结婚呢？

　　　　　朝士率寡妇及狄安娜重上。

国　　王　那个妇人是谁？

狄安娜　启禀陛下,我是一个不幸的弗罗棱萨女子,旧家卡必来特的后裔;我想陛下已经知道我来此告状的目的了,请陛下量情公断,给我做主。

寡　　妇　陛下,我是她的母亲。我活到这一把年纪,想不到还要出头露面,受尽羞辱,要是陛下不给我们做主,那么我的名誉固然要从此扫地,我这风烛残年,也怕就要不保了。

国　　王　过来,伯爵,你认识这两个妇人吗？

勃特拉姆　陛下,我不能否认,也不愿否认我认识她们;她们还控诉我些什么？

狄安娜　你不认识你的妻子了吗？

勃特拉姆　陛下,她不是我的什么妻子。

狄安娜　你要是跟人家结婚,必须用这一只手表示你的诚意,而这一只手是已经属于我的了;你必须对天立誓,而那些誓也已经属于我的了。凭着我们两人的深盟密誓,我已经与你成为一体,谁要是跟你结婚,就必须同时跟我结婚,因为我也是你的一部分。

拉　　佛　(向勃特拉姆)你的名誉太坏了,配不上我的女儿,你不配做她的丈夫。

勃特拉姆　陛下,这是一个痴心狂妄的女子,我以前不过跟她开

93

过一些玩笑；请陛下相信我的人格，我还不至于堕落到这样一个地步。

国　　王　　除非你能用行动赢回我的信任，不然我对你的人格只能做很低的评价。但愿你的人格能证明比我想的要好一些！

狄安娜　　陛下，请您叫他宣誓回答，我的贞操是不是他破坏的？

国　　王　　你怎么回答她？

勃特拉姆　　陛下，她太无耻了，她是军营里一个人尽可夫的娼妓。

狄安娜　　陛下，他冤枉了我；我倘然是这样一个人，他就可以用普通的价钱买到我的身体。不要相信他。瞧这指环吧！这是一件稀有的贵重的宝物，可是他却会毫不在意地丢给一个军营里人尽可夫的娼妓！

伯爵夫人　　他在脸红了，果然是的；这指环是我们家里六世相传的宝物。这女人果然是他的妻子，这指环便是一千个证据。

国　　王　　你说你看见这里有一个人，可以为你做证吗？

狄安娜　　是的，陛下，可是他是个坏人，我很不愿意提出这样一个人来；他的名字叫帕洛。

拉　　佛　　我今天看见过那个人，如果他也可以算是个人的话。

国　　王　　去把这人找来。（一侍从下。）

勃特拉姆　　叫他来干么呢？谁都知道他是一个无耻之尤的小人，什么坏事他都做得，讲一句老实话就会不舒服。难道随着他的信口胡说，就可以断定我的为人吗？

国　　王　　你的指环在她手上，这可是抵赖不了的。

勃特拉姆　　我想这是事实，我的确曾经喜欢过她，也曾经和她发生过一段缱绻，年轻人爱好风流，这些逢场作戏的事实是免不了的。她知道与我身份悬殊,有心诱我上钩,故意装出一副冷若冰霜的神气来激动我。因为在恋爱过程中的一切障碍,都是足以挑起更大的情热的。凭着她的层出不穷的手段和迷人的娇态,她终于把我征服了。她得到了我的指环,我向她换到的,却是出普通市价都可以买得到的东西。

狄安娜　我必须捺住我的怒气。你会抛弃你从前那位高贵的夫人,当然像我这样的女人,更不值得你一顾,玩够了就可以丢了。可是我还要请求你一件事,你既然是这样一个薄情无义的男人,我也情愿失去你这样一个丈夫,叫人去把你的指环拿来还给我,让我带回家去;你给我的指环,我也可以还你。

勃特拉姆　我没有什么指环。

国　王　你的指环是什么样子的?

狄安娜　陛下,就跟您手指上的那个差不多。

国　王　你认识这个指环吗?它刚才还是他的。

狄安娜　这就是他在我床上的时候我给他的那一个。

国　王　那么说你从窗口把它丢下去给他的话,完全是假的了。

狄安娜　我说的句句都是真话。

　　　　　侍从率帕洛重上。

勃特拉姆　陛下,我承认这指环是她的。

国　王　你太会躲闪了,好像见了一根羽毛的影子都会吓了一跳似的。这就是你说起的那个人吗?

狄安娜　是,陛下。

国　王　来,老老实实告诉我,你知道你的主人和这个妇人有什么关系?尽管照你所知道的说来,不用害怕你的主人,我不会让他碰你的。

帕　洛　启禀陛下,我的主人是一位规规矩矩的绅士,有时他也有点儿不大老实,可是那也是绅士们所免不了的。

国　王　来,来,别说废话,他爱这个妇人吗?

帕　洛　不瞒陛下说,他爱过她;可是——

国　王　可是什么?

帕　洛　陛下,他爱她就像绅士们爱着女人一样。

国　王　这是怎么说的?

帕　洛　陛下,他爱她,但是他也不爱她。

国　王　你是个混蛋,但是你也不是个混蛋。这家伙怎么说话这样莫名其妙的?

帕　洛　我是个苦人儿,一切听候陛下的命令。

拉　佛　陛下,他只会打鼓,不会说话。

狄安娜　你知道他答应娶我吗?

帕　洛　不说假话,我有许多事情心里明白,可是嘴上却不便说。

国　王　你不愿意说出你所知道的一切吗?

帕　洛　陛下要我说,我就说,我的确替他们两人做过媒;而且他真是爱她,简直爱到发了疯,什么魔鬼呀,地狱呀,还有什么什么,这一类话他都说过;那个时候他们把我当作心腹看待,所以我知道他们在一起睡过觉,还有其余的花样儿,例如答应娶她哪,还有什么什么哪,这些我实在不好意思说出来,所以我想我还是不要把我所知道的事情说出来的好。

国　王　你已经把一切都说出来了,除非你还能够说他们已经结了婚。可是你这证人说话太绕弯了。站在一旁。——你说这指环是你的吗?

狄安娜　是,陛下。

国　王　你从什么地方买来的?还是谁给你的?

狄安娜　那不是人家给我,也不是我去买来的。

国　王　那么是谁借给你的?

狄安娜　也不是人家借给我的。

国　王　那么你在什么地方拾来的?

狄安娜　我也没有在什么地方拾来。

国　王　不是买来,又不是人家送给你,又不是人家借给你,又不是在地上拾来,那么它怎么会到你手里,你怎么会把它给了他呢?

狄安娜　我从来没有把它给过他。

拉　佛　陛下,这女人的一条舌头翻来覆去,就像一只可以随便脱下套上的宽手套一样。

国　王　这指环是我的,我曾经把它赐给他的前妻。

狄安娜　它也许是陛下的,也许是她的,我可不知道。

国　王　把她带下去,我不喜欢这个女子。把她关在监牢里;把他也一起带下去。你要是不告诉我你在什么地方得到这个指环,我就立刻把你处死。

狄安娜　我永远不告诉你。

国　王　把她带下去。

狄安娜　陛下,请您让我交保吧。

国　王　我现在知道你也不是好东西。

狄安娜　老天在上,要说我和什么男人结识过,那除非是你。

国　王　那么你究竟为什么要控诉他呢?

狄安娜　因为他有罪,但是他没有罪。他知道我已经不是处女,他会发誓说我不是处女;可是我可以发誓说我是一个处女,这是他所不知道的。陛下,我愿意以我的生命为誓,我并不是一个娼妓,我的身体是清白的,要不然我就配给这老头子为妻。

国　王　她越说越不像话了;把她带下监牢里去。

狄安娜　妈,你给我去找那个保人来吧。(寡妇下)且慢,陛下,我已经叫她去找那指环的原主人来了,他可以做我的保人的。至于这位贵人,他虽然不曾害了我,他自己心里是知道他做过什么对不起我的事的,现在我且放过了他吧。他知道他曾经玷污过我的枕席,就在那个时候,他的妻子跟他有了身孕,她虽然已经死去,却能够觉得她的孩子在腹中跳动。你们要是不懂得这个生生死死的哑谜,那么且看,解哑谜的人来了。

　　　　　　寡妇偕海丽娜重上。

国　王　我的眼睛花了吗?我看见的是真的还是假的?

海丽娜　不,陛下,您所看见的只是一个妻子的影子,但有虚名,并无实际。

勃特拉姆　虚名也有,实际也有。啊,原谅我吧!

海丽娜　我的好夫君!当我冒充着这位姑娘的时候,我觉得您真是温柔体贴,无微不至。这是您的指环;瞧,这儿还有您的信,它说:"汝倘能得余永不离手之指环,且能腹孕一子,确为余之骨肉者,始可称余为夫。"现在这两件事情我都做到了,您愿意做我的丈夫吗?

勃特拉姆　陛下,她要是能够把这回事情向我解释明白,我愿意永远永远爱她。

海丽娜　要是我不能把这回事情解释明白,要是我的话与事实不符,我们可以从此劳燕分飞,人天永别!啊,我的亲爱的妈,想不到今生还能够看见您!

拉　佛　我的眼睛里酸溜溜的,真的要哭起来了。(向帕洛)朋友,借块手帕儿给我,谢谢你。等会儿你跟我回去吧,你可以给我解解闷儿。算了,别打拱作揖了,我讨厌你这个鬼腔调儿。

国　王　让我们听一听这故事的始终本末,叫大家高兴高兴。(向狄安娜)你倘然果真是一朵未经攀折的鲜花,那么你也自己选一个丈夫吧,我愿意送一份嫁奁给你;因为我可以猜到多亏你的好心的帮助,这一双怨偶才会变成佳偶,你自己也保全了清白。这一切详详细细的经过情形,等着我们慢慢儿再谈吧。正是——

　　团圆喜今夕,艰苦愿终偿,
　　不历辛酸味,奚来齿颊香。(喇叭奏花腔。众下。)

收　场　诗 (饰国王者向观众致辞)

　　袍笏登场本是虚,王侯卿相总堪嗤,
　　但能博得观众喜,便是功成圆满时。(下。)

99

亨利五世

方　　平译

KING HENRY V.

Act IV. Sc. 7.

剧 中 人 物

亨利五世
葛罗斯特公爵 ⎫
培 福 公 爵 ⎬ 国王的弟弟
爱克塞特公爵　国王的叔父
约　克公爵　国王的远房叔父
萨立斯伯雷伯爵
威斯摩兰伯爵
华列克伯爵
坎特伯雷大主教
伊里主教
剑 桥 伯 爵 ⎫
斯克鲁普勋爵 ⎬ 卖国贼
托马斯·葛雷爵士 ⎭
托马斯·欧平汉爵士
高　厄 ⎫
弗鲁爱林 ⎬
麦克摩里斯 ⎬ 上尉
杰　米 ⎭

培茨
考特 } 兵士
威廉斯

毕斯托尔
尼姆 } 结拜兄弟
巴道夫

童儿

传令官

法王查理六世

皇太子

勃艮第公爵

奥尔良公爵

波旁公爵

法国元帅

朗菩尔 } 法国贵族
葛朗伯莱

哈弗娄总督

蒙乔　法国使臣

法国大使二人

伊莎贝尔　法国王后

凯瑟琳公主

艾丽丝　公主的侍女

老板娘　野猪头酒店女店主，前快嘴桂嫂，现为毕斯托尔太太

贵族、贵妇人、官吏、侍从、市民、使者、士兵等致辞者

地　　点

英国;法国

开 场 白

致辞者上。

致辞者 啊!光芒万丈的缪斯女神呀,你登上了无比辉煌的幻想的天堂;拿整个王国当做舞台,叫帝王们充任演员,让君主们瞪眼瞧着那伟大的场景!——只有这样,那威武的亨利,才像他本人,才具备着战神的气概;在他的脚后跟,"饥馑"、"利剑"和"烈火"像是套上皮带的猎狗一样,蹲伏着,只等待一声命令。可是,在座的诸君,请原谅吧!像咱们这样低微的小人物,居然在这几块破板搭成的戏台上,也搬演什么轰轰烈烈的事迹。难道说,这么一个"斗鸡场"容得下法兰西的万里江山?还是我们这个木头的圆框子里塞得进那么多将士?——只消他们把头盔晃一晃,管叫阿金库尔①的空气都跟着震荡!请原谅吧!可不是,一个小小的圆圈儿,凑在数字的末尾,就可以变成个一百万;那么,让我们就凭这点渺小的作用,来激发你们庞大的想像力吧。就算在这团团一圈的墙壁内包围了两个强大的王国:国境和

---

① 法国北部的一个村落,亨利五世大败法军于此。请参阅以下第四幕第七场。

国境(一片紧接的高地),却叫惊涛骇浪(一道海峡)从中间一隔两断。发挥你们的想像力,来弥补我们的贫乏吧——一个人,把他分身为一千个,组成了一支幻想的大军。我们提到马儿,眼前就仿佛真有万马奔腾,卷起了半天尘土。把我们的帝王装扮得像个样儿,这也全靠你们的想像帮忙了;凭着那想像力,把他们搬东移西,在时间里飞跃,叫多少年代的事迹都挤塞在一个时辰里。就为了这个使命,请容许我在这个史剧前面,做个致辞者——要说的无非是那几句开场白:这出戏文,要请诸君多多地包涵,静静地听。(下。)

第 一 幕

第一场　伦敦。王宫前厅

　　　　　坎特伯雷大主教及伊里主教上。

坎特伯雷　主教,你听我讲:如今这一个提案,早在先王治下第十一年就提出来过,当时就有可能通过,而且也当真通过了,存心要跟咱们捣蛋;幸亏那是个兵荒马乱的年头,这个提案后来就搁了起来,没有进一步予以考虑。

伊　里　大主教,这一回,咱们可又得怎样对付呢?

坎特伯雷　这还得研究研究。要是居然让它通过了,我们的一大半财产眼看就要送人了;因为那样的话,凡是那些一心敬神的信士身后捐献给教会的民间土地,就全都要给他们充公了;据他们的估计,这笔财产可以让国王足足供养十五个伯爵,一千五百个爵士,六千两百个绅士。还有,为了救济乞丐,以及那风烛残年、赤贫而失去劳动力的苦老头儿,满可以维持一百个赈济所。此外,还可以每年呈缴国库一千个金镑——这就是提案的内容。

伊　里　这岂不是叫人吃掉了一块肉?

坎特伯雷　吃掉一块肉!——连骨头都叫人啃啦。

伊　　里　　那么对策呢？

坎特伯雷　　国王是圣明了，他的恩宠是深厚的。

伊　　里　　而且诚心诚意敬爱着神圣的教会。

坎特伯雷　　凭他年轻时的那份荒唐，谁又能想到啊。他的父王才断了气，他那份野性仿佛也就遭了难，跟着死去；对，就在这时候，"智慧"，真像天使降临，举起鞭子，把犯罪的亚当驱逐出了他的心房；从此，那一座"乐园"净是纯洁的精灵在里面栖息。从来没看见谁一下子就变得这样胸有城府——这样彻底洗心革面，像经过滚滚的浪涛冲洗似的，不留下一点儿污迹。也从来没听到谁把九头蛇那样顽强的恶习①，那么快，而且是一下子给根除了——像当今的皇上那样。

伊　　里　　变得好！我们是有福了。

坎特伯雷　　听着他宣讲神圣的教义，你不由得不五体投地，私下但愿让皇上当上了牧师；听着他讨论国家大事呢，你会说，原来这门学问是他毕生的研究；听一听他畅谈兵法，那你就听到了可怕的战争变成了柔和的音乐。随便什么国家大事到了他手里，不可解的结也就解开了——好像他是在随手解他的袜带子。他一开口，空气，那不受管束的顽童，就静下来了；人们竖起了耳朵，用无言的惊叹来听取他那美妙的高论。那么说，一定是实践和实际的人生经验教给了他这么些高深的理论。这可真是稀奇啊，怎么他会学习得那么多；他走的明明是条浮而不实的道路，他所亲近的都是那些

---

① 据希腊神话，勒耳涅地方有九头的水蛇，赫剌克勒斯与之力战，但每劈下一头，它立即又生出两个头来。

不学无术的浅薄之徒,他的时间尽是在声色犬马里消磨;从来没人发现他手里拿着一本书,或是从嘈杂的场所,从三教九流的人群中退出身来静一静心。

伊　里　草莓在荨麻底下最容易成长;那名种跟较差的果树为邻,就结下更多更甜的果实。亲王的敏慧的悟性,同样也只是掩藏在荒唐的表面底下罢了;不用问,那就像夏天的草儿在夜里生长得最快,不让人察觉,可只是在那儿往上伸长。

坎特伯雷　一定是这样;现在再没奇迹出现了,我们只能承认,一样东西变为完善,自有它的道理。

伊　里　可是好主教,下院提出来的议案,现在反驳得怎么样啦?皇上赞成还是不赞成呢?

坎特伯雷　他仿佛是中立。或者还不如说,他倾向我们这一边,而不是支持提案者来反对我们——因为我曾经把当前的局势跟陛下谈过,谈得很周详,还提到了法兰西的问题;我曾以教士会议的名义向陛下保证:鉴于当前的局势,我们决定捐献给朝廷一笔巨款,那数目将超过宗教界任何一次对历代先王所纳贡的献金。

伊　里　听了你的保证,皇上又怎样表示呢,大主教?

坎特伯雷　皇上听得很对劲;只是他有事在身,没工夫听我讲到其他方面去;要不,据我的观察,他会很乐于听我细细讲一讲那历历可查的宗谱,讲讲他怎样名正言顺地理该领有某些公国;又怎样,凭着他是爱德华的曾孙,有权要求法兰西的王冠和宝座。

伊　里　是什么事打扰了他,不让他听下去呢?

坎特伯雷　正在那时候,法兰西大使要求觐见——我想召见他的时候该到了吧。现在是四点钟?

伊　里　是的。

坎特伯雷　那么我们进去吧。听听他们此来有什么使命——其实不用那个法兰西人开口，我一下就能把它猜中。

伊　里　我愿意奉陪——我也很想听一听呢。（同下。）

第二场　同前。王宫议事厅

亨利王、葛罗斯特、培福、爱克塞特、华列克、威斯摩兰及侍从上。

亨利王　我那仁爱的坎特伯雷大主教呢？

爱克塞特　不在这儿。

亨利王　派人去请他来，好叔叔。

威斯摩兰　我们可要去把大使召进宫来，皇上？

亨利王　且慢点儿，姑丈。英、法两国间重大的问题正盘旋在我们的脑中，让我们先把自己的疑虑解决了，然后再召见他们。

坎特伯雷大主教及伊里主教上。

坎特伯雷　愿上帝和天使守护着皇上的圣位，愿陛下万寿无疆！

亨利王　多谢你的美意。渊博的大主教，我请求你讲一讲——要公正、虔诚地讲——法兰西所奉行的"舍拉继承法"究竟应当还是不应当剥夺我们的继承权。上帝明鉴，我的忠诚的爱卿，你就这问题做解释的时候，千万不能够歪曲、穿凿，或牵强附会；更不能仗着自个儿精明，就明知故犯，叫自己的灵魂负上了罪名，竟然虚抬出一个不合法的名分，经不起放到光天化日之下，让大家评一评。因为，上帝是明白的，有多少今天好好儿活着的男儿，只为了你大主教一句话，将要血肉横飞——因为我们会照你的话做去。所以你得郑重考虑。你这是在把我们的生命做赌注，你这是要惊起那睡着的干戈。我凭着上帝的名义,命令你郑重考虑。像这样两个王国,一旦打起仗来,那杀伤决不是几十个人或几百个人。在战争里流出的每一滴无辜的血,都是一声哀号,一种愤慨的责难——责问那个替刀剑开锋、叫生灵涂炭的人。只要记着这庄重的祈求,你就说吧,大主教;我们要好好地听着、注意着你的一番话,而且深深相信,凡是你所说的,都出自一颗洁白得就像受过洗礼、涤除了罪恶的良心。

坎特伯雷 那么听我说吧,圣明的陛下,还有你们——生命和职位都属于当今皇上的列位公卿。他们拿不出什么理由可以反对陛下向法兰西提出王位的要求,只除了这一点——那在法拉蒙时代制定的一条法律:

In terram Salicam mulieres ne succedant

(在舍拉族的土地上妇女没有继承权)

而法国人就把这"舍拉族的土地"曲解为法兰西的土地,并且把法拉蒙认做是这条法律的创制人和妇权的剥夺者。可是他们的历史家却忠实地宣称舍拉区是在日耳曼的土地上,位于舍拉河与易北河之间。查理曼大帝当年征服了撒克逊族,一部分法国人就留在那儿住下了,可是看不惯日耳曼女人那种不规矩的行为,他们因此立下了这条法律,就是:"在舍拉族的土地上,妇女不能做继承人"——这舍拉区,我说过,是在易北河与舍拉河之间——如今日尔曼人称之为"迈森"。那就很明白,"舍拉继承法"的订立原不是打算在法兰西国土上推行的;再说,直到法拉蒙王驾崩以后的四百二十一年,法兰西这才兼并了舍拉族的土地;而大家却毫没来由地错把法拉蒙王当做了这条法律的创制人。法拉蒙王是在我主四百二十六年死的;而查理曼大帝却是在八百〇五年才征服了撒克逊族,把法兰西的国境推过了舍拉河。此外,他们的历史家说过,那废除喜尔德利王位的培平王,就是克罗退尔王的女儿白莉蒂尔的子嗣,他以一个普通继承人的身份谋取了——登上了法兰西的王位。休·盖卑也是一个样儿,他自称是林贾尔郡主的子嗣——查理曼的外孙、路易王的外曾孙、查理曼大帝的外玄孙——就篡夺了洛林公爵查理的王位——而他,才真是查理曼大帝嫡系的唯一子嗣——还借此宣扬他的登位是合情合理的——可是说真话,根本是一笔糊涂账。还有路易十世,就是那篡位者盖卑的独生子,他头上戴了顶法兰西王冠,心里头总觉得不安宁;直到最后,才安了心,因为他查明了他的祖母伊莎贝尔皇后是爱芒贾尔郡主的直系卑族,那位郡主又是方才所说起的洛林公爵查理的女儿——这样亲上攀亲,查理曼大帝的血统就又跟法兰西的王冠结合在一起。这样,就像夏天的太阳一般明亮,培平的称帝,还有休·盖卑的登位、路易的心安理得做他的国王,全都是凭着母系方面的权利和名分。就这样,法兰西的王位传到如今;然而他们偏又抬出这"舍拉继承法",来剥夺陛下凭着外孙的身份提出王位的继承权。他们喜欢的是搬弄一套玄虚,却就是不肯理直气壮地站出来给自己辩白:为什么他们该从你和你的祖先那儿夺去这不应得的名分。

亨利王　我提出这继承权,可是名正言顺,对得起自己的良心?

坎特伯雷　要不然,让罪孽降临到我头上来吧,万众敬畏的皇上!在《民数记》上写得分明①:人若死了,没有儿子,就要

---

① 参阅《旧约·民数记》第二十七章。

把他的产业归给他的女儿。英明的皇上,保卫自己的权利,展开你那殷红的军旗;回顾一下你轰轰烈烈的祖先吧。威严的皇上,到你那曾祖父的陵墓跟前去吧,你从他那儿得来了继承的名分,就去祈求他的威灵再显一显神;再到你叔祖黑太子爱德华的坟前去吧,他曾经在法兰西的土地上演了个惨剧——把法兰西大军打得落花流水;那当儿,他的威风凛凛的父王正高踞山头,含笑观望他的虎子在法兰西贵族的血泊里横冲直撞。高贵的英国人啊!你们腾出一半力量,就足以应付法兰西的全部精兵;让还有一半人马站过一旁,有说有笑,却不想他们因为筋脉缺少活动,反而着了凉!

伊　里　让这些长眠在地下的勇士重又出现在回忆中吧,你统率着雄师,把他们的英雄伟业重新来一遍吧。你本是他们的子嗣,你高坐在他们传下的王座上,那使他们名震四方的热血和胆量,正在你的脉管里奔流啊。我那英勇无比的君主正当年富力强,像五月的早晨,正该是轰轰烈烈地创一番事业的时光。

爱克塞特　普天下兄弟之邦的国君,他们都在盼望着你奋然而起——就像那些奋起在前、跟你同一个血统的雄狮一样。

威斯摩兰　他们全都知道:陛下有理由、有兵力、还有那物力;而陛下也确是万事俱备啊。英格兰还有哪一朝国王拥有过更富裕的贵族、更忠心的臣民?——他们那火热的心,丢下了他们那守在英格兰的肉体,早就飞到法兰西阵地上的军营里去了。

坎特伯雷　啊,我的好皇上,让他们的肉体也随之而去吧!让他们凭着一股热血、一把利剑和一阵烈火去争取你的权利吧!

我们司掌人类灵魂的,也准备出份力,为陛下捐募一笔巨款,那数目必定会超过历来僧侣们任何一次奉献给你祖先的金银。

亨利王　我们不能只顾举兵侵犯法兰西啊,总得酌留一部分兵力防备着苏格兰,他们可能乘此大好机会,来侵犯我们的国境。

坎特伯雷　仁爱的君主,那守卫边境的战士,就是一堵墙,尽足以抵挡那北方的跳梁小丑,保障国内的安宁。

亨利王　我并不光是指那些行踪飘忽的盗寇而言,我还顾虑着苏格兰的坏主意——他们始终是我们的居心叵测的邻居;你读历史就明白了,每逢我的曾祖父进兵法兰西,苏格兰的全部人马没有一次不是浩浩荡荡,像潮水涌向缺口一样乘虚而入;猖獗地袭击那兵力单薄的土地:围困住堡垒,猛攻城关。英格兰因为不曾设防,只落得在这奸刁的乡邻前打颤发抖。

坎特伯雷　她也只是受了场虚惊罢了,可并没真受到损伤;我的皇上,你且听一听吧,她为她自己树立了怎样的榜样:那时候,她的骑士全都在法兰西的疆场上,撇下她活像个守着空房的寡妇;可是她不但把自己保卫得好好的,还擒获了苏格兰王,把他当做一头走失的牲畜般关起来,送到法兰西去——拿帝王们做俘虏,来替爱德华增光,好使她的史册连篇累牍载满着歌颂,就像是海底深处堆满了沉没的财货和无价的珠宝。

威斯摩兰　不过有句老古话说得很对:
　　　　要是你想把法兰西战胜,
　　　　那就先得收服苏格兰人。

因为一旦英格兰那头猛鹰飞去觅食了,苏格兰那头鼬鼠就会偷偷跑来,到它那没谁保护的窠巢里偷吃它的尊贵的蛋。正所谓猫儿不在,就是耗子的天下;它即使吞不了,尽量破坏和骚扰你一场也是好的。

爱克塞特　这么说,那猫儿就势必要守在家里了。然而,这其实是一个站不住脚的"必要";我们早已用一道道锁把守好财货,早已设下了巧机关来捕捉那些小偷。那甲胄之士正在海外冲锋陷阵,在国内,也自有那谋臣小心防守;原来是,那政府就像音乐一样,尽管有高音部、低音部、下低音部之分,各部混合起来,可就成为一片和谐,奏出了一串丰满而生动的旋律。

坎特伯雷　所以上天把人体当做一个政体,赋予了性质各各不同的机能;不同的机能使一个个欲求不断地见之于行动;而每一个行动,就像系附着同一种目标或者是同一种对象,也必然带来了整体的服从。蜜蜂就是这样发挥它们的效能;这种昆虫,凭着自己天性中的规律把秩序的法则教给了万民之邦。它们有一个王,有各司其职的官员;有些像地方官,在国内惩戒过失;也有些像闯码头、走外洋去办货的商人;还有些像兵丁,用尾刺做武器,在那夏季的丝绒似的花蕊中间大肆劫掠,然后欢欣鼓舞,把战利品往回搬运——运到大王升座的宝帐中;那日理万机的蜂王,可正在视察那哼着歌儿的泥水匠把金黄的屋顶给盖上。一般安分的老百姓又正在把蜂蜜酿造;可怜那脚夫们,肩上扛着重担,硬是要把小门挨进;只听见"哼!"冷冷的一声——原来那瞪着眼儿的法官把那无所事事、呵欠连连的雄蜂发付给了脸色铁青的刽子手。我的结论是:许许多多的事情只要环绕着一个共同的目的,不妨分头进行;就像从各个不同的角度发出的箭,射向一个目标;东西南北的道路都通向一个城镇;千百条淡水的河流汇聚在一片咸海里;许多线条结合在日晷的中心点——就像这样,千头万绪的事业一旦动手,共同完成一个使命,什么都顺利进行,不会有一些儿差错。所以,到法兰西去吧,我的君主!把你那"快乐的英格兰"一分为四,这四分之一就归你带到法兰西去大显威风,叫高卢族人人发抖。而我们,以三倍的力量在国内防守,要是再不能扎紧藩篱,不许野狗钻进来,那么合该我们倒楣,叫恶狗扑身,丧尽了咱们民族的勇敢与政治上机警的英名。

亨利王　去把法国皇太子的使臣召唤进来。(数侍从下)重重疑虑如今是全都消释了;凭着上帝,和你们各位的大力帮助——法兰西既然是属于我们的,那我们就要叫她向我们的威力降服;要不,管叫她玉石俱焚。若不是我们高坐在那儿,治理法兰西的广大土地和富敌王国的公爵领地,那就是听任我们的骨骸埋葬在黄土墩里,连个坟,连块纪念的墓碑都没有。我们的历史要不是连篇累牍把我们的武功夸耀;那就让我的葬身之地连一纸铭文都没有吧——就像土耳其的哑巴,有嘴没舌头。①

　　　　两法国大使上。

亨利王　现在,我们就准备洗耳恭听我们的皇兄:法国皇太子有什么见教——我听说,你们两位是奉太子的命,而不是奉皇上的命来到敝国。

----

① 据说土耳其宫廷中的侍从割去舌头,以防泄漏机密。

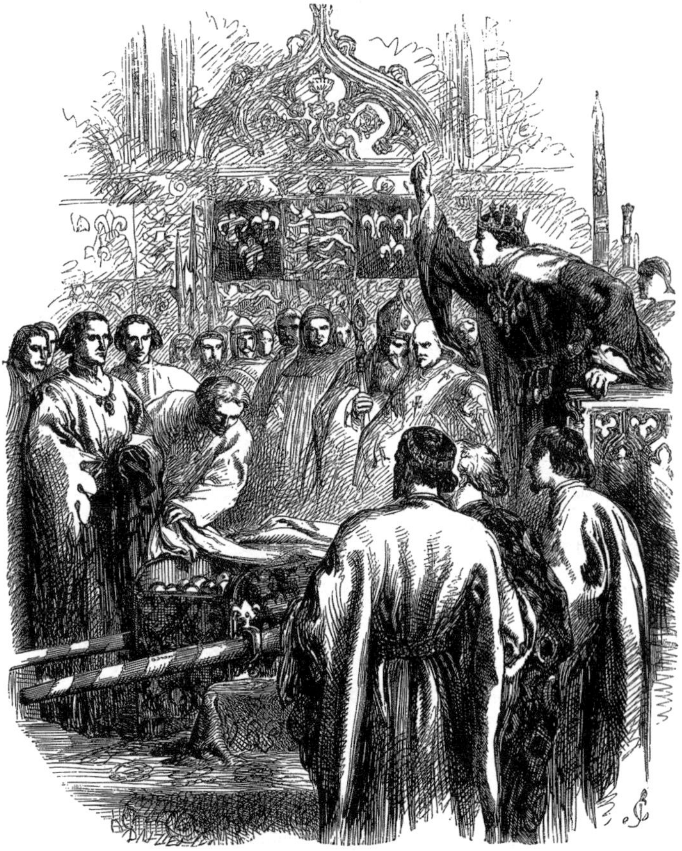

大使甲　不知陛下是否恩准我们只管按照我们所负的使命行事；还是，我们只可以略略提一提皇太子的本意和我们此来的任务？

亨利王　我并不是什么暴君，是一个基督徒国王，一切无常的喜怒都为理性所控制——就像那不法的歹徒被囚禁在我们的狱中。所以你们不必存什么顾忌，尽管把太子的意见对我们直说吧。

大使甲　那么，话并不多：陛下最近派人到法兰西来，凭着您伟大的祖先爱德华三世的权益，提出割让某些公国的要求；回答这一个要求，我们的主公——皇太子说：您怎么还是稚气未尽，该多懂些事理才好呢。在法兰西，凭着跳一番快步舞，您别想得到什么东西——法兰西的公国，不是凭您花天酒地就能夺取的。所以，为了更适合您的脾胃起见，他给您送来了这一箱宝贝，只希望您收下之后，从今别再提什么公国了吧。——这些就是皇太子所说的话。

亨利王　什么宝贝呀，王叔？

爱克塞特　网球，我的主。

亨利王　我们真高兴，皇太子这样富于风趣；他的厚赐和你们的辛苦又多么叫人感激呀！如果我们拿起球拍来拍这些球，老天在上，我们要到法兰西去打一局，一下下打得他尊大人头上的皇冠摇来晃去！去告诉他，他已经找到了这么一个对手，只怕要把整个法兰西当做网球场，着着进攻，叫你们坐立不安。我们很了解他的用意，他这是在取笑我少年时代的放浪，却不曾理会，在这一个时期，我们有些什么收获。这英格兰的可怜的王位，我从来没有放在心头，因此曾经疏远了宫廷，沉湎在胡闹中——人从来就是这样啊，一旦摆脱了家，浑身都是痛快。可是去告诉皇太子吧，我会登上宝座，显出一派人君的威严气概，只要我振作起来——在法兰西的王位上。怀着这个宏志，我不惜纡尊降贵，像一个干活的工人，忍受劳苦；可是我就要从那儿升起，光芒万丈，叫全法兰西的人民睁都睁不开眼来，嘿，叫皇太子向我们望一下，就会立刻瞎了眼。去告诉那挺有风趣的太子尽管取笑吧，那网球就给他取笑成了炮眼里的石弹；他的灵魂，将要受到深重的责难——为了那跟着炮弹而降落的灾祸，为了他今天开这个玩笑，成千成万的女人将要成为寡妇，就此再看不见亲丈夫；他今天取笑我，明天可"笑"坍了城堡，"笑"掉了母亲的孩子——有些还没有成胎，有些还没降生，他们全有理由咒骂王子太轻狂。可是这一切都听凭于上帝的意旨；让我向上帝祈求。请凭着他的名义，告诉皇太子吧：我就来了，跟他算账来了——我理直气壮地来了，来干我正大光明的事业。你们现在一路平安地回去吧，去告诉皇太子，他这玩笑开得多愚蠢，为了一两声笑声就哭坏了千万人。好好地护送着他们。再会吧。（两大使下。）

爱克塞特　这不是个挺有趣的照会吗？

亨利王　我倒是想叫那送球的人为这个而涨红了脸。那么，各位大人，别坐失了有利于我们出兵的大好时机；如今除了法兰西，我们再没旁的念头——除非想起事到临头，首先要想念上帝。让我们立即把出兵所需要的兵力征集起来，在各方面都考虑周详，我们就好比翅膀上添了更多的羽毛，又快又有步骤；我们有上帝引领，要当着法王的面，把他的儿子教训教训。现在，愿大家都尽心效忠，让这一正义的战争见之于行动吧。（同下。）

第 二 幕

序　曲

　　喇叭奏花腔。致辞者上。

致辞者　现在,全英国的青年,心里像火一样在烧,卸下了宴会上的锦袍往衣橱里放——如今风行的是披一身戎装!沸腾在每个男儿胸中的,是那为国争光的志向;他们卖掉了牛羊去买骏马,叫脚下平添翅膀,像英国的使神,好追随那人君中的圣君。如今是,到处浮荡着一片期望,把那明晃晃出鞘的刀剑从眼前掩蔽了,叫人只见那皇冠、王冕、贵族的头饰快落在亨利和他左右的头上。那班法国人,探听确切咱们正在厉兵秣马,自知大难临头,恐慌得发抖,妄想用诡计把英国人的意志扭转。啊,英格兰!你对于你伟大的气魄只是个具体而微的模型——你小小的身子跳动着一颗巨大的心!"荣誉"对于你抱着多大的期望,你本来可以干下多少伟业,假如你的孩子个个孝顺,全都具有天良!可是瞧你的祸根吧!法兰西在你那儿发掘了一窝没心肝的人,他就用毒药般的金币来填满那虚空的胸膛;三个丧尽天良的卖国贼(一个是,剑桥的理查伯爵;第二个,马香的斯克鲁普勋爵;第三个,托马斯·葛雷——诺森伯兰的爵士),只为了贪图法国人的亮晃晃的金银——啊,这漆黑的罪恶!——就跟那恐慌的法国人私下勾通,由他们亲手谋取圣君的生命——就是说,要趁他逗留在扫桑顿还没登上战舰向法兰西航行的时候。难道他们真得到魔鬼暗中帮助,实现了阴谋?观众们,且忍耐一下吧,帮着我们把遥远的路程缩得不露痕迹,以便凑成那么一出戏文!再说,那钱是付下了,那三个卖国贼把话许下了,当今的皇上从伦敦出发了;那场景是——请各位注意,转移到扫桑顿来了。咱们这个戏园子跟着搬到了那儿;诸君现在也就是在那儿安坐。从那儿我们将平安无恙地把你们运送到法兰西,再把你们从那儿送回来。让我们念念有词,祝告那海峡,载着船,风平浪静吧——只要我们能做得到,决不让看客中有哪一位会反了胃。可是我们必须等到英王登场,才来到扫桑顿;这以前,还在老地方。(下。)

第一场 伦敦。街道

尼姆及巴道夫上。

巴道夫　幸会,幸会,尼姆伍长。

尼　姆　早安,巴道夫中尉。

巴道夫　呃,毕斯托尔旗官跟你这会儿成了朋友了吗?

尼　姆　拿我来说,我才不在乎哪——我什么话也不说——也许有那么一天,我倒也会有说有笑的——不过那等将来瞧吧。"我没胆量决斗!"——可是眼睛一闭,把这个铁家伙往前这么一戳,我总做得到呀——这有什么了不起!——

可是那又怎么样？它可以拿来烘乳酪，也能像别人的刀子一样，不怕着凉——我的话到此为止。

巴道夫　我倒是愿意请一顿中饭，给你们俩拉拢拉拢，咱们三个做了结拜弟兄到法兰西去。就这样吧，好尼姆伍长。

尼　姆　对，我能够撑下去就多活它几年——那不用说；有一天我撑不下去了，我就一了百了——这就是我的主意，是我的最后一着。

巴道夫　不错，伍长，他娶了快嘴桂嫂；也不必提，她对不起你——你跟她早就订了婚。

尼　姆　叫我怎么说呢，许多事都是没有办法的。有人躺下去的当儿，脖子还好好地长在下巴底下，可是……人家说，刀子切起东西来可快着呢。就是这么回事，你管不了。一个人的耐性尽管像匹累垮了的马，可是，迟早也一步一步叫那匹马儿挨到了。别愁，迟早会有个解决的。嗳，我不知道怎么说才好！

巴道夫　毕斯托尔旗官和他的太太来啦。好伍长，且忍住一些。

　　　　　毕斯托尔及老板娘上。

巴道夫　怎么啦，我那毕斯托尔店主东！

毕斯托尔　下贱的狗，你敢叫我"店主东"？听着，我举手起誓，坚决反对这称号；我的耐儿也决不再招留房客了。

老板娘　可不是，我起誓，我马上就要不招留房客啦！因为我们倘若是招留了十三四个娘儿们——尽管人家都是好女人，规规矩矩，靠做针线过日子——人家就要以为你呀，你开了一个窑子啦。哎呀，我的妈，看他把剑都拔出来啦！（尼姆拔剑，毕斯托尔也拔剑）我们这儿就要出一件谋杀亲夫的案子啦！

巴道夫　好中尉！好伍长！这儿不是英雄用武的地方。

尼　　姆　呸！

毕斯托尔　你呸！叭儿狗！你这竖起了耳朵的叭儿狗。

老板娘　好尼姆伍长，做一个大丈夫，收起你的剑吧。

尼　　姆　跟我走，好不好？咱俩"个儿对个儿"！

毕斯托尔　"个儿对个儿"？你这少有少见的恶狗！啊，奸刁的毒蛇！这"个儿对个儿"就在你这张天字第一号的脸上呀；这"个儿对个儿"就在你的牙齿缝里——在你的嗓子眼儿里——在你那可恶的肺里——对了，在你的狗肚子里——奶奶的，更糟的是，在你的狗嘴里！我拿你五脏六腑里的"个儿对个儿"①来回敬你，因为是，我还懂得开枪；因为是，毕斯托尔的扳机②已经翘起来了，一道火光马上要射出来啦！

尼　　姆　我不是巴巴松魔鬼，凭你这样念念有词，可降服不了我。我恨不得把你不痛不痒地揍一顿呢。毕斯托尔，要是你跟我过不去，我就要拿这把剑把你的命送掉——我做得到——而且做得才叫漂亮，只要你敢跟我走。我要把你的肠子挑那么一挑，我做得到——而且做得才叫地道——这才对头。

毕斯托尔　喔，你这个吹牛、撒野、该死的下流胚呀！坟墓已经张开了口，死神就在你头上招着手；所以，快把刀子亮出来吧！

巴道夫　听着，听我一句话，谁要是敢先动一下武，我不一剑把

---

① 尼姆在讲"个儿对个儿"时，用了一个拉丁字，毕斯托尔故作不解其意，胡说一通。

② 毕斯托尔（Pistol）原是"火枪"的意思，此处"扳机"原文语义双关。

他刺穿了,就算不得是个军人。

毕斯托尔　这句话好不厉害哪,把人的怒气都打消了。把你的拳头伸给我——伸给我,你的前爪!嘿,你的胆子不算小!

尼　　姆　迟早总有一天,叫我割断了你的喉咙管——而且还做得漂亮。我就有这么一手。

毕斯托尔　Coupe la gorge①!这句话才说得好!我再一次不领你的教。啊,克里特岛的恶狗,你是打算来抢我枕边的娘们儿?不,劝你休想!快向医院里跑,那儿有只腥臭的"腌肉桶"②,到那里去找克瑞西达一类的麻风女人吧——她的芳名就叫桃儿,去把她认做你的大嫂,我呢,当年的快嘴桂嫂就是我的了,从此只能是我的了;这样的好女人敢说天下少!寥寥数言,讲到这里——不讲了。

　　　　侍候福斯塔夫的童儿上。

童　　儿　我的毕斯托尔店主东,你千万来看看我家主人哪,还有你,老板娘——他病得可厉害哪,要躺下去了。好巴道夫,把你那张脸放进被子里,给他做一个汤壶吧——我是说,他的病可不轻呢。

巴道夫　滚,你这小鬼!

老板娘　说句真话,总有这么一天,他得给乌鸦当点心。是皇上使他心碎了呀。好丈夫,早些儿回家吧。(老板娘及童儿下。)

巴道夫　来吧,听我的话,你们俩做个朋友吧?咱们全都要到法兰西去了,干吗见鬼似的还要扬着刀子,只想你杀我、我杀

---

① 法文,意即"割喉咙"。
② 腥臭的"腌肉桶",指蒸汽浴箱而言,当时以蒸汽浴来治人的花柳病。

你呢。

毕斯托尔　让洪水泛滥,让魔鬼因为没得吃而嘶号!

尼　姆　那么上次你还欠我八个先令赌账,现在还不还呢?

毕斯托尔　最下贱的奴隶胚子才还人家的钱。

尼　姆　我现在问你讨钱,这才对头。

毕斯托尔　大丈夫就是这样解决问题:看剑!(两人拔剑。)

巴道夫　我拿着这把剑说话,谁要是先动一下武,我就先请他吃一剑;这把剑可决不跟你们说着玩儿的。

毕斯托尔　剑究竟是剑,凭着剑赌咒,可不是儿戏。

巴道夫　尼姆伍长,要是能交朋友,大家就交个朋友吧;要是你不愿意,嘿,那么把我也看做你的对头吧。得啦,把剑收了吧。

尼　姆　那么上次你欠我的赌账八个先令还不还我?

毕斯托尔　还你六个半,当场现付,并且还请你喝酒,不要你付钞。咱们俩就做个结拜弟兄吧——我为尼姆而活,尼姆为我而生,这可不是天公又地道?听我说,我已经把军营里的伙食承包下来了,这一下油水可得了。把你的手给我。

尼　姆　你还给我六个半?

毕斯托尔　当场现付,一文都不少。

尼　姆　好,这才对头。

　　　　老板娘重上。

老板娘　你们这些爷们要是全都是从娘儿们肚子里钻出来的,那就快奔进去看看约翰爵士吧。唉,可怜的人儿!他得的是伤寒伤风症,都快把他烧坏了,瞧着真叫人心疼哪!好人儿啊,你们快到他那儿去吧。

尼　姆　当今皇上对爵士发了一阵脾气,把他气坏了——就是这么一回事儿。

毕斯托尔　尼姆,你这话说得对,他的心是东拼西凑,缺了一只角啦。

尼　　姆　皇上是一个好皇上,可是没办法,好皇上也有发性子的时候呀。

毕斯托尔　让咱们去慰问慰问爵士吧;小羊儿们,咱们还得好好儿活下去呢。(同下。)

第二场　扫桑顿。行辕

爱克塞特、培福及威斯摩兰上。

培　　福　天哪,皇上也太大意啦,竟会信任了这班卖国贼。

爱克塞特　等时候一到,管叫他们逃不了。

威斯摩兰　看他们的举止是多么安详、从容呀,好像一肚子都是忠心耿耿,任凭千思万想,首先想到的,就是为国效忠尽力!

培　　福　他们的一切用心,皇上全知道啦——那些信件已落在咱们的手中,他们可是连做梦还没想到!

爱克塞特　哪儿会想到;可是谁想到皇上曾经召他同床而眠、拿层层叠叠的恩宠往他身上堆的那个人,他竟会为了贪图外国人的钱币,就施展奸诈的手段,准备出卖当今皇上的生命。

喇叭声。亨利王与斯克鲁普、剑桥、葛雷及侍从等上。

亨利王　趁现在正好顺风,我们要上船啦。我那剑桥伯爵和我那斯克鲁普贤卿,还有你,我的好爵士,请发表发表你们的意见;你们可认为,我们拥有的兵力足以攻破法兰西的军队,完成此番出征的任务,达到我们劳师动众的目的?

斯克鲁普　那不用问,陛下,假使人人都贡献出他最大的力量。

亨利王　这点我没有疑问,因为我深信凡是跟随我们出发的人,没一个不是跟我们同心协力的;而那些留下来的,没一个不希望胜利和成功归属于我们。

剑　桥　从来没有一个君王像陛下这样受到臣民的爱戴,为臣民所敬畏。在您的仁政下,还有谁口出怨言,满腹牢骚的——照我看,绝无仅有。

葛　雷　说得对。当初先王有过许多仇人,他们都早忘了旧恨,心悦诚服,本着职责和热忱,来为您效忠。

亨利王　那我们有着千万个值得感谢的理由了;我们就是忘了怎样使用自己的手[1],也决不会忘却了论功行赏,报答那些替国家出力的人。

斯克鲁普　这就更叫大家使出钢铁般的力量来——因为既有着"希望"做伴,哪怕千辛万苦,也要永无休止地为陛下尽忠。

亨利王　我也正是这样估计。爱克塞特王叔,把昨天押在牢里的那个人释放了吧;他昨天多喝了酒,竟敢骂起我来,可我认为,累他的是酒。既然他清醒了,明白过来了,那就饶了他吧。

斯克鲁普　陛下真是慈悲,可也太纵容了。把他惩办一下吧,皇上,怕的是这样轻易饶了他,反而叫坏人跟着他学样。

亨利王　啊,还是让我们放慈悲些吧!

剑　桥　是的,陛下可以恩威并施。

葛　雷　陛下,您留他一条命,却叫他好好地尝一尝刑罚的滋

---

[1] 参阅《旧约·诗篇》第一三七篇:"耶路撒冷啊,我若忘记你,情愿我的右手忘记技巧。"

味,也就是开了恩。

亨利王　唉,你们这样地爱我、关切我,因此就这样地跟那个可怜虫为难!要是人一时糊涂,犯下了小小过失,我们尚且不肯眯着眼睛只装看不见;那么,一旦那用尽心计、深思熟虑的一等罪出现在我们的面前,我们的眼睛该睁得多大呢?我们还是决定释放了那个人,虽说剑桥、斯克鲁普、葛雷,这样亲切地关怀我本人,主张把他惩办。现在说回到法国问题上来。谁是新近任命的"执政官?"

剑　桥　我是其中之一,陛下。陛下吩咐我今天提出这请求。

斯克鲁普　您也这样吩咐了我,陛下。

葛　雷　还有我,皇上。

亨利王　那么剑桥伯爵,这儿是你的委任状;这儿是你的,斯克鲁普勋爵;这一份是你的,葛雷爵士。请打开来念一下吧,也好知道我是知道你们的好处的。威斯摩兰伯爵,爱克塞特王叔,今夜里我们要乘船出发了。(向卖国贼)嗳,怎么啦,大臣!你们在文件上看到了些什么呀?——连血色都没有了!瞧,他们变得多厉害!他们的脸成了一张白纸。怎么啦,你们在这上面看到了些什么,把你们吓成这样,连一丝血色都没有了?

剑　桥　我承认我有罪,请求陛下开恩吧!

葛　雷
斯克鲁普　我们都这样请求。

亨利王　我的慈悲心,向来是油然而生的,可是你们方才自己所出的主意,却把它扑灭了、打消了。要是你们还存半点儿羞耻,就再不敢提什么"慈悲";因为你们自己所说的一番话,就像那返身扑向主人的恶狗一样,直刺进你们的心窝,折磨着你们。诸位亲王、高贵的公卿,你们看哪——看这些英格兰的妖孽!这儿是剑桥伯爵,你们都知道我们待他有多么厚道,凡是以他的身份所应该享受的荣华,我们都照理供奉他。而这个人,为了区区几个金镑,就轻轻地勾结了法国人,向他们宣誓,要把我谋杀在扫桑顿。(向葛雷)也就为了这几个钱,这位爵士,他所承受我们的恩惠,不亚于剑桥,可也同样向敌人宣了誓。可是,啊!叫我对你说什么好呢——斯克鲁普勋爵?你这个狠毒的、忘恩负义的丧尽天良的衣冠禽兽!我的一切决策全掌握在你的手里,我的灵魂都让你一直看到了底,你果真要的是钱,那真是只消略施小技,就可以把我铸成了一块块金币。难道说,外国人的贿赂居然能勾引你做下一星星坏事,哪怕只为了好叫我身上的一个指头不好受?这叫人多么想不通啊,尽管这回事儿已经黑白分明,摆在我的面前,可我的眼睛却还是怎么也不愿意相信。"叛逆"和"谋杀"这一对儿,总是扭结在一起,就像套在同一个轭上,彼此为同一个使命而宣誓的一双魔鬼——这本是不言而喻的道理,所以我们尽管震惊,可并不流露一点儿诧异。可是你啊,确然违反了天下的常情,替"叛逆"和"谋杀"也讨来了一声惊叹。那个狡猾的魔鬼——不管他是谁,能够这样出乎情理之外,把你给引诱过去,他在地狱里会得到一致的称许:"真有这本领!"旁的魔鬼把人引上叛逆的途径,还得忸忸怩怩,拿形形色色来东拼西凑,弄成一件煞像是圣洁的外衣,给那悖天逆理的"罪恶"披上;可是那个把你放在手里搓揉、叫你唯命是从的魔鬼,他什么借口都不给你——"你干吗要卖国?"——没有理由,除非是他要封你一个卖国贼的称号。那个就是这样把你骗上手的魔鬼,要是他迈开虎步,踏遍天下,再回到那无边的地狱里,回到他那队伍中间,他就可以向伙伴们说了:"我从不曾这样轻易把人的灵魂骗了来,像我骗这个英国人!"唉!你给融洽无间的"信任"带来了多大的猜忌!看,人家不是很忠心?嗳,你何尝不就是这样。人家岂非博学又正经?嗳,你何尝不就是这样。人家出身高贵?嗳,你何尝不是呀。人家岂非很虔敬?嗳,你何尝不是呀。人家不贪口腹之欲,神情坦然,喜怒不形于色,褪尽了火气,从不让一时的血气动摇自己的身心;举止优雅而温文;判断人,决不是光凭眼睛,不用耳朵;可还得经过深思熟虑,并不轻信所见所闻——你就像是这样一个十全十美的人;而你的变节,叫所有才德俱备的君子蒙上了嫌疑的污点。我要为你而流泪啊;你这种叛逆的行为,在我看来,就像是人类又一次的堕落①。他们的罪行已经给揭发了,把他们逮捕起来,听候国法处理;让上帝来替他们开释阴谋的罪名吧!

爱克塞特　我以严重的叛国罪状逮捕你——剑桥的理查伯爵。我以严重的叛国罪状逮捕你——马香的亨利·斯克鲁普勋爵。我以严重的叛国罪状逮捕你——诺森伯兰的托马斯·葛雷爵士。

斯克鲁普　我们的阴谋给严明的上帝揭露出来了;我的罪恶比我的死更叫我难过。为了这样的过失我请求陛下宽恕——虽然为着它,我付出了生命的代价。

剑　　桥　并不是我受了法兰西金银的诱惑,虽然我得承认,收下了金子就促使我更急于要把阴谋实现。可是感谢上帝,他

---

① 根据《圣经》,亚当被逐出乐园,是人类的第一次堕落。

出来阻拦了;纵然是死,我也甘心,只祈求上帝和您宽恕了我的罪恶。

葛　雷　忠心耿耿的臣民听到揭发了这最最危险的叛国罪,也绝不能像此刻的我那样为自己欢乐——为的是正当我要干下罪大恶极的勾当的时候,就给拦阻了。请饶赦我的罪恶吧——可别饶赦我的死罪,君王。

亨利王　愿上帝宽饶了你们!听好你们的判决吧。你们阴谋弑杀一国的国王,私通敌国,从敌人的财库里领受了金银当做预付的定金;于是就把你们的君王出卖,任人宰割,把王亲国戚与公卿出卖,任人奴役,把全国臣民卖给了骄横的征服者,把整个王国卖给了那奸淫掳掠的敌寇。涉及我本人,我并没报复的打算;可我们祖国的安全,我们却必须万分珍重,你们企图破坏它,我现在就把你们交给了祖国的法律。没骨头的可怜虫,快去吧,死刑在等待着你们。愿慈悲的上帝叫你们安心忍受死亡的滋味,叫你们衷心忏悔这一切重大的罪行吧!把他们带下去。(禁卫押剑桥、斯克鲁普及葛雷下)现在,大臣们;到法兰西去吧!到那边去干一番事业,光荣将同样地属于我和你们。这次出兵,一定会很吉利、顺当;因为上帝显示了恩宠,把那潜伏在我们身边、想一开头就阻挠我们的祸害——那危险的叛逆,给揭发出来了;毫无疑问,我们前途的障碍全都清除了。亲爱的同胞,动身吧,把我们的大军交托在上帝的手掌里。马上就出兵吧。高扬起战旗,欢欣鼓舞下海洋;不在法国称帝,就不做英格兰国王。(同下。)

第三场　伦敦。街头客栈前

毕斯托尔、老板娘、尼姆、巴道夫及童儿上。

老板娘　我亲亲热热的好丈夫呀,让我一路送你到史台纳吧。

毕斯托尔　别送啦;大丈夫也有气短的时候!巴道夫,振作些;尼姆,你一个劲儿地吹你的牛吧;童儿,摆出些勇气来;因为福斯塔夫已经死啦,叫人好不悲伤。

巴道夫　但愿我常跟他在一起——不管他在哪儿,天堂还是地狱!

老板娘　不,他当然不在地狱里!如果也有人进得了天堂,他准是在天堂上亚伯拉罕老祖宗的怀抱里。他是好好儿地死的,临死的当儿,就像是个没满月的小娃娃。不早不晚,就在十二点到一点钟模样——恰恰在那落潮转涨潮的当儿,他两腿一伸,"动身"了。他倒还在摸弄着被褥,玩弄着花儿呢,等会儿又对着自个儿的手指尖儿微笑起来了;我一眼看到这个光景呀,我就明白啦:早晚就是这一条路了;因为他的鼻子像笔那样尖,脸绿得像铺在账桌上的台布。"怎么啦,约翰爵士?"我跟他说,"嗨,大爷,你支撑些儿呀!"于是他就嚷道:"上帝呀,上帝呀,上帝呀!"这么连嚷了三四遍。为了安慰安慰他,我就跟他说,别想什么上帝吧;我但愿他那会儿还不要拿瞎心思来烦恼自己。这么说了以后,他就叫我给他在脚上多盖些棉被,我就把手伸进被窝去试探了一下;一摸,那双脚就像两块石头一样没点儿暖气!接着,我又摸他的膝盖,再又往上摸,往上摸——哎呀,全都冷得像石头似的!

尼　姆　他们说他诅咒白酒害了他。

老板娘　不错,有这回事。

巴道夫　他还诅咒女人来着。

老板娘　不,这他可没有。

童　儿　不,他诅咒过的,还说她们就是魔鬼的肉身。

老板娘　他就是受不了"肉色",这种颜色他一向最讨厌。

童　儿　他有一次说,魔鬼要捉他去就是为了女人。

老板娘　不错,他是讲了一些关于女人的话的;不过那时候他已经得了风湿症,讲的又是巴比伦的妓女。

童　儿　你还记得吗?——他看到有一个跳蚤躲在巴道夫的鼻子上,他就说,这是一个黑色的灵魂在地狱的火中燃烧?

巴道夫　唉,烧起那片火光的燃料已经完啦。我伺候他这么些年,就是得到这么些好处。

尼　姆　咱们该动身了吧?皇上快要在扫桑顿出发了。

毕斯托尔　来吧,咱们走吧。我的爱人,让我亲亲你的嘴唇儿。我的家当、我的细软,替我看牢了;一切全要留意谨慎哪。把这句话记得紧:"一律现付,概不赊账。"哪一个都信不得;赌咒发誓只是根烂草绳,男子们的忠信不值一文钱;稳扎稳打错不了,我的小鸭儿。所以,拿"战战兢兢"做你的座右铭。去吧,把你那对"水晶球儿"擦一下。队伍里的弟兄们,咱们到法兰西去吧;孩儿们,让咱们就像一群蚂蟥,只是把血喝、喝、喝个痛快!

童　儿　他们说,这才不是什么可口的东西呢。

毕斯托尔　跟她的樱桃嘴儿亲一下,咱们就此出发了。

巴道夫　再见吧,老板娘。(吻她。)

尼　姆　我可不亲这个嘴,这才对头——得了,再会吧。

毕斯托尔　好好地做一个安分守己的主妇；没事别往外跑,这是我的告诫。

老板娘　再会吧！再见！(同下。)

第四场　法国王宫

喇叭奏花腔。法王、皇太子、培利、布列塔尼及元帅等上。

法　王　英格兰的大军果然前来侵犯咱们啦,我们就得加倍注意,严阵以待。所以,培利公爵、布列塔尼公爵、勃拉庞和奥尔良公爵,你们就出发吧；你呢,皇太子,火速赶到那些战争要地,增添守卫的勇士,整修防御的工事,打刀磨枪；因为英国的军队来势十分凶猛,就像漩涡里的水势那样急骤。我们如果还记得以前轻视英格兰,吃了多大的亏,这一次就应当有所防备和警惕。

皇太子　最受尊敬的父王,我们的确应该拿起刀枪跟敌人对抗；"和平"不该是一服叫人昏沉的药剂——即使没有战事,也没有什么冲突,那防御的工事、那兵役,以及那军备,也必须经常进行、征募和充实,就像战祸已经迫在眼前。所以我说,我们大家应该着手巡察法兰西的那些薄弱、空虚的部分；我们这样做,心中可别存着恐惧——一丝儿都不用怕,就像我们听到英国人正忙着在跳降灵节的滑稽舞；因为,好父王,这个英格兰缺少一个英明君主,那帝王的权杖真想不到是拿在一个虚浮、浅薄、任性、轻举妄动的哥儿的手里——这样的国家还有什么好怕的！

元　帅　啊,快别这么说,皇太子！您大大地看错了这一位国王。殿下不妨问一问才回来的两位使臣,听听他召见他们的时候神情多么庄严,他左右拥有多少杰出的朝臣,他表示异议,态度有多么谦虚,一旦拿定了主意,又多么坚定可怕——那你就不会不发觉他过去的种种狂妄,就像古罗马的勃鲁托斯①,拿痴愚做外衣,掩盖了肚里的智谋——就像是园丁把那将要最先抽芽的嫩苗用肥料盖好。

皇太子　不,决不是那样,我的元帅大人!不过,尽管我们这样想,没关系,在保卫国土这回事儿上,我们最好还是把敌人看重些;这样才能一心把国防的力量充实起来。要是我们缩手缩脚,不能订一个像样的计划,那就会像一个守财奴,为了省几寸料子,却毁了一件衣服。

法　　王　我们还是认为亨利王是强大的吧;公卿们,你们要好好地武装起来对抗他。他的祖先曾经拿我们当做一块肥肉,曾经踏遍了我们的土地,而他,就是这些血腥的侵略者的后代啊。且想一想我们时刻记在心头的耻辱——就是当年那一败涂地的克莱西一役,我们的公卿,全叫那个名字都阴森森的黑太子爱德华掳了去;而他的那老头子,山一座似的,高高地在山头站着,一轮金黄的落日,像顶王冠,映照在他头上——他面带笑容,眺望着他那龙子把苍生残害,把法兰西的父亲,以上帝做范本,二十年心血所造就成的下一代毁坏。这个亨利就是那些得胜者的后代,我们应该担心着他天生秉承的凶悍和命运许给他的成就啊。

　　　　　使者上。

使　　者　英格兰国王亨利派来的使臣要求觐见陛下。

---

① 勃鲁托斯(Lueius J. Brutus),古罗马贵族,父兄都遭朝廷杀害,自己佯装痴愚,逃脱了杀身之祸;在公元前五一〇年,他终于推翻暴君,建立了古罗马贵族共和国,任首任执政。

137

法　　王　我们此刻就接见他们；去把他们带来吧。(使者和几个贵族下)你们瞧，朋友们，那猎狗把咱们追得多紧啊。

皇太子　回过头来，准备反扑吧，看敌人还敢追过来！那些没胆量的狗声势汹汹地喊闹，只因为它们看到，那受惊的猎物没命地在它们前面奔逃。好父王，断然迎上前去，挡住那班英国人，让他们也瞧瞧吧，在您统治下的法兰西是怎么一个王国。父王，"自尊"比起那"自卑"来，可不算是最严重的罪恶啊。

　　　　　贵族重上。爱克塞特及随从上。

法　　王　从英格兰王兄那儿来吗？

爱克塞特　奉他的命而来。他向陛下问候；凭着万能的上帝之名，他要求您退位，交出您那久借不还的荣衔——那原是，凭着上天的恩赐，又凭着造化的规律、邦国的法度，应该属于他和他的后代——这就是说，交出您的王冠，以及根据世代相沿的惯例和传统，那属于法兰西王冠的一切荣耀。为了表明他这要求并非是强词夺理，违情悖理的——并非从什么年深月久的蛀孔里，也不是从那尘封的废纸堆里发掘来的，如今他送给您这份追本溯源的王室的宗谱。每一根支线都表示出嫡系相传；他请您细细研究一下这份宗谱，等查明白他果然是正统的身份，理该继承他那最煊赫的祖先中最有名的一位——爱德华三世；那么，他吩咐您，把侵占的王冠和王国，交还给那名正言顺的继承人。

法　　王　要是不照办，那又怎么样呢？

爱克塞特　那就用血来讨。哪怕您把王冠吞下肚子去，他也毫不留情地要把它拿到手。他将要狂风骤雨似的降临，电闪雷鸣、山摇地动，像天帝现身；如果文取不成，他就向你武讨;本着上帝的大慈大悲,他吩咐您,把王冠献出来,叫您想一想,那饕餮的"战争"正张开着血口等待着可怜的苍生;想一想这一仗打下来,那寡妇的眼泪、孤儿的哭泣、阵亡者的鲜血,那断肠的姑娘为着牺牲的丈夫、父亲和订了婚的情郎而发出的一片哀声,全都要落到你的头上。这就是他的要求、他的警告和我的全部使命;不过,如果皇太子也在这儿——我还奉命特地捎几句问候的话给他呢。

法　王　说到我本人,我们决定把这件事考虑一番。明天你就可以带着我们的具体意见,去回复我们那英格兰王兄。

皇太子　说到皇太子,我就代表他本人。请教英格兰有什么话要跟他说?

爱克塞特　轻蔑、鄙夷、轻视、厌恶,以及类似的一切不辱没我们圣君身份的感情——这就是他对您的态度。我们的皇上这样说:要是您的父王不接受他提出的全部要求,为了您对他恶意的嘲弄,不诚意向我们皇上赔罪,那就别怪他大发雷霆,定要向您追究,叫法兰西的山穴和洞窟到处回响起隆隆的炮声,仿佛在斥责您的无礼,在回敬您的讥嘲。

皇太子　就算是,我的父王愿意给你们一个满意的答复,我也不答应;因为再没有比跟英格兰吵一架更称我的心了。就为了找这个机会——也是为了跟他那少年轻薄的性格正好相配,我才送给他一箱巴黎的网球。

爱克塞特　送得好,他要叫你们巴黎的卢浮宫因之而动摇——哪怕它是伟大欧洲的宫廷的中心。请放心吧,您会发现——就像我们做臣子的惊奇地发现——他年轻时代的作为跟这会儿的气概完全不同啦。现在,他珍惜时间,连一刻都不轻易放过。等他在法兰西住下、您败在他手里后,您就会恍然大悟,原来有这回事!
法　王　明天您就可以知道我们的具体意见了。(喇叭奏花腔。)
爱克塞特　尽快把我们打发走吧,要不然,只怕皇上就要亲自来到,质问我们办事为什么这样拖沓;因为他已经在这片土地上登陆啦。
法　王　耽误不了你们多少时候,我们就可以让你们顺利地走。一夜时间,也只是一眨眼工夫——却要回答当前这么一个严重的问题。(同下。)

第三幕

序　曲

喇叭奏花腔。致辞者上。

致辞者　凭着那幻想的翅膀,我们的场景在飞快地转移——就连思想也不能赶上我们。假想吧,你亲眼看到了那统率三军的国王在扫桑顿码头登上了御船——那时初升的朝阳照耀着雄壮的舰队——飘飘的锦旗在晨风里舒展。让你的想像活跃起来吧:在你的眼前,出现了水手们忙碌地爬行在帆索上的景象;再听哪,在一片喧闹声中,那是船工头儿在高声吹笛,发号施令;你看哪,那些厚实的篷帆承受了那无形无踪、不慌不忙的风力,拖着许多大船冲破了巨浪,在汪洋大海里犁出了一条路。啊!就这样想像吧,你是站在海岸上,望见汹涌的浪涛中,有一座城市在跳舞——原来那浩浩荡荡的舰队,在驶向哈弗娄的途中,就是这个光景。跟住它,跟住它!把你那一颗心灵挂在军舰的船梢上;让你的英格兰落在后边,这时候,它像半夜三更那样寂静——那防守国土的,全是些老大爷、小娃娃,还有老大娘,他们不是超过了、就是还没到达青春壮龄;你想,还有谁——只要他的下巴颏上可以自傲地钻出了一根毛,还会不甘心乐意地追随那精选的队伍到法兰西去?运用你的想像吧,让一场围攻在你的眼前展开:你看见了炮车里大炮正张开血口,对准那被围的哈弗娄。假定吧,大使已从法兰西回来,报告亨利,那法兰西国王愿意把凯瑟琳公主嫁给他,公主的陪嫁却只是几个区区不足道的公国。这条件可不能叫人满意;于是,敏捷的炮手拿着引火的铁杆伸向那可怕的炮口。(战号声。炮声大作)霎时只见对方墙坍城倒。还请多多照顾,凭你们的想像,补足我们的演出。(下。)

第一场　法国。哈弗娄城前

　　战号声。亨利王上。爱克塞特、培福、葛罗斯特及众兵士搬云梯上。

亨利王　好朋友们,再接再厉,向缺口冲去吧,冲不进,就拿咱们英国人的尸体去堵住这座城墙!在太平的年头,做一个大丈夫,首先就得讲斯文、讲谦逊;可是一旦咱们的耳边响起了战号的召唤,咱们效法的是饥虎怒豹;叫筋脉贲张,叫血气直冲,把善良的本性变成一片杀气腾腾。叫两眼圆睁——那眼珠,从眼窝里突出来,就像是碉堡眼里的铜炮口;叫双眉紧皱,笼罩住两眼,就像是险峻的悬岩俯视着汹涌的大海冲击那侵蚀了的山脚。咬紧牙关,张大你的鼻孔,屏住气息,把根根神经像弓弦般拉到顶点!冲呀,冲呀,你们最高贵的英国人,在你们的血管里,流着久经沙场的祖先的热血!就在这一带,你们的祖先,一个个都是盖世英雄,从早厮杀到晚,直到再找不见对手,才收藏起自己的剑锋。

别羞辱了你们的母亲;现在,快拿出勇气来,证明的确是他们——你所称作父亲的人,生养了你!给那些没胆量的人树立一个榜样,教给他们该怎样打仗吧!还有你们,好农民们,你们从英格兰土地上成长起来,就在这儿让大家瞧一瞧祖国健儿的身手。让我们发誓吧,你们真不愧是个英国人——这一点,我毫不怀疑;因为你们都不是那种辱没自己、短志气的人,个个都是眼睛里闪烁着威严的光彩。我觉得,你们挺立在这儿,就像上了皮带的猎狗,全身紧张地等待着冲出去。这一狩猎开始啦。一鼓作气,往前直冲吧,一边冲,一边喊:"上帝保佑亨利、英格兰和圣乔治①!"(同下。战号声,炮声大作。)

第二场　同　前

巴道夫、尼姆、毕斯托尔及童儿上。

巴道夫　冲,冲,冲,冲,冲呀!向那缺口冲去,向那缺口冲去!

尼　姆　中尉,行个方便,停一停吧。这一阵"敲门"的声音可也太闹了;拿我来说,我并没有十条八条性命啊。这算什么一手——可也真是太闹了——一点儿不唱高调,就是这句话。

毕斯托尔　不唱高调倒也好,一唱起来可有劲哪:

　　冲来冲去,上帝的子民倒地而死;

　　　手拿宝剑和盾牌,

　　　沙场上血流如海,

---

① 英国军队在作战时,常拿圣乔治做呐喊的口号。英国奉圣乔治做保护神。

博取那千秋万岁的英名。

童　儿　但愿我是在伦敦的酒店里！我愿意拿我一世的"英名"来跟一壶酒和眼前的安全交换。

毕斯托尔　我可是这样想：

　　　　要是我的希望得到成功，
　　　　我的想头就决不落空，
　　　　　急急忙忙我就往那儿赶，

童　儿

　　　　就那样凑巧，
　　　　可并不那样地道，
　　　　　像那枝头唱歌的鸟儿。

　　　　弗鲁爱林上。

弗鲁爱林　（用剑背打他们）朝缺口冲去,你们这班狗！滚,你们这班混蛋！

毕斯托尔　开恩吧,伟大的公爵爷爷,对蚁蝼般的小人开开恩吧！息怒吧,平一平您那大丈夫的怒气吧——息怒吧,伟大的公爵爷爷！好人儿,息怒吧！宽大些吧,知心着肉的朋友！

尼　姆　这可真是个极好的笑话！您老爷把玩笑开得太糟啦。

（弗鲁爱林赶尼姆、毕斯托尔及巴道夫下。）

童　儿　别瞧我年纪小,我可就看穿了这三个吹牛的家伙。我只是他们三个手下的童儿；可是就算他们三个全都来伺候我,也不配做我童儿的手下人——说实话,这样三个小丑还抵不上一条汉子呢。说到巴道夫,他是个红面孔的胆小鬼,狠就狠在这张脸上,跟人打架可不干。毕斯托尔呢,他那条舌尖锋利极了,偏是他的刀子迟钝得要命；所以他的话都落了空,他的武器却保全了。说到尼姆,他听说是,人越少开口,就越显得是个英雄好汉,所以怎么也不肯开口念一声祷告,免得让人家把他当做了懦夫;坏话他说得少,好事他也做得少;他从来没打破过别人的头,除非在自己的头上开个口——那是因为他喝醉了酒,把头撞到柱子上去了。这三个贼见到什么都要偷——反而说是"战利品"。巴道夫偷过一只琴匣子,随身带了四十英里。一个半便士脱了手。尼姆和巴道夫是一对偷东西的难兄难弟;在卡莱他们偷了一把铲子——我知道这哥儿俩拿着这个东西可要倒楣啦。依着他们,我最好像手套、手绢儿那样跟别人的口袋混得烂熟;可我要是把人家袋里的东西塞进自己的口袋,那未免丢尽了我男子汉的脸;因为这分明是"自取其辱"。我只好丢开他们,另找个更好的主人去投靠。他们的流氓行径叫我看着反胃,所以我非走不可啦。(下。)

弗鲁爱林重上,高厄随上。

高　厄　弗鲁爱林上尉,请你到地道里去,务必快些儿。葛罗斯特公爵有话要跟你说呢。

弗鲁爱林　到地道里去!你去对公爵说,到地道里去没什么好;因为是——你听着——那地道并不是按照打仗的规矩掘的。这地道的深度不够;因为是——你听着,你不妨告诉公爵——敌人那边也在动手掘坑道对抗咱们,比咱们还深了四码。天哪,我看要是咱拿不出什么好主意,地道可要给他们打通啦。

高　厄　这一次围攻,归葛罗斯特公爵指挥;可是在他的背后呀,还有一个爱尔兰人——一位很勇敢的上等人,可不是,公爵对他,真是言无不听、计无不从。

145

弗鲁爱林　麦克摩里斯上尉,是不是?

高　厄　我想是他。

弗鲁爱林　天哪,他是头驴,再没哪个比他更像头驴了!你看我一定要冲着他的胡子说这句话。他对于真正的打仗的一套规矩——你听着——罗马的规矩,不比一头叭儿狗懂得更多些。

高　厄　他来啦,还有那位苏格兰上尉——杰米上尉跟他在一起。

　　　　　　麦克摩里斯及杰米上。

弗鲁爱林　杰米上尉是一个了不起的上等人,勇敢得很哪——这是不用说的——而且,根据我本人对他的深刻了解,一肚子全是古代打仗的知识和经验,老天哪,只要他谈起古代罗马人用兵之道来,天下随便哪个军界里的人都别想驳倒他。

杰　米　我说,您好!弗鲁爱林上尉。

弗鲁爱林　晚安,好杰米上尉。

高　厄　怎么啦,麦克摩里斯上尉?你离开了地道啦?工兵们歇手不干了吗?

麦克摩里斯　天哪,啊,太糟啦!工事停顿啦,归营的号已经吹过啦。我举手起誓——加上我老爷子的灵魂,工事太糟啦!地道已经放弃啦。本来在一个钟头内,我就可以把那个城市毁啦——耶稣救我吧!唉,太糟啦!太糟啦!我举手起誓,太糟啦!

弗鲁爱林　麦克摩里斯上尉,这会儿我跟你有事相商,不知你肯不肯赏光——你听着——容我跟你辩论几句?内容多多少少接触到或是牵涉到打仗的那一套规矩——罗马人的打仗;采取的是辩驳的方式,还有是——你听着——友好的讨论;一半是为了满足我个人的私见,另一半是,呃——你听着——为了我个人的见解可以得到满足——内容接触到兵法方面,这就是要点。

杰　米　那很好呀,说真话,两位好上尉,如果你们不嫌弃的话,只要有机会,我就来奉陪。那是一定的,没错儿。

麦克摩里斯　这会儿可不是聊天的时候,耶稣救我吧!天太热啦,还有那气候、战争、国王、公爵……这会儿可不是讨论的时候。城墙给包围了,喇叭又在号召我们向缺口冲去,可我们却空着一双手,在这儿谈心,我的天哪!这是我们全体将士的耻辱。耶稣救我吧,袖手旁观是可耻的;这是可耻的,我举手起誓!我们还得去杀敌人,还有多少事儿要干,却偏是空着双手,耶稣救我吧!

杰　米　天哪,在我这双眼睛还没闭上以前,我还得好好地出一番力哪,要不然,就是为国家尽忠,倒了下去,死在沙场上!大丈夫视死如归,我就应当这样做,总而言之,统而言之,我就是这句话。我的妈,我倒是很想听听你们俩的谈话呢。

弗鲁爱林　麦克摩里斯上尉,我认为——你听着——说得不够地道的地方还请指正——你们这个民族并没有多少人……

麦克摩里斯　我们这个民族!我们这个民族又怎么样?真是个恶棍、不是好娘养的、奴才胚子、流氓——我们这个民族又怎么样?有谁用这种口气提到我们这个民族来着?

弗鲁爱林　你听着,要是你误会了人家的意思,有了别的什么看法,麦克摩里斯上尉,那可难保我不会认为,你并没有像你应该的那样,懂些儿好歹,跟我好来好去——那你听着——我可也跟你一模一样是条好汉;谈起兵法来,可也是头头是道,何况还是个好出身,具备其他种种方面的条件呢。

147

麦克摩里斯　原来你居然还是像我一样的一条好汉呢,这可失敬啦!耶稣保佑吧,我要砍你的脑袋!

高　厄　两位先生,你们这可是在闹意见呀。

杰　米　啊,那就大大的不应该!

　　　　　一阵鼓声、喇叭声——敌人要求谈判的信号。

高　厄　城里在要求我们谈判哪。

弗鲁爱林　麦克摩里斯上尉,等哪一天有一个好机会——你听着吧——我就要老实不客气对你说,我懂得打仗的一大套规矩。话就到此为止。(同下。)

第三场　同前。哈弗娄城门前

　　　　　城上,总督及数市民上。城下,亨利王率领众将士上。

亨利王　城上的总督现在又怎样决定啦?这一次,是我们最后一次的谈判了,所以趁早接受了我们最大的恩典吧;要不然,你们就像自寻死路的人,休怪我们太毒辣无情。凭着我是个军人——这称呼在我的思想中跟我最相配——一旦我又发动了攻城,不到把这毁灭殆半的哈弗娄城埋葬在灰烬底下,就决不罢休。那时,一切慈悲之门都将全部闭紧。那些兵士尝过了战争的甜头,就只有一颗又狠又硬的心,只有一双毫无顾忌、到处劫掠的血手;他们的良心,容纳罪恶,就像敞开大门的地狱。你们那些鲜艳娇嫩的姑娘、茁壮的婴儿,就像花草一般,纷纷倒在镰刀底下。那火光熊熊、杀气冲天的战争,本来就像是面目狰狞的魔鬼,魔鬼中的首领,到时候如果它把一切烧杀掳掠的勾当都做尽了,那跟我又有什么相干?如果是你们自己害得自己的闺女落在那火热的奸淫者的手中,那跟我又有什么相干?那邪恶的淫欲正势不可当地从山坡往下直冲,有谁能将它制住?要想喝住这班疯狂的兵士,叫他们在奸淫掳掠中放下手来,那就跟拿着拘票去召鳄鱼游上岸来,同样地办不到。所以,你们哈弗娄人,顾惜自己的城市和自己的人民吧——趁眼前,我的将士还在我的掌握中;趁眼前,还有那清凉柔和的仁风在吹散那邪念、杀气、狠毒所凝成的重重乌云。要不然,嘿,只要一眨眼,那无法无天的兵丁不管满手血污,不管耳边的一阵阵尖声惨叫,一把拖住了你们家闺女的秀发往外跑。你们的父老尊长有多么可敬,却给一把揪住了银白的胡须——高贵的额头,也得对准墙脚撞!你们那些赤裸裸的婴孩,被高高地挑在枪尖子上,底下,发疯的母亲们在没命嘶号,那惨叫声直冲云霄,好比当年希律王大屠杀时的犹太妇女一样①。你们怎么回答?你们愿意投降、避免这场惨剧呢,还是执迷不悟、自取杀身之祸?

总　督　挨到今天,我们已死了那等待救兵的心。我们向太子求救,不料他回说是,他一时还不能出兵来解除这么猛烈的围攻。所以,伟大的皇上,我们把城市,连同自己的生命,都呈献在您宽厚的恩德的面前。进城来吧。我们,以及我们的一切,全听凭您发落——因为我们再没有抵抗的能力了。

亨利王　快给我把城门打开来!(总督从城上下)爱克塞特王叔,你来,你带领队伍进哈弗娄城去;就驻扎在那儿,严密防备着法军,对全城人民放宽大些。我们呢,好王叔,冬季降临

---

① 参阅《新约·马太福音》第二章:"希律就大大发怒,差人将伯利恒城里并四境所有的男孩……凡两岁以内的都杀尽了……"

了，军队中病号在增多，我们将退守到卡莱。今晚，我们在哈弗娄做你的上宾；到了明天，我们就准备向北行军。(喇叭奏花腔。众入城。)

第四场[①]　卢昂。宫中一室

凯瑟琳及艾丽丝上。

凯瑟琳　艾丽丝，你到过英格兰，英国话你也说得挺不错。

艾丽丝　懂那么一点儿，公主。

凯瑟琳　请你教教我；我应该学讲英国话。手，他们英国人叫什么？

艾丽丝　手？手叫做"德·亨德"。

凯瑟琳　"德·亨德"。那么手指头呢？

艾丽丝　手指头？哎呀，"手指头"我倒忘记了；让我想想看。"手指头"吗？我记得叫做"德·芬格尔"；对，是"德·芬格尔"。

凯瑟琳　手——"德·亨德"；手指头——"德·芬格尔"。我看我是一个好学生。不多大一会儿工夫，我已经学会了两个英国字了。"手指甲"叫什么？

艾丽丝　手指甲？我们叫它"德·内尔"。

凯瑟琳　"德·内尔"。你听着，我念得对不对——(指自己的手)德·亨德，(指手指)德·芬格尔，(指指甲)还有，德·内尔。

艾丽丝　念得很好，公主，这是道地的英国话。

[①] 原著这一场的对白全部为法语。

凯瑟琳　告诉我,"手臂"英国人叫什么?

艾丽丝　"德·阿姆",公主。

凯瑟琳　胳膊拐儿呢?

艾丽丝　"德·爱尔波"。

凯瑟琳　"德·爱尔波"。让我把到现在为止,你教给我的字统统再念上一遍。

艾丽丝　照我看来,公主,这可不简单哪。

凯瑟琳　对不起,艾丽丝,请你听好:(依次指自己的手、手指、指甲、手臂、胳膊拐儿)德·亨德——德·芬格尔——德·内尔——德·阿姆——德·比尔波。

艾丽丝　"德·爱尔波",公主。

凯瑟琳　喔,老天爷,我可把这个字忘了!(重念)"德·爱尔波"。他们"脖子"叫什么?

艾丽丝　"德·尼克",公主。

凯瑟琳　"德·尼克"。那么下巴颏儿呢?

艾丽丝　"德·钦"。

凯瑟琳　(困难地)"德·心"。脖子——"德·尼克";下巴颏儿——"德·心"。

艾丽丝　对啦。不是我当面奉承公主,凭良心,你把这几个英国字眼儿念得就跟英国人一样准。

凯瑟琳　只要上帝照应,放点儿工夫下去,我有信心,我会学好的。

艾丽丝　我刚才教你的那几个字,你可忘了没有?

凯瑟琳　没有,我马上就背给你听:德·亨德,德·芬格尔,德·美尔……

艾丽丝　"德·内尔",公主。

凯瑟琳　德·内尔,德·阿姆,德·衣尔波。

艾丽丝　请别见怪——"德·爱尔波"。

凯瑟琳　我正是这样念的;德·爱尔波,德·尼克,还有德·心。"脚"呢,还有"袍子",你们是怎样说的?

艾丽丝　"德·福特",公主;还有"德·贡"。

凯瑟琳　"德·福特",还有"德·贡"? 哎呀,天老爷! 这两个字眼儿怎么这样难听,这样不正派,这样粗俗,这样不害臊,有身价的小姐是不说这种话的①——叫我在法兰西老爷面前是死也不肯出口的。咄! 这个"福特",还有这个"贡"! 别去管它吧,我拿我学会的英国话一起再念一遍:德·亨德,德·芬格尔,德·内尔,德·阿姆,德·爱尔波,德·尼克,德·心,德·福特,德·贡。

艾丽丝　出色! 公主。

凯瑟琳　第一次就学到这里为止;我们吃饭去吧。(同下。)

第五场　同前。宫中另一室

法王、皇太子、波旁、法国元帅及余人等上。

法　王　可一点儿不假,他已经渡过索姆河了。

元　帅　要是听凭他这样长驱直入,皇上,那么咱们也不必在法兰西过日子了,干脆放弃一切,把我们这座葡萄园送给一个野蛮民族吧。

皇太子　永生的神啊! 难道我们的几支旁系——我们的祖先当

---

① 艾丽丝的英语发音也未尽正确,而这里她说出的两个字的字音,使凯瑟琳联想到两个非常粗鄙的法国字。

初逢场作戏所留下的种——从我们躯干上割下来,接到野生的杂树上去的枝条——竟一下子高耸入云,反而压倒了原来的树干?

波　旁　诺曼人——野种的诺曼人,诺曼人野种!把我的命拿去吧!要是让他们横冲直撞,如入无人之境,那我一定把我的公国卖了,在那犬牙交错的岛国上,去买一片又潮又脏的农场。

元　帅　战神哪!他们哪儿来的这一副气概?他们那边的气候不是笼罩着一片迷雾,又阴冷、又昏沉吗?阳光又是那样暗淡,仿佛紧皱着眉头,在鄙夷他们,不叫他们的果实成长。难道是,那泛着泡沫的白水——那种给累垮了的驽马当药喝的东西①——他们的"大麦汤"②,会把人的冷血激发到这样不顾一切的沸腾的地步?而咱们奔流的热血,有美酒来鼓舞,倒竟像是冻结了似的?啊!为了祖国的荣誉,大家快别像挂在屋檐前的一根根冰柱,冻住了,反而眼看那冷血的民族,在我们的肥沃的土地上,挥着热血男儿的汗水!那我们只好说:也是这片土地倒楣,才生出了这班爷儿们!

皇太子　凭着信用和荣誉起誓,法国的娘儿们在把咱们嘲笑,她们甚至明白说:我们早已泄了气,她们准备拿自己的身子去满足英格兰小伙子的淫欲,好借这班杂种来替法兰西重新接种。

波　旁　她们叫我们到英格兰的舞蹈学校去,去教那连跳带蹦的舞,飞快地打转的舞,还说我们的功夫全在脚底下;拔脚

---

① 英国人拿磨碎的麦芽和热水拌混,给累垮了的马匹当药饮。
② "大麦汤"指啤酒,带着挖苦的口气。法国以产葡萄美酒自豪,所以对于英国的啤酒,倍加嘲笑。

就逃的本领要算我们最高明。

法　王　使节蒙乔呢？快传他来吧。我们要派他去向英格兰"问候"——向他们提出尖利无情的挑战。起来吧，王公们！一起奔向战场！我们的英雄气概比身边的利剑更加锋利。你，法兰西的大元帅，查理·德拉勃莱；你们，奥尔良、波旁、培利的公爵；还有阿朗松、勃拉庞、巴尔以及勃艮第的公爵；你们，雅各·夏蒂隆、朗菩尔、伏德蒙、博蒙、葛朗伯莱、罗西，以及福公贝尔、福华、莱特拉、蒲西加，以及夏洛罗华的大公爵、王公、男爵、贵爵和爵士们，你们既然是当朝的大臣，就该赶快洗雪当前的奇耻大辱。英国亨利的军队正高扬着在哈弗娄血河中染红的旗帜，在我们的国土上席卷而来；挡住他吧，冲向他的队伍，就像那融化了的雪水从山头冲向山谷——朝着那低下的地区，阿尔卑斯山就这样尽唾着口水。挟着千钧之势，朝准他们冲下去吧。把他装在囚车里，作为一名战俘，押到卢昂来！

元　帅　君王说话，毕竟不凡！我倒是替他难过——人马这样少，又赶了这么些路，兵士一个个饿倒病倒；等他一旦看到咱们军队的威容呀，我毫无疑问，他那颗心准会害怕得直往下沉，哪儿还想到打胜仗，只是赶快把赎金奉献给我们。

法　王　所以，大元帅，赶紧去催催蒙乔，叫他去对亨利说，我们派人来问问他愿意献上多少赎金。皇太子，你跟我们一起留在卢昂。

皇太子　请求陛下别把我留下吧。

法　王　别着急，我要你留在我们这儿。现在，出发吧，元帅和全体王公，你们要早早把捷报传到宫中。（同下）

第六场　毕卡第。英军阵地

　　　　高厄及弗鲁爱林上。

高　　厄　怎么啦,弗鲁爱林上尉?从桥头堡那边来吗?

弗鲁爱林　我向你担保,桥头堡这一仗打得真漂亮。

高　　厄　爱克塞特公爵没碰上意外吧?

弗鲁爱林　爱克塞特公爵就跟阿伽门农一样伟大;这个人呀,我又敬又爱——我把我的灵魂、我的心、我的责任、我这条命,以及我的生活,连吃奶的气力都一股脑儿放在对他的敬爱上了。赞美上帝,祝福上帝!他连一根寒毛儿都没受伤,他守在桥头,有万夫不当之勇,他的兵法,可又妙极了。桥头上有一个旗官,我从心里认为,他就像是玛克·安东尼那样一条好汉,何况他还是一个无足轻重的人哪——可是我亲眼看到,他立下的战功也不小呢。

高　　厄　你怎么称呼他?

弗鲁爱林　大家管他叫毕斯托尔旗官。

高　　厄　我不认识他。

　　　　毕斯托尔上。

弗鲁爱林　就是这个人。

毕斯托尔　上尉,我求你帮一个忙吧——爱克塞特公爵很器重你呢。

弗鲁爱林　呃,赞美上帝,总算我多少还值得他看重。

毕斯托尔　有一个巴道夫,他身子粗来胆气壮——是个雄赳赳的军人,可偏是造化弄人,还有那无常的命运把那旋回的轮子转得那么急——那盲目的女神呀,她站在滚个不停的石球上……

弗鲁爱林　对不起,毕斯托尔旗官,命运女神是给人家画成个眼前蒙着布片的瞎子,叫你明白,她是个瞎眼儿;人家又把她画在一个轮子上,叫你明白——意义深就深在这里——她是在变动中,是不定的、无常的、变幻莫测的;她那双脚——你听着——是站在一个石球上,石球滚呀滚呀滚呀……说真心实话,叫诗人形容起来才出色哪。命运是一个很好的寓言题材哪。

毕斯托尔　命运,是巴道夫的对头,对他紧皱着眉头;只因为他偷了一个圣餐匣,就得上绞刑——这样的死法不好受!倒不如让绞刑架放过了人去换一只狗;可别叫麻绳套住了他的喉咙,连气都没法透一口。怎奈爱克塞特下了一道命令,判他死罪,就是为了那只不值钱的圣餐匣。所以,请你去讨个情吧,公爵自会听从你的话;千万别叫巴道夫的生命线给那烂草绳切断了,还要千人咒来万人骂。上尉,请你说句好话搭救他,你的大恩我一定要报答。

弗鲁爱林　毕斯托尔旗官,我倒是有点儿懂得你的意思。

毕斯托尔　那么,你应该为这事高兴才是。

弗鲁爱林　说实话,旗官,这没有什么好高兴的;因为,你听着,哪怕他是我的兄弟,我也要请求公爵按照他的意旨,判他个死罪;因为,纪律可不是给你做摆设的。

毕斯托尔　你这短命的,快些儿入地狱吧!你的友谊活见鬼!

弗鲁爱林　这也很好呀。

毕斯托尔　见你妈的鬼!(下。)

弗鲁爱林　很好。

高　厄　呃,这是个彻头彻尾的装腔作势的流氓!我这会儿可记起他来了——这个人本是一个扒儿手,一个靠窑姐儿吃饭的。

弗鲁爱林　我可以告诉你,他在桥头堡大喊大叫,那些话才叫勇敢,就像你夏天看东西那样,一点儿不含糊。可是很好——他对我说这一番话,很好,我向你保证,只要时机一到,就要叫他知道他这话说得很好。

高　厄　呃,这种人是只呆鸟,是个傻子,是个流氓,他们不定在什么时候到战场上去蹓一转,等回到伦敦,就自称是身历其境的战士。这班人把元帅、将军的名字记个烂熟,又死死地记住了哪些地方打过仗,有哪几个堡垒遭到了围攻,打开了哪几个缺口,哪一队押粮的遭到了袭击;谁奋不顾身地冲出去,谁中箭倒地,谁出了丑,敌人那边的情景又怎样;这一切等等,他们全都一口气背得出来,而且套上了军事的术语,还要平添许多新翻花样的咒骂;再加上两撇将军胡,一身又破又烂的军衣——那你想吧,在那啤酒冲昏的头脑里,借着瓶子里泛起泡沫的酒力,可以创造出多少惊天动地的事迹来呀。可是,当今这时世玩些什么花样,你必须摸清楚才好,要不然,你可不免要大大地上当了。

弗鲁爱林　我告诉你吧,高厄上尉,我看透了这个人,他最怕让人摸着他的底。一旦让我在他身上看出了什么破绽,我可要叫他知道我的厉害。(战鼓声)你听,皇上来啦,我得把桥头堡的消息报告他。

　　　　　鼓声与战旗。亨利王、葛罗斯特及将士们上。

弗鲁爱林　上帝保佑陛下!

亨利王　怎么样,弗鲁爱林?从桥头堡来吗?

弗鲁爱林　是,托陛下的福。爱克塞特公爵威风凛凛,据守着桥头堡;法国军队给打退了——你听着——这一仗打得真出色、真勇敢呀。我的妈,桥是在敌人手里,可是他们只好退避三舍,让爱克塞特公爵来做了这座桥的主人。我可以告诉陛下,公爵是条好汉。

亨利王　你们损失了哪些人,弗鲁爱林?

弗鲁爱林　对方的损失可大哪——可以说相当大哪。拿我个人的意见说来,我的妈,我相信公爵一兵一卒都没损失,只除了一个人,那个人恐怕逃不过军法了——他抢劫了教堂,他的名字叫巴道夫——陛下或许听到过这个人。他满脸都是酒刺呀,疮呀,疖子呀,红得像一团火光;他的嘴唇吹着自个儿的鼻子,那个鼻子呀,就像炉子里的煤块,一忽儿蓝,一忽儿红;可是他的鼻子跟他一起受了军法,他那片火光已经熄灭啦。

亨利王　不管是哪一个犯下这种案情,我们都要同样判处死刑。我曾经晓谕全军,英国军队行经法兰西的村子,不准强取豪夺,除非照价付钱,不准妄动秋毫;不准出言不逊,侮辱法国人民;要知道,在"仁厚"和"残暴"争夺王业的时候,总是那和颜悦色的"仁厚"最先把它赢到手。

　　　　喇叭声。蒙乔上。

蒙　乔　看我的服饰,您就知道我是谁了。

亨利王　很好,我知道你了——可不知道有什么见教?

蒙　乔　我主的意旨。

亨利王　说出来吧。

蒙　乔　我的皇上这么说——你去对英王亨利这样讲:看起来我们好像死去了一样,其实我们只是睡着罢了。横冲直撞只是个粗夫,以逸待劳才算真有经验的战士。对他说:我们原来可以在哈弗娄教训他一顿，但是我们认为，疖子还没熟透，最好别去碰破它。现在，该是我们发言的时机了——听我们的声音有多么威严。英格兰应该忏悔他的愚行，认识自己的缺点，钦佩我们的涵养功夫。所以吩咐他，快快准备献出赎金来吧——这笔数目，必须相当于我们所遭受的损害，我们所损失的臣民，包括我们所容忍的耻辱——要是这一切全叫他担当，只怕就要把他压扁！讲到赔偿我们金钱上的损失，他的国库还嫌太穷；讲到还我们的血债，哪怕把他王国里的臣民杀光，这笔账还相差得远呢；讲到向我们请罪，就是他本人匍匐在我们脚下，我们还觉得这太不切实际，难叫人满意。说了这番话，再向他挑战；最后下个结论，告诉他：他已经叫他手下的将士上了当，他们的末日已经宣布啦——到此为止，是我皇上，我主子的吩咐；以上种种，就是我履行的职务。

亨利王　你叫什么名字？我知道你的职务。

蒙　乔　蒙乔。

亨利王　你把差使办得很体面。回去吧，告诉你的君王，我现在还不忙找他，我倒是在打算，最好能顺利地到达卡莱；不瞒你说——在这样精明、占优势的敌人面前，把实话全讲出来，真不算得聪明——我手下的人，有好一些害了病，力量大大削弱了，数目也减少了，而留下来的为数不多的人，又几乎并不比那许多法国人高出一等；可是他们在身强力壮的时候，我告诉你吧，使者，我认为英国人的一双腿抵得上三个法国人。上帝宽恕吧，我这样会吹牛！你们法兰西的空气把这个坏习惯传染给我啦。我应该忏悔。所以去吧，去对你的皇上说，我就在这儿；你们要赎金，我就只有这个柔弱的、一无价值的躯体。我的军队,只是一支薄弱、带病的队伍;可是老天在上,去告诉他吧,我们是非来不可的。尽管法兰西,再加上这样一个邻邦,挡在我们面前。(给他一袋钱)这是给你的酬劳,蒙乔。去吧,转告你的皇上多考虑考虑:要是我们能往前进军,就一定前进;要是我们的路给拦住了,我们就叫你那黑黑的土地染遍了你们红红的鲜血。就这样吧,蒙乔,再会吧。我们的答复笼统说一句,就是:我们并不准备把战争寻找,但要是战争临到我们头上,我们也并不准备躲避——去告诉你的皇上吧。

蒙　乔　我会转达的。谢陛下的赏赐。(下。)

葛罗斯特　我希望他们不要这会儿就来攻打我们。

亨利王　我们是在上帝的手里,兄弟,并不在他们的掌握中。向桥头堡进军。天色晚了。今晚我们就在河那边扎营,明天我们再继续赶路。(同下。)

第七场　阿金库尔附近。法军阵地

法国元帅、朗菩尔、奥尔良、皇太子及众人上。

元　帅　咄!我有一副天下最好的盔甲。白天快来吧!

奥尔良　你有一副出色的盔甲;可是让我的马儿也得到一份光荣吧。

元　帅　这是欧洲最好的马儿。

奥尔良　难道天永远不亮了吗?

皇太子　奥尔良公爵,大元帅,你们谈到了马和盔甲吗?

奥尔良　在这两样上,哪一个太子也不能比你强。

皇太子　这一个夜晚可真长哪！我的马儿，我决不愿意把它跟其他四脚落地的马儿交换。哈，哈！它从地面上跳起来，就像它装了一肚子毛发①，一匹飞马，一匹神马，它的鼻子里喷着火焰！我骑在它身上就像在飞，我变成了一头鹰。它凌空奔驰——它接触到地球时，地球就唱起歌儿来——长在它蹄上的最不足道的老茧，比赫耳墨斯的横笛还富于音乐性呢。

奥尔良　它浑身是豆蔻的颜色。

皇太子　而且像生姜那样火辣。它该是降魔伏妖的天神的坐骑。它是纯粹的"风"和"火"，根本没有重浊的"水"和"土"②，除非当它站着不动，好让主人跨上它的背的时候。它才算得一头马，其余那些驽马，你只能叫它们做畜生罢了。

元　帅　真的，太子，这是一匹十全十美的马。

皇太子　它是马中之王。它嘶鸣起来，就像是君王在发号施令，它的神容叫人肃然起敬。

奥尔良　一点儿不错，堂兄。

皇太子　一位诗人，要是他不能够从百灵鸟清晨起飞，到小羊儿晚上安眠，这中间找出千变万化的题材来把我那匹骏马赞美了又赞美，那么他的才情也是小得可怜了。要赞美我的骏马，那话头就像大海那样滔滔不绝。把沙漠里的一粒粒沙子全都变做一根根如簧之舌，而我那匹骏马还是能让它们赞美个没完没结。这一个主题呀，值得君王的推敲；也只有万王之王才能骑在它身上。至于说到世上的一般人——

---

① 意谓如网球一般，因当时网球用毛发做芯子。
② 按照古代希腊哲学家的说法，自然万物全都由风、火、水、土四种元素组成。

我们熟识的也好,陌生的也好——只有失魂落魄,对着它目瞪口呆的份儿。有一回我写过一首十四行诗来赞美它,是这样开的头:"大自然的奇迹啊!"……

奥尔良　我听到过,有人给他的情妇写一首十四行诗,那开头一行就是这样写的。

皇太子　那就是他们在摹仿我为我那骏马所写下的诗篇了——因为我那匹马儿就是我的情妇呀。

奥尔良　你那"情妇"驮人的功夫可好着呢。

皇太子　很不错,这是对一个忠诚专一的好情妇的适当的赞美,这是她完美的德行。

元　帅　不,昨天我仿佛看见你的情妇很泼辣地摇撼你的背脊呢。

皇太子　只怕你的情妇也是这样吧。

元　帅　我的没上鞍子。

皇太子　喔,那她多半是匹给骑服了的老马;你骑上去就像一个爱尔兰小兵一样,脱去了你的灯笼裤,只穿着一条"短裤"。

元　帅　你对于骑马这一道,倒是大有研究。

皇太子　那么记住我的话吧:有谁爱这样骑,而且骑了又骑、乐此不倦,准会一跤跌在泥塘里。我宁可要我的马儿,不要情妇。

元　帅　我倒喜欢拿我的情妇当做马儿。

皇太子　我告诉你吧,元帅,我那情妇头上可没有戴假发。

元　帅　就算我的情妇是头母猪,我也能问心无愧,这样吹牛呀。

皇太子　"狗所吐出来的它转过来又吃,猪洗净了又回到泥里去打滚。"①什么东西到你手里都用得着。

元　帅　可我究竟还没拿我的马儿当做我的情妇呀,也没有随便瞎扯上一些不相干的谚语。

朗菩尔　元帅阁下,我今夜在你帐里看到的盔甲,那上面嵌的是星星,还是许多太阳?

元　帅　星星,大人。

皇太子　只怕明天免不了要掉落几颗吧。

元　帅　可我的"天空"里还多的是星星。

皇太子　那倒是可能的,因为你身上的星星也实在太多了,还是少几颗来得体面些。

元　帅　这就像你那匹爱马承受你重重叠叠的赞美一样,我看你要是少捧它几句,它奔跑起来不见得就减色了。

皇太子　要是我能把它应得的赞美都加在它身上,那就好啦!——难道天永远不亮了吗?我明天要驰骋那么一英里路——而且要拿一张张英国人的脸儿给我铺路!

元　帅　我可决不愿意说这句话——只怕给这么许多脸瞧得没个容身之处!不过我希望这会儿是早晨了,因为我真想跟英国人去斗一场。

朗菩尔　谁来跟我掷一把骰子,拿二十个俘虏作赌注?

元　帅　要赌俘虏,你先得拿自己的性命打赌。

皇太子　已经半夜啦;让我去武装起来。(下。)

奥尔良　皇太子一心盼着天亮呢。

朗菩尔　他一心盼着要去吃英国人呀。

---

① 语出《新约·彼得后书》第二章。皇太子用法文引了这段话。

元　帅　我想他会把他杀死的都吃下去的吧。①

奥尔良　拿我的太太的玉手起誓,他是个英武的王子。

元　帅　拿她的脚起誓吧,那么她好把誓言一脚踩掉了。

奥尔良　在法兰西就算他最有干劲儿了。

元　帅　"骑马"也是干劲儿,他以后也不会放过他的马儿的。

奥尔良　他从没干过害人的事,我听人这样说。

元　帅　他明天也不会干。他会始终保持这个好名声。

奥尔良　我知道他很勇敢。

元　帅　有一次,有一个比您更了解他的人也这么说过——

奥尔良　他是谁?

元　帅　呃,是他自己亲口对我说的,他还说就是让人家知道了,他也不在乎。

奥尔良　他又何必在乎呢,他的美德并不需要隐瞒啊。

元　帅　说实话,大人,还是隐瞒一点儿的好!因为他那点儿勇敢,除了他的跟班之外,谁也没有看到过。他的勇敢就是一头猎鹰,把它的头罩一除去,它就要"不翼而飞"了。

奥尔良　真是"狗嘴里吐不出象牙来"。

元　帅　我还敬你一句谚语:"自己的朋友,不好也说好。"

奥尔良　我愿意往下接一句:"平心而论,魔鬼也有魔鬼的长处。"

元　帅　接得好!那么你的朋友就是魔鬼啦。听好这一句俗话:"魔鬼生个疮!"

奥尔良　搬俗话的本领算你比我强,因为"傻子献宝"——恨不得把大门都扛出来。

---

① 意谓他杀不了人。

元　帅　你的宝可已经献完啦。

奥尔良　你可不是今天第一次把家底全掏空了。

　　　　使者上。

使　者　大元帅,英国军队离您的营帐只一千五百步了。

元　帅　是谁测量这阵地的?

使　者　葛朗伯莱爵爷。

元　帅　一位英勇而经验丰富的将领。只恨这会儿不是白天!唉,可怜的英王亨利哪!他就不像我们这样一心只盼望着天亮。

奥尔良　这个英格兰的国王是个多么愚蠢可怜的家伙,他领了一批蠢家伙千里迢迢地赶来,只落得个走投无路!

元　帅　要是英国人还识得好歹,他们早该逃跑了。

奥尔良　他们就是不知好歹;你想,要是他们的天灵盖下还有脑子的话,他们怎么还能戴着这样重的"头盔"呢。

朗菩尔　那个英格兰岛也出产十分勇敢的畜生呢,他们有一种跟熊斗的狗,就出奇的勇敢。

奥尔良　愚蠢的狗!它们闭上眼睛,直往俄罗斯熊的嘴里冲,叫自己的头给咬成了一个烂苹果!你倒不如说,那只跳蚤多勇敢,因为它敢于在狮子的嘴唇上寻早餐吃。

元　帅　一点儿不错,一点儿不错!有些地方,人跟狗就很相像,他们也会把灵性丢给了他们的老婆,自己就没头没脑地向你冲过来。你给他们牛肉——那最了不起的好东西,再给他们刀和枪,那他们就会狼吞虎咽,会像恶魔般拼命打一仗。

奥尔良　啊,可是这些英国人连牛肉都没得吃了。

元　帅　那么明天我们看吧,他们只有吃饭的胃口,可没有打仗的胆量了。现在该是武装起来的时候啦。来吧,我们还不动起手来吗?

奥尔良　现在已经两点钟啦——可是让我想,等到上午十点时分,我们每个人将会抓到一百个英国人。(同下。)

第 四 幕

序　　曲

致辞者上。

致辞者　现在,一天正来到这样一个时分:这一片昏黑的宇宙,充满了令人不安的喊喊促促的嘈杂声。在这无边的黑暗中,双方的阵地,营帐接着营帐,传播着轻轻的声响;那站岗的哨兵,几乎各自听得见对方在私下用耳语把口令传授。火光遥对着火光,在那惨淡的照明下,彼此都望见了对方昏沉沉的脸儿。战马在威胁战马——那高声的嘶鸣好像在咆哮,刺破了黑夜的迟钝的耳膜。在营帐里,那伺候穿盔甲的跟班,替骑士装束停当,正不停地挥动槌子,敲打着扣紧盔甲的铆钉——耳边响起的是一片阴森的备战声。村鸡在叫,时钟在敲——原来那昏沉沉的清晨的第三个时辰已经来到。且说那法兰西将士,仗着人数众多,满以为这一回准能旗开得胜,心情是多么轻快:他们兴高采烈,一边掷骰子,拿不中用的英国佬做输赢,一边大骂那黑夜:这个可恶的丑巫婆,分明在折磨人——怎么一步一拐,走得这样地慢!那些该死的可怜的英国人,真像是听凭宰割的牺牲,耐心地坐对着篝火，在肚子里反复盘算着，明天天一亮，危险就要来临；他们那种凄厉的神情，加上消瘦的脸颊和一身破烂的战袍，映照在月光底下，简直像是一大群可怕的鬼影。啊，如果有谁看到，那个领袖正在大难当头的军队中巡行，从一个哨防到一个哨防，从这个营帐到那个营帐，那就让他高呼吧："赞美与荣耀归于他一身！"他就这样巡逻，这样访问，走遍全军，还用和悦的笑容，问大家早安，拿"兄弟"、"朋友"、"乡亲"跟他们相称。尽管大敌当前，受到了围困，看他的面容依然是声色不动；连日辛苦和彻夜不眠，不曾叫他失去一点儿血色，露一丝疲劳的痕迹——他总是那么乐观，精神饱满，和悦又庄重。那些可怜虫，本来是愁眉苦脸的，一看到他，就从他那儿得到了鼓舞。真像普照大地的太阳，他的眼光毫不吝惜地把温暖分送给每个人，像融解冰块似的融解了人们心头的恐慌。那一夜，大小三军，不分尊卑，多少都感到在精神上跟亨利有了接触——可是，这又叫我们怎么表现呢！这样，我们的场景必须往战场飞——唉，老天可怜吧！这一下，我们就要当场出丑啦。这么四五把生锈又迟钝的圆头剑，东倒西歪，在台上吵吵嚷嚷，居然也算是一役阿金库尔战争！可是请坐着，瞧个端详，凭着那怪模样，捉摸原来的形象。（下。）

第一场 阿金库尔。英军阵地

亨利王、培福及葛罗斯特上。

亨利王　葛罗斯特，我们当真是十分危险呢，所以我们应当拿出十二分的勇气来。早安，培福老弟。全能的上帝！那邪恶的事物里头,也藏着美好的精华,只要你懂得怎样把它提炼出来;譬如说,我们的坏乡邻就催促我们早早起身,这可是既养身又珍惜了光阴。再说,他们好比是我们外在的良心,是我们全体的牧师,告诫我们应该好好儿准备末日到来。这样,我们从野草里采来了蜜;从魔鬼那儿居然获得了道德的教训。

  欧平汉上。

亨利王　早安,托马斯·欧平汉老爵士。一个白头的好老人家,本应该舒舒服服地睡在一个软软的枕头上才是,现在倒叫你拿法兰西的梆硬的泥块当枕头啦。

欧平汉　不是这样,皇上,我很中意这个安身的地方,因为我这就可以说:"这会儿我睡得就跟君王一样!"

亨利王　这真是件好事:拿旁人做榜样,自己就甘心吃苦;这样,精神就随之而舒泰了——一个人的心灵受了鼓舞,那不用说,器官虽然已经萎缩了、僵了,也会从死沉沉的麻痹中振作起来,重新开始活动,像蜕皮的蛇获得新生的力量一样。把你的披肩借给我,托马斯爵士。两位好兄弟,替我向营帐中的各位将领问好,祝他们早安,请他们等会儿全都到我的营帐中会聚。

葛罗斯特　我们这就去,皇上。

欧平汉　用得到我伺候陛下吗?

亨利王　不,好爵士;你跟我的王弟一起到英国的贵爵那儿去吧,我要独个儿思考一番,暂时不要人做伴。

欧平汉　愿上帝祝福您,高贵的亨利!(随培福、葛罗斯特下。)

亨利王　上帝保佑,老人家!你总是说鼓舞人心的话。

  毕斯托尔上。

毕斯托尔　Qui va la？①

亨利王　自己人。

毕斯托尔　对我说个明白：你是个将官，还只是个低三下四的普通角色？

亨利王　我是队伍里的一个军爷。

毕斯托尔　你是使长枪的吗？

亨利王　正是。你是谁？

毕斯托尔　就跟皇帝一样是个好出身。

亨利王　那你是国王的上司了？

毕斯托尔　国王是个老好人，他的心儿赛黄金，是一个也见过世面、也有点儿名气的好小子，说起他的上代有来头，他拔出拳头就揍人。我跟他的泥污的鞋子亲吻，我从我的心眼儿里爱这一个宝贝儿。你的名字叫什么？

亨利王　亨利·勒·罗瓦②。

毕斯托尔　勒·罗瓦！一个康华人的名字。你是属于康华那一部队的吗？

亨利王　不，我是一个威尔士人。

毕斯托尔　你认识弗鲁爱林吗？

亨利王　认识的。

毕斯托尔　去对他说，到圣大卫节那天，我就要动他头上的韭菜。③

亨利王　那一天你可别把刀子插在自己的帽子上，否则，只怕他

---

① 法语："来者是谁？"
② 勒·罗瓦（Le roi），法语"国王"的意思。
③ 威尔士人每逢三月一日圣大卫节，在帽上插韭菜，纪念五四〇年这一天战胜入侵的撒克逊人。

会到你的头上来动刀子。

毕斯托尔　你是他的朋友？

亨利王　还是个乡亲呢。

毕斯托尔　那么去你的吧！

亨利王　我谢谢你。上帝保佑你！

毕斯托尔　我的名字就叫做毕斯托尔。（下。）

亨利王　你这副凶猛的性子跟这么一个名字倒顶适合。（退到一旁。）

　　　　弗鲁爱林、高厄各自上。

高　厄　弗鲁爱林上尉！

弗鲁爱林　听见啦！凭着耶稣基督的名义，把声音放低些吧。拿军饷的竟把祖传的真正的战争的法典，临阵的规矩都忘了，这真是四海之内，最令人啧啧称奇的怪事儿了。如果你肯费些儿神，只要研究研究庞贝大元帅的用兵之道，那我向你担保，你就会发觉在庞贝的军营里既没有人哇啦哇啦，又没有人叽叽咕咕；我向你担保，你会看到战争的仪式，它的用心、它的格式、它的严肃、它的文静——跟这儿的大不相同。

高　厄　呃，敌人那边也在嚷嚷呢；你整夜都听到他们的声响。

弗鲁爱林　要是敌人是头驴子，是条笨虫，是个唠唠叨叨的傻瓜，难道说，你以为我们最好——你听着——也做一头驴子、一条笨虫、一个唠唠叨叨的傻瓜？现在你且说说你自个儿的良心话吧。

高　厄　我以后说话决计放轻点儿就是了。

弗鲁爱林　我请你，还要求你，以后这样办吧。（两人下。）

亨利王　虽说这个威尔士人有点儿迂腐，可是他细心，也很有

171

勇气。

    培茨、考特、威廉斯上。

考 特 约翰·培茨兄弟,瞧那边不是天亮了吗?
培 茨 我想是天亮了吧;不过我们并没有什么了不起的理由,巴望白天快来到呀。
威廉斯 我们从那边看到一天的开始,可是我想,我们永远也看不到这一天的结束了。来者是谁?
亨利王 自己人。
威廉斯 在哪一位上尉的麾下?
亨利王 在托马斯·欧平汉爵士的麾下。
威廉斯 一位很好的老将军,还是一位最仁爱的老人家。我请问你,他对咱们的处境怎么个看法?
亨利王 就像一个人沉了船,落在沙滩上,只等第二次潮来把他卷去。
培 茨 他没有把他自个儿的想法告诉国王吧?
亨利王 没有,而且也不应当去跟他说。因为我认为——虽则我这话是对你们说——皇上就跟我一样,也是一个人罢了。一朵紫罗兰花儿他闻起来,跟我闻起来还不是一样;他头上和我头上合顶着一方天;他也不过用眼睛来看、耳朵来听啊。把一切荣衔丢开,还他一个赤裸裸的本相,那么他只是一个人罢了;虽说他的心思寄托在比我们高出一层的事物上,可是好比一头在云霄里飞翔的老鹰,他有时也不免降落下来,栖息在枝头和地面上。所以,当他有理由害怕的时候,他就像我们一样,感到了害怕;不用问,那心头的滋味也跟我们的感觉差不多。可是照理说,谁也不能叫他感到一丝恐惧,否则的话,他一流露出来,可不要瓦解军队的士气。

培　茨　尽管他外表装得怎样勇敢,今夜又这样冷,可是我相信,他心里希望自己宁可浸在泰晤士河里,哪怕河水齐到了脖子;我也但愿他在那儿,而我呢,就在他身边——只要能离开此地,我们还有什么好计较的?

亨利王　不跟你们说瞎话——我愿意代替国王捧着良心说句话——我认为他不会希望不在眼前这个地方,跑到任何别的地方去。

培　茨　那么我但愿他独个儿守在这块地方吧。这样,他当然免不了要献出一笔赎金来,许许多多可怜虫因此也就保全了生命啦。

亨利王　我敢说,你对他不至于一点儿敬爱都没有,竟希望就只他一个人守在这儿;你这么说,无非是试探别人的口气罢了。照我看,我无论死在什么地方,也没有像跟国王死在一块儿那样叫我称心了,因为他是师出有名的,他的战争是正义的。

威廉斯　这就不是我们所能了解的了。

培　茨　啊,或者说,这就不是我们所该追究的了;因为说到了解不了解,只要我们知道自己是国王的臣民,那就够了。即使他是站在理亏的一边,我们这些人是服从我们的国王,那么也就消除了我们的罪名。

威廉斯　可是,如果这不是师出有名,那么国王头上的这笔账可有得他算了。打一场仗,有多多少少的腿、多多少少的胳膊、多多少少的头要给砍下来;将来有一天,它们又结合在一起了,就会一齐高声呼号:"我们死在这样一个地方!"有的在咒天骂地,有的在喊叫军医,有的在哭他抛下了苦命的妻,有的高嚷他欠了人家的债还没还,也有的一声声叫他甩手不管的孩子——我只怕死在战场上的人很少有死得像个样儿的！人家既然要流你的血,还能跟你讲什么慈悲？我说,如果这班人不得好死,那么把他们领到死路上去的国王就是罪孽深重了。苦的是小百姓,他们要是违抗了君命,那就是违反了做百姓的名分。

亨利王　照这样说来,假如有个儿子,父亲派他出洋去做生意,他结果却带着一身罪孽葬身在海里了,那么照你的一套看法,这份罪孽就应当归在把他派出去的父亲的头上。或者是,有一个奴仆,受了主人的嘱咐,运送一笔钱,却在半路上遭了打劫,还没来得及忏悔,就给强盗杀死了,你也许要把那个主人叫做害这个仆人堕入地狱的主使者。不过,这不是那么一回事。国王手下的兵士他们一个个怎样结局、收场,国王用不到负责。做父亲的对于儿子,做主人的对于奴仆,也是这样；因为,他们派给他们任务的时候,并没有把死派给他们。再说,国王出兵,就算他是完全理直气壮的,一旦到了在战场上见个高低,他也无从叫所有的兵士都免除了罪孽。很难说,有些兵士曾经蓄意谋杀过人——有些兵士拿虚伪的山盟海誓骗取了姑娘的贞操——有一些,曾经犯过抢劫的案子、破坏了安宁和秩序,正好拿战争做避难所。现在,这班人逃脱了法网,躲过了罪有应得的惩罚——虽然人们是给他瞒过了,他却插翅难逃过上帝的手心！战争是他的一张拘票,战争是他的报应；这班人过去触犯了王法,现在就在国王的战争中领受惩罚。他们为了怕死就投了军；他们以为这样就得救了,不料反而遭了殃。那么要是他不得好死,入了地狱,国王负什么责任？正像他们从前犯下不敬上帝的罪不能由他负责一样。为着这罪恶,他们现在得了报应！每个臣民都有为国效忠的本分,可是每个臣民的灵魂却是属于他自己掌管的。所以,每个在战场上的兵士,好比在床上的病人,就该把自己良心上的每个污点都洗雪了;像这样死去,死对于他就是好处;如果不死,为了做好这样的准备费去这些时间,也十分值得。凡是逃过这道生死关口的人,如果有下面这种想法,那也不算罪过:他已先向上帝做了毫无保留的贡献,上帝却让他在那样的一天活了下来,为的是要他看到上帝的伟大,将来好教给旁人该怎样替自己准备。

威廉斯　真是这样,凡是不得好死的人,那罪孽落在他自己的头上,国王不负这责任。

培　茨　我并不要叫他为我负责,不过我还是决定为他拼命打一仗。

亨利王　我亲耳听到国王说,他决不愿向敌人献上赎金。

威廉斯　啊,他这么说,是为了好鼓舞士气;等咱们的脖子给人割断了,说不定他就赎出了自己,而我们却永远蒙在鼓里!

亨利王　要是我活着看见有这样一回事,那以后我永远也不能相信他的话了。

威廉斯　那时候你就要叫他知道你的厉害了!区区小百姓居然对于国王不乐意,这岂不像孩子玩的气枪里射出来的纸弹那样危险啊!你还不如拿起一根孔雀毛,想把太阳扇到它结冰吧。你"永远也不能相信他的话了"!喂,这真是句傻话呀。

亨利王　你这话太欺人了。要不是今天不便,我决不跟你罢休。

威廉斯　要是你还活下去,咱们还可以对今天的这一场争吵做个交代。

亨利王　我赞成。

威廉斯　我以后又怎样把你认出来呢?

亨利王　不管你拿什么东西给我做挑战品,在那一天我就把它戴在帽子上;要是你还敢前来认账的话,我就会跟你干起来。

威廉斯　这儿是我的手套。你换一只手套给我。

亨利王　拿去。

威廉斯　这只手套我也要把它戴在帽子上。过了明天,要是你跑上前来对我说:"这是我的手套,"凭我这只手起誓,我就要给你一耳光。

亨利王　要是我活到这一天,我也决不会放过你。

威廉斯　那你简直连上绞刑架都不怕了。

亨利王　好吧,我一定办到,哪怕当着国王,我也要来找你算账。

威廉斯　你得言而有信。再会吧。

培　茨　别闹翻吧,你们这班英国傻子,别闹翻吧! 只要你们还懂得一些好歹,那就会明白,咱们眼前跟法国人吵架都来不及呢。

亨利王　真的,法国人可以用二十比一的法国"人头"①来跟我们打赌,说他们一定能战胜我们;因为他们的赌注就长在他们的肩膀上;可是咱们英国人割法国人的人头却算不得罪过,到了明天,就是国王本人也要亲自动手呢。(兵士们下)要国王负责! 那不妨把我们的生命、灵魂,把我们的债务、我们的操心的妻子、我们的孩子以及我们的罪恶,全都放在国王头上吧! 他得一股脑儿担当下来。随着"伟大"而来

---

① "人头"亦作金币解,语义双关。

的，是多么难堪的地位啊；听凭每个傻瓜来议论他——他们想到、感觉到的，只是个人的苦楚！做了国王，多少民间所享受的人生乐趣他就得放弃！而人君所享有的，有什么是平民百姓所享受不到的——只除了排场，只除了那众人前的排场？你又算得什么呢——你偶像似的排场？你比崇拜者忍受着更大的忧患，又是什么神明？你收到多少租金，又带来了多少进账？啊，排场，让我看一看你的价值是多少吧！你凭什么法宝叫人这样崇拜？除了地位、名衔、外表引起人们的敬畏与惶恐外——你还有些什么呢？你叫人惶恐，为什么反而不及那班诚惶诚恐的人来得快乐呢？你天天喝下肚去的，除了有毒的谄媚代替了纯洁的尊敬外，还有什么呢？啊，伟大的"伟大"呀，且等你病倒了，吩咐你那套排场来给你治病吧！你可认为那沸烫的发烧，会因为一大堆一味奉承的字眼儿而退去吗？凭着那打躬作揖，病痛就会霍然而愈吗？当你命令乞丐向你双膝跪下的时候，你能同时命令他把康健献给你吗？不，你妄自尊大的幻梦啊，你这样善于戏弄帝王的安眠。我这一个国王早已看破了你。我明白，无论帝王加冕的圣油、权杖和那金球，也无论那剑、那御杖、那皇冠、那金线织成和珍珠镶嵌的王袍、那加在帝号前头的长长一连串荣衔；无论他高踞的王位，或者是那煊赫尊荣，像声势浩大的潮浪泛滥了整个陆岸——不，不管这一切辉煌无比的排场，也不能让你睡在君王的床上，就像一个卑贱的奴隶那样睡得香甜。一个奴隶，塞饱了肚子，空着脑子，爬上床去——干了一天辛苦活儿，就再不看见那阴森森的、从地狱里产生的黑夜。他倒像是伺候太阳神的一个小厮，从日出到日落，只是在阳光里挥汗，到了晚上，就在乐园里睡个通宵;第二天天一亮,又一骨碌起身,赶着替太阳神把骏马套上了车;年年月月,他就干着这营生,直到进入了坟墓。像这样,一个奴隶,欠缺的就只是煊赫的排场,要不然,他日出而作,日入而息,远远地胜过了做一个皇帝。他浑浑噩噩、安安稳稳地过着太平日子,全没想到做人君的为了维护这太平世界,对着孤灯,操着怎样一片心;他宵旰勤劳,到头来却是那村夫最受用。

  欧平汉上。

欧平汉　皇上,大臣们看见你不来都发了急,他们跑遍了营帐,在找你哪。

亨利王　我的老爵士,把他们都召集到我的营帐里来。我可以比你先赶到。

欧平汉　遵命,陛下。(下。)

亨利王　啊,战神!使我的战士们的心像钢铁样坚强,不要让他们感到一点儿害怕!假使对方的人数吓破了他们的胆,那就叫他们忘了怎样计数吧。别在今天——神啊,请别在今天——追究我父王在谋王篡位时所犯下的罪孽!我已经把理查的骸骨重新埋葬过,我为它洒下的忏悔之泪比当初它所迸流的鲜血还多。我长年供养着五百个苦老头儿,他们每天两次,举起枯萎的手来,向上天呼吁,祈求把这笔血债宽恕;我还造了两座礼拜堂,庄重又严肃的牧师经常在那儿为理查的灵魂高唱着圣歌。我还准备多做些功德!虽说,这一切并没多大价值,因为到头来,必须我自己忏悔,向上天请求宽恕。

  葛罗斯特上。

葛罗斯特　陛下!

亨利王　我那葛罗斯特弟弟的声音吗？啊,我知道你来干什么;
　　　　我就跟你走。白天,还有朋友们——全都在那儿等待我。
　　　　（同下。）

第二场　法军阵地

　　　　皇太子、奥尔良、朗菩尔及众将领上。

奥尔良　阳光已照上我们的金甲;快起来吧,王爷们!
皇太子　快上马吧!我的马儿!侍从!孩儿!哈!
奥尔良　勇敢的精神哪!
皇太子　去你的吧!水和土!
奥尔良　此外还有什么?风,火!
皇太子　天空!奥尔良兄弟。

　　　　元帅上。

皇太子　喂,大元帅!
元　帅　听,我们的骏马在那儿长嘶,要立刻往战场驰骋。
皇太子　上马吧,狠狠地刺破它们的肚子,把一股热血喷到英国
　　　　人的眼睛里去吧,凭着一股狠劲儿,歼灭他们吧,哈!
朗菩尔　什么!你要英国人的眼眶里挂着我们骏马的热血吗?
　　　　那我们怎么还能辨别出他们自己淌下的眼泪呢?

　　　　使者上。

探　子　禀告王爷们,英军已摆好了阵势了。
元　帅　上马,各位英勇的王爷! 快上马去! 只消朝那边又饿
　　　　又褴褛的乌合之众看上一眼,你们那副华贵的气派呀,就叫
　　　　他们吓落了魂,只剩下皮囊,只剩个壳! 这一丁点儿活儿,
　　　　还不够摊派给我们全体人手呢;在他们那干枯的脉管里,也

没那么多血足够让我们每一把出鞘的利剑都沾染一滴——我们法兰西勇士今天拔出剑来,这把剑将因为无用武之地,终于又落进剑鞘里。我们只消每人向他们吹口气——把勇敢化作烟云——那我们也就吹倒了他们！就是我们拿出尾随在我们队伍后面的跟班杂役,叫这班无足轻重的村夫冲上战场,那也可以高枕无忧、万无一失——准会把那不中用的敌人消灭个干净！我们就袖手旁观,闲站在山脚附近——可惜是,荣誉不许我们那么做。再有什么要说的？我们只消干很少很少的一点儿活儿,就能把一切都解决。那么,快奏起号角,催大家上马出发吧。我们一到,英格兰就会吓得匍匐下来,不敢动弹一下。

　　葛朗伯莱上。

葛朗伯莱　你们为什么到现在还没出动,法兰西的王公们？那边岛国的死囚,拼着自己的几根骨头,一清早就出现在战场上了；那样子可真不雅观。他们哆哆嗦嗦地挂起了破布片儿,正好给我们的风儿无情地玩弄。看到这样一支褴褛的队伍,真像骄傲的战神破了产,只是从那生锈的头盔底下失魂落魄地张望着。那上了马的骑兵,手执火把,就像是烛台一座,他们的驽马瘦弱不堪,脑袋耷拉着,浑身的皮和屁股也都往下坠,眼屎从它们死灰色的眼里挂下,那嚼铁在它们惨白麻木的嘴里也死死地不动一动,只是和满口青草混在一起。它们的行刑者——那凶恶的鸦群,在它们头上盘旋得不耐烦了,只盼望这一刻时辰快快来到。要描绘这一支队伍,活灵活现地表达出这支队伍的一副死样子,我们可还找不到合适的文字和语言！

元　帅　他们已做过祷告,现在只是在等死罢了。

皇太子　我们要不要先派人送些食物和新衣裳给他们,先喂饱他们的瘦马,然后再跟他们打一仗?

元　帅　我只是在等候军旗。向战场冲吧!我可以问喇叭手要一面旗呀,在迫不及待的当儿,这样也可以将就。来吧,向前进!太阳已高高升起,我们浪费了光阴。(同下。)

第三场　英军阵地

　　葛罗斯特、培福、爱克塞特;萨立斯伯雷、威斯摩兰及众军士上。

葛罗斯特　皇上呢?

培　福　皇上骑着马亲自去观察对方的阵势了。

威斯摩兰　他们整整有六万个战斗人员呢。

爱克塞特　那就是五个对一个;再说,他们全都是生力军。

萨立斯伯雷　愿上帝站在我们这一边吧!这是个众寡悬殊的局面。愿上帝与你们同在,各位亲王;我要到我的岗位上去了。要是我们这一别须得在天上再见,那么,我的高贵的培福公爵、亲爱的葛罗斯特公爵、好爱克塞特公爵以及我那仁爱的亲眷,全体的战士们,让我们高高兴兴地告别吧!

培　福　再会,好萨立斯伯雷,愿好运跟随着你!

爱克塞特　再会,好伯爵。今天勇敢地打一仗吧;可是我这样叮嘱你,真把你屈辱了,因为你生来具有坚定不移的勇气。

　　(萨立斯伯雷下。)

培　福　他这个人不仅心地善良,而且浑身是胆,真叫人又敬又爱。

　　亨利王上。

威斯摩兰　啊,只要我们这儿能添上一万个今天在英格兰闲着的人们!

亨利王　是哪一位在发出这样的愿望?我那威斯摩兰姑丈吗?不,好姑丈。要是我们注定该战死在疆场上,那我们替祖国招来的损失也够大了;要是我们能够生还,那么人越少,光荣就越大。上帝的意旨!我求你别希望再添一个人。我并不贪图金银;也不理会是谁花了我的钱;说实话,人家穿了我的衣服,我并不烦恼——这一切身外之物全不在我心上。可要是渴求荣誉也算是一种罪恶,那我就是人们中最罪大恶极的一个了。不,说真话,姑丈,别希望从英格兰多来一个人。天哪,我不愿错过这么大的荣誉,因为我认为,多一个人,就要从我那儿多分去一份最美妙的希望。啊,威斯摩兰,别希望再多一个人吧!你还不如把这样的话晓谕全军:如果有谁没勇气打这一仗,就随他掉队,我们发给他通行证,并且把沿途所需的旅费放进他的钱袋。我们不愿跟这样一个人死在一块儿——他竟然害怕跟咱们大伙儿一起死。今天这一天叫做"克里斯宾节"①,凡是度过了今天这一关、能安然无恙回到家乡的人,每当提起了这一天,将会肃然起立;每当他听到了"克里斯宾"这名字,精神将会为之一振。谁只要度过今天这一天,将来到了老年,每年过克里斯宾节的前夜,将会摆酒请他的乡邻,说是:"明天是圣克里斯宾节啦!"然后,他就翻卷起衣袖,露出伤疤给人看,说:"这些伤疤,都是在克里斯宾节得来的。"老年人记性不好,可是他即使忘去了一切,也会分外清楚地记得在那一天

---

① 克里斯宾节(St. Crispin's Day),在十月二十五日。

里他干下的英雄事迹。我们的名字在他的嘴里本来就像家常话一样熟悉:什么英王亨利啊,培福、爱克塞特啊,华列克、泰保啊,萨立斯伯雷、葛罗斯特啊,到那时他们在饮酒谈笑间,就会亲切地重新把这些名字记起。那个故事,那位好老人家会细细讲给他儿子听;而克里斯宾节,从今天直到世界末日,永远不会随便过去,而行动在这个节日里的我们也永不会被人们忘记。我们,是少数几个人,幸运的少数几个人,我们,是一支兄弟的队伍——因为,今天他跟我一起流着血,他就是我的好兄弟;不论他怎样低微卑贱,今天这个日子将会带给他绅士的身份。而这会儿正躺在床上的英格兰的绅士以后将会埋怨自己的命运,悔恨怎么轮不到他上这儿来;而且以后只要听到哪个在圣克里斯宾节跟我们一起打过仗的人说话,就会面带愧色,觉得自己够不上当个大丈夫。

萨立斯伯雷　尊贵的君王,请立即准备起来吧,法兰西已声势浩大地摆好了阵势,就要用全副力量向我们冲锋啦。

亨利王　一切都准备好啦——假如是,我们的思想已有了准备。

威斯摩兰　如今谁还存心想退缩,他就得死!

亨利王　你不再希望从英格兰多来些人了吧,姑丈?

威斯摩兰　上帝明鉴!但愿就只陛下和我两个,再没第三个帮助,打下这光荣的一仗!

亨利王　呃,听你这会儿的愿望,五千名壮士又成了多余!凭他们对我的忠心,他们决不会希望只剩下我一个人。——你们都知道各自的位置了吧?——上帝和你们全体同在!

　　　　号角声。蒙乔上。

蒙　乔　我再一次向你了解,亨利王,在你那万难幸免的毁灭面前,你是否准备用赎金来向我们求和——当真不假,你就站在深渊的边缘,眼看就要给浪涛卷了去!此外,也是为了慈悲,我们的大元帅要你嘱咐你手下的人,别把忏悔忘了,好让他们的灵魂,在脱离战场的当儿,得到了安宁的归宿——这班可怜虫,他们的身子是少不得要葬在这儿,在这儿腐烂啦。

亨利王　这回是谁派你来的?

蒙　乔　法兰西大元帅。

亨利王　我请你,把我先前的答复带回去吧,叫他们先杀了我,然后再卖我的骨头。好上帝!他们干吗要这样欺人?从前有个人,狮子还在山里,他就卖起狮子皮来了,结果狮子没有捉到,却反而送了命。不用说,我们有好多人会安葬在故土,在他们坟前的铜碑上我相信这一天的事迹将流传下来;而那视死如归、把英骨遗留在法兰西的勇士,虽然埋葬在你们的粪土堆里,可他们的芳名自会流传开来,因为太阳照耀着他们,把他们的正气蒸发上天,留下他们的皮囊散发出腐烂的气味,好让毒气笼罩在你们的国土——在法兰西造成一场瘟病疠疫。所以,请想想我们英国人有多勇敢,他们死了之后,还像一颗能二次杀人的跳弹,会再一次奋起神威把你们杀害。让我骄傲地说吧:去告诉你们的元帅,我们只是当兵的老粗,我们的穿红戴黄、披金挂银的出风头劲儿,都在那冒雨进军中、在那泥泞的荒野里给冲掉了。我们这群人的头顶上再找不出一根羽毛来——我希望这就是最好的证明:我们决不会振翅飞逃——是时间害得我们这般腌臢;可是老实告诉你,我们的心却依旧干净整洁。我可怜的兵士们对我说,不等天黑,他们就会有新衣服穿啦;要不,那就不免要动手把那鲜艳的新衣服从法国的兵士身上剥下来，再打发他们走。要是他们这样做——只要上帝许可，他们包管会这样做——那我的赎金就会很快地凑成一笔数目了。使节，你省些儿气力吧，大可不必再来讨什么赎金了，好使节；我发誓，他们什么都别想到手，只除了我这副骨头——就是这，落到他们手里，只怕也不会怎么样柔顺。去回报你的元帅吧。

蒙　乔　我会转告的，亨利王。咱们就再会吧；以后再不会有使节来找你了。（下。）

亨利王　只怕为了赎金还要劳驾你跑一遭。

　　　　约克上。

约　克　皇上，我真心诚意跪下来向您恳求，把我派做冲锋部队的指挥吧。

亨利王　我就任命你，勇敢的约克。现在，兵士们，奋勇前进！上帝，今天的胜负，全由你决定！（众下。）

第四场　战　场

　　　　号角声。兵士冲锋。毕斯托尔、法国兵士及童儿上。

毕斯托尔　投降，狗！

法　兵　（缴械）我看你是一位有身价的先生。

毕斯托尔　有身价？Calmie custure me![①] 你是一个绅士吗？你叫什么名字？快讲！

[①] 爱尔兰民歌中的一句歌词，意为"姑娘，我的心肝"。法兵在这一场里讲法国话，毕斯托尔听不懂，因此胡扯了一句爱尔兰话，表示他跟法兵一样，也会说一套叽里咕噜的话。

法　兵　啊天老爷!

毕斯托尔　啊田老爷总该是个绅士吧。啊田老爷,你且听着本人的言语,你去仔细推敲:啊田老爷,你是死定在这把宝剑底下啦——除非是,啊田老爷,你拿金子银子、珠子缎子来赎你这条命。

法　兵　啊,做做好事吧!饶了我吧!

毕斯托尔　嫂嫂?她来也没用!我要你四十个"嫂嫂"!要不然,我就把你的横膈膜拉出你的喉咙管,叫它一滴一滴流着鲜红的血!

法　兵　好不好请你手下留留情吧!难道求也求你不动?

毕斯托尔　铜?狗才!你这头该死的、活得不耐烦的山羊,你拿铜子儿来收买我?

法　兵　啊,请你不要见怪吧!

毕斯托尔　你这是在说我吗?什么"尖"呀"快"呀?童儿,过来;替我拿法国话问问这个奴才,他叫什么名字。

童　儿　听好。你叫啥名字?

法　兵　铁先生。

童　儿　他说他叫铁先生。

毕斯托尔　铁先生?我可要"踢踢"他,要"推推"他,要"拖拖"他!把这话用法国话讲给他听。

童　儿　我可不知道法国话里"踢踢""推推""拖拖"怎样讲。

毕斯托尔　叫他准备吧,我决定要割他的喉咙了。

法　兵　他说啥,先生?

童　儿　他关照我对你说,你准备起来吧;因为这位兵老爷拿准主意,马上就要割你的喉咙啦。

毕斯托尔　对,割喉咙,忘八蛋骗人!乡下佬,除非你拿金洋钱给我——拿雪亮的金洋钱给我,否则我这把剑就要对你不起,请你吃它几下子。

法　兵　啊,我求求你,看在老天爷面上,饶我一命吧!我也是好人家出身,是个大少爷。只要你刀下留情,我情愿孝敬你两百块大洋。

毕斯托尔　他叽咕些什么话?

童　儿　他求你饶他一命。他是个出身高贵的上等人,还说他愿意给你两百块洋钱做赎金。

毕斯托尔　去对他说吧,我的怒火已经消散了,他的洋钱我决定收下了。

法　兵　小先生,他怎么说呀?

童　儿　虽然他赌过咒,捉牢了俘虏随便怎样也不饶的;不过呢,你答应给他洋钱,看在洋钱面上,他肯饶你、放掉你了。

法　兵　我膝盖落地,向你千恩万谢;也算是我交上了好运,会落在将军的手里——我看将军在英国人里面,好算得顶勇敢、顶有胆子、顶出风头了。

毕斯托尔　翻译给我听,童儿。

童　儿　他跪下来向你千恩万谢;他认为也是他运气好,会落在你手里,照他看,你是英国人中顶勇敢、顶有胆量、顶了不起的一位将军了。

毕斯托尔　我血也会喝,好事也会做!跟我来吧!

童　儿　快点儿跟那位伟大的上尉走吧。(毕斯托尔下,法国兵士随下)谁看到过这样一颗空洞的心,吼起来却这样有劲?不过俗话说得好:"喊得越响,肚里越空。"巴道夫、尼姆,比这个一味喊叫的舞台上的魔鬼强十倍,谁都可以用一把木刀削他的脚爪;他们俩都给送上了绞刑架,这一个也逃不了这道关,要是他胆敢趁火打劫。我必须回到辎重营里跟童儿们一起看守着。要是让法国人晓得只有孩子们在看守辎重,那他们就要来打劫我们啦。(下。)

第五场　战场的另一部分

　　　　皇太子、奥尔良、波旁、元帅、朗菩尔及余人等上。

元　帅　喔,见他妈的鬼!

奥尔良　喔,天老爷!大势已去啦,什么都完啦!

皇太子　让我快死吧!天要坍啦,要坍啦!责难和洗不了的耻辱,从此再不放松我们,永远像羽毛般插在咱们的头上啦。喔,可恶的命运哪!(一阵短促的号角声)你们别逃跑!

元　帅　哎呀,我们的队伍一齐崩溃啦。

皇太子　喔,永久的耻辱啊!让我们自杀了吧。我们掷骰子赌输赢,赌的就是这班恶徒吗?

奥尔良　我们派人去向他讨赎金的,就是这一个国王吗?

波　旁　耻辱呀,永远的耻辱呀!奇耻大辱啊!让我们死得光彩些吧。再回到战场上去!这当儿有谁不愿意跟着波旁走的,就让他去吧,让他把帽子拿在手里,低声下气,就像一个龟奴,恭恭敬敬地守在房门外,让他最娇嫩的闺女给连狗都不如的奴才糟蹋。

元　帅　队伍混乱是我们失败的原因,现在让它来帮我们的忙吧!让我们一窝蜂冲上去拼个你死我活。

奥尔良　我们存留在战场的人还不算少,围聚拢来不怕不闷死了英国人——只要我们能有办法部署一下队伍!

波　旁　还说什么部署!咱们一块儿去。谁想偷生,只会换来无穷羞耻!(同下。)

第六场　战场的另一部分

　　号角声。亨利王率军队上;爱克塞特及余人等上。

亨利王　咱们打得好,勇敢无比的乡亲;可是这一仗并没打完,法兰西军队还守着一部分地区。

爱克塞特　约克公爵传言向陛下致意。

亨利王　他活着吗,好叔父?在这个钟点内,我看他倒下了三次;三次他又跳起来杀敌,从头盔到靴子,挂着一身血!

爱克塞特　他,勇敢的军人,就挂着这一身彩,跌倒下去,拿热血去灌溉沙场。在他的身旁,躺着那高贵的萨福克伯爵,同样光荣地受了重创。萨福克先死;那遍体鳞伤的约克爬了过去,伏在那个血人儿的身上,拉住了他的胡子,跟他脸上那许多血淋淋的伤口亲吻;他放声嚷道:"慢些儿,萨福克好兄弟!我的灵魂就要陪着你一同上天去。慢些儿,亲爱的灵魂,等一等我,咱们一起并肩飞去吧,就像咱们俩一块儿在这片疆场上,本着骑士的精神出色地打一仗!"他说到这儿,我赶去安慰他,他朝我笑笑,把手伸给我,软弱地执住了我的手,说:"好公爵,请你为我向皇上请安吧。"说罢,他就转过身去,张开受伤的胳膊,扑在萨福克的脖子上,和他的嘴唇亲吻;就这样,跟死神结了不解缘,用血写的文书订立了生死之交。看着这幕真挚动人的情景,我就忍不住掉下了泪水!丧尽了丈夫气概、变成个小儿女,我竟失声哭了出来。

亨利王　难怪你要哭,连我听了这番话,要不是忍住些,只怕也要两眼朦胧,热泪纵横了。(号角声)可是听!一阵号角!难道又变了卦?法兰西军队又把散兵集合起来啦。那么每个兵士把他看管的俘虏全杀了吧!去把这话传遍全军。(同下。)

第七场　战场的另一部分

　　号角声。弗鲁爱林及高厄上。

弗鲁爱林　把看管辎重的孩儿们都杀了!这分明是违反了战争的规矩。哪儿看见过——你听着——这样卑鄙无耻的勾当!你凭良心说句话,看见过没有?

高　厄　还有什么好说的,一个孩子都没能逃过这场屠杀;这就是那班从战场上脱逃的、怯懦的流氓干的好事。这不算,他们还放火烧了皇上的营帐,把帐里的东西搬了个空;皇上一怒之下,就命令每个兵士把他们的俘虏全杀了。啊,真是个有作为的皇上!

弗鲁爱林　呃,他是生在蒙穆斯的,高厄上尉。亚历山大太帝降生的那个城市,你管它叫什么的?

高　厄　亚历山大大帝?

弗鲁爱林　呃,我请教你,"太"不就是"大"吗?不管是"太"是"大",是"伟"、是"巨"还是"尊",全都是一个意思,只除了字眼儿有些不同罢了。

高　厄　我想亚历山大大帝降生在马其顿。他的爸爸叫做马其顿的腓力普——我记得是这样。

弗鲁爱林　我想亚历山大降生的地方叫做马其顿。我对你说,上尉,你只消看一看世界地图,保证你就会看出来了,马其顿,蒙穆斯,这两个地方的地形——你听着——可十分相像呢。在马其顿有条河,在蒙穆斯同样也有一条河,叫做威伊河——可是另外那条河叫什么名字我的脑子里却没有印象了。可是这实在是二而一的东西,就像我这个手指头跟我那个手指头不分彼此一样,而两条河里头都有鲑鱼!要是你好好地研究一下亚历山大的生平,就会觉得蒙穆斯的亨利跟他像得很呢,处处都有相同的地方。亚历山大——上帝知道,你也知道——有一天大发雷霆,怒不可遏,火气冲天,又气又恼,真是恨从心头起,恶向胆边生,再加上带着几分醉意,就凭这几盅酒和一股怒火——你听着——把他的最好的朋友克莱特①给杀了……

高　厄　在这点上,当今的皇上可就不像他,他从没有杀过一个朋友啊。

弗鲁爱林　我故事还没说完呢,你就来插嘴,这,你听着,可有点儿不大那个。我只是打个比方而已。亚历山大杀死他的朋友克莱特是因为喝酒喝醉了;而亨利·蒙穆斯呢,因为他神志清醒,懂事明理,才跟那个穿着紧身衣、挺着大肚子的胖骑士一刀两断了。那个胖子是个专爱说笑话、打哈哈、恶作剧、干荒唐事儿的人——我倒把他的名字给忘了。

高　厄　约翰·福斯塔夫爵士。

弗鲁爱林　正是他。我告诉你,蒙穆斯地方降生了一个好人。

高　厄　皇上来啦。

　　　　　号角声。亨利王率英军上;华列克、葛罗斯特、爱克塞特等随

---

① 克莱特(Cleitus),亚历山大手下的大将,曾在战场上救过亚历山大的生命。后来两人酒醉,克莱特出言不逊,为亚历山大所杀。

上。兵士押波旁等俘虏上。

亨利王　自从来到法兰西,我还不曾发过一次火;今天,为这件事,我可按捺不住了。传令官,你带一个喇叭手,跳上马,去到对面山头,向那边的骑兵宣布:要是他们不怕跟我们打一仗,就请他们下山来吧;要是他们害怕,那干脆就离开阵地,免得叫我们看着讨厌!倘若是,他们既不下山,也不退避些,那只好我们过来了,那时候管叫他们慌忙逃跑都来不及,就像是石弹飞也似的离开那弓弦。还有,在押的俘虏,我们全都要杀掉——而我们还准备抓到一个杀一个,一个都不饶恕。去对他们这样说吧。

蒙乔上。

爱克塞特　陛下,法兰西的使节来到啦。

葛罗斯特　他的目光没有从前那样骄傲啦。

亨利王　怎么啦!现在又是怎么回事,使节?你忘了我是拿我这身骨头做赎金吗?你又来讨取赎金啦?

蒙　乔　不是,伟大的皇上。我是来恳求您恩准我们走遍这片流血的沙场,把我方的阵亡将士清点一下,把这些死者埋了;从小兵中间辨认出我们的贵族来。唉,可叹哪!我们有好多公卿大人,都倒下来浸透在那雇佣兵的血泊里,而村夫俗子却摊开着粗手大脚,沐浴在贵人的血液里!那受伤的骏马,四脚都深深地浸在血泊里,发了疯,举起铁蹄,没命地把主人践踏,叫死了的人再死第二遭。啊,伟大的皇上,请准许我们在安全的情况下,清点一下战场,也好让死者的遗骨有个归宿。

亨利王　老实对你说,使者,我还不知道今日的天下是否已属于我们了,因为你们还有好多的骑兵横冲直撞地出现在战场上。

蒙　乔　今日是您的天下了。

亨利王　可赞美的是上帝,不是我们的本领!那矗立在近旁的城堡叫什么名字?

蒙　乔　大家管它叫阿金库尔。

亨利王　那么我们就把这一仗叫做"阿金库尔之役",日子是在克里斯宾节。

弗鲁爱林　您那大名鼎鼎的祖父——请陛下原谅我这么说——还有您那叔祖"威尔士黑太子"爱德华,曾在这儿的法兰西土地上——我曾经从历史上读到——狠狠地打过一仗。

亨利王　确是这样,弗鲁爱林。

弗鲁爱林　陛下说得真对。要是陛下还记得起来,威尔士军队在一个长着韭菜的园圃里也立过大功,那时候大家在他们的蒙穆斯式的帽子上插了韭菜;如今——陛下也知道——这韭菜成为军队里光荣的象征了;我相信在圣大卫节那天,陛下决不会不愿意戴棵韭菜在头上的。

亨利王　我要戴的,这是一种光荣的纪念。因为好乡邻,你明白,我是个威尔士人。

弗鲁爱林　任凭威伊河里有多少水,也不能冲洗陛下身子里的威尔士血液——我敢对您这么说,但愿上帝永远保佑威尔士血液,假使是天老爷乐意——他老人家万岁!

亨利王　谢谢你,我的好乡邻。

弗鲁爱林　耶稣在上,我是您陛下的乡邻,我不怕人家知道这回事!我倒愿意把这话对普天下的人讲呢。赞美上帝,只要陛下始终是个正人君子,我干吗要因为跟陛下有了这份乡谊而害臊呢?

亨利王　愿上帝叫我永远做个正人君子。叫我们的传令官跟他一起去吧。把双方阵亡的确切数目查明了告诉我。(传令官及蒙乔下。)

亨利王　(指威廉斯)去把那边的那个家伙叫过来。

爱克塞特　当兵的,快去见国王。

亨利王　当兵的,你干吗把手套插在帽子上?

威廉斯　回禀陛下,这是人家给我的挑战品;只要那个人还活着,我免不了要跟他较量一下。

亨利王　是个英国人?

威廉斯　回禀陛下,是个流氓——昨儿晚上他倒欺压到咱头上来了;他要是还活着,胆敢来认这一只手套,嘿,我发了誓,要给他一个巴掌;要不然,如果让我看到了我的手套插在他的帽子上——他发过誓,他是个军人,只要他还活着,就一定把它戴在头上——我就要狠狠地叫他挨我一下,少不得连那手套都要打落下来。

亨利王　你怎么说,弗鲁爱林上尉?这个当兵的应该遵守自己的誓言吗?

弗鲁爱林　要不这样,他就是个懦夫,是个不要脸的——这是我凭良心说实话,回禀陛下。

亨利王　也可能他的对头是个大大有身份的人,哪儿能够跟一个兵士来较量呢。

弗鲁爱林　陛下听着,不管他身份有多么高,可以比得上地狱里的大魔王,他发了誓、赌了咒,就应该算数。要是他翻悔了自己的誓言——现在您可听着——嘿,凭良心说,那就走遍天下,再也找不出第二个像他那样彻头彻尾的恶徒、流氓啦。

亨利王　那么等下次碰见那个家伙的时候,小伙子,你就照你的誓言办事吧。

威廉斯　我一定说到做到,准没有错,陛下。

亨利王　你属于哪一个的麾下?

威廉斯　在高厄上尉麾下,陛下。

弗鲁爱林　高厄是个好上尉,他读过兵书,精通打仗的这一套道理。

亨利王　去把他叫到我这儿来,当兵的。

威廉斯　我就去,陛下。(下。)

亨利王　(拿出一只手套)这个赏给你吧,弗鲁爱林;我要你把它插在帽子上。阿朗松跟我两个,方才一起倒在地上搏斗,我把这只手套从他的头盔上拔了下来。要是有谁看到这只手套前来向你挑战,那他就是阿朗松的朋友,我的对头。如果你碰到这样的人,捉住他,也算你对我尽了忠。

弗鲁爱林　陛下给我这个效忠的机会,叫我脸上生了光彩,做臣子的求都没处求呢。我真想看看那个人,倘若他也只有两条腿,那就管叫他为这只手套懊悔都来不及!——我的话到此为止。——然而我真想马上碰见他,假使托上帝的福,我能够看见他……

亨利王　你认识高厄吗?

弗鲁爱林　托您的福,他是我的好朋友。

亨利王　劳你驾去找找他,把他带到我的帐里来。

弗鲁爱林　我就去把他带来。(下。)

亨利王　华列克伯爵,还有葛罗斯特王弟,请你们紧跟在弗鲁爱林的后边。我赏给他的一只手套,说不定会替他招来一个巴掌。这本是那个兵士的手套;我有约在先,说是要戴在自

195

己的头上。跟住他吧,华列克好兄弟,要是那个家伙打了他——照我看,凭他那股牛劲,他真会照他所说的干,那就免不了要闹出什么乱子来;因为我很知道,弗鲁爱林是条好汉,一旦发作了,就像火药那样猛烈,当场就会回敬人家的侮辱。跟他去吧,别让他们俩闹什么事。跟我一同走吧,爱克塞特王叔。(同下。)

第八场 亨利王的营帐前

    高厄及威廉斯上。

威廉斯 我敢说,皇上召你是要封你做爵士啦,上尉。

    弗鲁爱林上。

弗鲁爱林 托上帝的福,上尉,我到底把你找到啦,快跟我到国王那儿去。说不定你做梦也想不到,会有天大的好处等着你呢。

威廉斯 先生,您认识这只手套吗?

弗鲁爱林 认识这只手套吗?我只知道这只手套是一只手套。

威廉斯 我可是认识这只手套;所以我向你挑战!(打他。)

弗鲁爱林 妈的!你这个十足的卖国贼,天下哪儿还能找出第二个,不管在法兰西,还是在英格兰!

高 厄 怎么啦?你这个流氓!

威廉斯 难道你以为我说过的话就不算数吗?

弗鲁爱林 让开些,高厄上尉。请你放心,我要叫他尝尝我的老拳,卖国贼的报应就在眼前啦!

威廉斯 我不是卖国贼!

弗鲁爱林 你睁着眼睛说谎!(向高厄)我以皇上的名义命令你

逮捕他。他是阿朗松公爵的朋友。

华列克及葛罗斯特上。

华列克　怎么啦,怎么啦?是怎么一回事呀?

弗鲁爱林　华列克爵爷,眼前有一件最不得了的卖国案子给揭发啦——感谢上帝吧!——您瞧,就像是夏季的白天那样一清二楚。皇上来啦。

亨利王及爱克塞特上。

亨利王　怎么啦?是怎么一回事呀?

弗鲁爱林　陛下,这就是那个流氓、那个卖国贼——请陛下注意——他一看见手套,也不管这是陛下从阿朗松盔甲上拔下来的手套,就动手打人。

威廉斯　陛下,这是我的手套,我这儿有一只手套跟它配对;昨儿晚上,我拿手套跟那个人交换,那个人一口答应我将来把手套戴在帽子上;我就把话许下,假使他胆敢戴在头上,我就胆敢打他。现在给我碰见了那个人,帽子上插着我的手套,那我本来怎么说的,可就怎么做了。

弗鲁爱林　现在请陛下听我说——有什么冒犯的地方请陛下包涵——这个人,真是个彻头彻尾、无恶不作、像叫花子那样满身跳蚤的奴才!我希望陛下现在给我出头作证,当场就声明:这是阿朗松的手套——凭良心说——是陛下给我的。

亨利王　把你的手套给我,当兵的——你看,这儿有一只不是跟那只配对吗?你口口声声要打人,其实是要打我本人;你还骂得我好苦!

弗鲁爱林　请陛下容许我说句话,只要天下还有军法的话,那就该把他的脖子吊起来抵他的罪名!

亨利王　你在我面前怎样解释?

威廉斯　皇上,说到冒犯,少不了先得存着这样的心,我可从来没有一点儿想要得罪陛下的意思呀。

亨利王　可是你破口大骂我本人。

威廉斯　昨儿晚上陛下悄悄地跑来,一点儿也不像您本人——叫人还以为是一个普普通通的小兵。想想夜有多么黑,您穿的是什么样服装,您的举止又真不够气派。在这样一种情景下,陛下受了些委屈,那么我请您,要怪也只好怪您自个儿不是,并非我的不好;因为假如您让我看到我心目中的样儿,我就不会得罪什么人了。所以,我请求陛下宽恕了我吧。

亨利王　呃,爱克塞特王叔,替我拿银币来装满这只手套,送给那个汉子。你收着吧,汉子。把手套插在你的帽子上当做光荣的标记,直到有一天我跑来向你挑战。把银币给他。(向弗鲁爱林)我说,上尉,你得跟他做个朋友。

弗鲁爱林　天理良心说句话,这家伙真有种。拿着,这儿是给你的十二个便士;我劝你要侍奉上帝,别跟人吵闹,也别只顾唠唠叨叨的,也别口角,别斗气,那我敢担保,你的为人就格外出色了。

威廉斯　我一个钱也不要你的。

弗鲁爱林　这也是我的一片好意。我对你说,这钱拿来也好修修你的靴子。得啦,干吗要这么害臊?你的靴子已经不太好啦。这是个好先令呢,我向你保证,要不然,我替你换一个也行。

　　　　　英国传令官上。

亨利王　嗨,传令官,阵亡的人数查明了吗?

传令官　这儿是法军的死亡人数。

亨利王　我们的俘虏中有哪几个重要的人物在内,叔父?

爱克塞特　有法王的侄儿奥尔良公爵;有波旁公爵、蒲西加王爷,还有其他的王爷和男爵、骑士和绅士等等,足有一千五百人,普通兵士等辈不算在内。

亨利王　这份报告上写着有一万个法国人尸首横陈在沙场上。在这许多人里头,阵亡的王爷们和举着军旗的贵族,计一百二十六人;此外加上:爵士、候补骑士和英勇的绅士等,总计死亡八千又四百人;其中有五百人是昨天才晋封做爵士的;这样,在他们丧失的这一万人中普通招募来的兵士只有一千六百名。其余的全都是王爷、男爵、贵族、爵士、候补骑士以及有身份的绅士。在他们阵亡的贵族中有这许多名字:查理·德拉勃莱,法兰西的大元帅……杰克·夏蒂龙,法兰西的海军上将……弓弩手指挥朗菩尔王爷……还有法兰西大臣、勇敢的基夏·杜芬爵士……约翰·阿朗松公爵……安东尼·勃拉庞公爵,勃艮第公爵的兄弟……还有爱德华·巴尔公爵……在雄赳赳的伯爵中间,有葛朗伯莱、罗西……福康堡、福华、波蒙、马尔……伏德蒙,还有莱特拉——这真是王爷们的生死之交!咱们英国军队阵亡的数字呢?(传令官呈上另一文件)爱德华·约克公爵、萨福克伯爵;理查·克特利爵士;台维·甘姆候补骑士;其他的都是些普通军人。总共不过二十五人。啊,上帝,在这儿你显出了力量!我们知道,这一切不靠我们,而全得归功于你的力量!几曾看见过两军对峙,并没出奇制胜,全凭明枪交战、实力相拼,竟会使对方败得那么惨,而己方损失又那么轻?接受了吧,上帝,这全是你的荣耀!

爱克塞特　真是神妙!

亨利王　来,我们集合队伍到村子里去;当众宣告,谁要是把胜仗夸耀,或者是剥夺了那原只应该属于上帝的荣耀,就要受死刑的处分。

弗鲁爱林　禀告陛下,要是告诉人说,咱们杀死了多少多少敌人,那么算不算得是违反了军法呢?

亨利王　那可以不算,上尉;不过得表明,是上帝帮我们打的仗。

弗鲁爱林　对,凭良心说,他替我们出了大力。

亨利王　让我们举行一切敬神的礼节,高唱起"耶和华啊,荣耀不归于我们"的赞美诗;郑重地把死者安葬入土。然后向卡莱前进;然后再启程返国——从法兰西去的人,从没有这样快乐!(同下。)

第 五 幕

序　曲

致辞者上。

致辞者　请容许我为没有读过这段史实的看客讲这么几句提头话；熟悉历史的诸君呢，我祈求他们顾念到时间既这么长，人物这么多，头绪又这么繁杂，难以原原本本、丝毫不爽地搬到舞台上来。这会儿我们正载着皇上向卡莱奔赴。假定他到达了那儿，在那儿让人看到了他；再又展开你那思想的翅膀，护送他横渡海洋。看哪，这儿就是英格兰的海滩——跟海洋划分界限，沙滩上密密层层排列着男女老少，他们的欢呼和掌声压倒了海洋的吼声；但见那海洋吐着白浪，像是给国王开路的仪仗队。让他登陆吧，我们看到他浩浩荡荡地向伦敦进发。好矫捷啊，思想的步伐——就在这会儿，你不妨想像他已来到了黑荒原①；一到那儿，众大臣向他请求，让他们把他那打瘪了的头盔和打弯了的刀子在他面前抬着，穿过那城市。他不答应；他

---

① 黑荒原（Blackheath），在伦敦东南。

没有虚荣,没有那目空一切的骄傲;他放弃了那耀武扬威的凯旋,把光荣归给了上帝。可是看哪,这当儿,在活跃的思想工场中,我们只见伦敦吐出了人山人海的臣民!市长和他全体的僚属穿上了盛服,就像古罗马的元老走出城外(黑压压的平民跟随在他们的后面),来迎接得胜回国的恺撒——再举个具体而微、盛况却谅必一般无二的例子,那就是我们圣明的女王的将军①去把爱尔兰征讨,看来不消多少周折,就能用剑挑着被制服的"叛乱"回到京城;那时将会有多少人离开那安宁的城市来欢迎他!眼前他们欢迎这位亨利,情况更为热烈,也有着更值得欢欣鼓舞的理由。现在,就把他在伦敦安置;因为是法兰西的叹息让英格兰的国王安居在国内;现在,德意志皇帝,站在法兰西一边,来到英格兰替两国把争端调停——这一切事件,不问大小,全都一笔带过;直到亨利重又回到了法兰西②。我们必须在那儿跟他见面;我这番话就算对过去种种做了个交代。请原谅这许多的删节,让你的眼光跟随着思想,重又落到法兰西的疆场。(下。)

第一场 法国。英军阵地

弗鲁爱林及高厄上。

高　厄　可不,说得很对。可是你头上今天还插着韭菜,那为什么呀?圣大卫的日子已经过啦。

---

① 指伊利莎白女王的宠臣爱塞克斯伯爵。
② 一四一七年八月一日,亨利率领四万英军,来到法国,再次发动战争。

弗鲁爱林　一切事情为什么会这样,而不是那样,都有一个道理和缘故在内。我把你看做朋友,高厄上尉,让我来对你说了吧。这个卑鄙无耻、贼骨头、虫子一样的、说大话的奴才毕斯托尔——他这个人呀,你,以至你本人,以至全世界,谁人不知、哪个不晓:他比一个——你听着——一个一无可取的家伙好不了多少。昨天,他赶到我这儿来,一手拿着面包,一手抓了把盐,你说怎么着,他拿这两样东西来要我把那韭菜吃下肚去。偏那时候周围人多,吵闹起来也是不便;我就暂时不跟他计较——可是我绝不是怕他,我要公然把韭菜插在我的帽子上,不碰见他决不拿下来——到那时候,我可对他不住,要送几句话过去请他受用受用了。

高　厄　啊,他正从那儿来啦,大摇大摆的,活像一头火鸡。

弗鲁爱林　他大摇大摆也罢,他像头火鸡也罢,咱们才不管这些。

　　　　　毕斯托尔上。

弗鲁爱林　上帝保佑你,毕斯托尔旗官!你这个像虫子般叫人恶心的流氓,上帝保佑你!

毕斯托尔　哈!你疯了吗?你这个下贱的外国蛮子,你可是活得不耐烦了,要我做命运之神,把你的生命之线一刀切断吗?滚开些!我闻到那股韭菜的臭味儿就作呕。

弗鲁爱林　我是一片好心来劝告你——你这个像虫子般叫人厌恶的流氓——听我的话,依我的请求,接受了我的建议吧,你呀,把这几根韭菜给我吃下去。为的是,你听着,韭菜你不爱吃;为的是,你的鼻子、你的口味、你的肠胃跟它不对劲;可我就要你给我把它吃下去。

毕斯托尔　哪怕把当初威尔士王国的山羊都送给我也办不到。

弗鲁爱林 这儿是送给你的一头山羊。(打他一棍)不识抬举的流氓,这下子你能不能给我好好地把韭菜吃下去?

毕斯托尔 下贱的外国蛮子,你难逃一死!

弗鲁爱林 你说得很对,你这不识好歹的流氓,有一天上帝会把我叫去的。可是眼前我要你给我活着,把韭菜吃下去。来吧,这儿替你加些酱油。(又是一棍)昨天你管我叫"山里的绅士",今天我就请你做一个"矮人儿绅士"吧。(一棍把他打倒)我请求你别客气吧。你居然能够取笑韭菜,那你也能够把韭菜一口吃掉。

高 厄 够了,上尉。你已经叫他知道你的厉害了。

弗鲁爱林 我说,我一定要他把这韭菜吃一些下去,要不然我就把他的头皮打个四天也不歇手;咬一口,我请求你。这对你皮肉上的乌青,对你那流血的狗头都大有好处。

毕斯托尔 我非咬一口不可吗?

弗鲁爱林 是的,非咬不可,毫不含糊,用不到疑惑,而且是没有还价的。

毕斯托尔 我拿着韭菜赌咒,我一定要狠狠地报这个仇!……我吃,我吃,我起誓——

弗鲁爱林 快吃吧,我求求你。你还要我替你给韭菜加上点儿酱油?这儿没有那么多韭菜好让你起誓。(又是几棍子。)

毕斯托尔 放下你的棍子吧!你看我在吃了。

弗鲁爱林 这对你大有好处,真的,你这臭贼。不,请你一点儿也不要抛掉。它的外皮对你那开了口的狗头是有好处的。以后你碰巧又看到韭菜时,务请你再嘲笑嘲笑它吧。这就是了。

毕斯托尔 很好。

弗鲁爱林　啊,韭菜是很好呀。拿着,这儿是四个铜子,拿去医你的头颅吧。

毕斯托尔　拿四个铜子给我!

弗鲁爱林　是的,一点儿也不假,就是要你拿这四个铜子;要不然,我口袋里还有一根韭菜,请你替我吃下去。

毕斯托尔　我拿你这四个铜子——算是将来报仇的定钱。

弗鲁爱林　要是我还短欠你什么,让我用棍子来偿还你吧。你只配做一个木材商,跟我打交道,除了棍子,什么都得不到!上帝跟你同在,保佑你,还替你把头颅医好。(下。)

毕斯托尔　今天真要神哭鬼嚎了!

高　厄　走吧,走吧。你是个装腔作势、胆小如鼠的奴才。你以后还要取笑古老的习俗吗?当初人家只为尊敬英勇的祖先,把韭菜插在头上,当做胜利的纪念,理由完全正当。偏是你要取笑人家——可又只会嘴上逞强,挺不起腰来。我眼看你几次三番嘲笑这位军爷。你看见他不能说一口道地的英国话,就认为他不会使用一根英国棍子啦?结果发觉原来不是这么一回事!所以让一个威尔士人来给你纠正一下,改好了英格兰人的性子吧。再会了。(下。)

毕斯托尔　难道说,命运这个婊子,如今跟我翻脸无情了吗?我得到消息,说是我的耐儿得了花柳病死在医院里了;这一来,我的老根也给挖去啦。我年纪老啦;可怜我手麻腿软,挨不得这几下棍子,站不住脚、抬不起头啦。好吧,我就改行,去开窑子吧,不做扒手,也做个近乎这一类的人物吧。我要偷偷地溜回英格兰,偷偷地去;那许多棒伤我要用布扎起来,好发誓对人说:这全是我在法兰西战场上挂的彩!(下。)

第二场　特洛华行宫

　　亨利王及大臣等从一方上。法王及王后、公主,勃艮第、大臣及侍从、侍女等从另一方上。

亨利王　愿和平降临于我们今天的和会上!愿我们的法兰西大哥和大姊安康又如意,愿快乐和美好的希望都属于我们那最尊贵又娇艳无比的凯瑟琳妹妹。还有您,宗室的后裔,当今王朝的至亲,多亏你的斡旋,今天才得举行了这庄严的盟会,我们衷心向您——勃艮第的公爵——致敬。还有,法兰西的王亲、贵族们,愿你们全都福体安康!

法　王　最可敬的英格兰兄弟,我们喜气洋洋,见了您的面;今天的会见是多么荣幸。同样荣幸地会见了你们——每一位英格兰的王亲。

伊莎贝尔王后　英格兰兄弟,既然在这个吉日里,大家欢聚一堂,但愿结果美满吧!我们多么高兴瞻见了您的容颜——您那双眼睛,一向是像杀人利器的两尊巨炮,炮膛里藏的是对准迫近的法国兵而发射的两颗威猛的炮弹——这杀气腾腾的眼色,我们有理由希望已改变了本性;一切的怨愤、争执,在今天全都变成了一片友爱。

亨利王　阿门!我们来到这里,正是为了表示友好的诚意。

伊莎贝尔王后　各位英格兰王亲,我这儿有礼了。

勃艮第　法兰西和英格兰的两位伟大的国王!我本着对你们双方的职责,和两份相等的忠诚,竭尽自己的心智,不遗余力,更不辞艰苦,把你们两位至尊无上的元首拉拢在一个君王亲临的盟会上,这一切,想必两位陛下双方面都能明察。我的使命,既然获得了初步的成就,你们俩已面对面、眼对眼,相互问好,那么但愿这也不算是出言无礼,假使当着莅会的君主与皇上,我这样问一问:为什么那可怜的和平女神,这个保佑人丁兴旺、丰衣足食和艺术的亲爱的保姆,要一丝不挂,任人宰割,为什么她不该在这世界上最美好的花园里——我们的肥沃的法兰西——抬起她可爱的脸蛋来?这儿有什么要不得的地方,还是有什么难以如愿地方?唉,可怜她多少年来,给驱逐在法兰西境外!那儿的庄稼,眼看那样丰饶,全都成堆成堆地烂掉。最能鼓舞人心的紫葡萄①,也没人照料,就这样死了;那树篱,向来修剪得齐齐整整,现在可就像披头散发的囚犯,只顾把枝丫乱长;在那休耕地上,只见毒麦、苦芹、蔓延的延胡索站住了脚、扎下了根——那本该用来铲除这些恶草的锄头,却生了锈!那平坦的牧场,当初有多么美好,缀满着满脸雀斑的牵牛花、地榆和绿油油的金花菜,就因为缺乏管理、缺少镰刀的整顿,变得荒芜了,像一个懒婆娘怀了一胎懒孕,没什么好生养,只能拿可恶的羊蹄草、粗糙的蓟、毒胡萝卜、牛蒡当儿女——她原来的风韵给破坏了;她的富饶已成陈迹。就这样,我们所有这许多葡萄园、休耕地、牧场、树篱,不再对人类有任何贡献,全变成了荒草、苦艾的地盘。跟这个一样,家家户户——我们自己和自己的亲子女,只因为再没有那一份悠闲的时光,眼看着荒废了学艺、失去了教养——也就是我们国家丧失了文化、她体面的装潢——人类长得像蛮子一样!人们就跟当兵的那样,除了喝血,什么都不想;瞪

---

① 因葡萄可以酿酒。

着双眼,开口就咒人,身上的衣衫不周全,形形色色,全都不成个体统!为了召回当年的风光,你们才会聚在一堂;我刚才说这一番话,目的也是想知道,到底有哪些障碍不能让美好的和平解除这重重苦难,拿她原来的恩惠来祝福我们。

亨利王　勃艮第公爵,假如你们需要和平,失去了她,就招来了像您所说的种种祸害,那么你们必须全部接受我们的公平合理的要求来把和平交换;我们的照会,扼要地载明了这些要求的精神和细节,已交在您手中。

勃艮第　皇上已听取了照会的内容,不过到现在为止,还没做出答复。

亨利王　那么方才你这样呼吁的和平,就得看他怎样答复了。

法　王　我只是约略地把条文浏览了一遍;请陛下从您的大臣中指定几位,立即再一次跟我同桌而坐,更郑重地把条文再研究一遍,那我们很快就可以做出结论性的肯定的答复。

亨利王　王兄,我们照办。去吧,爱克塞特王叔、克拉兰斯王弟,还有你、葛罗斯特王弟、华列克和亨丁顿——跟法王去吧;你们可以全权处理,或者通过、或者增补、或者修订,凭你们的明智卓见,认为怎样更符合于王国的尊严,我们的要求就不妨有所出入,而我也可以随即同意。好王嫂,您愿意跟王公们一起去呢,还是跟我们一起留在这里?

伊莎贝尔王后　我的高贵的兄弟,我想跟着他们走;或许逢到有一条款项彼此斤斤较量、争执不下的当口,一个妇女的说话,也能够起些作用。

亨利王　可是得留下我们的凯瑟琳妹妹跟我待在一起。她,是我们要求中首先的着眼点,包含在我们提出的款项的第一条里。

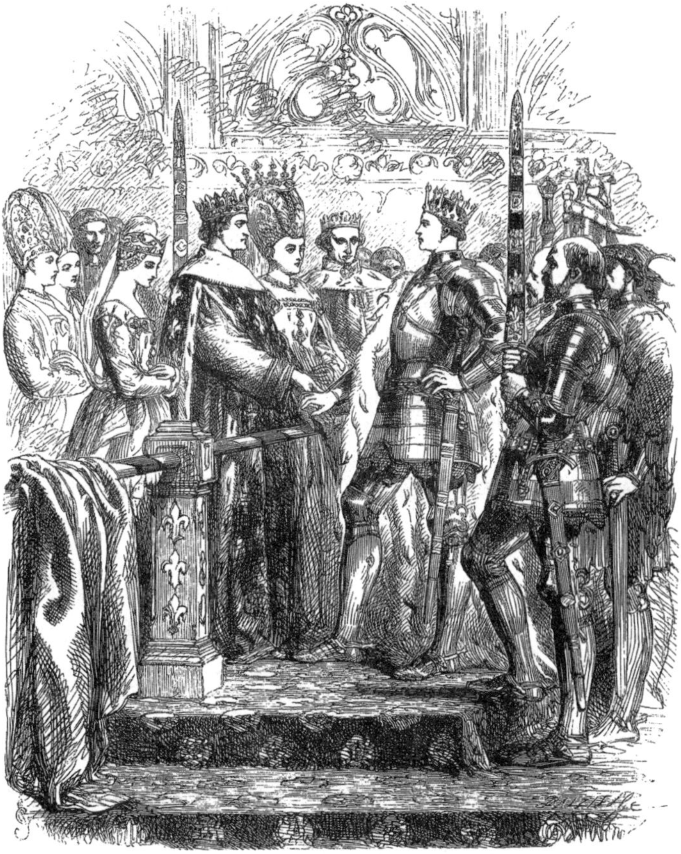

伊莎贝尔王后　她完全得到我的同意。(众下;亨利王、凯瑟琳、艾丽丝留下。)

亨利王　美丽的凯瑟琳,绝世的美人儿! 你可愿意指点一个当兵的,该怎样说话,他的话才能够进入小姐的耳中,他的献爱求情才能打动她的芳心?

凯瑟琳　(讲英国话)陛下——将要——取笑我。我不会讲——你们英格兰——话。

亨利王　啊,美丽的凯瑟琳! 要是你那颗法兰西的心,为我唱着优美的爱情的歌曲,那我就高高兴兴、听着你用你那英格兰话,零零碎碎地把爱情吐露。你喜欢我、想我吗,凯蒂?

凯瑟琳　(半句法语,半句英语)请不要见怪,我不知道什么叫——"想我"。

亨利王　天上的安琪儿就"像你",凯蒂,你就"像"天上的安琪儿。

凯瑟琳　(用法语问身边的艾丽丝)他说的什么? 说我赛过天上的仙女?

艾丽丝　(法语)是,回禀公主,一点儿也不错,他正是这样说。

亨利王　我的确这样说,亲爱的凯瑟琳,我决不能红着脸儿来承认自己这句话。

凯瑟琳　(法语)啊唷,老天爷! 男人嘴里的话,哪儿能相信呀。

亨利王　(问艾丽丝)她怎么说,好人儿? 说男人的一张嘴多么不可靠?

艾丽丝　(法国式的英语)对,说这个男人的——这张嘴是——多么靠不住。(辞不达意)公主就是这个样子。

亨利王　公主比英国女人更高明。说真心话,凯蒂,我这求爱的话你听着刚好懂。我高兴的就是你只懂得这点儿英语;因为,要是你的英语一高明,那你就会看出,原来我是那么一个平凡的国王,你还道我是卖掉了庄稼才买来了我头上的王冠。谈到爱情,我只会直截痛快地说:"我爱你!"此外就再不懂得还有什么旁的花招。那你就要盘问我了:"你这是说的真心话吗?"——只怕是你还要问得道地些,那我这个情人就给逼倒了。给我一个答复吧;当真的,答复我吧!这样,大家就拍一记手掌成了交——你怎么说,公主?

凯瑟琳　请不要见怪,(英语)我——懂得很。

亨利王　嗳,要是你要我为你做诗、跳舞,凯蒂啊,那你就把我难住了。因为我一来不懂诗韵音律,二来又缺乏跳舞的本领——虽然比起武来,我的本领可还不错。要是我能凭着跳背戏或者是凭着身穿盔甲跳上马背的功夫博得女人的欢心,那我准会一跳两跳,给自己跳来了一个老婆——这话如果是在吹牛,那就听凭处罚好了。或者是,我可以凭斗拳来表示我的爱情,靠叫马直跳起来的本领讨她的欢心;那么我可以像屠夫那样发狠,像猴子那样稳坐着,怎么也不会掉下来。可是,上帝在上,凯蒂,我就不会忸忸怩怩,不会张着嘴滔滔不绝,也没有那山盟海誓把心迹表明的才能;只会干脆发个誓——我非到不得已就决不发誓,发了誓,怎么不得已也决不反悔。要是你能爱上这样一种性子的男人,凯蒂——他那张脸就叫太阳晒黑了,也没什么可惜,他自己也从不顾影自怜——要是你能爱上他,那么就请你的眼睛包涵一下吧。我就像一个当兵的老粗那样跟你说话;要是你能够为了这点而爱我,那就接受我的爱吧;要是你不能够,那么我对你说:我将会死去,这句话倒是真的——可是为了你的爱而死去,凭老天爷起誓,那我是不会的——然而我还是真心爱着你。亲爱的凯蒂,就在你的生命里收容一个心直口拙、不会把"永不变心"背得滚瓜烂熟的人吧;他怎么也委屈不了你,因为他没有再到别人跟前去求爱献媚的本领。那些舌尖上用功夫的家伙,凭着花言巧语,博得了女人的欢心;可是他们也会推三托四,把自己的无情撇得一干二净。什么!一个会说话的人,他无非是个会瞎扯的人;一套娓娓动听的话只是一首山歌。一条好腿会倒下去;一个挺直的背会弯下去;一丛黑胡子会变白;满头鬈发会变秃;一张漂亮的脸蛋会干瘪;一对圆圆的眼睛会陷落下去——可是一颗真诚的心哪,凯蒂,是太阳,是月亮——或者还不如说,是太阳,不是那月亮;因为太阳光明灿烂,从没有盈亏圆缺的变化,而是始终如一,守住它的黄道。要是你欢喜这样的人,那就答应我吧;答应了我,那就是答应了一个当兵的;答应了一个当兵的,那就是答应了一个做国王的——你对我的爱情怎么说呀?请好好地说吧,我的好人儿,我恳求你。

凯瑟琳　（英语）我——可能爱——法兰西的敌人吗?

亨利王　不,这不可能,你不能爱法兰西的敌人,凯蒂——可是你爱了我,你就是爱上了法兰西的朋友;因为我爱法兰西爱得那么深,我不愿意舍弃她的一个村子,我要叫她整个儿都属于我。凯蒂,当法兰西属于我了,而我属于你了,那么,属于你的是法兰西,而你是属于我的了。

凯瑟琳　我——不懂得——那些话是——什么话。

亨利王　不懂吗,凯蒂?那我就用法国话跟你说吧;我敢说,我要讲的法国话粘在我的舌尖上,就像一个新娘子吊在她丈夫的脖子上,怎么使劲也摔不下来!（法语）当法兰西归我所有,我归你所有——（英语）让我想一想,底下该怎么说呢？圣丹尼斯①，快帮个忙吧！——（法语）那么法兰西——就是你的了，你就是我的——人了——（英语）凯蒂，叫我征服一个王国倒还容易些，叫我一下子讲这么些法国话，可真是难！我是永远没法用法国话来打动你的，除非是惹得你笑一场。

凯瑟琳　（法语）请陛下不要见怪，你讲法国话讲得很好，我讲英国话，才真是不行。

亨利王　不，凭良心说，没有这话，凯蒂。不过咱们俩，你讲着我的话，我讲着你的话，讲得最真诚，却又最心口不一，只能说是半斤八两罢了。可是，凯蒂，这句英国话你懂不懂：你能爱我吗？

凯瑟琳　我——说不出来。

亨利王　你的伴侣中间，有谁能替你说出来吗，凯蒂？我去问他们。得啦，我知道你是爱我的；到了晚上，你回到自己的房中，你就要向这位奶奶问起我；我还知道，凯蒂，你会对她指摘我的短处，而在你的心里呢，这些却正是你最中意的地方；可是，好凯蒂，请你在取笑我的时候，存几分怜悯的心吧——别的不说，温柔的公主，但看我爱你爱得这样狠！如果你终于属于了我，凯蒂——我内心里有一个救苦救难的信念在对我说，你会属于我的——我是凭着真刀真枪才获得了你，所以你也必须证明你自个儿是一个生育军人的好手。我跟你俩，在圣丹尼斯和圣乔治的撮合之下，生出一个半法兰西、半英格兰血统的男孩子来，有一天他会闯到君士坦丁去扯土耳其人的胡子——咱们会不会养出这么一个孩

---

① 圣丹尼斯，是法国的保护神。

子来？你怎么说,我那朵美丽的百合花①?

凯瑟琳　我——不明白。

亨利王　不,明白是以后的事儿,眼前只要你答应。现在就答应了吧,凯蒂,你会尽你法兰西那一边的力来生育这么一个儿子;至于属于英格兰这方面的责任,那请相信一个国王和单身汉的话好了。你怎么回答？(法语)天底下——顶顶——标致的凯瑟琳呀,我的——亲亲热热——神圣的——天仙呀。

凯瑟琳　(英语、法语凑在一起)陛下的法国话——实在瞎缠,就连脑子——顶清楚的法国小姐,也要——给你弄得——昏头昏脑了。

亨利王　嗳,我那些胡说八道的法国话,全都去他的吧！凭我的荣誉,我拿规规矩矩的英国话向你宣誓:我爱你,凯蒂;我不敢凭我的荣誉起誓,你爱我;可是我的热血在奉承我,你是爱我的——尽管我生着那么一张粗制滥造、那么不中看的脸。嗳,该诅咒的是我那老头子,不知他怀着什么野心！他在撒下我这种子的时候,心里正盘算着一场内战;害得我生就一副凶相,相貌像铁石一样粗硬,到小姐们跟前去求爱总是吓坏了她们。可是,说真心话,凯蒂,我年纪越大,我就越中看。我的安慰是:越是漂亮的脸蛋,越是经不起岁月的摧残;可是逢到像我这样一张脸,年龄也无能为力了。你认了我做亲人——要是你认了我——那你就是从最糟糕的一方面接受了我。好比我是一件料子,让你穿上了,那你就会把我越穿越贴身;所以告诉我吧,最美丽的凯瑟琳,你愿意认

---

① 百合花,法国王室的纹章。

我做最亲的人吗?别脸红了,别管你们女孩儿家的羞涩吧;用女王似的眼色来表明你温柔的心思吧;拿起我的手,说吧:"英格兰的亨利,我就是你的人!"你一旦拿这句话祝福了我的耳朵,我马上高声对你宣称:"英格兰是属于你的了,爱尔兰是属于你的了,法兰西是属于你的了,亨利·普兰塔琪纳特是属于你的了!"(指自己)这个人,我不怕当着他的面说,要是算不得最好的国王,也必定是好人中的王。来吧,拿你的断断续续的音乐来回答吧!因为你的声音像音乐,你的英国话呢,是断断续续的;所以,凯瑟琳,万众的王后,拿你那吞吞吐吐的英国话来吐露你情意吧。你愿意认我做最亲的人吗?

凯瑟琳　那是要由——我的父王——做主的。

亨利王　他会答应的,凯蒂;他一定会答应的,凯蒂。

凯瑟琳　那么——我——也同意了。

亨利王　既然这样,那我就吻你的手,称你做我的王后。

凯瑟琳　(法语)放手,陛下,放手,放手吧!哎哟,哪能让你降低了您尊贵的身份来亲您的小丫头的手呢;不要为难我吧,我求求您,我的威严的君王。

亨利王　那我就要亲你的嘴,凯蒂。

凯瑟琳　(法语)法国的大小姐是不作兴还没有结亲,就让人家先香面孔的。

亨利王　替我做翻译的奶奶,她这是说的什么呀?

艾丽丝　(又是英语,又是法语)她说,法国的小姐是不可以还没结亲,就——我不晓得英国话里"香面孔"叫啥。

亨利王　亲嘴!

艾丽丝　陛下心里比我还——有数。

215

亨利王　法国的姑娘在结婚之前,照规矩是不能跟人亲嘴的,她是不是这样说?

艾丽丝　是,一点儿也不错。

亨利王　啊,凯蒂,那忸忸怩怩的风俗习惯,碰见了伟大的君王就该退避三舍!亲爱的凯蒂,你跟我俩是不能让一国的风俗——那脆弱的绳子——来束缚住的。我们就是礼节的创造者呀,凯蒂;凭着我们的身份和特有的自由,就堵住了那班吹毛求疵的人的嘴——看我现在就要堵住你的嘴啦,因为你依从了你们国家里忸忸怩怩的风俗,不肯给我一个吻。那么乖乖儿的吧,一动也别动吧。(吻她)你的嘴唇上有魔力啊,凯蒂。一接触到这蜜糖似的嘴唇,只觉得法兰西枢密院里滔滔不绝的议论都不能那样打动人的心;只觉得这比各国君王联名的呈请,更具有说服英王亨利的力量。你的爸爸来啦。

　　　　法兰西皇帝和英格兰大臣等重上。

勃艮第　上帝保佑陛下!王兄可是在教我们的公主学讲英国话?

亨利王　好兄弟,我是想要她懂得:我爱她爱得多么真诚——这该是一句很好的英国话。

勃艮第　她没有一学就会吗?

亨利王　我的舌头是生硬的,兄弟,我的性子又缺少温柔;我既没有那甜蜜的声气,也没有一颗善于讨好的心,因此就没法唤起她心里头的爱——叫"爱情"露一露本来的面目。

勃艮第　原谅我口快吧——我太高兴了;我来回答您:您想要唤起她的爱情,就首先要下工夫画一个圆圈儿①;您要叫"爱

---

① 魔法师作法,先在地上画个圆圈,然后站在圈儿中央,召唤精灵。

情"显露本相,那它一定是一丝不挂的、盲目的。那您还能怪得了她吗?——她还是个怕羞的姑娘,脸上飞着处女的红云,怎么肯让一个瞎眼儿的男孩子一丝不挂,面对着她本人——一个一丝不挂、然而睁着双眼的姑娘呢?我的皇上,这也要叫一个姑娘答应,岂不太难了吗?

亨利王　爱情原本又盲目又霸道;可一个姑娘也可以半睁半闭着眼睛、半推半就的呀。

勃艮第　那就不能怪她们了,皇上,因为她们并没看到自个儿在干些什么。

亨利王　那么好公爵,指点你的堂妹答应把眼睛闭起来吧。

勃艮第　我会向她眯着一只眼睛求她答应皇上,只要您肯指点她领会我的眼色。姑娘们只消到了盛夏,浑身感到暖烘烘的,就像八月底的苍蝇,虽然长着眼睛,可一无所见;因此,本来她们叫人多看一下,就会感到害羞,现在却听凭你来摆布了。

亨利王　照这样说,我就势必要等到大热天了,我将要在夏末的时候捉住那只苍蝇——就是你的堂妹,而她也一定是盲目的。

勃艮第　爱神在恋爱之前,原是盲目的,皇上。

亨利王　对了;你们中间就有人该感谢爱神,他叫我瞎了眼,再看不见法兰西有好多美好的城市,就为了在我面前站着了一个美好的法兰西姑娘。

法　王　啊,皇上,您用想入非非的目光看,那城市真就变成了姑娘,因为她们都有"处女的"城墙护封着,从没让战争闯进过。

亨利王　凯蒂可以嫁给我吗?

217

法　王　当然,但凭陛下的意旨。

亨利王　我满意了——倘使您所说的"处女城"就是她的陪嫁侍女。那么原是挡在我愿望前面的姑娘就会给我开路,让我达到愿望啦。

法　王　一切合理的条件我们全答应了。

亨利王　是这样吗,我们英格兰的大臣?

威斯摩兰　法兰西皇上已经同意了全部款项:首先是公主,从而是一切条件,依照你严格的规定,全接受了。

爱克塞特　只是他还没批准这一条:就是陛下所要求的,逢到法兰西皇上写让与的诏书时,应该以下列的方式和名分提到陛下,在法文是:"我的亲亲热热的女婿亨利——英格兰的国王,法兰西王位的继承者";用拉丁文说就是:"Praeclarissimus filius noster Henricus, Rex Angliæ, et Heres Franciæ."

法　王　可是我也并没反对过,兄弟,您提出的要求我应该让它通过。

亨利王　那么我求您,为了友爱和姻亲,让这项条文跟其余的并列在一起,名正言顺地把您的公主给了我。

法　王　把她拿去吧,好儿子,从她的骨肉中为我生下后裔;法兰西和英格兰,两个争雄的王国,由于彼此的猜忌,连那隔海对峙的岩岸仿佛都绷紧着脸;现在该把仇恨忘得一干二净,但愿由于当前的良缘,乡谊、基督教的和睦,从此扎根在两国人民的舒畅的胸怀中,战争从此不再扬着流血的剑戟,迈步在英格兰和美好的法兰西之间。

众　人　阿门!

亨利王　现在,欢迎你,凯蒂。当着众目睽睽,我跟她接吻,认她做我的王后。(喇叭奏乐。)

伊莎贝尔王后　上帝,是他成全了普天下的婚姻,把你们俩的心合而为一颗,把你们俩的疆土合并为一个吧!一对夫妇,由于相爱,就结成一体;但愿两个国家同样地如胶似漆。幸福的婚姻生活,往往会被卑鄙的勾当、阴险的猜忌所破坏;但愿这些永远闯不进两国和睦的邦交间,把巩固的联盟破坏。但愿英国人就像法国人,法国人就像英国人一般,你敬我爱吧!上帝,你说"阿门"吧!

众　人　阿门!

亨利王　我们即刻准备婚礼,到那天,勃艮第公爵,我们就听取您和全体公卿大臣们的盟誓,作为我们联盟的信证。之后,我就向凯蒂宣誓,(向公主)你呢,为我保证;但愿我们的誓言永远完好无损!(喇叭奏乐。亨利王挽凯瑟琳下。帝后公卿依次随下。)

终　曲

　　致辞者上。

致辞者　这个故事,凭一支不中用的秃笔,就写到这里——可真是苦坏了那编戏的人!小小的地盘,却容纳了这么些大人物;他们的一生事业只落得个东拼西凑!三四个钟点,却要在这片刻里,照耀着一颗英国的明星——命运成就了他的宝剑,他的宝剑赢得了世界上最美的花园——这锦绣山河后来又归皇太子继承。亨利六世在襁褓里,就加上王冠,登上宝座,君临着法兰西和英格兰。只可叹国政操在许多人手里,到头来丧失了法兰西,又害得英格兰遍地流血。既然那段事迹①常在咱们台上演出,这部史剧,想必也会蒙诸君鉴赏。(下。)

---

① 指莎士比亚早期所写(或者是改写)的历史剧《亨利六世》(分上、中、下三篇),当时很受观众欢迎。

皆大欢喜

朱 生 豪 译
吴 兴 华 校

Act III. Sc. 5.

剧 中 人 物

公爵　在放逐中

弗莱德里克　其弟，篡位者

阿米恩斯 ⎫
杰　奎　斯 ⎬ 流亡公爵的从臣

勒·波　弗莱德里克的侍臣

查尔斯　拳师

奥列佛 ⎫
贾奎斯 ⎬ 罗兰·德·鲍埃爵士的儿子
奥兰多 ⎭

亚　当 ⎫
丹尼斯 ⎬ 奥列佛的仆人

试金石　小丑

奥列佛·马坦克斯特师傅　牧师

柯　　林 ⎫
西尔维斯 ⎬ 牧人

威廉　乡人，恋奥德蕾

扮许门者

223

罗瑟琳　流亡公爵的女儿
西莉娅　弗莱德里克的女儿
菲苾　牧女
奥德蕾　村姑

众臣、侍童、林居人及侍从等

地　　点

奥列佛宅旁庭园;篡位者的宫廷;亚登森林

第 一 幕

第一场　奥列佛宅旁园中

奥兰多及亚当上。

奥兰多　亚当,我记得遗嘱上留给我的只是区区一千块钱,而且正像你所说的,还要我大哥把我好生教养,否则他就不能得到我父亲的祝福:我的不幸就这样开始了。他把我的二哥贾奎斯送进学校,据说成绩很好;可是我呢,他却叫我像个村汉似的住在家里,或者再说得确切一点,把我当作牛马似的关在家里:你说像我这种身份的良家子弟,就可以像一条牛那样养着的吗?他的马匹也还比我养得好些;因为除了食料充足之外,还要对它们加以训练,因此用重金雇下了骑师;可是我,他的兄弟,却不曾在他手下得到一点好处,除了让我白白地傻长,这是我跟他那些粪堆上的畜生一样要感激他的。他除了给我大量的乌有之外,还要剥夺去我固有的一点点天分;他叫我和佃工在一起过活,不把我当兄弟看待,尽他一切力量用这种教育来摧毁我的高贵的素质。这是使我伤心的缘故,亚当;我觉得在我身体之内的我的父亲的精神已经因为受不住这种奴隶的生活而反抗起来了。我

225

　　　　一定不能再忍受下去,虽然我还不曾想到怎样避免它的妥
　　　　当的方法。
亚　当　　大爷,您的哥哥从那边来了。
奥兰多　　走旁边去,亚当,你就会听到他将怎样欺侮我。
　　　　奥列佛上。
奥列佛　　嘿,少爷!你来做什么?
奥兰多　　不做什么;我不曾学习过做什么。
奥列佛　　那么你在作践些什么呢,少爷?
奥兰多　　哼,大爷,我在帮您的忙,把一个上帝造下来的、您的可
　　　　怜的没有用处的兄弟用游荡来作践着哩。
奥列佛　　那么你给我做事去,别站在这儿吧,少爷。
奥兰多　　我要去看守您的猪,跟它们一起吃糠吗?我浪费了什
　　　　么了,才要受这种惩罚?
奥列佛　　你知道你在什么地方吗,少爷?
奥兰多　　噢,大爷,我知道得很清楚;我是在这儿您的园子里。
奥列佛　　你知道你是当着谁说话吗,少爷?
奥兰多　　嗷,我知道我面前这个人是谁,比他知道我要清楚得
　　　　多。我知道你是我的大哥;但是说起优良的血统,你也应该
　　　　知道我是谁。按着世间的常礼,你的身份比我高些,因为你
　　　　是长子;可是同样的礼法却不能取去我的血统,即使我们之
　　　　间还有二十个兄弟。我的血液里有着跟你一样多的我们父
　　　　亲的素质;虽然我承认你既出生在先,就更该得到家长应得
　　　　的尊敬。
奥列佛　　什么,孩子!
奥兰多　　算了吧,算了吧,大哥,你不用这样卖老啊。
奥列佛　　你要向我动起手来了吗,混蛋?

奥兰多　我不是混蛋;我是罗兰·德·鲍埃爵士的小儿子,他是我的父亲;谁敢说这样一位父亲会生下混蛋儿子来的,才是个大混蛋。你倘不是我的哥哥,我这手一定不放松你的喉咙,直等我那另一只手拔出了你的舌头为止,因为你说了这样的话。你骂的是你自己。

亚　当　(上前)好爷爷们,别生气;看在去世老爷的脸上,大家和和气气的吧!

奥列佛　放开我!

奥兰多　等我高兴放你的时候再放你;你一定要听我说话,父亲在遗嘱上吩咐你好好教育我;你却把我培育成一个农夫,不让我具有或学习任何上流人士的本领。父亲的精神在我心中炽烈燃烧,我再也忍受不下去了。你得允许我去学习那种适合上流人身份的技艺;否则把父亲在遗嘱里指定给我的那笔小小数目的钱给我,也好让我去自寻生路。

奥列佛　等到那笔钱用完了你便怎样?去做叫化子吗?哼,少爷,给我进去吧,别再跟我找麻烦了;你可以得到你所要的一部分。请你走吧。

奥兰多　我不愿过分冒犯你,除了为我自身的利益。

奥列佛　你跟着他去吧,你这老狗!

亚　当　"老狗"便是您给我的谢意吗?一点不错,我服侍你已经服侍得牙齿都落光了。上帝和我的老爷同在!他是决不会说出这种话来的。(奥兰多、亚当下。)

奥列佛　竟有这种事吗?你不服我管了吗?我要把你的傲气去掉,还不给你那一千块钱。喂,丹尼斯!

丹尼斯上。

丹尼斯　大爷叫我吗?

奥列佛　公爵手下那个拳师查尔斯不是在这儿要跟我说话吗？
丹尼斯　禀大爷，他就在门口，要求见您哪。
奥列佛　叫他进来。(丹尼斯下)这是一个妙计；明天就是摔角的日子。

　　　　查尔斯上。

查尔斯　早安，大爷！
奥列佛　查尔斯好朋友，新朝廷里有些什么新消息？
查尔斯　朝廷里没有什么新消息，大爷，只有一些老消息：那就是说老公爵给他的弟弟新公爵放逐了；三四个忠心的大臣自愿跟着他出亡，他们的地产收入都给新公爵没收了去，因此他巴不得他们一个个滚蛋。
奥列佛　你知道公爵的女儿罗瑟琳是不是也跟她的父亲一起放逐了？
查尔斯　啊，不；因为新公爵的女儿，她的族妹，自小便跟她在一个摇篮里长大，非常爱她，一定要跟她一同出亡，否则便要寻死；所以她现在仍旧在宫里，她的叔父把她像自家女儿一样看待着；从来不曾有两位小姐像她们这样要好的了。
奥列佛　老公爵预备住在什么地方呢？
查尔斯　据说他已经住在亚登森林了，有好多人跟着他；他们在那边度着昔日英国罗宾汉那样的生活。据说每天有许多年轻贵人投奔到他那儿去，逍遥地把时间销磨过去，像是置身在古昔的黄金时代里一样。
奥列佛　喂，你明天要在新公爵面前表演摔角吗？
查尔斯　正是，大爷；我来就是要通知您一件事情。我得到了一个风声，大爷，说您的令弟奥兰多想要假扮了明天来跟我交手。明天这一场摔角，大爷，是与我的名誉有关的；谁想不断一根骨头而安然逃出,必须好好留点儿神才行。令弟年纪太轻,顾念着咱们的交情,我本来不愿对他施加毒手,可是如果他一定要参加,为了我自己的名誉起见,我也别无办法。为此看在咱们的交情份上,我特地来通报您一声:您或者劝他打断了这个念头;或者请您不用为了他所将要遭到的羞辱而生气,这全然是他自取其咎,并非我的本意。

奥列佛　查尔斯,多谢你对我的好意,我一定会重重报答你的。我自己也已经注意到舍弟的意思,曾经用婉言劝阻过他;可是他执意不改。我告诉你,查尔斯,他是在全法国顶无理可喻的一个兄弟,野心勃勃,一见人家有什么好处,心里总是不服,而且老是在阴谋设计陷害我,他的同胞的兄长。一切悉听你的尊意吧;我巴不得你把他的头颈和手指一起揿断了呢。你得留心一些;要是你略为削了他一点面子,或者他不能大大地削你的面子,他就会用毒药毒死你,用奸谋陷害你,非把你的性命用卑鄙的手段除掉了不肯甘休。不瞒你说,我一说起也忍不住要流泪,在现在世界上没有比他更奸恶的年轻人了。因为他是我自己的兄弟,我不好怎样说他;假如我把他的真相完全告诉了你,那我一定要惭愧得痛哭流涕,你也要脸色发白,大吃一惊的。

查尔斯　我真幸运上您这儿来。假如他明天来,我一定要给他一顿教训;倘若不叫他瘸了腿,我以后再不跟人家摔角赌锦标了。好,上帝保佑您大爷!(下。)

奥列佛　再见,好查尔斯。——现在我要去挑拨这位好勇斗狠的家伙了。我希望他送了命。我自己也不明白我为什么要那么恨他;说起来他很善良,从来不曾受过教育,然而却很有学问,充满了高贵的思想,无论哪一等人都爱戴他;真的,大家都是这样喜欢他,尤其是我自己手下的人,以至于我倒给人家轻视起来。可是情形不会长久下去的;这个拳师可以给我解决一切。现在我只消把那孩子激动前去就是了;我就去。(下。)

第二场　公爵宫门前草地

罗瑟琳及西莉娅上。

西莉娅　罗瑟琳,我的好姊姊,请你快活些吧。

罗瑟琳　亲爱的西莉娅,我已经强作欢容,你还要我再快活一些吗?除非你能够教我怎样忘掉一个放逐的父亲,否则你总不能叫我想起无论怎样有趣的事情的。

西莉娅　我看出你爱我的程度比不上我爱你那样深。要是我的伯父,你的放逐的父亲,放逐了你的叔父,我的父亲,只要你仍旧跟我在一起,我可以爱你的父亲就像我自己的父亲一样。假如你爱我也像我爱你一样真纯,那么你也一定会这样的。

罗瑟琳　好,我愿意忘记我自己的处境,为了你而高兴起来。

西莉娅　你知道我父亲只有我一个孩子,看来也不见得会再有了,等他去世之后,你便可以承继他;因为凡是他用暴力从你父亲手里夺来的东西,我都要怀着爱心归还给你。凭着我的名誉起誓,我一定会这样;要是我背了誓,让我变成个妖怪。所以,我的好罗瑟琳,我的亲爱的罗瑟琳,快活起来吧。

罗瑟琳　妹妹,从此以后我要高兴起来,想出一些消遣的法子。让我看;你想来一下子恋爱怎样?

西莉娅　好的,不妨作为消遣,可是不要认真爱起人来;而且玩笑也不要开得过度,羞答答地脸红了一下子就算了,不要弄到丢了脸摆不脱身。

罗瑟琳　那么我们作什么消遣呢?

西莉娅　让我们坐下来嘲笑那位好管家太太命运之神,叫她羞得离开了纺车,免得她的赏赐老是不公平。①

罗瑟琳　我希望我们能够这样做,因为她的恩典完全是滥给的。这位慷慨的瞎眼婆子在给女人赏赐的时候尤其是乱来。

西莉娅　一点不错,因为她给了美貌,就不给贞洁;给了贞洁,就只给丑陋的相貌。

罗瑟琳　不,现在你把命运的职务拉扯到造物身上去了;命运管理着人间的赏罚,可是管不了天生的相貌。

　　　　试金石上。

西莉娅　管不了吗?造物生下了一个美貌的人儿来,命运不会把她推到火里去从而毁坏她的容颜吗?造物虽然给我们智慧,可以把命运取笑,可是命运不已经差这个傻瓜来打断我们的谈话了吗?

罗瑟琳　真的,那么命运太对不起造物了,她会叫一个天生的傻瓜来打断天生的智慧。

西莉娅　也许这也不干命运的事,而是造物的意思,因为看到我们天生的智慧太迟钝了,不配议论神明,所以才叫这傻瓜来做我们的砺石;因为傻瓜的愚蠢往往是聪明人的砺石。喂,聪明人!你到哪儿去?

---

① 希腊神话,命运女神于纺车上织人类的命运;因命运赏罚毫无定准,故下文云"瞎眼婆子"。

试金石　小姐,快到您父亲那儿去。

西莉娅　你作起差人来了吗?

试金石　不,我以名誉为誓,我是奉命来请您去的。

罗瑟琳　傻瓜,你从哪儿学来的这一句誓?

试金石　从一个骑士那儿学来,他以名誉为誓说煎饼很好,又以名誉为誓说芥末不行;可是我知道煎饼不行,芥末很好;然而那骑士却也不曾发假誓。

西莉娅　你怎样用你那一大堆的学问证明他不曾发假誓呢?

罗瑟琳　嗷,对了,请把你的聪明施展出来吧。

试金石　您两人都站出来;摸摸你们的下巴,以你们的胡须为誓说我是个坏蛋。

西莉娅　以我们的胡须为誓,要是我们有胡须的话,你是个坏蛋。

试金石　以我的坏蛋的身份为誓,要是我有坏蛋的身份的话,那么我便是个坏蛋。可是假如你们用你们所没有的东西起誓,你们便不算是发的假誓。这个骑士用他的名誉起誓,因为他从来不曾有过什么名誉,所以他也不算是发假誓;即使他曾经有过名誉,也早已在他看见这些煎饼和芥末之前发誓发掉了。

西莉娅　请问你说的是谁?

试金石　是您的父亲老弗莱德里克所喜欢的一个人。

西莉娅　我的父亲欢喜他,他也就够有名誉的了。够了,别再说起他;你总有一天会因为把人讥诮而吃鞭子的。

试金石　这就可发一叹了,聪明人可以做傻事,傻子却不准说聪明话。

西莉娅　真的,你说的对;自从把傻子的一点点小聪明禁止发表之后,聪明人的一点点小小的傻气却大大地显起身手来了。——勒·波先生来啦。

罗瑟琳　含着满嘴的新闻。

西莉娅　他会把他的新闻向我们倾吐出来,就像鸽子哺雏一样。

罗瑟琳　那么我们要塞满一肚子的新闻了。

西莉娅　那再好没有,塞得胖胖的,更好卖啦。

勒·波上。

西莉娅　您好,勒·波先生。有什么新闻?

勒·波　好郡主,您错过一场很好的玩意儿了。

西莉娅　玩意儿!什么花色的?

勒·波　什么花色的,小姐!我怎么回答您呢?

罗瑟琳　凭着您的聪明和您的机缘吧。

试金石　或者按照着命运女神的旨意。

西莉娅　说得好,极堆砌之能事了。

试金石　本来吗,如果我说的话不够味儿——

罗瑟琳　你的口臭病大概就好了。

勒·波　两位小姐,你们叫我莫名其妙。我是要来告诉你们有一场很好的摔角,你们错过机会了。

罗瑟琳　可是把那场摔角的情形讲给我们听吧。

勒·波　我可以把开场的情形告诉你们;假如两位小姐听着乐意,收场的情形你们可以自己看一个明白,精彩的部分还不曾开始呢;他们就要到这儿来表演了。

西莉娅　好,就把那个已经陈死了的开场说来听听。

勒·波　有一个老人带着他的三个儿子到来——

西莉娅　我可以把这开头接上一个老故事去。

勒·波　三个漂亮的青年,长得一表人才——

233

罗瑟琳　头颈里挂着招贴,"特此布告,俾众周知。"

勒·波　老大跟公爵的拳师查尔斯摔角,查尔斯一下子就把他摔倒了,打断了三根肋骨,生命已无希望;老二老三也都这样给他对付过去。他们都躺在那边;那个可怜的老头子,他们的父亲,在为他们痛哭,惹得旁观的人都陪他落泪。

罗瑟琳　嗳哟!

试金石　但是,先生,您说小姐们错过了的玩意儿是什么呢?

勒·波　哪,就是我说过的这件事啊。

试金石　所以人们每天都可以增进一些见识。我今天才第一次听见折断肋骨是小姐们的玩意儿。

西莉娅　我也是第一次呢。

罗瑟琳　可是还有谁想要听自己胁下清脆动人的一声吗?还有谁喜欢让他的肋骨给人敲断吗?妹妹,我们要不要去看他们摔角?

勒·波　要是你们不走开去,那么不看也得看;因为这儿正是指定摔角的地方,他们就要来表演了。

西莉娅　真的,他们从那边来了;让我们不要走开,看一下子吧。

　　　　喇叭奏花腔。弗莱德里克公爵、众臣、奥兰多、查尔斯及侍从等上。

弗莱德里克　来吧;那年轻人既然不肯听劝,就让他吃些苦楚,也是他自不量力的报应。

罗瑟琳　那边就是那个人吗?

勒·波　就是他,小姐。

西莉娅　唉!他太年轻啦;可是瞧他的神气倒好像很有得胜的希望。

弗莱德里克　啊,吾儿和侄女!你们也溜到这儿来看摔角吗?

罗瑟琳　是的,殿下,请您准许我们。

弗莱德里克　我可以断定你们一定不会感到兴趣的,两方的实力太不平均了。我因为可怜这个挑战的人年纪轻轻,想把他劝阻了,可是他不肯听劝。小姐们,你们去对他说说,看能不能说服他。

西莉娅　叫他过来,勒·波先生。

弗莱德里克　好吧,我就走开去。(退至一旁。)

勒·波　挑战的先生,两位郡主有请。

奥兰多　敢不从命。

罗瑟琳　年轻人,你向拳师查尔斯挑战了吗?

奥兰多　不,美貌的郡主,他才是向众人挑战的人;我不过像别人一样来到这儿,想要跟他较量较量我的青春的力量。

西莉娅　年轻的先生,照您的年纪而论,您的胆量是太大了。您已经看见了这个人的无情的蛮力;要是您能够用您的眼睛瞧见您自己的形状,或者用您的理智判断您自己的能力,那么您对于这回冒险所怀的戒惧,一定会劝您另外找一件比较适宜于您的事情来做。为了您自己的缘故,我们请求您顾虑您自身的安全,放弃了这种尝试吧。

罗瑟琳　是的,年轻的先生,您的名誉不会因此受到损失;我们可以去请求公爵停止这场摔角。

奥兰多　我要请你们原谅,我觉得我自己十分有罪,胆敢拒绝这么两位美貌出众的小姐的要求。可是让你们的美目和好意伴送着我去作这场决斗吧。假如我打败了,那不过是一个从来不曾给人看重过的人丢了脸;假如我死了,也不过死了一个自己愿意寻死的人。我不会辜负我的朋友们,因为没有人会哀悼我;我不会对世间有什么损害,因为我在世上一无所有;我不过在世间占了一个位置,也许死后可以让更好的人来补充。

罗瑟琳　我但愿我所有的一点点微弱的气力也加在您身上。

西莉娅　我也愿意把我的气力再加在她的气力上面。

罗瑟琳　再会。求上天但愿我错看了您!

西莉娅　愿您的希望成全!

查尔斯　来,这个想要来送死的哥儿在什么地方?

奥兰多　已经预备好了,朋友;可是他却没有那样的野心。

弗莱德里克　你们斗一个回合就够了。

查尔斯　殿下,既然这头一个回合您已经竭力敦劝他不要参加,我包您不会再有第二个回合。

奥兰多　你要在以后嘲笑我,可不必事先就嘲笑起来。来啊。

罗瑟琳　赫剌克勒斯默佑着你,年轻人!

西莉娅　我希望我有隐身术,去拉住那强徒的腿。(查尔斯、奥兰多二人摔角。)

罗瑟琳　啊,出色的青年!

西莉娅　假如我的眼睛里会打雷,我知道谁是要被打倒的。(查尔斯被摔倒;欢呼声。)

弗莱德里克　算了,算了。

奥兰多　请殿下准许我再试;我的一口气还不曾透完哩。

弗莱德里克　你怎样啦,查尔斯?

勒·波　他说不出话来了,殿下。

弗莱德里克　把他抬出去。你叫什么名字,年轻人?(查尔斯被抬下。)

奥兰多　禀殿下,我是奥兰多,罗兰·德·鲍埃的幼子。

弗莱德里克　我希望你是别人的儿子。世间都以为你的父亲是

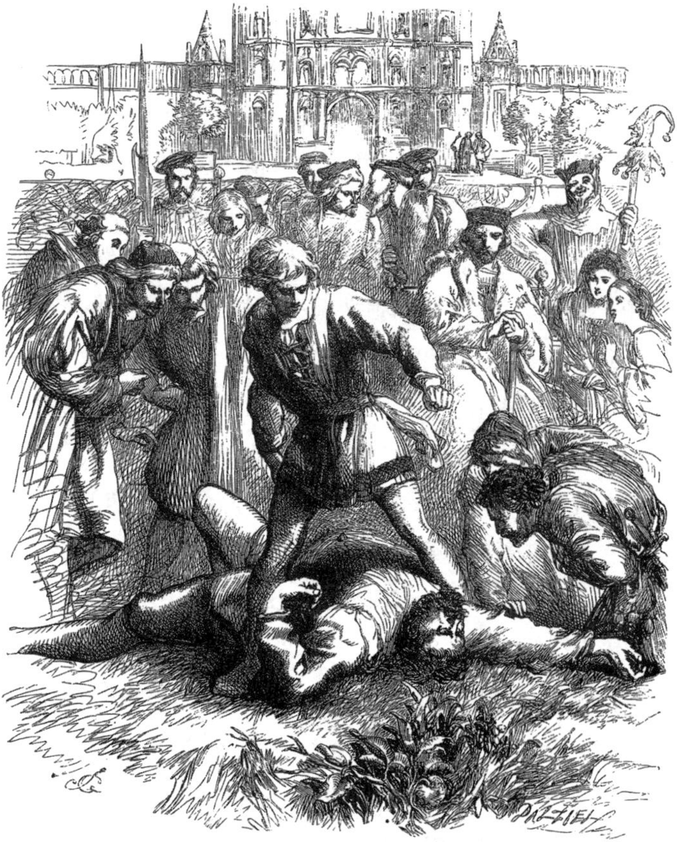

个好人,但他却是我的永远的仇敌;假如你是别族的子孙,你今天的行事一定可以使我更喜欢你一些。再见吧;你是个勇敢的青年,我愿你向我说起的是另外一个父亲。(弗莱德里克、勒·波及随从下。)

西莉娅　姊姊,假如我在我父亲的地位,我会做这种事吗?

奥兰多　我以做罗兰爵士的儿子为荣,即使只是他的幼子;我不愿改变我的地位,过继给弗莱德里克做后嗣。

罗瑟琳　我的父亲宠爱罗兰爵士,就像他的灵魂一样;全世界都抱着和我父亲同样的意见。要是我本来就已经知道这位青年便是他的儿子,我一定含着眼泪谏劝他不要作这种冒险。

西莉娅　好姊姊,让我们到他跟前去鼓励鼓励他。我父亲的无礼猜忌的脾气,使我十分痛心。——先生,您很值得尊敬;您的本事确是出人意外,如果您对意中人再能真诚,那么您的情人一定是很有福气的。

罗瑟琳　先生,(自颈上取下项链赠奥兰多)为了我的缘故,请戴上这个吧;我是个失爱于运命的人,心有余而力不足,不过略表微忱而已。我们去吧,妹妹。

西莉娅　好。再见,好先生。

奥兰多　我不能说一句谢谢您吗?我的心神都已摔倒,站在这儿的只是一个人形的枪鞳,一块没有生命的木石。

罗瑟琳　他在叫我们回去。我的矜傲早随着我的运命一起丢光了;我且去问他有什么话说。您叫我们吗,先生?先生,您摔角摔得很好;给您征服了的,不单是您的敌人。

西莉娅　去吧,姊姊。

罗瑟琳　你先走,我跟着你。再会。(罗瑟琳、西莉娅下。)

奥兰多　什么一种情感重压住我的舌头?虽然她想跟我交谈,

我却想不出话来对她说。可怜的奥兰多啊,你给征服了!取胜了你的,不是查尔斯,却是比他更柔弱的人儿。

勒·波重上。

勒·波　先生,我为着好意劝您还是离开这地方吧。虽然您很值得恭维、赞扬和敬爱,但是公爵的脾气太坏,他会把您一切的行事都误会的。公爵的心性有点捉摸不定;他的为人怎样我不便说,还是您自己去忖度忖度吧。

奥兰多　谢谢您,先生。我还要请您告诉我,这两位小姐中间哪一位是在场的公爵的女儿?

勒·波　要是我们照行为举止上看起来,两个可说都不是他的女儿;但是那位矮小一点的是他的女儿。另外一位便是放逐在外的公爵所生,被她这位篡位的叔父留在这儿陪伴他的女儿;她们两人的相爱是远过于同胞姊妹的。但是我可以告诉您,新近公爵对于他这位温柔的侄女有点不乐意;毫无理由,只是因为人民都称赞她的品德,为了她那位好父亲的缘故而同情她;我可以断定他对于这位小姐的恶意不久就会突然显露出来的。再会吧,先生;我希望在另外一个较好的世界里可以再跟您多多结识。

奥兰多　我非常感荷您的好意;再会。(勒·波下)才穿过浓烟,又钻进烈火;一边是专制的公爵,一边是暴虐的哥哥。可是天仙一样的罗瑟琳啊!(下。)

第三场　宫中一室

西莉娅及罗瑟琳上。

西莉娅　喂,姊姊!喂,罗瑟琳!爱神哪!没有一句话吗?

239

罗瑟琳　连可以丢给一条狗的一句话也没有。

西莉娅　不,你的话是太宝贵了,怎么可以丢给贱狗呢?丢给我几句吧。来,讲一些道理来叫我浑身瘫痪。

罗瑟琳　那么姊妹两人都害了病了:一个是给道理害得浑身瘫痪,一个是因为想不出什么道理来而发了疯。

西莉娅　但这是不是全然为了你的父亲?

罗瑟琳　不,一部分是为了我的孩子的父亲。唉,这个平凡的世间是多么充满荆棘呀!

西莉娅　姊姊,这不过是些有刺的果壳,为了取笑玩玩而丢在你身上的;要是我们不在道上走,我们的裙子就要给它们抓住。

罗瑟琳　在衣裳上的,我可以把它们抖去;但是这些刺是在我的心里呢。

西莉娅　你咳嗽一声就咳出来了。

罗瑟琳　要是我咳嗽一声,他就会应声而来,那么我倒会试一下的。

西莉娅　算了算了;使劲地把你的爱情克服下来吧。

罗瑟琳　唉!我的爱情比我气力大得多哩!

西莉娅　啊,那么我替你祝福吧!将来总有一天,你就是倒了也会使劲的。但是把笑话搁在一旁,让我们正正经经地谈谈。你真的会突然这样猛烈地爱上老罗兰爵士的小儿子吗?

罗瑟琳　我的父亲和他的父亲非常要好呢。

西莉娅　因此你也必须和他的儿子非常要好吗?照这样说起来,那么我的父亲非常恨他的父亲,因此我也应当恨他了;可是我却不恨奥兰多。

罗瑟琳　不,看在我的面上,不要恨他。

西莉娅　为什么不呢？他不是值得恨的吗？

罗瑟琳　因为他是值得爱的，所以让我爱他；因为我爱他，所以你也要爱他。瞧，公爵来了。

西莉娅　他满眼都是怒气。

　　　　弗莱德里克公爵率从臣上。

弗莱德里克　姑娘，为了你的安全，你得赶快收拾起来，离开我们的宫廷。

罗瑟琳　我吗，叔父？

弗莱德里克　你，侄女。在这十天之内，要是发现你在离我们宫廷二十哩之内，就得把你处死。

罗瑟琳　请殿下开示我，我犯了什么罪过。要是我有自知之明，要是我并没有做梦，也不曾发疯——我相信我没有——那么，亲爱的叔父，我从来不曾起过半分触犯您老人家的念头。

弗莱德里克　一切叛徒都是这样的；要是他们凭着口头的话便可以免罪，那么他们都是再清白没有的了。可是我不能信任你，这一句话就够了。

罗瑟琳　但是您的不信任不能便使我变成叛徒；请告诉我您有什么证据？

弗莱德里克　你是你父亲的女儿；还用得着说别的话吗？

罗瑟琳　当您殿下夺去了我父亲的公国的时候，我就是他的女儿；当您殿下把他放逐的时候，我也还是他的女儿。叛逆并不是遗传的，殿下；即使我们受到亲友的牵连，那与我又有什么相干？我的父亲并不是个叛徒呀。所以，殿下，别看错了我，把我的穷迫看作了奸慝。

西莉娅　好殿下，听我说。

弗莱德里克　嗯,西莉娅,我让她留在这儿,只是为了你的缘故,否则她早已跟她的父亲流浪去了。

西莉娅　那时我没有请您让她留下;那是您自己的主意,因为您自己觉得不好意思。那时我还太小,不曾知道她的好处;但现在我知道她了。要是她是个叛逆,那么我也是。我们一直都睡在一起,同时起床,一块儿读书,同游同食,无论到什么地方去,都像朱诺的一双天鹅,永远成着对,拆不开来。

弗莱德里克　她这人太阴险,你敌不过她;她的和气、她的沉默和她的忍耐,都能感动人心,叫人民可怜她。你是个傻子,她已经夺去了你的名誉;她去了之后,你就可以显得格外光彩而贤德了。所以闭住你的嘴;我对她所下的判决是确定而无可挽回的,她必须被放逐。

西莉娅　那么您把这句判决也加在我身上吧,殿下;我没有她作伴便活不下去。

弗莱德里克　你是个傻子。侄女,你得准备起来,假如误了期限,凭着我的名誉和我的言出如山的命令,要把你处死。

(偕从臣下。)

西莉娅　唉,我的可怜的罗瑟琳!你到哪儿去呢?你肯不肯换一个父亲?我把我的父亲给了你吧。请你不要比我更伤心。

罗瑟琳　我比你有更多的伤心的理由。

西莉娅　你没有,姊姊。请你高兴一点;你知道不知道,公爵把他的女儿也放逐了?

罗瑟琳　他没有。

西莉娅　没有?那么罗瑟琳还没有那种爱情,使你明白你我两人有如一体。我们难道要拆散吗?我们难道要分手吗,亲爱的姑娘？不,让我的父亲另外找一个后嗣吧。你应该跟我商量我们应当怎样飞走,到哪儿去,带些什么东西。不要因为环境的变迁而独自伤心,让我分担一些你的心事吧。我对着因为同情我们而惨白的天空起誓,无论你怎样说,我都要跟你一起走。

罗瑟琳　但是我们到哪儿去呢？

西莉娅　到亚登森林找我的伯父去。

罗瑟琳　唉,像我们这样的姑娘家,走这么远路,该是多么危险！美貌比金银更容易引起盗心呢。

西莉娅　我可以穿了破旧的衣裳,用些黄泥涂在脸上,你也这样；我们便可以通行过去,不会遭人家算计了。

罗瑟琳　我的身材特别高,完全打扮得像个男人岂不更好？腰间插一把出色的匕首,手里拿一柄刺野猪的长矛；心里尽管隐藏着女人家的胆怯,俺要在外表上装出一副雄赳赳气昂昂的样子来,正像那些冒充好汉的懦夫一般。

西莉娅　你做了男人之后,我叫你什么名字呢？

罗瑟琳　我要取一个和乔武的侍童一样的名字,所以你叫我盖尼米德吧。但是你叫什么呢？

西莉娅　我要取一个可以表示我的境况的名字；我不再叫西莉娅,就叫爱莲娜①吧。

罗瑟琳　但是妹妹,我们设法去把你父亲宫廷里的小丑偷来好不好？他在我们的旅途中不是很可以给我们解闷吗？

西莉娅　他一定肯跟着我走遍广大的世界；让我独自去对他说吧。我们且去把珠宝钱物收拾起来。我出走之后,他们一

---

① 爱莲娜原文 Aliena,暗示 alienated（远隔）之意。

定要追寻,我们该想出一个顶适当的时间和顶安全的方法来避过他们。现在我们是满心的欢畅,去找寻自由,不是流亡。(同下。)

第 二 幕

第一场　亚登森林

老公爵、阿米恩斯及众臣作林居人装束上。

公　爵　我的流放生涯中的同伴和弟兄们,我们不是已经习惯了这种生活,觉得它比虚饰的浮华有趣得多吗?这些树林不比猜嫉的朝廷更为安全吗?我们在这儿所感觉到的,只是时序的改变,那是上帝加于亚当的惩罚[①];冬天的寒风张舞着冰雪的爪牙,发出暴声的呼啸,即使当它砭刺着我的身体,使我冷得发抖的时候,我也会微笑着说,"这不是谄媚啊;它们就像是忠臣一样,谆谆提醒我所处的地位。"逆运也有它的好处,就像丑陋而有毒的蟾蜍,它的头上却顶着一颗珍贵的宝石。我们的这种生活,虽然远离尘嚣,却可以听树木的谈话,溪中的流水便是大好的文章,一石之微,也暗寓着教训;每一件事物中间,都可以找到些益处来。我不愿改变这种生活。

阿米恩斯　殿下真是幸福,能把运命的顽逆说成这样恬静而

---

① 亚当未逐出乐园之前,四季常春。见《圣经·创世记》。

可爱。

公　爵　来,我们打鹿去吧;可是我心里却有些不忍,这种可怜的花斑的蠢物,本来是这荒凉的城市中的居民,现在却要在它们自己的家园中让它们的后腿领略箭镞的滋味。

臣　甲　不错,那忧愁的杰奎斯很为此伤心,发誓说在这件事上跟您那篡位的兄弟相比,您还是个更大的篡位者;今天阿米恩斯大人跟我两人悄悄地躲在背后,瞧他躺在一株橡树底下,那古老的树根露出在沿着林旁潺潺流去的溪水上面,有一只可怜的失群的牡鹿中了猎人的箭受伤,奔到那边去喘气;真的,殿下,这头不幸的畜生发出了那样的呻吟,真要把它的皮囊都胀破了,一颗颗又大又圆的泪珠怪可怜地争先恐后流到它的无辜的鼻子上;忧愁的杰奎斯瞧着这头可怜的毛畜这样站在急流的小溪边,用眼泪添注在溪水里。

公　爵　但是杰奎斯怎样说呢?他见了此情此景,不又要讲起一番道理来了吗?

臣　甲　啊,是的,他作了一千种的譬喻。起初他看见那鹿把眼泪浪费地流下了水流之中,便说,"可怜的鹿,他就像世人立遗嘱一样,把你所有的一切给了那已经有得太多的人。"于是,看它孤苦零丁,被它那些皮毛柔滑的朋友们所遗弃,便说,"不错,人倒了霉,朋友也不会来睬你了。"不久又有一群吃得饱饱的、无忧无虑的鹿跳过它的身边,也不停下来向它打个招呼;"嗯,"杰奎斯说,"奔过去吧,你们这批肥胖而富于脂肪的市民们;世事无非如此,那个可怜的破产的家伙,瞧他作什么呢?"他这样用最恶毒的话来辱骂着乡村、城市和宫廷的一切,甚至于骂着我们的这种生活;发誓说我们只是些篡位者、暴君或者比这更坏的人物,到这些畜生们的天然的居处来惊扰它们,杀害它们。

公　爵　你们就在他作这种思索的时候离开了他吗?

臣　甲　是的,殿下,就在他为了这头啜泣的鹿而流泪发议论的时候。

公　爵　带我到那地方去,我喜欢趁他发愁的时候去见他,因为那时他最富于见识。

臣　甲　我就领您去见他。(同下。)

第二场　宫中一室

弗莱德里克公爵、众臣及侍从上。

弗莱德里克　难道没有一个人看见她们吗?决不会的;一定在我的宫廷里有奸人知情串通。

臣　甲　我不曾听见谁说曾经看见她。她寝室里的侍女们都看她上了床;可是一早就看见床上没有她们的郡主了。

臣　乙　殿下,那个常常逗您发笑的下贱小丑也失踪了。郡主的侍女希丝比利娅供认她曾经偷听到郡主跟她的姊姊常常称赞最近在摔角赛中打败了强有力的查尔斯的那个汉子的技艺和人品;她说她相信不论她们到哪里去,那个少年一定是跟她们在一起的。

弗莱德里克　差人到他哥哥家里去,把那家伙抓来;要是他不在,就带他的哥哥来见我,我要叫他去找他。马上去,这两个逃走的傻子一定要用心搜寻探访,非把她们寻回来不可。(众下。)

第三场　奥列佛家门前

奥兰多及亚当自相对方向上。

奥兰多　那边是谁？

亚　当　啊！我的少爷吗？啊,我的善良的少爷！我的好少爷！啊,您叫人想起了老罗兰爵爷！唉,您为什么到这里来呢？您为什么这样好呢？为什么人家要爱您呢？为什么您是这样仁慈、这样健壮、这样勇敢呢？为什么您这么傻,要去把那乖僻的公爵手下那个大力士的拳师打败呢？您的声誉是来得太快了。您不知道吗,少爷,有些人常会因为他们太好了,反而害了自己？您也正是这样；您的好处,好少爷,就是陷害您自身的圣洁的叛徒,唉,这算是一个什么世界,怀德的人会因为他们的德行反遭毒手！

奥兰多　啊,怎么一回事？

亚　当　唉,不幸的青年！不要走进这扇门来；在这屋子里潜伏着您一切美德的敌人呢。您的哥哥——不,不是哥哥,然而却是您父亲的儿子——不,他也不能称为他的儿子——他听见了人家称赞您的话,预备在今夜放火烧去您所住的屋子；要是这计划不成功,他还会想出别的法子来除掉您。他的阴谋给我偷听到了。这儿不是安身之处,这屋子不过是一所屠场,您要回避,您要警戒,别走进去。

奥兰多　什么,亚当,你要我到哪儿去？

亚　当　随您到哪儿去都好,只要不在这儿。

奥兰多　什么,你要我去做个要饭的吗？还是在大路上用下贱无耻的剑做一个强盗？我只好走这种路,否则我就不知道

248

怎么办;可是不论怎样,我也不愿这样干;我宁愿忍受一个不念手足之情的凶狠的哥哥的恶意。

亚　当　可是不要这样。我在您父亲手下侍候了这许多年,曾经辛辛苦苦把工钱省下了五百块;我把那笔钱存下,本来是预备等我没有气力做不动事的时候做养老之本,人老了,不中用了,是会给人踢在角落里的。您把这钱拿了去吧;上帝既然给食物与乌鸦,也不会忘记把麻雀喂饱的,我这一把年纪,就悉听他的慈悲吧!钱就在这儿,我把它全都给了您吧。让我做您的仆人。我虽然瞧上去这么老,可是我的气力还不错;因为我在年轻时候从不曾灌下过一滴猛烈的酒,也不曾卤莽地贪欲伤身,所以我的老年好比生气勃勃的冬天,虽然结着严霜,却并不惨淡。让我跟着您去;我可以像一个年轻人一样,为您照料一切。

奥兰多　啊,好老人家!在你身上多么明白地表现出来古时那种义胆侠肠,不是为着报酬,只是为了尽职而流着血汗!你是太不合时了;现在的人们努力工作,只是为着希望高升,等到目的一达到,便耽于安逸;你却不是这样。但是,可怜的老人家,你虽然这样辛辛苦苦地费尽培植的功夫,给你培植的却是一株不成材的树木,开不出一朵花来酬答你的殷勤。可是赶路吧,我们要在一块儿走;在我们没有把你年轻时的积蓄花完之前,一定要找到一处小小的安身的地方。

亚　当　少爷,走吧;我愿意忠心地跟着您,直至喘尽最后一口气。从十七岁起我到这儿来,到现在快八十了,却要离开我的老地方。许多人们在十七岁的时候都去追求幸运,但八十岁的人是不济的了;可是我只要能够有个好死,对得住我的主人,那么命运对我也不算无恩。(同下。)

第四场　亚登森林

　　罗瑟琳男装、西莉娅作牧羊女装束及试金石上。

罗瑟琳　天哪！我的精神多么疲乏啊。

试金石　假如我的两腿不疲乏，我可不管我的精神。

罗瑟琳　我简直想丢了我这身男装的脸，而像一个女人一样哭起来；可是我必须安慰安慰这位小娘子，穿褐衫短裤的，总该向穿裙子的显出一点勇气来才是。好，打起精神来吧，好爱莲娜。

西莉娅　请你担待担待我吧；我再也走不动了。

试金石　我可以担待你，可是不要叫我担你；但是即使我担你，也不会背上十字架，因为我想你钱包里没有那种带十字架的金币。

罗瑟琳　好，这儿就是亚登森林了。

试金石　嗷，现在我到了亚登了。我真是个大傻瓜！在家里要舒服得多哩；可是旅行人只好知足一点。

罗瑟琳　对了，好试金石。你们瞧，谁来了；一个年轻人和一个老头子在一本正经地讲话。

　　柯林及西尔维斯上。

柯　林　你那样不过叫她永远把你笑骂而已。

西尔维斯　啊，柯林，你要是知道我是多么爱她！

柯　林　我有点猜得出来，因为我也曾经恋爱过呢。

西尔维斯　不，柯林，你现在老了，也就不能猜想了；虽然在你年轻的时候，你也像那些半夜三更在枕上翻来覆去的情人们一样真心。可是假如你的爱情也跟我的差不多——我想一定没有人会有我那样的爱情——那么你为了你的痴心梦想,一定做出过不知多少可笑的事情呢!

柯　林　我做过一千种的傻事,现在都已忘记了。

西尔维斯　噢!那么你就是不曾诚心爱过。假如你记不得你为了爱情而作出来的一件最琐细的傻事,你就不算真的恋爱过。假如你不曾像我现在这样坐着絮絮讲你的姑娘的好处,使听的人不耐烦,你就不算真的恋爱过。假如你不曾突然离开你的同伴,像我的热情现在驱使着我一样,你也不算真的恋爱过。啊,菲苾!菲苾!菲苾!(下。)

罗瑟琳　唉,可怜的牧人!我在诊断你的痛处的时候,却不幸地找到我自己的创伤了。

试金石　我也是这样。我记得我在恋爱的时候,曾经把一柄剑在石头上摔断,叫夜里来和琴·史美尔幽会的那个家伙留心着我;我记得我曾经吻过她的洗衣棒,也吻过被她那双皲裂的玉手挤过的母牛乳头;我记得我曾经把一颗豌豆荚权当作她而向她求婚,我剥出了两颗豆子,又把它们放进去,边流泪边说,"为了我的缘故,请您留着作个纪念吧。"我们这种多情种子都会做出一些古怪事儿来;但是我们既然都是凡人,一着了情魔是免不得要大发其痴劲的。

罗瑟琳　你的话聪明得出于你自己意料之外。

试金石　噉,我总不知道自己的聪明,除非有一天我给它绊了一交,跌断了我的腿骨。

罗瑟琳　天神,天神!这个牧人的痴心,很有几分像我自己的情形。

试金石　也有点像我的情形;可是在我似乎有点儿陈腐了。

西莉娅　请你们随便哪一位去问问那边的人,肯不肯让我们用金子向他买一点吃的东西；我简直晕得要死了。

试金石　喂，你这蠢货！

罗瑟琳　别响，傻子；他并不是你的一家人。

柯　林　谁叫？

试金石　比你好一点的人，朋友。

柯　林　要是他们不比我好一点，那可寒酸得太不成话啦。

罗瑟琳　对你说，别响。——您晚安，朋友。

柯　林　晚安，好先生；各位晚安。

罗瑟琳　牧人，假如人情或是金银可以在这种荒野里换到一点款待的话，请你带我们到一处可以休息一下吃些东西的地方去好不好？这一位小姑娘赶路疲乏，快要晕过去了。

柯　林　好先生，我可怜她，不是为我自己打算，只是为了她的缘故，但愿我有能力帮助她；可是我只是给别人看羊，羊儿虽然归我饲养，羊毛却不归我剪。我的东家很小气，从不会修修福做点儿好事；而且他的草屋、他的羊群、他的牧场，现在都要出卖了。现在因为他不在家，我们的牧舍里没有一点可以给你们吃的东西；但是别管它有些什么，请你们来瞧瞧，我是极其欢迎你们的。

罗瑟琳　他的羊群和牧场预备卖给谁呢？

柯　林　就是刚才你们看见的那个年轻汉子，他是从来不想要买什么东西的。

罗瑟琳　要是没有什么不对的地方，我请你把那草屋牧场和羊群都买下了，我们给你出钱。

西莉娅　我们还要加你的工钱。我欢喜这地方，很愿意在这儿消度我的时光。

柯　林　这桩买卖一定可以成交。跟我来;要是你们打听过后,对于这块地皮、这种收益和这样的生活觉得中意,我愿意做你们十分忠心的仆人,马上用你们的钱去把它买来。(同下。)

第五场　林中的另一部分

阿米恩斯、杰奎斯及余人等上。

阿米恩斯　(唱)

绿树高张翠幕,
谁来偕我偃卧,
翻将欢乐心声,
学唱枝头鸟鸣:
盍来此?盍来此?盍来此?
目之所接,
精神契一,
唯忧雨雪之将至。

杰奎斯　再来一个,再来一个,请你再唱下去。
阿米恩斯　那会叫您发起愁来的,杰奎斯先生。
杰奎斯　再好没有。请你再唱下去!我可以从一曲歌中抽出愁绪来,就像黄鼠狼吮啜鸡蛋一样。请你再唱下去吧!
阿米恩斯　我的喉咙很粗,我知道一定不能讨您的欢喜。
杰奎斯　我不要你讨我的欢喜;我只要你唱。来,再唱一阕;你是不是把它们叫作一阕一阕的?
阿米恩斯　您高兴怎样叫就怎样叫吧,杰奎斯先生。
杰奎斯　不,我倒不去管它们叫什么名字;它们又不借我的钱。

你唱起来吧！

阿米恩斯　既蒙敦促，我就勉为其难了。

杰奎斯　那么好，要是我会感谢什么人，我一定会感谢你；可是人家所说的恭维就像是两只狗猿碰了头，倘使有人诚心感谢我，我就觉得好像我给了他一个铜子，所以他像一个叫化似的向我道谢。来，唱起来吧；你们不唱的都不要作声。

阿米恩斯　好，我就唱完这支歌。列位，铺起食桌来吧；公爵就要到这株树下来喝酒了。他已经找了您整整一天啦。

杰奎斯　我已经躲避了他整整一天啦。他太喜欢辩论了，我不高兴跟他在一起；我想到的事情像他一样多，可是谢谢天，我却不像他那样会说嘴。来，唱吧。

阿米恩斯　（唱，众和）

　　　　孰能敝屣尊荣，
　　　　来沐丽日光风，
　　　　觅食自求果腹，
　　　　一饱欣然意足：
　　盍来此？盍来此？盍来此？
　　　　目之所接，
　　　　精神契一，
　　　　唯忧雨雪之将至。

杰奎斯　昨天我曾经按着这调子不加雕饰顺口吟成一节，倒要献丑献丑。

阿米恩斯　我可以把它唱出来。

杰奎斯　是这样的：

　　　　倘有痴愚之徒，

> 忽然变成蠢驴,
>
> 趁着心性癫狂,
>
> 撇却财富安康,
>
> 特达米,特达米,特达米,
>
> 何为来此?
>
> 举目一视,
>
> 唯见傻瓜之遍地。

阿米恩斯　"特达米"是什么意思?

杰奎斯　这是希腊文里召唤傻子们排起圆圈来的一种咒语。——假如睡得成觉的话,我要睡觉去;假如睡不成,我就要把埃及地方一切头胎生的痛骂一顿①。

阿米恩斯　我可要找公爵去;他的点心已经预备好了。(各下。)

第六场　林中的另一部分

> 奥兰多及亚当上。

亚　当　好少爷,我再也走不动了;唉!我要饿死了。让我在这儿躺下挺尸吧。再会了,好心的少爷!

奥兰多　啊,怎么啦,亚当!你再没有勇气了吗?再活一些时候;提起一点精神来,高兴点儿。要是这座古怪的林中有什么野东西,那么我倘不是给它吃了,一定会把它杀了来给你吃的。你并不是真就要死了,不过是在胡思乱想而已。为了我的缘故,提起精神来吧;向死神抗拒一会儿,我去一去

---

① 《旧约·出埃及记》载上帝降罚埃及,凡埃及一切头胎生的皆遭瘟死;此处杰奎斯暗讽老公爵。

255

就回来看你,要是我找不到什么可以给你吃的东西,我一定答应你死去;可是假如你在我没有回来之前便死去,那你就是看不起我的辛苦了。说得好!你瞧上去有点振作了。我立刻就来。可是你躺在寒风里呢;来,我把你背到有遮荫的地方去。只要这块荒地里有活东西,你一定不会因为没有饭吃而饿死。振作起来吧,好亚当。(同下。)

第七场 林中的另一部分

食桌铺就。老公爵、阿米恩斯及流亡诸臣上。

公　爵　我想他一定已经变成一头畜生了,因为我到处找不到他的人影。

臣　甲　殿下,他刚刚走开去;方才他还在这儿很高兴地听人家唱歌。

公　爵　要是浑身都不和谐的他,居然也会变得爱好起音乐来,那么天体上不久就要大起骚乱了。去找他来,对他说我要跟他谈谈。

臣　甲　他自己来了,省了我一番跋涉。

杰奎斯上。

公　爵　啊,怎么啦,先生!这算什么,您的可怜的朋友们一定要千求万唤才把您请来吗?啊,您的神气很高兴哩!

杰奎斯　一个傻子,一个傻子!我在林中遇见一个傻子,一个身穿彩衣的傻子;唉,苦恼的世界!我确实遇见了一个傻子,正如我是靠着食物而活命一样确实;他躺着晒太阳,用头头是道的话辱骂着命运女神,然而他仍然不过是个身穿彩衣的傻子。"早安,傻子,"我说。"不,先生,"他说,"等到老天保佑我发了财,您再叫我傻子吧。"①于是他从袋里掏出一只表来,用没有光彩的眼睛瞧着它,很聪明地说,"现在是十点钟了;我们可以从这里看出世界是怎样在变迁着:一小时之前还不过是九点钟,而再过一小时便是十一点钟了;照这样一小时一小时过去,我们越长越老,越老越不中用,这上面真是大有感慨可发。"我听了这个穿彩衣的傻子对时间发挥的这一段玄理,我的胸头就像公鸡一样叫起来了,纳罕着傻子居然会有这样深刻的思想;我笑了个不停,在他的表上整整笑去了一个小时。啊,高贵的傻子!可敬的傻子!彩衣是最好的装束。

公　爵　这是个怎么样的傻子?

杰奎斯　啊,可敬的傻子!他曾经出入宫廷;他说凡是年轻貌美的小姐们,都是有自知之明的。他的头脑就像航海回来剩下的饼干那样干燥,其中的每一个角落却塞满了人生的经验,他都用杂乱的话儿随口说了出来。啊,我但愿我也是个傻子!我想要穿一件花花的外套。

公　爵　你可以有一件。

杰奎斯　这是我唯一的要求;只要殿下明鉴,除掉一切成见,别把我当聪明人看待;同时要准许我有像风那样广大的自由,高兴吹着谁便吹着谁:傻子们是有这种权利的,那些最被我的傻话所挖苦的人也最应该笑。殿下,为什么他们必须这样呢?这理由正和到教区礼拜堂去的路一样清楚:被一个傻子用俏皮话讥刺了的人,即使刺痛了,假如不装出一副若无其事的样子来,那么就显出聪明人的傻气,可以被傻子不

---

① 　成语有"愚人多福"(Fortune favours fools),故云。

经意一箭就刺穿,未免太傻了。给我穿一件彩衣,准许我说我心里的话;我一定会痛痛快快地把这染病的世界的丑恶的身体清洗个干净,假如他们肯耐心接受我的药方。

公　爵　算了吧!我知道你会做出些什么来。

杰奎斯　我可以拿一根筹码打赌,我做的事会不好吗?

公　爵　最坏不过的罪恶,就是指斥他人的罪恶:因为你自己也曾经是一个放纵你的兽欲的浪子;你要把你那身因为你的荒唐而长起来的臃肿的脓疮、溃烂的恶病,向全世界播散。

杰奎斯　什么,呼斥人间的奢侈,难道便是对于个人的攻击吗?奢侈的习俗不是像海潮一样浩瀚地流着,直到力竭而消退吗?假如我说城里的那些小户人家的妇女穿扮得像王公大人的女眷一样,我指明是哪一个女人吗?谁能挺身出来说我说的是她,假如她的邻居也是和她一个样子?一个操着最微贱行业的人,假如心想我讥讽了他,说他的好衣服不是我出的钱,那不是恰恰把他的愚蠢合上了我说的话吗?照此看来,又有什么关系呢?指给我看我的话伤害了他什么地方:要是说的对,那是他自取其咎;假如他问心无愧,那么我的责骂就像是一头野鸭飞过,不干谁的事。——可是谁来了?

　　　　　奥兰多拔剑上。

奥兰多　停住,不准吃!

杰奎斯　嘿,我还不曾吃过呢。

奥兰多　而且也不会再给你吃,除非让饿肚子的人先吃过了。

杰奎斯　这头公鸡是哪儿来的?

公　爵　朋友,你是因为落难而变得这样强横吗?还是因为生来就是瞧不起礼貌的粗汉子,一点儿不懂得规矩?

奥兰多　你第一下就猜中我了,困苦逼迫着我,使我不得不把温文的礼貌抛在一旁;可是我却是在都市生长,受过一点儿教养的。但是我吩咐你们停住;在我的事情没有办完之前,谁碰一碰这些果子,就得死。

杰奎斯　你要是无理可喻,那么我准得死。

公　爵　你要什么?假如你不用暴力,客客气气地向我们说,我们一定会更客客气气地对待你的。

奥兰多　我快饿死了;给我吃。

公　爵　请坐请坐,随意吃吧。

奥兰多　你说得这样客气吗?请你原谅我,我以为这儿的一切都是野蛮的,因此才装出这副暴横的威胁神气来。可是不论你们是些什么人,在这儿人踪不到的荒野里,躺在凄凉的树荫下,不理会时间的消逝;假如你们曾经见过较好的日子,假如你们曾经到过鸣钟召集礼拜的地方,假如你们曾经参加过上流人的宴会,假如你们曾经揩过你们眼皮上的泪水,懂得怜悯和被怜悯的,那么让我的温文的态度格外感动你们:我抱着这样的希望,惭愧地藏好我的剑。

公　爵　我们确曾见过好日子,曾经被神圣的钟声召集到教堂里去,参加过上流人的宴会,从我们的眼上揩去过被神圣的怜悯所感动而流下的眼泪;所以你不妨和和气气地坐下来,凡是我们可以帮忙满足你需要的地方,一定愿意效劳。

奥兰多　那么请你们暂时不要把东西吃掉,我就去像一只母鹿一样找寻我的小鹿,把食物喂给他吃。有一位可怜的老人家,全然出于好心,跟着我一跷一拐地走了许多疲乏的路,双重的劳瘁——他的高龄和饥饿——累倒了他;除非等他饱餐了之后,我决不接触一口食物。

公　　爵　　快去找他,我们绝对不把东西吃掉,等着你回来。

奥兰多　　谢谢;愿您好心有好报!(下。)

公　　爵　　你们可以看到不幸的不只是我们;这个广大的宇宙的舞台上,还有比我们所演出的更悲惨的场景呢。

杰奎斯　　全世界是一个舞台,所有的男男女女不过是一些演员;他们都有下场的时候,也都有上场的时候。一个人的一生中扮演着好几个角色,他的表演可以分为七个时期。最初是婴孩,在保姆的怀中啼哭呕吐。然后是背着书包、满脸红光的学童,像蜗牛一样慢腾腾地拖着脚步,不情愿地呜咽着上学堂。然后是情人,像炉灶一样叹着气,写了一首悲哀的诗歌咏着他恋人的眉毛。然后是一个军人,满口发着古怪的誓,胡须长得像豹子一样,爱惜着名誉,动不动就要打架,在炮口上寻求着泡沫一样的荣名。然后是法官,胖胖圆圆的肚子塞满了阉鸡,凛然的眼光,整洁的胡须,满嘴都是格言和老生常谈;他这样扮了他的一个角色。第六个时期变成了精瘦的趿着拖鞋的龙钟老叟,鼻子上架着眼镜,腰边悬着钱袋;他那年轻时候节省下来的长袜子套在他皱瘪的小腿上显得宽大异常;他那朗朗的男子的口音又变成了孩子似的尖声,像是吹着风笛和哨子。终结着这段古怪的多事的历史的最后一场,是孩提时代的再现,全然的遗忘,没有牙齿,没有眼睛,没有口味,没有一切。

　　　　　　奥兰多背亚当重上。

公　　爵　　欢迎!放下你背上那位可敬的老人家,让他吃东西吧。

奥兰多　　我代他向您竭诚道谢。

亚　　当　　您真该代我道谢;我简直不能为自己向您开口道谢呢。

公　　爵　　欢迎,请用吧;我还不会马上就来打扰你,问你的遭遇。

给我们奏些音乐;贤卿,你唱吧。

阿米恩斯　（唱）

　　　　　不惧冬风凛冽,
　　　　　风威远难遽及
　　　　　　人世之寡情;
　　　　　其为气也虽厉,
　　　　　其牙尚非甚锐,
　　　　　　风体本无形。
　　　噫嘻乎!且向冬青歌一曲:
　　　友交皆虚妄,恩爱痴人逐。
　　　　噫嘻乎冬青!
　　　　可乐唯此生。

　　　　　不愁沍天冰雪,
　　　　　其寒尚难遽及
　　　　　　受施而忘恩;
　　　　　风皱满池碧水,
　　　　　利刺尚难遽比
　　　　　　捐旧之友人。
　　　噫嘻乎!且向冬青歌一曲:
　　　友交皆虚妄,恩爱痴人逐。
　　　　噫嘻乎冬青!
　　　　可乐唯此生。

公　爵　照你刚才悄声儿老老实实告诉我的,你说你是好罗兰爵士的儿子,我看你的相貌也真的十分像他;如果不是假的,那么我真心欢迎你到这儿来。我便是敬爱你父亲的那个公爵。关于你其他的遭遇,到我的洞里来告诉我吧。好老人家,我们欢迎你像欢迎你的主人一样。搀扶着他。把你的手给我,让我明白你们一切的经过。(众下。)

第 三 幕

第一场　宫中一室

　　弗莱德里克公爵、奥列佛、众臣及侍从等上。

弗莱德里克　以后没有见过他！哼，哼，不见得吧。倘不是因为仁慈在我的心里占了上风，有着你在眼前，我尽可以不必找一个不在的人出气的。可是你留心着吧，不论你的兄弟在什么地方，都得去给我找来；点起灯笼去寻访吧；在一年之内，要把他不论死活找到，否则你不用再在我们的领土上过活了。你的土地和一切你自命为属于你的东西，值得没收的我们都要没收，除非等你能够凭着你兄弟的招供洗刷去我们对你的怀疑。

奥列佛　求殿下明鉴！我从来就不曾喜欢过我的兄弟。

弗莱德里克　这可见你更是个坏人。好，把他赶出去；盼咐该管官吏把他的房屋土地没收。赶快把这事办好，叫他滚蛋。（众下。）

第二场　亚登森林

奥兰多携纸上。

奥兰多　悬在这里吧,我的诗,证明我的爱情;
你三重王冠的夜间的女王①,请临视,
从苍白的昊天,用你那贞洁的眼睛,
那支配我生命的,你那猎伴②的名字。
啊,罗瑟琳!这些树林将是我的书册,
我要在一片片树皮上镂刻下相思,
好让每一个来到此间的林中游客,
任何处见得到颂赞她美德的言辞。
走,走,奥兰多;去在每株树上刻着伊,
那美好的、幽娴的、无可比拟的人儿。(下。)

柯林及试金石上。

柯　林　您喜欢不喜欢这种牧人的生活,试金石先生?
试金石　说老实话,牧人,按着这种生活的本身说起来,倒是一种很好的生活;可是按着这是一种牧人的生活说起来,那就毫不足取了。照它的清静而论,我很喜欢这种生活;可是照它的寂寞而论,实在是一种很坏的生活。看到这种生活是在田间,很使我满意;可是看到它不是在宫廷里,那简直很无聊。你瞧,这是一种很经济的生活,因此倒怪合我的脾

---

① 三重王冠的女王指黛安娜女神,因为她在天上为琉娜(Luna),在地上为狄安娜,在幽冥为普洛塞庇那(Proserpina)。
② 狄安娜又为司狩猎的女神,又为处女的保护神,故奥兰多以罗瑟琳为她的猎伴。

胃；可是它未免太寒伧了，因此我过不来。你懂不懂得一点哲学，牧人？

柯　　林　　我只知道这一点儿：一个人越是害病，他越是不舒服；钱财、资本和知足，是人们缺少不来的三位好朋友；雨湿淋衣，火旺烧柴；好牧场产肥羊，天黑是因为没有了太阳；生来愚笨怪祖父，学而不慧师之惰。

试金石　　这样一个人是天生的哲学家了。有没有到过宫廷里，牧人？

柯　　林　　没有，不瞒您说。

试金石　　那么你这人就该死了。

柯　　林　　我希望不至于吧？

试金石　　真的，你这人该死，就像一个煎得不好一面焦的鸡蛋。

柯　　林　　因为没有到过宫廷里吗？请问您的理由。

试金石　　喏，要是你从来没有到过宫廷里，你就不曾见过好礼貌；要是你从来没有见过好礼貌，你的举止一定很坏；坏人就是有罪的人，有罪的人就该死。你的情形很危险呢，牧人。

柯　　林　　一点不，试金石。在宫廷里算作好礼貌的，在乡野里就会变成可笑，正像乡下人的行为一到了宫廷里就显得寒伧一样。您对我说过你们在宫廷里只要见人打招呼就要吻手；要是宫廷里的老爷们都是牧人，那么这种礼貌就要嫌太腥臊了。

试金石　　有什么证据？简单地说；来，说出理由来。

柯　　林　　喏，我们的手常常要去碰着母羊；它们的毛，您知道，是很油腻的。

试金石　　嘿，廷臣们的手上不是也要出汗的吗？羊身上的脂肪比起人身上的汗腻来,不是一样干净的吗?浅薄!浅薄!说出一个好一点的理由来,说吧。

柯　林　而且,我们的手很粗糙。

试金石　那么你们的嘴唇格外容易感到它们。还是浅薄!再说一个充分一点的理由,说吧。

柯　林　我们的手在给羊们包扎伤处的时候总是涂满了焦油;您要我们跟焦油接吻吗?宫廷里的老爷们手上都是涂着麝香的。

试金石　浅薄不堪的家伙!把你跟一块好肉比起来,你简直是一块给蛆虫吃的臭肉!用心听聪明人的教训吧:麝香是一只猫身上流出来的腥臊东西,它的来源比焦油脏得多呢。把你的理由修正修正吧,牧人。

柯　林　您太会讲话了,我说不过您;我不说了。

试金石　你就甘心该死吗?上帝保佑你,浅薄的人!上帝把你好好针砭一下!你太不懂世事了。

柯　林　先生,我是一个道地的做活的;我用自己的力量换饭吃换衣服穿;不跟别人结怨,也不妒羡别人的福气;瞧着人家得意我也高兴,自己倒了霉就自宽自解;我的最大的骄傲就是瞧我的母羊吃草,我的羔羊啜奶。

试金石　这又是你的一桩因为傻气而造下的孽:你把母羊和公羊拉拢在一起,靠着它们的配对来维持你的生活;给挂铃的羊当龟奴,替一头歪脖子的老忘八公羊把才一岁的雌儿骗诱失身,也不想到合配不合配;要是你不会因此而下地狱,那么魔鬼也没有人给他牧羊了。我想不出你有什么豁免的希望。

柯　林　盖尼米德大官人来了,他是我的新主妇的哥哥。

罗瑟琳读一张字纸上。

罗瑟琳

  从东印度到西印度找遍奇珍，
  没有一颗珠玉比得上罗瑟琳。
  她的名声随着好风播满诸城，
  整个世界都在仰慕着罗瑟琳。
  画工描摹下一幅幅倩影真真，
  都要黯然无色一见了罗瑟琳。
  任何的脸貌都不用铭记在心，
  单单牢记住了美丽的罗瑟琳。

试金石 我可以给您这样凑韵下去凑它整整的八年，吃饭和睡觉的时间除外。这好像是一连串上市去卖奶油的好大娘。

罗瑟琳 啐，傻子！

试金石 试一下看：

  要是公鹿找不到母鹿很伤心，
  不妨叫它前去寻找那罗瑟琳。
  倘说是没有一只猫儿不叫春，
  心同此情有谁能责怪罗瑟琳？
  冬天的衣裳棉花应该衬得温，
  免得冻坏了娇怯怯的罗瑟琳。
  割下的田禾必须捆得端端整，
  一车的禾捆上装着个罗瑟琳。
  最甜蜜的果子皮儿酸痛了唇，
  这种果子的名字便是罗瑟琳。
  有谁想找到玫瑰花开香喷喷，
  就会找到爱的棘刺和罗瑟琳。

这简直是胡扯的歪诗;您怎么也会给这种东西沾上了呢?

罗瑟琳　别多嘴,你这蠢傻瓜!我在一株树上找到它们的。

试金石　真的,这株树生的果子太坏。

罗瑟琳　那我就把它和你接种在一起,把它和爱乱缠的枸杞接种在一起;这样它就是地里最早的果子了;因为你没等半熟就会烂掉的,这正是爱乱缠的枸杞的特点。

　　　　西莉娅读一张字纸上。

罗瑟琳　静些!我的妹妹读着些什么来了;站旁边去。

西莉娅

　　为什么这里是一片荒碛?
　　　因为没有人居住吗?不然,
　　我要叫每株树长起喉舌,
　　　吐露出温文典雅的语言:
　　或是慨叹着生命一何短,
　　　匆匆跑完了游子的行程,
　　只须把手掌轻轻翻个转,
　　　便早已终结人们的一生;
　　或是感怀着旧盟今已冷,
　　　同心的契友忘却了故交;
　　但我要把最好树枝选定,
　　　缀附在每行诗句的终梢,
　　罗瑟琳三个字小名美妙,
　　　向普世的读者遍告周知。
　　莫看她苗条的一身娇小,
　　　宇宙间的精华尽萃于兹;
　　造物当时曾向自然诏示,

>　　吩咐把所有的绝世姿才，
>
>　　向纤纤一躯中合炉熔制，
>
>　　　累天工费去不少的安排：
>
>　　负心的海伦醉人的脸蛋，
>
>　　　克莉奥佩特拉威仪丰容。
>
>　　阿塔兰忒①的柳腰儿款摆，
>
>　　　鲁克丽西娅②的节操贞松：
>
>　　劳动起玉殿上诸天仙众，
>
>　　　造成这十全十美罗瑟琳；
>
>　　荟萃了各式的妍媚万种，
>
>　　　选出一副俊脸目秀精神。
>
>　　上天给她这般恩赐优渥，
>
>　　　我命该终身做她的臣仆。

罗瑟琳　啊，最温柔的宣教师！您的恋爱的说教是多么噜苏得叫您的教民听了厌烦，可是您却也不喊一声，"请耐心一点，好人们。"

西莉娅　啊！朋友们，退后去！牧人，稍为走开一点；跟他去，小子。

试金石　来，牧人，让我们堂堂退却：大小箱笼都不带，只带一个头陀袋。（柯林、试金石下。）

西莉娅　你有没有听见这种诗句？

罗瑟琳　啊，是的，我都听见了。真是大块文章；有些诗句里多出好几步，拖都拖不动。

---

① 阿塔兰忒（Atalanta），希腊传说中善疾走的美女。
② 鲁克丽西娅（Lucretia），莎士比亚叙事诗《鲁克丽丝受辱记》中的主角。

西莉娅　那没关系,步子可以拖着诗走。

罗瑟琳　不错,但是这些步子自己就不是四平八稳的,没有诗韵的帮助,简直寸步难行;所以只能勉强塞在那里。

西莉娅　但是你听见你的名字被人家悬挂起来,还刻在这种树上,不觉得奇怪吗?

罗瑟琳　人家说一件奇事过了九天便不足为奇;在你没有来之前,我已经过了第七天了。瞧,这是我在一株棕榈树上找到的。自从毕达哥拉斯的时候以来,我从不曾被人这样用诗句咒过;那时我是一只爱尔兰的老鼠①,现在简直记也记不起来了。

西莉娅　你想这是谁干的?

罗瑟琳　是个男人吗?

西莉娅　而且有一根链条,是你从前带过的,套在他的颈上。你脸红了吗?

罗瑟琳　请你告诉我是谁?

西莉娅　主啊!主啊!朋友们见面真不容易;可是两座高山也许会给地震搬了家而碰起头来。

罗瑟琳　嗳,但是究竟是谁呀?

西莉娅　真的猜不出来吗?

罗瑟琳　嗳,我使劲地央求你告诉我他是谁。

西莉娅　奇怪啊!奇怪啊!奇怪到无可再奇怪的奇怪!奇怪而又奇怪!说不出来的奇怪!

罗瑟琳　我要脸红起来了!你以为我打扮得像个男人,就会在精神上也穿起男装来吗?你再耽延一刻不再说出来,就要

---

① 念咒驱除老鼠为爱尔兰人一种迷信习俗。

累我在汪洋大海里作茫茫的探索了。请你快快告诉我他是谁,不要吞吞吐吐。我倒希望你是个口吃的,那么你也许会把这个保守着秘密的名字不期然而然地打你嘴里吐出来,就像酒从狭口的瓶里倒出来一样,不是一点都倒不出,就是一下子出来了许多。求求你拔去你嘴里的塞子,让我饮着你的消息吧。

西莉娅　那么你要把那人儿一口气吞下肚子里去是不是?

罗瑟琳　他是上帝造下来的吗?是个什么样子的人?他的头戴上一顶帽子显不显得寒伧?他的下巴留着一把胡须像不像个样儿?

西莉娅　不,他只有一点点儿胡须。

罗瑟琳　哦,要是这家伙知道好歹,上帝会再给他一些的。要是你立刻就告诉我他的下巴是怎么一个样子,我愿意等候他长起须来。

西莉娅　他就是年轻的奥兰多,一下子把那拳师的脚跟和你的心一起绊跌了个斤斗的。

罗瑟琳　嗳,取笑人的让魔鬼抓了去;像一个老老实实的好姑娘似的,规规矩矩说吧。

西莉娅　真的,姊姊,是他。

罗瑟琳　奥兰多?

西莉娅　奥兰多。

罗瑟琳　嗳哟!我这一身大衫短裤该怎么办呢?你看见他的时候他在作些什么?他说些什么?他瞧上去怎样?他穿着些什么?他为什么到这儿来?他问起我吗?他住在哪儿?他怎样跟你分别的?你什么时候再去看他?用一个字回答我。

西莉娅　你一定先要给我向卡冈都亚①借一张嘴来才行;像我们这时代的人,一张嘴里是装不下这么大的一个字的。要是一句句都用"是"和"不"回答起来,也比考问教理还麻烦呢。

罗瑟琳　可是他知道我在这林子里,打扮做男人的样子吗? 他是不是跟摔角的那天一样有精神?

西莉娅　回答情人的问题,就像数微尘的粒数一般为难。你好好听我讲我怎样找到他的情形,静静地体味着吧。我看见他在一株树底下,像一颗落下来的橡果。

罗瑟琳　树上会落下这样果子来,那真可以说是神树了。

西莉娅　好小姐,听我说。

罗瑟琳　讲下去。

西莉娅　他直挺挺地躺在那儿,像一个受伤的骑士。

罗瑟琳　虽然这种样子有点可怜相,可是地上躺着这样一个人,倒也是很合适的。

西莉娅　喊你的舌头停步吧;它简直随处乱跳。——他打扮得像个猎人。

罗瑟琳　哎哟,糟了! 他要来猎取我的心了。

西莉娅　我唱歌的时候不要别人和着唱;你缠得我弄错拍子了。

罗瑟琳　你不知道我是个女人吗? 我心里想到什么,便要说出口来。好人儿,说下去吧。

西莉娅　你已经打断了我的话头。且慢! 他不是来了吗?

罗瑟琳　是他;我们躲在一旁瞧着他吧。

　　　　奥兰多及杰奎斯上。

---

①　卡冈都亚(Gargantua),法国拉伯雷(Rabelais)《巨人传》中的饕餮巨人。

杰奎斯　多谢相陪;可是说老实话,我倒是喜欢一个人清静些。

奥兰多　我也是这样;可是为了礼貌的关系,我多谢您的作伴。

杰奎斯　上帝和您同在!让我们越少见面越好。

奥兰多　我希望我们还是不要相识的好。

杰奎斯　请您别再在树皮上写情诗糟蹋树木了。

奥兰多　请您别再用难听的声调念我的诗,把它们糟蹋了。

杰奎斯　您的情人的名字是罗瑟琳吗?

奥兰多　正是。

杰奎斯　我不喜欢她的名字。

奥兰多　她取名的时候,并没有打算要您喜欢。

杰奎斯　她的身材怎样?

奥兰多　恰恰够得到我的心头那样高。

杰奎斯　您怪会说俏皮的回答;您是不是跟金匠们的妻子有点儿交情,因此把戒指上的警句都默记下来了?

奥兰多　不,我都是用彩画的挂帷上的话儿来回答您;您的问题也是从那儿学来的。

杰奎斯　您的口才很敏捷,我想是用阿塔兰忒的脚跟做成的。我们一块儿坐下来好不好?我们两人要把世界痛骂一顿,大发一下牢骚。

奥兰多　我不愿责骂世上的有生之伦,除了我自己;因为我知道自己的错处最明白。

杰奎斯　您的最坏的错处就是要恋爱。

奥兰多　我不愿把这个错处来换取您的最好的美德。您真叫我腻烦。

杰奎斯　说老实话,我遇见您的时候,本来是在找一个傻子。

奥兰多　他掉在溪水里淹死了,您向水里一望,就可以瞧见他。

杰奎斯　我只瞧见我自己的影子。

奥兰多　那我以为倘不是个傻子,定然是个废物。

杰奎斯　我不想再跟您在一起了。再见,多情的公子。

奥兰多　我巴不得您走。再会,忧愁的先生。(杰奎斯下。)

罗瑟琳　我要像一个无礼的小厮一样去向他说话,跟他捣捣乱。——听见我的话吗,树林里的人?

奥兰多　很好,你有什么话说?

罗瑟琳　请问现在是几点钟?

奥兰多　你应该问我现在是什么时辰;树林里哪来的钟?

罗瑟琳　那么树林里也不会有真心的情人了;否则每分钟的叹气,每点钟的呻吟,该会像时钟一样计算出时间的懒懒的脚步来的。

奥兰多　为什么不说时间的快步呢?那样说不对吗?

罗瑟琳　不对,先生。时间对于各种人有各种的步法。我可以告诉你时间对于谁是走慢步的,对于谁是跨着细步走的,对于谁是奔着走的,对于谁是立定不动的。

奥兰多　请问他对于谁是跨着细步走的?

罗瑟琳　呃,对于一个订了婚还没有成礼的姑娘,时间是跨着细步有气无力地走着的;即使这中间只有一星期,也似乎有七年那样难过。

奥兰多　对于谁时间是走着慢步的?

罗瑟琳　对于一个不懂拉丁文的牧师,或是一个不害痛风的富翁;一个因为不能读书而睡得很酣畅,一个因为没有痛苦而活得很高兴;一个可以不必辛辛苦苦地钻研,一个不知道有贫穷的艰困。对于这种人,时间是走着慢步的。

奥兰多　对于谁他是奔着走的?

罗瑟琳　对于一个上绞架的贼子；因为虽然他尽力放慢脚步，他还是觉得到得太快了。

奥兰多　对于谁他是静止不动的？

罗瑟琳　对于在休假中的律师，因为他们在前后开庭的时期之间，完全昏睡过去，不觉到时间的移动。

奥兰多　可爱的少年，你住在哪儿？

罗瑟琳　跟这位牧羊姑娘，我的妹妹，住在这儿的树林边，正像裙子上的花边一样。

奥兰多　你是本地人吗？

罗瑟琳　跟那头你看见的兔子一样，它的住处就是它生长的地方。

奥兰多　住在这种穷乡僻壤，你的谈吐却很高雅。

罗瑟琳　好多人都曾经这样说我；其实是因为我有一个修行的老伯父，他本来是在城市里生长的，是他教导我讲话；他曾经在宫廷里闹过恋爱，因此很懂得交际的门槛。我曾经听他发过许多反对恋爱的议论；多谢上帝我不是个女人，不会犯到他所归咎于一般女性的那许多心性轻浮的罪恶。

奥兰多　你记不记得他所说的女人的罪恶当中主要的几桩？

罗瑟琳　没有什么主要不主要的；跟两个铜子相比一样，全差不多；每一件过失似乎都十分严重，可是立刻又有一件出来可以赛过它。

奥兰多　请你说几件看。

罗瑟琳　不，我的药是只给病人吃的。这座树林里常常有一个人来往，在我们的嫩树皮上刻满了"罗瑟琳"的名字，把树木糟蹋得不成样子；山楂树上挂起了诗篇，荆棘枝上吊悬着哀歌，说来说去都是把罗瑟琳的名字捧作神明。要是我碰见了那个卖弄风情的家伙,我一定要好好给他一番教训,因为他似乎害着相思病。

奥兰多　我就是那个给爱情折磨的他。请你告诉我你有什么医治的方法。

罗瑟琳　我伯父所说的那种记号在你身上全找不出来,他曾经告诉我怎样可以看出来一个人是在恋爱着;我可以断定你一定不是那个草扎的笼中的囚人。

奥兰多　什么是他所说的那种记号呢?

罗瑟琳　一张瘦瘦的脸庞,你没有;一双眼圈发黑的凹陷的眼睛,你没有;一副懒得跟人家交谈的神气,你没有;一脸忘记了修葺的胡子,你没有;——可是那我可以原谅你,因为你的胡子本来就像小兄弟的产业一样少得可怜。而且你的袜子上应当是不套袜带的,你的帽子上应当是不结帽纽的,你的袖口的钮扣应当是脱开的,你的鞋子上的带子应当是松散的,你身上的每一处都要表示出一种不经心的疏懒。可是你却不是这样一个人;你把自己打扮得这么齐整,瞧你倒有点顾影自怜,全不像在爱着什么人。

奥兰多　美貌的少年,我希望我能使你相信我是在恋爱。

罗瑟琳　我相信!你还是叫你的爱人相信吧。我可以断定,她即使容易相信你,她嘴里也是不肯承认的;这也是女人们不老实的一点。可是说老实话,你真的便是把恭维着罗瑟琳的诗句悬挂在树上的那家伙吗?

奥兰多　少年,我凭着罗瑟琳的玉手向你起誓,我就是他,那个不幸的他。

罗瑟琳　可是你真的像你诗上所说的那样热恋着吗?

奥兰多　什么也不能表达我的爱情的深切。

罗瑟琳　爱情不过是一种疯狂;我对你说,有了爱情的人,是应该像对待一个疯子一样,把他关在黑屋子里用鞭子抽一顿的。那么为什么他们不用这种处罚的方法来医治爱情呢?因为那种疯病是极其平常的,就是拿鞭子的人也在恋爱哩。可是我有医治它的法子。

奥兰多　你曾经医治过什么人吗?

罗瑟琳　是的,医治过一个;法子是这样的:他假想我是他的爱人,他的情妇,我叫他每天都来向我求爱;那时我是一个善变的少年,便一会儿伤心,一会儿温存,一会儿翻脸,一会儿思慕,一会儿欢喜;骄傲、古怪、刁钻、浅薄、轻浮,有时满眼的泪,有时满脸的笑。什么情感都来一点儿,但没有一种是真切的,就像大多数的孩子们和女人们一样;有时欢喜他,有时讨厌他,有时讨好他,有时冷淡他,有时为他哭泣,有时把他唾弃:我这样把我这位求爱者从疯狂的爱逼到真个疯狂起来,以至于抛弃人世,做起隐士来了。我用这种方法治好了他,我也可以用这种方法把你的心肝洗得干干净净,像一颗没有毛病的羊心一样,再没有一点爱情的痕迹。

奥兰多　我不愿意治好,少年。

罗瑟琳　我可以把你治好,假如你把我叫作罗瑟琳,每天到我的草屋里来向我求爱。

奥兰多　凭着我的恋爱的真诚,我愿意。告诉我你住在什么地方。

罗瑟琳　跟我去,我可以指点给你看;一路上你也要告诉我你住在林中的什么地方。去吗?

奥兰多　很好,好孩子。

罗瑟琳　不,你一定要叫我罗瑟琳。来,妹妹,我们去吧。

（同下。）

第三场　林中的另一部分

　　　　试金石及奥德蕾上；杰奎斯随后。

试金石　快来,好奥德蕾;我去把你的山羊赶来。怎样,奥德蕾?我还不曾是你的好人儿吗?我这副粗鲁的神气你中意吗?

奥德蕾　您的神气!天老爷保佑我们!什么神气?

试金石　我陪着你和你的山羊在这里,就像那最会梦想的诗人奥维德在一群哥特人中间一样。

杰奎斯　（旁白）唉,学问装在这么一副躯壳里,比乔武住在草棚里更坏!

试金石　要是一个人写的诗不能叫人懂,他的才情不能叫人理解,那比之小客栈里开出一张大账单来还要命。真的,我希望神们把你变得诗意一点。

奥德蕾　我不懂得什么叫做"诗意一点"。那是一句好话,一件好事情吗?那是诚实的吗?

试金石　老实说,不,因为最真实的诗是最虚妄的;情人们都富于诗意,他们在诗里发的誓,可以说都是情人们的假话。

奥德蕾　那么您愿意天爷爷们把我变得诗意一点吗?

试金石　是的,不错;因为你发誓说你是贞洁的,假如你是个诗人,我就可以希望你说的是假话了。

奥德蕾　您不愿意我贞洁吗?

试金石　对了,除非你生得难看;因为贞洁跟美貌碰在一起,就像在糖里再加蜜。

杰奎斯　（旁白）好一个有见识的傻瓜!

奥德蕾　好,我生得不好看,因此我求求天爷爷们让我贞洁吧。

试金石　真的,把贞洁丢给一个丑陋的懒女人,就像把一块好肉盛在龌龊的盆子里。

奥德蕾　我不是个懒女人,虽然我谢谢天爷爷们我是丑陋的。

试金石　好吧,感谢天爷爷们把丑陋赏给了你!懒惰也许会跟着来的。可是不管这些,我一定要跟你结婚;为了这事我已经去见过邻村的牧师奥列佛·马坦克斯特师傅,他已经答应在这儿树林里会我,给我们配对。

杰奎斯　（旁白）我倒要瞧瞧这场热闹。

奥德蕾　好,天爷爷们保佑我们快活吧!

试金石　阿门!倘使是一个胆小的人,也许不敢贸然从事;因为这儿没有庙宇,只有树林,没有宾众,只有一些出角的畜生;但这有什么要紧呢?放出勇气来!角虽然讨厌,却也是少不来的。人家说,"许多人有数不清的家私;"对了,许多人也有数不清的好角儿。好在那是他老婆陪嫁来的妆奁,不是他自己弄到手的。出角吗?有什么要紧?只有苦人儿才出角吗?不,不,最高贵的鹿和最寒伧的鹿长的角儿一样大呢。那么单身汉便算是好福气吗?不,城市总比乡村好些,已婚者隆起的额角,也要比未婚者平坦的额角体面得多;懂得几手击剑法的,总比一点不会的好些,因此有角也总比没角强。奥列佛师傅来啦。

　　　奥列佛·马坦克斯特师傅上。

试金石　奥列佛·马坦克斯特师傅,您来得巧极了。您还是就在这树下替我们把事情办了呢,还是让我们跟您到您的教堂里去?

马坦克斯特　这儿没有人可以把这女人作主嫁出去吗?

试金石　我不要别人把她布施给我。

马坦克斯特　真的,她一定要有人作主许嫁,否则这种婚姻便不合法。

杰奎斯　(上前)进行下去,进行下去;我可以把她许嫁。

试金石　晚安,某某先生;您好,先生?欢迎欢迎!上次多蒙照顾,不胜感激。我很高兴看见您。我现在有一点点儿小事,先生。嗳,请戴上帽子。

杰奎斯　你要结婚了吗,傻瓜?

试金石　先生,牛有轭,马有勒,猎鹰腿上挂金铃,人非木石岂无情?鸽子也要亲个嘴儿;女大当嫁,男大当婚。

杰奎斯　像你这样有教养的人,却愿意在一棵树底下像叫化子那样成亲吗?到教堂里去,找一位可以告诉你婚姻的意义的好牧师。要是让这个家伙把你们像钉墙板似的钉在一起,你们中间总有一个人会像没有晒干的木板一样干缩起来,越变越弯的。

试金石　(旁白)我倒以为让他给我主婚比别人好一点,因为瞧他的样子是不会像像样样地主持婚礼的;假如结婚结得草率一些,以后我可以借口离弃我的妻子。

杰奎斯　你跟我来,让我指教指教你。

试金石　来,好奥德蕾。我们一定得结婚,否则我们只好通奸。再见,好奥列佛师傅,不是

　　　　　亲爱的奥列佛!

　　　　　勇敢的奥列佛!

　　　　　请你不要把我丢弃;①

---

① "亲爱的奥列佛"三句为俗歌中的断句。

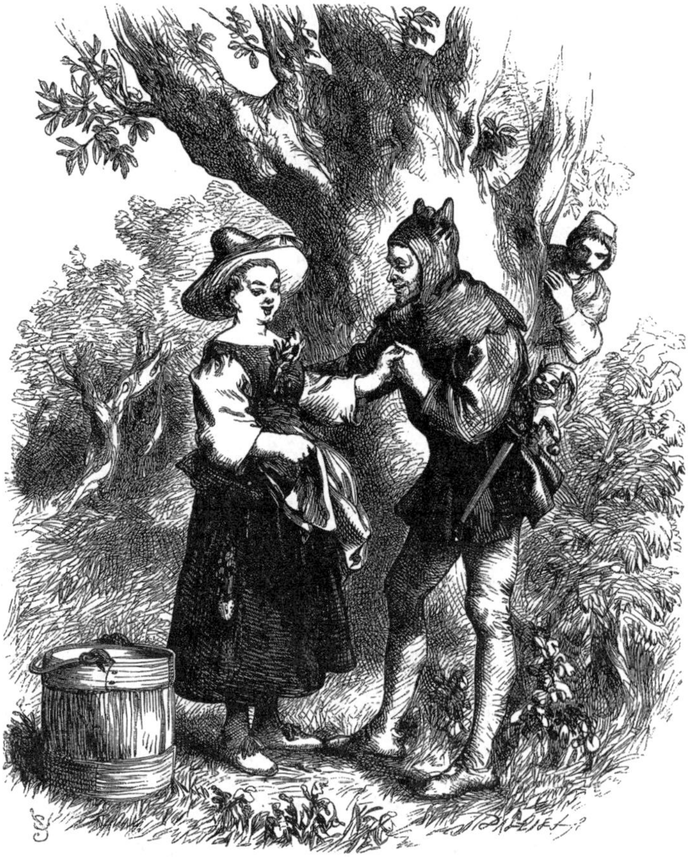

而是

>　走开去,奥列佛!

>　滚开去,奥列佛!

>　我们不要你行婚礼。(杰奎斯、试金石、奥德蕾同下。)

马坦克斯特　不要紧,这一批荒唐的混蛋谁也不能讥笑掉我的饭碗。(下。)

第四场　林中的另一部分

>　罗瑟琳及西莉娅上。

罗瑟琳　别跟我讲话;我一定要哭。

西莉娅　你就哭吧;可是你还得想一想男人是不该流眼泪的。

罗瑟琳　但我岂不是有应该哭的理由吗?

西莉娅　理由是再充分也没有的了;所以你哭吧。

罗瑟琳　瞧他的头发的颜色,就可以看出来他是个坏东西。

西莉娅　比犹大的头发颜色略为深些;他的接吻就是犹大一脉相传下来的。

罗瑟琳　凭良心说一句,他的头发颜色很好。

西莉娅　那颜色好极了;栗色是最好的颜色。

罗瑟琳　他的接吻神圣得就像圣餐面包触到唇边一样。

西莉娅　他买来了一对狄安娜用过的嘴唇;一个凛若冰霜的尼姑也不会吻得像他那样虔诚;他的嘴唇里就有着冷冰冰的贞洁。

罗瑟琳　可是他为什么发誓说今天早上要来,却偏偏不来呢?

西莉娅　不用说,他这人没有半分真心。

罗瑟琳　你是这样想吗?

西莉娅　是的。我想他不是个扒儿手,也不是个盗马贼;可是要说起他的爱情的真不真来,那么我想他就像一只盖好了的空杯子,或是一枚蛀空了的硬壳果一样空心。

罗瑟琳　他的恋爱不是真心吗?

西莉娅　他在恋爱的时候,他是真心的;可是我以为他并不在恋爱。

罗瑟琳　你不是听见他发誓说他的的确确在恋爱吗?

西莉娅　从前说是,现在却不一定是;而且情人们发的誓,是和堂倌嘴里的话一样靠不住的,他们都是惯报虚账的家伙。他在这儿树林子里跟公爵你的父亲在一块儿呢。

罗瑟琳　昨天我碰见公爵,跟他谈了好久。他问我的父母是怎样的人;我对他说,我的父母跟他一样高贵;他大笑着让我走了。可是我们现在有像奥兰多这么一个人,还要谈父亲做什么呢?

西莉娅　啊,好一个出色的人!他写得一手好诗,讲得一口漂亮话,发着动听的誓,再堂而皇之地毁了誓,同时碎了他情人的心;正如一个拙劣的枪手,骑在马上一面歪,像一头好鹅一样把他的枪杆折断了。但是年轻人凭着血气和痴劲做出来的事,总是很出色的。——谁来了?

　　　柯林上。

柯　林　姑娘和大官人,你们不是常常问起那个害相思病的牧人,那天你们不是看见他和我坐在草地上,称赞着他的情人,那个盛气凌人的牧羊女吗?

西莉娅　嗯,他怎样啦?

柯　林　要是你们想看一本认真扮演的好戏,一面是因为情痴而容颜惨白,一面是因为傲慢而满脸绯红;只要稍走几步路,我可以领你们去,看一个痛快。

罗瑟琳　啊!来,让我们去吧。在恋爱中的人,欢喜看人家相恋。带我们去看;我将要在他们的戏文里当一名重要的角色。(同下。)

第五场　林中的另一部分

　　　　西尔维斯及菲苾上。

西尔维斯　亲爱的菲苾,不要讥笑我;请不要,菲苾!您可以说您不爱我,但不要说得那样狠。习惯于杀人的硬心肠的刽子手,在把斧头向低俯的颈项上劈下的时候也要先说一声对不起;难道您会比这种靠着流血为生的人心肠更硬吗?

　　　　罗瑟琳、西莉娅及柯林自后上。

菲　苾　我不愿做你的刽子手;我逃避你,因为我不愿伤害你。你对我说我的眼睛会杀人;这种话当然说得很好听,很动人;眼睛本来是最柔弱的东西,一见了些微尘就会胆小得关起门来,居然也会给人叫作暴君、屠夫和凶手!现在我使劲地抡起白眼瞧着你;假如我的眼睛能够伤人,那么让它们把你杀死了吧:现在你可以假装晕过去了啊;嘿,现在你可以倒下去了呀;假如你并不倒下去,哼!羞啊,羞啊,你可别再胡说,说我的眼睛是凶手了。现在你且把我的眼睛加在你身上的伤痕拿出来看。单单用一枚针儿划了一下,也会有一点疤痕;握着一根灯心草,你的手掌上也会有一刻儿留着痕迹;可是我的眼光现在向你投射,却不曾伤了你:我相信眼睛里是决没有可以伤人的力量的。

西尔维斯　啊,亲爱的菲苾,要是有一天——也许那一天就近在眼前——您在谁个清秀的脸庞上看出了爱情的力量,那时您就会感觉到爱情的利箭所加在您心上的无形的创伤了。

菲 苾　可是在那一天没有到来之前,你不要走近我吧。如其有那一天,那么你可以用你的讥笑来凌虐我,却不用可怜我;因为不到那时候,我总不会可怜你的。

罗瑟琳　(上前)为什么呢,请问?谁是你的母亲,生下了你来,把这个不幸的人这般侮辱,如此欺凌?你生得不漂亮——老实说,我看你还是晚上不用点蜡烛就钻到被窝里去的好——难道就该这样骄傲而无情吗?——怎么,这是什么意思?你望着我做什么?我瞧你不过是一件天生的粗货罢了。他妈的!我想她要打算迷住我哩。不,老实说,骄傲的姑娘,你别做梦吧!凭着你的墨水一样的眉毛,你的乌丝一样的头发,你的黑玻璃球一样的眼睛,或是你的乳脂一样的脸庞,可不能叫我为你倾倒呀。——你这蠢牧人儿,干吗你要追随着她,像是挟着雾雨而俱来的南风?你是比她漂亮一千倍的男人;都是因为有了你们这种傻瓜,世上才有那许多难看的孩子。叫她得意的是你的恭维,不是她的镜子;听了你的话,她便觉得她自己比她本来的容貌美得多了。——可是,姑娘,你自己得放明白些;跪下来,斋戒谢天,赐给你这么好的一个爱人。我得向你耳边讲句体己的话,有买主的时候赶快卖去了吧;你不是到处都有销路的。求求这位大哥恕了你;爱他;接受他的好意。生得丑再要瞧人不起,那才是其丑无比了。——好,牧人,你拿了她去。再见吧。

菲 苾　可爱的青年,请您把我骂一整年吧。我宁愿听您的骂,不要听这人的恭维。

罗瑟琳　他爱上了她的丑样子,她爱上了我的怒气。倘使真有这种事,那么她一扮起了怒容来答复你,我便会把刻薄的话儿去治她。——你为什么这样瞧着我?

菲　芯　我对您没有怀着恶意呀。

罗瑟琳　请你不要爱我吧,我这人是比醉后发的誓更靠不住的;而且我又不喜欢你。要是你要知道我家在何处,请到这儿附近的那簇橄榄树的地方来寻访好了。——我们去吧,妹妹。——牧人,着力追求她。——来,妹妹。——牧女,待他好一点儿,别那么骄傲;整个世界上生眼睛的人,都不会像他那样把你当作天仙的。——来,瞧我们的羊群去。(罗瑟琳、西莉娅、柯林同下。)

菲　芯　过去的诗人,现在我明白了你的话果然是真:"谁个情人不是一见就钟情?"①

西尔维斯　亲爱的菲芯——

菲　芯　啊!你怎么说,西尔维斯?

西尔维斯　亲爱的菲芯,可怜我吧!

菲　芯　唉,我为你伤心呢,温柔的西尔维斯。

西尔维斯　同情之后,必有安慰;要是您见我因为爱情而伤心而同情我,那么只要把您的爱给我,您就可以不用再同情,我也无须再伤心了。

菲　芯　你已经得到我的爱了;咱们不是像邻居那么要好着吗?

西尔维斯　我要的是您。

菲　芯　啊,那就是贪心了。西尔维斯,从前我讨厌你;可是现

---

① 过去的诗人指马洛(Christopher Marlowe,1564—1593),莎士比亚同时代的戏剧家、诗人;"谁个情人不是一见就钟情?"一句系马洛所作叙事诗《希罗与里昂德》中之语。

在我也不是对你有什么爱情;不过你既然讲爱情讲得那么好,我本来是讨厌跟你在一起的,现在我可以忍受你了。我还有事儿要差遣你呢;可是除了你自己因为供我差遣而感到的欣喜以外,可不用希望我还会用什么来答谢你。

西尔维斯　我的爱情是这样圣洁而完整,我又是这样不蒙眷顾,因此只要能够拾些人家收获过后留下来的残穗,我也以为是一次最丰富的收成了;随时略为给我一个不经意的微笑,我就可以靠着它活命。

菲　芯　你认识刚才对我讲话的那个少年吗?

西尔维斯　不大熟悉,但我常常遇见他;他已经把本来属于那个老头儿的草屋和地产都买下来了。

菲　芯　不要以为我爱他,虽然我问起他。他只是个淘气的孩子;可是倒很会讲话;但是空话我理它作甚?然而说话的人要是能够讨听话的人欢喜,那么空话也是很好的。他是个标致的青年;不算顶标致。当然他是太骄傲了;然而他的骄傲很配他。他长起来倒是一个漂亮的汉子,顶好的地方就是他的脸色;他的舌头刚刚得罪了人,用眼睛一瞟就补偿过来了。他的个儿不很高;然而照他的年纪说起来也就够高。他的腿不过如此;但也还好。他的嘴唇红得很美,比他那张白脸上搀和着的红色更烂熟更浓艳;一个是大红,一个是粉红。西尔维斯,有些女人假如也像我一样向他这么评头品足起来,一定会马上爱上他的;可是我呢,我不爱他,也不恨他;然而我有应该格外恨他的理由。凭什么他要骂我呢?他说我的眼珠黑,我的头发黑;现在我记起来了,他嘲笑着我呢。我不懂怎么我不还骂他;但那没有关系,不声不响并不就是善罢甘休。我要写一封辱骂的信给他,你可以给我带去;你肯不肯,西尔维斯?
西尔维斯　菲苾,那是我再愿意不过的了。
菲　苾　我就写去;这件事情盘绕在我的心头,我要简简单单地把他挖苦一下。跟我去,西尔维斯。(同下。)

第四幕

第一场　亚登森林

罗瑟琳、西莉娅及杰奎斯上。

杰奎斯　可爱的少年,请你许我跟你结识结识。

罗瑟琳　他们说你是个多愁的人。

杰奎斯　是的,我喜欢发愁不喜欢笑。

罗瑟琳　这两件事各趋极端,都会叫人讨厌,比之醉汉更容易招一般人的指摘。

杰奎斯　发发愁不说话,有什么不好?

罗瑟琳　那么何不做一根木头呢?

杰奎斯　我没有学者的忧愁,那是好胜;也没有音乐家的忧愁,那是幻想;也没有侍臣的忧愁,那是骄傲;也没有军人的忧愁,那是野心;也没有律师的忧愁,那是狡猾;也没有女人的忧愁,那是挑剔;也没有情人的忧愁,那是集上面一切之大成;我的忧愁全然是我独有的,它是由各种成分组成的,是从许多事物中提炼出来的,是我旅行中所得到的各种观感,因为不断沉思,终于把我笼罩在一种十分古怪的悲哀之中。

罗瑟琳　是一个旅行家吗? 噢,那你就有应该悲哀的理由了。

　　　　　我想你多半是卖去了自己的田地去看别人的田地;看见的
　　　　　这么多,自己却一无所有;眼睛是看饱了,两手却是空空的。
杰奎斯　是的,我已经得到了我的经验。
罗瑟琳　而你的经验使你悲哀。我宁愿叫一个傻瓜来逗我发
　　　　笑,不愿叫经验来使我悲哀;而且还要到各处旅行去找它!
　　　　　奥兰多上。
奥兰多　早安,亲爱的罗瑟琳!
杰奎斯　要是你要念起诗来,那么我可要少陪了。(下。)
罗瑟琳　再会,旅行家先生。你该打起些南腔北调,穿了些奇装
　　　　异服,瞧不起本国的一切好处,厌恶你的故乡,简直要怨恨
　　　　上帝干吗不给你生一副外国人的相貌;否则我可不能相信
　　　　你曾经在威尼斯荡过艇子。——啊,怎么,奥兰多!你这些
　　　　时都在哪儿?你算是一个情人!要是你再对我来这么一
　　　　套,你可再不用来见我了。
奥兰多　我的好罗瑟琳,我来得不过迟了一小时还不满。
罗瑟琳　误了一小时的情人的约会!谁要是把一分钟分作了一
　　　　千分,而在恋爱上误了一千分之一分钟的几分之一的约会,
　　　　这种人人家也许会说丘匹德曾经拍过他的肩膀,可是我敢
　　　　说他的心是不曾中过爱神之箭的。
奥兰多　原谅我吧,亲爱的罗瑟琳!
罗瑟琳　哼,要是你再这样慢腾腾的,以后不用再来见我了;我
　　　　宁愿让一条蜗牛向我献殷勤的。
奥兰多　一条蜗牛!
罗瑟琳　对了,一条蜗牛;因为他虽然走得慢,可是却把他的屋
　　　　子顶在头上,我想这是一份比你所能给与一个女人的更好
　　　　的家产;而且他还随身带着他的命运哩。

奥兰多　那是什么?

罗瑟琳　嘿,角儿哪;那正是你所要谢谢你的妻子的,可是他却自己随身带了它做武器,免得人家说他妻子的坏话。

奥兰多　贤德的女子不会叫她丈夫当忘八;我的罗瑟琳是贤德的。

罗瑟琳　而我是你的罗瑟琳吗?

西莉娅　他欢喜这样叫你;可是他有一个长得比你漂亮的罗瑟琳哩。

罗瑟琳　来,向我求婚,向我求婚;我现在很高兴;多半会答应你。假如我真是你的罗瑟琳,你现在要向我说些什么话?

奥兰多　我要在没有说话之前先接个吻。

罗瑟琳　不,你最好先说话,等到所有的话都说完了,想不出什么来的时候,你就可以趁此接吻。善于演说的人,当他们一时无话可说之际,他们会吐一口痰;情人们呢,上帝保佑我们!倘使缺少了说话的资料,接吻是最便当的补救办法。

奥兰多　假如她不肯让我吻她呢?

罗瑟琳　那么她就使得你向她请求,这样又有了新的话题了。

奥兰多　谁见了他的心爱的情人而会说不出话来呢?

罗瑟琳　哼,假如我是你的情人,你就会说不出话来。不然的话,我就会认为自己是德有余而才不足了。

奥兰多　怎么,我会闷头不语吗?

罗瑟琳　可以伸头,却说不出。我不是你的罗瑟琳吗?

奥兰多　我很愿意把你当作罗瑟琳,因为这样我就可以讲着她了。

罗瑟琳　好,我代表她说我不愿接受你。

奥兰多　那么我代表我自己说我要死去。

291

罗瑟琳　不,真的,还是请个人代死吧。这个可怜的世界差不多有六千年的岁数了,可是从来不曾有过一个人亲自殉情而死。特洛伊罗斯是被一个希腊人的棍棒砸出了脑浆的;可是在这以前他就已经寻过死,而他是一个模范的情人。即使希罗当了尼姑,里昂德也会活下去活了好多年的,倘不是因为一个酷热的仲夏之夜;因为,好孩子,他本来只是要到赫勒斯滂海峡里去洗个澡的,可是在水中害起抽筋来,因而淹死了:那时代的愚蠢的史家却说他是为了塞斯托斯的希罗而死。这些全都是谎;人们一代一代地死去,他们的尸体都给蛆虫吃了,可是决不会为爱情而死的。

奥兰多　我不愿我的真正的罗瑟琳也作这样的想法;因为我可以发誓说她只要皱一皱眉头就会把我杀死。

罗瑟琳　我凭着此手发誓,那是连一只苍蝇也杀不死的。但是来吧,现在我要做你的一个乖乖的罗瑟琳;你向我要求什么,我一定允许你。

奥兰多　那么爱我吧,罗瑟琳!

罗瑟琳　好,我就爱你,星期五、星期六以及一切的日子。

奥兰多　你肯接受我吗?

罗瑟琳　肯的,我肯接受像你这样二十个男人。

奥兰多　你怎么说?

罗瑟琳　你不是个好人吗?

奥兰多　我希望是的。

罗瑟琳　那么好的东西会嫌太多吗?——来,妹妹,你要扮做牧师,给我们主婚。——把你的手给我,奥兰多。你怎么说,妹妹?

奥兰多　请你给我们主婚。

西莉娅　我不会说。

罗瑟琳　你应当这样开始:"奥兰多,你愿不愿——"

西莉娅　好吧。——奥兰多,你愿不愿娶这个罗瑟琳为妻?

奥兰多　我愿意。

罗瑟琳　嗯,但是什么时候才娶呢?

奥兰多　当然就在现在哪;只要她能替我们完成婚礼。

罗瑟琳　那么你必须说,"罗瑟琳,我娶你为妻。"

奥兰多　罗瑟琳,我娶你为妻。

罗瑟琳　我本来可以问你凭着什么来娶我的;可是奥兰多,我愿意接受你做我的丈夫。——这丫头等不到牧师问起,就冲口说出来了;真的,女人的思想总是比行动跑得更快。

奥兰多　一切的思想都是这样;它们是生着翅膀的。

罗瑟琳　现在你告诉我你占有了她之后,打算保留多久?

奥兰多　永久再加上一天。

罗瑟琳　说一天,不用说永久。不,不,奥兰多,男人们在未婚的时候是四月天,结婚的时候是十二月天;姑娘们做姑娘的时候是五月天,一做了妻子,季候便改变了。我要比一头巴巴里雄鸽对待它的雌鸽格外多疑地对待你;我要比下雨前的鹦鹉格外吵闹,比猢狲格外弃旧怜新,比猴子格外反复无常;我要在你高兴的时候像喷泉上的狄安娜女神雕像一样无端哭泣;我要在你想睡的时候像土狼一样纵声大笑。

奥兰多　但是我的罗瑟琳会做出这种事来吗?

罗瑟琳　我可以发誓她会像我一样做出来的。

奥兰多　啊!但是她是个聪明人哩。

罗瑟琳　她倘不聪明,怎么有本领做这等事?越是聪明,越是淘气。假如用一扇门把一个女人的才情关起来,它会从窗子

293

里钻出来的;关了窗,它会从钥匙孔里钻出来的;塞住了钥匙孔,它会跟着一道烟从烟囱里飞出来的。

奥兰多　男人娶到了这种有才情的老婆,就难免要感慨"才情才情,看你横行到什么地方"了。

罗瑟琳　不,你可以把那句骂人的话留起来,等你瞧见你妻子的才情爬上了你邻人的床上去的时候再说。

奥兰多　那时这位多才的妻子又将用怎样的才情来辩解呢?

罗瑟琳　呃,她会说她是到那儿找你去的。你捉住她,她总有话好说,除非你把她的舌头割掉。唉!要是一个女人不会把她的错处推到她男人的身上去,那种女人千万不要让她抚养她自己的孩子,因为她会把他抚养成一个傻子的。

奥兰多　罗瑟琳,这两小时我要离开你。

罗瑟琳　唉!爱人,我两小时都缺不了你哪。

奥兰多　我一定要陪公爵吃饭去;到两点钟我就会回来。

罗瑟琳　好,你去吧,你去吧!我知道你会变成怎样的人。我的朋友们这样对我说过,我也这样相信着,你是用你那种花言巧语来把我骗上手的。不过又是一个给人丢弃的罢了;好,死就死吧!你说是两点钟吗?

奥兰多　是的,亲爱的罗瑟琳。

罗瑟琳　凭着良心,一本正经,上帝保佑我,我可以向你起一切无关紧要的誓,要是你失了一点点儿的约,或是比约定的时间来迟了一分钟,我就要把你当作在一大堆无义的人们中间一个最可怜的背信者、最空心的情人,最不配被你叫作罗瑟琳的那人所爱的。所以,留心我的责骂,守你的约吧。

奥兰多　我一定恪遵,就像你真是我的罗瑟琳一样。好,再见。

罗瑟琳　好,时间是审判一切这一类罪人的老法官,让他来审判吧。再见。(奥兰多下。)

西莉娅　你在你那种情话中间简直是侮辱我们女性。我们一定要把你的衫裤揭到你的头上,让全世界的人看看鸟儿怎样作践了她自己的窠。

罗瑟琳　啊,小妹妹,小妹妹,我的可爱的小妹妹,你要是知道我是爱得多么深!可是我的爱是无从测计深度的,因为它有一个渊深莫测的底,像葡萄牙海湾一样。

西莉娅　或者不如说是没有底的吧;你刚把你的爱倒进去,它就漏了出来。

罗瑟琳　不,维纳斯的那个坏蛋私生子①,那个因为忧郁而感孕,因为冲动而受胎,因为疯狂而诞生的;那个瞎眼的坏孩子,因为自己没有眼睛而把每个人的眼睛都欺蒙了的;让他来判断我是爱得多么深吧。我告诉你,爱莲娜,我不看见奥兰多便活不下去。我要找一处树荫,去到那儿长吁短叹地等着他回来。

西莉娅　我要去睡一个觉儿。(同下。)

第二场　林中的另一部分

杰奎斯、众臣及林居人等上。

杰奎斯　是谁把鹿杀死的?

臣　甲　先生,是我。

杰奎斯　让我们引他去见公爵,像一个罗马的凯旋将军一样;顶好把鹿角插在他头上,表示胜利的光荣。林居人,你们没有

---

① 指丘匹德。

个应景的歌儿吗?

林居人　有的,先生。

杰奎斯　那么唱起来吧;不要管它调子怎样,只要可以热闹热闹就是了。

林居人　(唱)

　　　　杀鹿的人好幸福,
　　　　穿它的皮顶它角。
　　　　　唱个歌儿送送他。(众和)
　　　　顶了鹿角莫讥笑,
　　　　古时便已当冠帽;
　　　　　你的祖父戴过它,
　　　　　你的阿爹顶过它:
　　　　鹿角鹿角壮而美,
　　　　你们取笑真不对。(众下。)

第三场　林中的另一部分

　　　　罗瑟琳及西莉娅上。

罗瑟琳　你现在怎么说?不是过了两点钟了吗?这儿哪见有什么奥兰多!

西莉娅　我对你说,他怀着纯洁的爱情和忧虑的头脑,带了弓箭出去睡觉去了。瞧,谁来了。

　　　　西尔维斯上。

西尔维斯　我奉命来见您,美貌的少年;我的温柔的菲苾要我把这信送给您。(将信交罗瑟琳)里面说的什么话我不知道;但是照她写这封信的时候那发怒的神气看来,多半是一些气恼的话。原谅我,我只是个不知情的送信人。
罗瑟琳　(阅信)最有耐性的人见了这封信也要暴跳如雷;是可忍,孰不可忍?她说我不漂亮;说我没有礼貌;说我骄傲;说即使男人像凤凰那样希罕,她也不会爱我。天哪!我并不曾要追求她的爱,她为什么写这种话给我呢?好,牧人,好,这封信是你捣的鬼。
西尔维斯　不,我发誓我不知道里面写些什么;这封信是菲苾写的。
罗瑟琳　算了吧,算了吧,你是个傻瓜,为了爱情颠倒到这等地步。我看见过她的手,她的手就像一块牛皮那样粗糙,一块沙石那样颜色;我以为她戴着一副旧手套,哪知道原来就是她的手;她有一双作粗活的手;但这可不用管它。我说她从来不曾想到过写这封信;这是男人出的花样,是一个男人的笔迹。
西尔维斯　真的,那是她的笔迹。
罗瑟琳　嘿,这是粗暴的凶狠的口气,全然是挑战的口气;嘿,她就像土耳其人向基督徒那样向我挑战呢。女人家的温柔的头脑里,决不会想出这种恣睢暴戾的念头来;这种狠恶的字句,含着比字面更狠恶的用意。你要不要听听这封信?
西尔维斯　假如您愿意,请您念给我听听吧。因为我还不曾听到过它呢;虽然关于菲苾的凶狠的话,倒已经听了不少了。
罗瑟琳　她要向我撒野呢。听那只雌老虎怎样写法:(读)

　　你是不是天神的化身,

　　　来燃烧一个少女的心?

　女人会这样骂人吗?
西尔维斯　您把这种话叫作骂人吗?

罗瑟琳 （读）

　　　　撒下了你神圣的殿堂，
　　　　虐弄一个痴心的姑娘？

　　你听见过这种骂人的话吗？

　　　　人们的眼睛向我求爱，
　　　　从不曾给我丝毫损害。

　　意思说我是个畜生。

　　　　你一双美目中的轻蔑，
　　　　尚能勾起我这般情热；
　　　　唉！假如你能青眼相加，
　　　　我更将怎样意乱如麻！
　　　　你一边骂，我一边爱你；
　　　　你倘求我，我何事不依？
　　　　代我传达情意的来使，
　　　　并不知道我这段心事；
　　　　让他带下了你的回报，
　　　　告诉我你的青春年少，
　　　　肯不肯接受我的奉献，
　　　　把我的一切听你调遣；
　　　　否则就请把拒绝明言，
　　　　我准备一死了却情缘。

西尔维斯　您把这叫做骂吗？

西莉娅　唉,可怜的牧人！

罗瑟琳　你可怜他吗？不,他是不值得怜悯的。你会爱这种女人吗？嘿,利用你作工具,那样玩弄你！怎么受得住！好,你到她那儿去吧,因为我知道爱情已经把你变成一条驯服的蛇了；你去对她说：要是她爱我，我吩咐她爱你；要是她不肯爱你，那么我决不要她，除非你代她恳求。假如你是个真心的恋人，去吧，别说一句话；瞧又有人来了。（西尔维斯下。）

　　奥列佛上。

奥列佛　早安，两位。请问你们知不知道在这座树林的边界有一所用橄榄树围绕着的羊栏？

西莉娅　在这儿的西面，附近的山谷之下，从那微语喃喃的泉水旁边那一列柳树的地方向右出发，便可以到那边去。但现在那边只有一所空屋，没有人在里面。

奥列佛　假如听了人家嘴里的叙述便可以用眼睛认识出来，那么你们的模样正是我所听到说起的，穿着这样的衣服，这样的年纪："那少年生得很俊，脸孔像个女人，行为举动像是老大姊似的；那女人是矮矮的，比她的哥哥黝黑些。"你们正就是我所要寻访的那屋子的主人吗？

西莉娅　既蒙下问，那么我们说我们正是那屋子的主人，也不算是自己的夸口了。

奥列佛　奥兰多要我向你们两位致意；这一方染着血迹的手帕，他叫我送给他称为他的罗瑟琳的那位少年。您就是他吗？

罗瑟琳　正是；这是什么意思呢？

奥列佛　说起来徒增我的惭愧，假如你们要知道我是谁，这一方手帕怎样、为什么、在哪里沾上这些血迹。

西莉娅　请您说吧。

奥列佛　年轻的奥兰多上次跟你们分别的时候，曾经答应过在一小时之内回来；他正在林中行走，品味着爱情的甜蜜和苦涩，瞧，什么事发生了！他把眼睛向旁边一望，你瞧，他看见了些什么东西:在一株满覆着苍苔的秃顶的老橡树之下,有一个不幸的衣衫褴褛须发蓬松的人仰面睡着;一条金绿的蛇缠在他的头上,正预备把它的头敏捷地伸进他的张开的嘴里去,可是突然看见了奥兰多,它便松了开来,蜿蜒地溜进林莽中去了;在那林荫下有一头乳房干瘪的母狮,头贴着地蹲伏着,像猫一样注视这睡着的人的动静,因为那畜生有一种高贵的素性,不会去侵犯瞧上去似乎已经死了的东西。奥兰多一见了这情形,便走到那人的面前,一看却是他的兄长,他的大哥。

西莉娅　啊!我听见他说起过那个哥哥;他说他是一个再忍心害理不过的。

奥列佛　他很可以那样说,因为我知道他确是忍心害理的。

罗瑟琳　但是我们说奥兰多吧;他把他丢下在那儿,让他给那饿狮吃了吗?

奥列佛　他两次转身想去;可是善心比复仇更高贵,天性克服了他的私怨,使他去和那母狮格斗,很快地那狮子便在他手下丧命了。我听见了搏击的声音,就从苦恼的瞌睡中醒过来了。

西莉娅　你就是他的哥哥吗?

罗瑟琳　他救的便是你吗?

西莉娅　老是设计谋害他的便是你吗?

奥列佛　那是从前的我,不是现在的我。我现在感到很幸福,已经变了个新的人了,因此我可以不惭愧地告诉你们我从前的为人。

罗瑟琳　可是那块血渍的手帕是怎样来的?

奥列佛　别性急。那时我们两人述叙着彼此的经历,以及我到这荒野里来的原委；一面说一面自然流露的眼泪流个不住。简单地说，他把我领去见那善良的公爵，公爵赏给我新衣服穿，款待着我，吩咐我的弟弟照应我；于是他立刻带我到他的洞里去，脱下衣服来，一看臂上给母狮抓去了一块肉，血不停地流着，那时他便晕了过去，嘴里还念着罗瑟琳的名字。简单地说，我把他救醒转来，裹好了他的伤口；略过些时，他精神恢复了，便叫我这个陌生人到这儿来把这件事通知你们，请你们原谅他的失约。这一方手帕在他的血里浸过，他要我交给他戏称为罗瑟琳的那位青年牧人。（罗瑟琳晕去。）

西莉娅　呀，怎么啦，盖尼米德！亲爱的盖尼米德！

奥列佛　有好多人一见了血便要发晕。

西莉娅　还有其他的缘故哩。哥哥！盖尼米德！

奥列佛　瞧，他醒过来了。

罗瑟琳　我要回家去。

西莉娅　我们可以陪着你去。——请您扶着他的臂膀好不好？

奥列佛　提起精神来，孩子。你算是个男人吗？你太没有男人气了。

罗瑟琳　一点不错，我承认。啊，好小子！人家会觉得我假装得很像哩。请您告诉令弟我假装得多么像。嗳唷！

奥列佛　这不是假装；你的脸色已经有了太清楚的证明，这是出于真情的。

罗瑟琳　告诉您吧，真的是假装的。

奥列佛　好吧，那么振作起来，假装个男人样子吧。

罗瑟琳　我正在假装着呢；可是凭良心说，我理该是个女人。

西莉娅　来，你瞧上去脸色越变越白了；回家去吧。好先生，陪我们去吧。
奥列佛　好的,因为我必须把你怎样原谅舍弟的回音带回去呢,罗瑟琳。
罗瑟琳　我会想出些什么来的。但是我请您就把我的假装的样子告诉他吧。我们走吧。(同下。)

第 五 幕

第一场　亚登森林

　　　　试金石及奥德蕾上。

试金石　咱们总会找到一个时间的,奥德蕾;耐心点儿吧,温柔的奥德蕾。

奥德蕾　那位老先生虽然这么说,其实这个牧师也很好呀。

试金石　顶坏不过的奥列佛师傅,奥德蕾;顶不好的马坦克斯特。但是,奥德蕾,林子里有一个年轻人要向你求婚呢。

奥德蕾　嗯,我知道他是谁;他跟我全没有关涉。你说起的那个人来了。

　　　　威廉上。

试金石　看见一个村汉在我是家常便饭。凭良心说话,我们这辈聪明人真是作孽不浅;我们总是忍不住要寻寻人家的开心。

威　廉　晚安,奥德蕾。

奥德蕾　你晚安哪,威廉。

威　廉　晚安,先生。

试金石　晚安,好朋友。把帽子戴上了,把帽子戴上了;请不用客气,把帽子戴上了。你多大年纪了,朋友?

威　廉　二十五了,先生。

试金石　正是妙龄。你名叫威廉吗?

威　廉　威廉,先生。

试金石　一个好名字。是生在这林子里的吗?

威　廉　是的,先生,我感谢上帝。

试金石　"感谢上帝";很好的回答。很有钱吗?

威　廉　呃,先生,不过如此。

试金石　"不过如此",很好很好,好得很;可是也不算怎么好,不过如此而已。你聪明吗?

威　廉　呃,先生,我还算聪明。

试金石　啊,你说得很好。我现在记起一句话来了,"傻子自以为聪明,但聪明人知道他自己是个傻子。"异教的哲学家想要吃一颗葡萄的时候,便张开嘴唇来,把它放进嘴里去;那意思是表示葡萄是生下来给人吃,嘴唇是生下来要张开的。你爱这姑娘吗?

威　廉　是的,先生。

试金石　把你的手给我。你有学问吗?

威　廉　没有,先生。

试金石　那么让我教训你:有者有也;修辞学上有这么一个譬喻,把酒从杯子里倒在碗里,一只满了,那一只便要落空。写文章的人大家都承认"彼"即是他;好,你不是彼,因为我是他。

威　廉　哪一个他,先生?

试金石　先生,就是要跟这个女人结婚的他。所以,你这村夫,莫——那在俗话里就是不要——与此妇——那在土话里就是和这个女人——交游——那在普通话里就是来往；合拢来说，莫与此妇交游，否则，村夫，你就要毁灭；或者让你容易明白些，你就要死；那就是说，我要杀死你，把你干掉，叫你活不成，让你当奴才。我要用毒药毒死你，一顿棒儿打死你，或者用钢刀捌死你；我要跟你打架；我要想出计策来打倒你；我要用一百五十种法子杀死你；所以赶快发着抖滚吧。

奥德蕾　你快去吧，好威廉。

威　廉　上帝保佑您快活，先生。（下。）

　　　　柯林上。

柯　林　我们的大官人和小娘子找着你哪；来，走啊！走啊！

试金石　走，奥德蕾！走，奥德蕾！我就来，我就来。（同下。）

第二场　林中的另一部分

　　　　奥兰多及奥列佛上。

奥兰多　你跟她相识得这么浅便会喜欢起她来了吗？一看见了她，便会爱起她来了吗？一爱了她，便会求起婚来了吗？一求了婚，她便会答应了你吗？你一定要得到她吗？

奥列佛　这件事进行的匆促，她的贫穷，相识的不久，我突然的求婚和她突然的允许——这些你都不用怀疑；只要你承认我是爱着爱莲娜的，承认她是爱着我的，允许我们两人的结合，这样你也会有好处；因为我愿意把我父亲老罗兰爵士的房屋和一切收入都让给你，我自己在这里终生做一个牧人。

奥兰多　你可以得到我的允许。你们的婚礼就在明天举行吧；我可以去把公爵和他的一切乐天的从者都请了来。你去吩咐爱莲娜预备一切。瞧,我的罗瑟琳来了。

　　罗瑟琳上。

罗瑟琳　上帝保佑你,哥哥。

奥列佛　也保佑你,好妹妹。(下。)

罗瑟琳　啊!我的亲爱的奥兰多,我瞧见你把你的心裹在绷带里,我是多么难过呀。

奥兰多　那是我的臂膀。

罗瑟琳　我以为是你的心给狮子抓伤了。

奥兰多　它的确是受了伤了,但却是给一位姑娘的眼睛伤害了的。

罗瑟琳　你的哥哥有没有告诉你当他把你的手帕给我看的时候,我假装晕去了的情形?

奥兰多　是的,而且还有更奇怪的事情呢。

罗瑟琳　噢!我知道你说的是什么。嗳,那倒是真的;从来不曾有过这么快的事情,除了两头公羊的打架和凯撒那句"我来,我看见,我征服"的傲语。令兄和舍妹刚见了面,便大家瞧起来了;一瞧便相爱了;一相爱便叹气了;一叹气便彼此问为的是什么;一知道了为的是什么,便要想补救的办法:这样一步一步地踏到了结婚的阶段,不久他们便要成其好事了,否则他们等不到结婚便要放肆起来的。他们简直爱得慌了,一定要在一块儿;用棒儿也打不散他们。

奥兰多　他们明天便要成婚,我就要去请公爵参加婚礼。但是,唉!从别人的眼中看见幸福,多么令人烦闷。明天我越是想到我的哥哥满足了心愿多么快活,我便将越是伤心。

罗瑟琳　难道我明天不能仍旧充作你的罗瑟琳了吗?

奥兰多　我不能老是靠着幻想而生存了。

罗瑟琳　那么我不再用空话来叫你心烦了。告诉了你吧,现在我不是说着玩儿,我知道你是一个有见识的上等人;我并不是因为希望你赞美我的本领而恭维你,也不是图自己的名气,只是想得到你一定程度的信任,那是为了你的好处,不是为了给我自己增光。假如你肯相信,那么我告诉你,我会行奇迹。从三岁时候起我就和一个术士结识,他的法术非常高深,可是并不作恶害人。要是你爱罗瑟琳真是爱得那么深,就像你瞧上去的那样,那么你哥哥和爱莲娜结婚的时候,你就可以和她结婚。我知道她现在的处境是多么不幸;只要你没有什么不方便,我一定能够明天叫她亲身出现在你的面前,一点没有危险。

奥兰多　你说的是真话吗?

罗瑟琳　我以生命为誓,我说的是真话;虽然我说我是个术士,可是我很重视我的生命呢。所以你得穿上你最好的衣服,邀请你的朋友们来;只要你愿意在明天结婚,你一定可以结婚;和罗瑟琳结婚,要是你愿意。瞧,我的一个爱人和她的一个爱人来了。

　　　　西尔维斯及菲苾上。

菲　苾　少年人,你很对我不起,把我写给你的信宣布了出来。

罗瑟琳　要是我把它宣布了,我也不管;我存心要对你傲慢不客气。你背后跟着一个忠心的牧人;瞧着他吧,爱他吧,他崇拜着你哩。

菲　苾　好牧人,告诉这个少年人恋爱是怎样的。

西尔维斯　它是充满了叹息和眼泪的;我正是这样爱着菲苾。

菲　苾　我也是这样爱着盖尼米德。

奥兰多　我也是这样爱着罗瑟琳。

罗瑟琳　我可是一个女人也不爱。

西尔维斯　它是全然的忠心和服务；我正是这样爱着菲苾。

菲　苾　我也是这样爱着盖尼米德。

奥兰多　我也是这样爱着罗瑟琳。

罗瑟琳　我可是一个女人也不爱。

西尔维斯　它是全然的空想,全然的热情,全然的愿望,全然的崇拜、恭顺和尊敬；全然的谦卑,全然的忍耐和焦心；全然的纯洁,全然的磨炼,全然的服从；我正是这样爱着菲苾。

菲　苾　我也是这样爱着盖尼米德。

奥兰多　我也是这样爱着罗瑟琳。

罗瑟琳　我可是一个女人也不爱。

菲　苾　(向罗瑟琳)假如真是这样,那么你为什么责备我爱你呢？

西尔维斯　(向菲苾)假如真是这样,那么你为什么责备我爱你呢？

奥兰多　假如真是这样,那么你为什么责备我爱你呢？

罗瑟琳　你在向谁说话,"你为什么责备我爱你呢？"

奥兰多　向那不在这里、也听不见我的说话的她。

罗瑟琳　请你们别再说下去了吧；这简直像是一群爱尔兰的狼向着月亮嗥叫。(向西尔维斯)要是我能够,我一定帮助你。(向菲苾)要是我有可能,我一定会爱你。明天大家来和我相会。(向菲苾)假如我会跟女人结婚,我一定跟你结婚；我要在明天结婚了。(向奥兰多)假如我会使男人满足,我一定使你满足；你要在明天结婚了。(向西尔维斯)假如使你喜欢的东西能使你满意,我一定使你满意；你要在明天结婚了。(向奥兰多)你既然爱罗瑟琳,请你赴约。(向西尔维斯)

你既然爱菲苾,请你赴约。我既然不爱什么女人,我也赴约。现在再见吧;我已经吩咐过你们了。

西尔维斯　只要我活着,我一定不失约。

菲　苾　我也不失约。

奥兰多　我也不失约。(各下。)

第三场　林中的另一部分

　　　　试金石及奥德蕾上。

试金石　明天是快乐的好日子,奥德蕾;明天我们要结婚了。

奥德蕾　我满心盼望着呢;我希望盼望出嫁并不是一个不正当的愿望。老公爵的两个童儿来了。

　　　　二童上。

童　甲　遇见得巧啊,好先生。

试金石　巧得很,巧得很。来,请坐,请坐,唱个歌儿。

童　乙　遵命遵命。居中坐下吧。

童　甲　一副坏喉咙未唱之前,总少不了来些老套子,例如咳嗽吐痰或是说嗓子有点儿嗄了之类;我们还是免了这些,马上唱起来怎样?

童　乙　好的,好的;两人齐声同唱,就像两个吉卜赛人骑在一匹马上。

歌

一对情人并着肩,
　嗳唷嗳唷嗳嗳唷,
走过了青青稻麦田,
　春天是最好的结婚天,

听嘤嘤歌唱枝头鸟,
姐郎们最爱春光好。

小麦青青大麦鲜,
　嗳唷嗳唷嗳嗳唷,
乡女村男交颈儿眠,
　春天是最好的结婚天,
听嘤嘤歌唱枝头鸟,
姐郎们最爱春光好。

新歌一曲意缠绵,
　嗳唷嗳唷嗳嗳唷,
人生美满像好花妍,
　春天是最好的结婚天,
听嘤嘤歌唱枝头鸟,
姐郎们最爱春光好。

劝君莫负艳阳天,
　嗳唷嗳唷嗳嗳唷,
恩爱欢娱要趁少年
　春天是最好的结婚天,
听嘤嘤歌唱枝头鸟,
姐郎们最爱春光好。

试金石　老实说,年轻的先生们,这首歌词固然没有多大意思,那调子却也很不入调。

童　甲　您弄错了,先生;我们是照着板眼唱的,一拍也没有漏过。

试金石　凭良心说,我来听这么一首傻气的歌儿,真算是白糟蹋了时间。上帝和你们同在;上帝把你们的喉咙补补好吧!来,奥德蕾。(各下。)

第四场　林中的另一部分

　　　　老公爵、阿米恩斯、杰奎斯、奥兰多、奥列佛及西莉娅同上。

公　爵　奥兰多,你相信那孩子果真有他所说的那种本领吗?

奥兰多　我有时相信,有时不相信;就像那些因恐结果无望而心中惴惴的人,一面希望一面担着心事。

　　　　罗瑟琳、西尔维斯及菲苾上。

罗瑟琳　再请耐心听我说一遍我们所约定的条件。(向公爵)您不是说,假如我把您的罗瑟琳带了来,您愿意把她赏给这位奥兰多做妻子吗?

公　爵　即使再要我把几个王国作为陪嫁,我也愿意。

罗瑟琳　(向奥兰多)您不是说,假如我带了她来,您愿意娶她吗?

奥兰多　即使我是统治万国的君王,我也愿意。

罗瑟琳　(向菲苾)您不是说,假如我愿意,您便愿意嫁我吗?

菲　苾　即使我在一小时后就要一命丧亡,我也愿意。

罗瑟琳　但是假如您不愿意嫁我,您不是要嫁给这位忠心无比的牧人吗?

菲　苾　是这样约定着。

罗瑟琳　(向西尔维斯)您不是说,假如菲苾愿意,您便愿意娶她吗?

西尔维斯　即使娶了她等于送死,我也愿意。

罗瑟琳　我答应要把这一切事情安排得好好的。公爵,请您守约许嫁您的女儿;奥兰多,请您守约娶他的女儿;菲苾,请您守约嫁我,假如不肯嫁我,便得嫁给这位牧人;西尔维斯,请您守约娶她,假如她不肯嫁我:现在我就去给你们解释这些疑惑。(罗瑟琳、西莉娅下。)

公　爵　这个牧童使我记起了我的女儿的相貌,有几分活像是她。

奥兰多　殿下,我初次见他的时候,也以为他是郡主的兄弟呢;但是,殿下,这孩子是在林中生长的,他的伯父曾经教过他一些魔术的原理,据说他那伯父是一个隐居在这儿林中的大术士。

　　　　试金石及奥德蕾上。

杰奎斯　一定又有一次洪水来啦,这一对一对都要准备躲到方舟里去。又来了一对奇怪的畜生,傻瓜是他们公认的名字。

试金石　列位,这厢有礼了!

杰奎斯　殿下,请您欢迎他。这就是我在林中常常遇见的那位傻头傻脑的先生;据他说他还出入过宫廷呢。

试金石　要是有人不相信,尽管把我质问好了。我曾经跳过高雅的舞;我曾经恭维过一位贵妇;我曾经向我的朋友耍过手腕,跟我的仇家们装亲热;我曾经毁了三个裁缝,闹过四回口角,有一次几乎打出手。

杰奎斯　那是怎样闹起来的呢?

试金石　呃,我们碰见了,一查这场争吵是根据着第七个原因。

杰奎斯　怎么叫第七个原因?——殿下,请您喜欢这个家伙。

公　爵　我很喜欢他。

试金石　上帝保佑您,殿下;我希望您喜欢我。殿下,我挤在这一对对乡村的姐儿郎儿中间到这里来,也是想来宣了誓然后毁誓,让婚姻把我们结合,再让血气把我们拆开。她是个寒伧的姑娘,殿下,样子又难看;可是,殿下,她是我自个儿的:我有一个坏脾气,殿下,人家不要的我偏要。宝贵的贞洁,殿下,就像是住在破屋子里的守财奴,又像是丑蚌壳里的明珠。

公　爵　我说,他倒很伶俐机警呢。

试金石　傻瓜们信口开河,逗人一乐,总是这样。

杰奎斯　但是且说那第七个原因;你怎么知道这场争吵是根据着第七个原因呢?

试金石　因为那是根据着一句经过七次演变后的谎话。——把你的身体站端正些,奥德蕾。——是这样的,先生:我不喜欢某位廷臣的胡须的式样;他回我说假如我说他的胡须的式样不好,他却自以为很好:这叫作"有礼的驳斥"。假如我再去对他说那式样不好,他就回我说他自己喜欢要这样:这叫作"谦恭的讥刺"。要是再说那式样不好,他便蔑视我的意见:这叫作"粗暴的答复"。要是再说那式样不好,他就回答说我讲的不对:这叫作"大胆的谴责"。要是再说那式样不好,他就要说我说谎:这叫作"挑衅的反攻"。于是就到了"委婉的说谎"和"公然的说谎"。

杰奎斯　你说了几次他的胡须式样不好呢?

试金石　我只敢说到"委婉的说谎"为止,他也不敢给我"公然的说谎";因此我们较了较剑,便走开了。

杰奎斯　你能不能把一句谎话的各种程度按着次序说出来?

试金石　先生啊,我们争吵都是根据着书本的,就像你们有讲礼貌的书一样。我可以把各种程度列举出来。第一,有礼的驳斥;第二,谦恭的讥刺;第三,粗暴的答复;第四,大胆的谴责;第五,挑衅的反攻;第六,委婉的说谎;第七,公然的说谎。除了"公然的说谎"之外,其余的都可以避免;但是"公然的说谎"只要用了"假如"两个字,也就可以一天云散。我知道有一场七个法官都处断不了的争吵;当两造相遇时,其中的一个单单想起了"假如"两字,例如"假如你是这样说的,那么我便是这样说的",于是两人便彼此握手,结为兄弟了。"假如"是唯一的和事佬;"假如"之为用大矣哉!

杰奎斯　殿下,这不是一个很难得的人吗?他什么都懂,然而仍然是一个傻瓜。

公　爵　他把他的傻气当作了藏身的烟幕,在它的荫蔽之下放出他的机智来。

　　　　　　许门领罗瑟琳穿女装及西莉娅上。柔和的音乐。

许　门　天上有喜气融融,
　　　　人间万事尽亨通,
　　　　　和合无嫌猜。
　　　　公爵,接受你女儿,
　　　　许门一路带着伊,
　　　　　远从天上来;
　　　　请你为她作主张,
　　　　嫁给她心上情郎。

罗瑟琳　(向公爵)我把我自己交给您,因为我是您的。(向奥兰多)我把我自己交给您,因为我是您的。

公　爵　要是眼前所见的并不是虚假,那么你是我的女儿了。

奥兰多　要是眼前所见的并不是虚假,那么你是我的罗瑟琳了。

菲　苾　要是眼前的情形是真,那么永别了,我的爱人!

罗瑟琳　(向公爵)要是您不是我的父亲,那么我不要有什么父亲。(向奥兰多)要是您不是我的丈夫,那么我不要有什么丈夫。(向菲苾)要是我不跟你结婚,那么我再不跟别的女人结婚。

许　门　请不要喧闹纷纷!
　　　　这种种古怪事情,
　　　　都得让许门断清。
　　　　这里有四对恋人,
　　　　说的话儿倘应心,
　　　　该携手共缔鸯盟。
　　　　你俩患难不相弃,(向奥兰多、罗瑟琳)
　　　　你们俩同心永系;(向奥列佛、西莉娅)
　　　　你和他宜室宜家,(向菲苾)
　　　　再莫恋镜里空花;
　　　　你两人形影相从,(向试金石、奥德蕾)
　　　　像风雪跟着严冬。
　　　　等一曲婚歌奏起,
　　　　尽你们寻根觅柢,
　　　　莫惊讶咄咄怪事,
　　　　细想想原来如此。

　　　　　歌
　　　　人间添美眷,
　　　　　天后爱团圆;
　　　　席上同心侣,
　　　　　枕边并蒂莲。

315

>　　不有许门力,
>
>　　　何缘众庶生?
>
>　　同声齐赞颂,
>
>　　　许门最堪称!

公　爵　啊,我的亲爱的侄女!我欢迎你,就像你是我自己的女儿。

菲　苾　(向西尔维斯)我不愿食言,现在你已经是我的;你的忠心使我爱上了你。

　　　　贾奎斯上。

贾奎斯　请听我说一两句话;我是老罗兰爵士的第二个儿子,特意带了消息到这群贤毕集的地方来。弗莱德里克公爵因为听见每天有才智之士投奔到这林中,故此兴起大军,亲自统率,预备前来捉拿他的兄长,把他杀死除害。他到了这座树林的边界,遇见了一位高年的修道士,交谈之下,悔悟前非,便即停止进兵;同时看破红尘,把他的权位归还给他的被放逐的兄长,一同流亡在外的诸人的土地,也都各还原主。这不是假话,我可以用生命作担保。

公　爵　欢迎,年轻人!你给你的兄弟们送了很好的新婚贺礼来了:一个是他的被扣押的土地;一个是一座绝大的公国,享有着绝对的主权。先让我们在这林中把我们正在进行中的好事办了;然后,在这幸运的一群中,每一个曾经跟着我忍受过艰辛的日子的人,都要按着各人的地位,分享我的恢复了的荣华。现在我们且把这种新近得来的尊荣暂时搁在脑后,举行起我们乡村的狂欢来吧。奏起来,音乐!你们各位新娘新郎,大家欢天喜地的,跳起舞来呀!

杰奎斯　先生,恕我冒昧。要是我没有听错,好像您说的是那公爵已经潜心修道,抛弃富贵的宫廷了?

贾奎斯　是的。

杰奎斯　我就找他去;从这种悟道者的地方,很可以得到一些绝妙的教训。(向公爵)我让你去享受你那从前的光荣吧;那是你的忍耐和德行的酬报。(向奥兰多)你去享受你那用忠心赢得的爱情吧。(向奥列佛)你去享有你的土地、爱人和权势吧。(向西尔维斯)你去享用你那用千辛万苦换来的老婆吧。(向试金石)至于你呢,我让你去口角吧;因为在你的爱情的旅程上,你只带了两个月的粮草。好,大家各人去找各人的快乐;跳舞可不是我的份。

公　爵　别走,杰奎斯,别走!

杰奎斯　我不想看你们的作乐;你们要有什么见教,我就在被你们遗弃了的山窟中恭候。(下。)

公　爵　进行下去吧,开始我们的嘉礼;我们相信始终都会很顺利。(跳舞。众下。)

收　场　白

罗瑟琳　叫娘儿们来念收场白,似乎不大合适;可是那也不见得比叫老爷子来念开场白更不成样子些。要是好酒无须招牌,那么好戏也不必有收场白;可是好酒要用好招牌,好戏倘再加上一段好收场白,岂不更好?那么我现在的情形是怎样的呢?既然不会念一段好收场白,又不能用一出好戏来讨好你们!我并不穿着得像个叫化一样,因此我不能向你们求乞;我的唯一的法子是恳请。我要先向女人们恳请。女人们啊!为着你们对于男子的爱情,请你们尽量地喜欢这本戏。男人们啊!为着你们对于女子的爱情——瞧你们那副痴笑的神气,我就知道你们没有一个讨厌她们的——请你们学着女人们的样子,也来喜欢这本戏。假如我是一个女人①,你们中间只要谁的胡子生得叫我满意,脸蛋长得讨我欢喜,而且气息也不叫我恶心,我都愿意给他一吻。为了我这种慷慨的奉献,我相信凡是生得一副好胡子、长得一张好脸蛋或是有一口好气息的诸君,当我屈膝致敬的时候,都会向我道别。(下。)

---

① 伊丽莎白时代舞台上女角皆用男童扮演。

泰尔亲王配力克里斯

朱生豪 译
吴兴华 校

PERICLES

Act V. Sc. 3.

剧 中 人 物

安提奥克斯　安提奥克国王
配力克里斯　泰尔亲王
赫力堪纳斯 ⎫
爱斯凯尼斯 ⎭　二泰尔大臣
西蒙尼狄斯　潘塔波里斯国王
克里翁　塔萨斯总督
拉西马卡斯　米提林总督
萨利蒙　以弗所贵族
泰利阿德　安提奥克使臣
菲利蒙　萨利蒙之仆
里奥宁　狄奥妮莎之仆
司仪官
妓院主人
龟奴

公主　安提奥克斯之女
狄奥妮莎　克里翁之妻
泰莎　西蒙尼狄斯之女

玛丽娜　配力克里斯及泰莎之女
利科丽达　玛丽娜之保姆
鸨妇

群臣、贵妇、骑士、卫士、水手、海盗、渔夫及使者等
狄安娜女神
老人　剧情解释者

地　点

散处各国

第 一 幕

安提奥克王宫前

老人上。

　　从往昔的灰烬之中，
　　来了俺这白发衰翁，
　　唱一支古代的曲调，
　　博你们粲然的一笑。
　　在佳节欢会的席上，
　　这诗篇常被人歌唱；
　　贵人淑女午睡方醒，
　　也曾赖它消愁解闷。
　　它使人们向往光荣，
　　年代越久味道越浓。
　　要是后世诸位君子，
　　对这曲儿不加鄙视，
　　要是老人引吭歌唱，
　　能使你们胸怀欢畅，
　　俺愿意化一支烛光，

为你们把生命销亡。

却说当年安提奥克
在叙利亚建立王国,
他的王后不幸物故,
留下一个娇娃失母,
可喜长得容华绝代,
天生就风流的体态;
谁料老王乱伦灭性,
竟把他的女儿诱引,
这无耻的父女一双,
干下了罪恶的勾当,
经历了几度的春秋,
他们也就恬不知羞。
这公主的艳誉芳名,
招来多少公子王孙,
他们做着求凰好梦,
谁都想把美人抱拥。
哪知道这一方禁脔,
怎么容得旁人指染?
这老王早制定约束,
应付求婚者的絮渎:
谁要是想娶她为妻,
必须解答一个哑谜;
参不透哑谜的奥秘,
他只好把生命捐弃。

可怜这一个难题目，
害多少的英才受戮！
俺且把秃舌儿收了，
让列位眼皮上看饱。（下。）

第一场　安提奥克。宫中一室

安提奥克斯、配力克里斯及侍从等上。

安提奥克斯　泰尔的少年亲王，想来您已经充分明白您现在所从事的是一件多么危险的工作。

配力克里斯　是的，安提奥克斯，我因为久闻公主芳名，爱慕之诚，增加了我灵魂上的勇气，所以甘冒万死，大胆前来。

安提奥克斯　领公主出来，替她装扮得像位新娘一般，值得被天神拥抱；为了造成她美丽的仪容，从她投胎的时候起，直到降生，诸天的星辰曾经全体聚会，把他们各自的美点集合在她的一身。（音乐。）

公主上。

配力克里斯　瞧，她像春之女神一般姗姗地来了；无限的爱娇追随着她，她的思想是人间一切美德的君王！她的面庞是一卷赞美的诗册，满载着神奇的愉快，那上面永远没有悲哀的痕迹，暴躁的愤怒也永不会做她的伴侣。神啊，你们使我成为一个男子，在爱情中颠倒，你们在我的胸头燃起炎炎的欲火，使我渴想尝一尝那仙树上的果实，否则宁愿因失败而死亡，帮助我，你们忠心的臣仆，达到这样无涯的幸福吧！

安提奥克斯　配力克里斯亲王——

配力克里斯　他想要成为伟大的安提奥克斯的子婿。

安提奥克斯　在你的面前站着这一座美丽的乐园,它的黄金的果实触上去是有危险的,因为致人死命的巨龙会吓散你的魂魄。她的天堂一般的面庞引诱你去瞻仰她的不可计数的美艳,只有才德出众的人才可以把她拥为己有;你要是不够资格,那么为了你的僭妄的眼光,你将不免一死。你看那些本来都是赫赫有名的君王,也都像你一样受着情欲的驱策,从远道闻名前来,他们在用无言的唇舌和惨白的容颜告诉你,他们都是爱情的战争中的阵亡者,只有天上的星光掩覆着他们暴露的骸骨;他们那死灰的面颊在劝你不要走进死神的罗网,那罗网是什么人都一体容纳的。

配力克里斯　安提奥克斯,我谢谢你,你教我认识我自己的脆弱的浮生,提出这些可怕的前车之鉴,使我准备接受和他们同样的不可避免的命运;因为留在记忆中的死亡应当像一面镜子一样,告诉我们生命不过是一口气,信任它便是错误。那么我就立下我的遗嘱;像一个缠绵床榻的病人,饱历人世的艰辛,望见天堂的快乐,可是充满了痛苦的感觉,不再像平日一般紧握着世俗的欢娱,我以王公贵人应有的风度,把平安留给你和一切善良的人们,把我的财富归还给它们所来自的大地,(向公主)可是我的纯洁的爱火,却是属于你的。现在我已经准备完毕,就要踏上生死的歧途,我等候着最无情的打击。

安提奥克斯　你既然不听劝告,那么就请诵读你那注定的命运吧;按照我们的约法,你在读过以后,倘不能解释其中的意义,就必须像这些比你先来的人一样,流下你自己的血。

公　　主　　在所有前来尝试的人们当中,我祝你成功,愿你有福!

配力克里斯　像一个勇敢的战士,我踏上了比武的围场,除了忠

实和勇气之外,我不要求别的思想指导我的行动。(读)

　　我虽非蛇而有毒,

　　饮我母血食母肉;

　　深闺待觅同心侣,

　　慈父恩情胜夫婿。

　　夫即子兮子即父,

　　为母为妻又为女;

　　一而二兮二而一,

　　君欲活命须解谜。

这最后一句真是要命的药剂!用无数的天眼洞察人类行为的神明啊!这些读了以后使我勃然变色的怪事要是果然属实,为什么不把你们的眼睛永远闭上了呢?美丽的明镜,我曾经爱过你,倘不是这灿烂的宝箱里盛满着罪恶,我将继续爱你;可是我必须告诉你现在我的思想叛变了,因为一个堂堂男子要是知道罪恶在门内,是会裹足不前的。你是一个美妙的提琴,你的感觉便是它的琴弦,当它弹奏出钧天雅乐的时候,所有的天神都会侧耳倾听;可是奏非其时,却会发出刺耳的噪音,只有地狱中的魔鬼会和着它跳舞。凭良心说,我对你已经没有一点留恋之情了。

安提奥克斯　配力克里斯亲王,如果你珍惜生命,不许碰她的手,因为在我们的约定里也有这么一条,和其余的同样严厉。你的时间已经到了;你倘不能现在就把它解释出来,必须接受你的判决。

配力克里斯　大王,很少人喜欢听见别人提起他们所喜欢干的罪恶;要是我对您说了,一定会使您感到大大的难堪。谁要是知道君王们的一举一动,与其把它们泄露出来,还是保持隐秘的好；因为重新揭发的罪恶就像飘风一样，当它向田野吹散的时候，会把灰尘吹进别人的眼里；这就是给那双疼痛的眼睛的一个教训：使它们在飘风过去后，明察四方，设法阻挡那伤害自己的气流。瞎眼的鼹鼠向天筑起圆顶的土丘，表示在地上受到人们的压迫，已经无法安居；这可怜的东西最后仍然因此而死去。君王们是地上的神明，他们的意志便是他们的法律，他们的作恶是无人可以制止的。要是乔武做了坏事，谁敢指斥他一声不是？您只要自己明白，那就够了；丑事传扬开去，更加不可向迩，最适当的办法还是遮掩起来。谁都爱他自己的生命，那么为了保全我的头颅的缘故，让我的舌头不要多言取祸吧。

安提奥克斯　（旁白）天哪！我真想要你的头颅；他已经发现那哑谜的意义了；可是我还要跟他敷衍一下。——少年的泰尔亲王，虽然按照我们严格的法令，你的解释要是不符原意，我们就可以结果你的生命；可是因为你是这样一位卓越的人才，我们对你抱着很大的希望，所以特别通融，给你四十天的宽限；要是在这限期之内，你能够把我们的秘密解释出来，你就可以做我的佳婿。在这限期以前，我将要按照我的地位和你的身分，给你优渥的礼遇。（除配力克里斯外均下。）

配力克里斯　殷勤的礼貌把罪恶掩盖得多么巧妙！正像一个伪君子一样，除了一副仁义的假面具以外，便没有一毫可取的地方。要是我果然解释错了，那么你当然不会是那样的坏人，因贪淫而出卖你的灵魂；可是现在你是父亲又是儿子，因为你非礼拥抱了你的女儿，而那种快乐，原是应该让丈夫而不是让父亲享受的；她是吃她母亲血肉的人，因为她玷污了她母亲的枕席；两人都像毒蛇一样，虽然吃的是芬芳的花草，它们的身体内却藏着毒液。安提奥克，再会吧！因为智慧告诉我，凡是能够动手干那些比黑夜更幽暗的行为而不知惭愧的人，一定会不惜采取任何的手段，把它们竭力遮掩的。一件罪恶往往引起第二件，奸淫和杀人正像火焰和烟气一样互相联系。毒药和阴谋是罪恶的双手，是犯罪者遮羞的武器；为了免得我的生命遭人暗算，我要赶快逃出这危险的陷阱。（下。）

   安提奥克斯重上。

安提奥克斯　他已经发现那哑谜的意义，所以我一定要取下他的首级。我不能让他活在世上，宣扬我的丑事，告诉世人安提奥克斯犯着这样可憎的罪恶；所以这位亲王必须立刻就死，因为只有他死了，我的名誉才可以保全。喂，来人！

   泰利阿德上。

泰利阿德　陛下有什么吩咐？

安提奥克斯　泰利阿德，你是我的心腹之人，我所筹划的一切秘密行动，向来都是付托给你的。我知道你忠实可靠，正准备提拔你。泰利阿德，瞧，这儿是毒药，这儿是金子；泰尔亲王是我的仇人，你必须替我杀死他。你不用问我什么理由，因为这是我的命令。说，你愿意不愿意干这件事？

泰利阿德　陛下，我愿意。

安提奥克斯　很好。

   一使者上。

安提奥克斯　你这样气喘吁吁的，有些什么要紧的消息？

使　者　陛下，配力克里斯亲王逃走了。（下。）

安提奥克斯　（向泰利阿德）赶快替我追去；像一个百发百中的

老练的射手一样射中眼睛所瞄定的目标；你要是不把配力克里斯亲王杀死，你也不用回来见我了。

泰利阿德　陛下，只要我手枪的射程能够达到他，不怕他逃到哪儿去。小臣就此告辞了。

安提奥克斯　泰利阿德，再会！（泰利阿德下）配力克里斯一天不死，我的心就一天不得安。（下。）

第二场　泰尔。宫中一室

配力克里斯上。

配力克里斯　（向室外）不要让什么人进来打扰我。——为什么我的思想变得这样阴沉，眼光迷惘的忧郁做了我的悲哀的伴侣、长期的宾客，在白昼光荣的行程中，在埋葬了忧愁的平和的黑夜中，没有一小时能够使我得到安宁？各种娱乐陈列在我的眼前，我的眼睛却避过它们；我所恐惧的危险是在安提奥克，它的太短的手臂打不到我的身上；可是快乐既不能鼓起我的兴致，远离的危险也不能给我一点安慰。人们因为一时的猜疑而引起的恐惧，往往会由于忧虑愈形增长，先不过是害怕可能发生的祸害，跟着就会苦苦谋求防止的对策。我的情形也正是这样：威力巨大的安提奥克斯是一个想到什么就做到什么的人物，渺小的我绝不是他的对手，虽然我发誓保持缄默，他也一定以为我会泄露他的秘密；要是他疑心我会破坏他的名誉，即使我对他说我怎样尊敬他也没有用处；为了防止他的可耻的隐事被人知晓，他一定会竭力阻止流言的传播。他将要率领敌意的军队满布在我们的国土之上，用煊赫的军容震惊我们的国人，使我们的兵士望风胆裂,不战而屈,使我们无辜的臣民惨遭荼毒;我自己一身的安危不足惜,像树木的叶顶一般,我的责任只是隐覆庇护那伸入土中的根株;我所关怀的是我的人民的命运,我的身体和心灵因为忧虑他们而悲伤憔悴,他还没有惩罚我,我已经给自己难堪的惩罚了。

  赫力堪纳斯及其他臣僚等上。

臣　甲　愿快乐和安宁充塞殿下的圣心!

臣　乙　愿殿下平和安乐,早日归来!

赫力堪纳斯　算了,算了!让我这有年纪的人说几句话吧。向国王献媚的人,其实是在侮辱他;因为谄媚是簸扬罪恶的风箱,佞人的口舌可以把星星之火扇成熊熊的烈焰;正直的规谏才是君王们所应该听取的,因为他们同属凡人,不能没有错误。当善于逢迎的小人侈谈平安的时候,他只是向殿下讨好,其实却危及您的生命。殿下,原谅我,要是您以为我说得不对,该骂该打,都随殿下的便,我愿意跪在地上,等候您的发落。

配力克里斯　别人都出去吧,替我探听探听我们的港里有些什么船只要出口,探听明白以后,再回来见我。(群臣下)赫力堪纳斯,你的话很使我生气;你看我的脸上有些什么?

赫力堪纳斯　满脸的怒容,殿下。

配力克里斯　要是君王的脸上会发出这样可怕的怒容,你怎么敢鼓唇弄舌,当着我的面前激怒我?

赫力堪纳斯　草木是靠着上天的雨露滋长的,但是它们也敢仰望穹苍。

配力克里斯　你知道我有权力取去你的生命。

赫力堪纳斯　(跪)我已经自己把斧头磨好了;请殿下把我砍

了吧。

配力克里斯　起来,起来,请坐。你不是一个谄媚的小人。我谢谢你;君王们要是专爱听那些文过饰非的谀辞,那才是上天所不容的事!你是一个君王的良好的顾问和仆人,你的智慧使你的君王乐于接受你的教诲,告诉我你要我怎么做?

赫力堪纳斯　耐心忍受您加在自己身上的种种忧愁。

配力克里斯　你说这样的话,赫力堪纳斯,就像一个医生替病人调了一服他自己咽下去也要战栗的药。听我说吧。我这次到安提奥克去,你也知道是冒着生命的危险,追求一位绝世的美人,希望因此可以产生一个不同凡俗的佳儿,将来成为国家的干城,民众的福星。她的脸在我的眼中看来是超乎一切的神奇;可是她的此外的一切,让我凑着你的耳朵告诉你,是像犯着乱伦重罪的人一般黑暗的。当我发现了这一个秘密以后,那罪恶的父亲非但没有恼羞成怒,反而对我装出一副和颜悦色的样子;可是你知道,当暴君假意向人亲密的时候,是最应该戒惧提防的。我越想越怕,所以就借着黑夜的掩护,逃了回来。现在虽然总算脱离虎口,可是回想已过去的种种,推测未来可能的变化,心里还是惴惴不安。我知道他是个暴君;暴君的猜疑不仅不会消失下去,而且会每时每刻飞速增长。他一定在疑心我会向世人宣布多少尊贵的王子流下了他们的血,为的是好让他安然在他那污邪的眠床上恣纵着淫乐;为了扫除这一层猜疑,他将要借口我在什么地方得罪了他,向我们的国土大举兴师。无情的战争是不会豁免无辜的,为了我一个人的错处,累得全国的人民受苦,这一种不忍之心——

赫力堪纳斯　唉,殿下!

配力克里斯　使我终夜不能合眼,我的颊上因此而失去血色,我的心头因此而充满沉思,无数的疑虑占据我的脑际,我不知道怎样可以预先阻止这一场暴风雨的袭来;我既然无法拯救我的人民,就只好为他们而悲伤了。

赫力堪纳斯　好,殿下,您既然允许我说话,我就要坦白地表示我的意见。您怕的是安提奥克斯,我想您害怕这暴君是有充分的理由的,他可以用公开的战争或是秘密的阴谋取去您的生命。所以,殿下,您还是到国外去游历几时吧,等他的怒气平息,或是他的寿命终了以后,再回来不迟。您的政务可以委托什么人代理;要是您愿意信托我的话,我一定会尽心竭力,像白昼对光明一般忠实。

配力克里斯　我并不怀疑你的忠心;可是我去国以后,他会不会来侵犯我的权利?

赫力堪纳斯　我们一定同心协力,用我们的赤血捍卫生长我们的国土。

配力克里斯　泰尔,现在我要和你暂时分别,向塔萨斯开始我的行程了;我将要在那边听到你的消息,决定我今后的行动。赫力堪纳斯,我过去和现在对臣民福利的关怀,如今都付托给你了,你的智慧的力量一定可以担负这样的责任。我相信你的话,你无须向我发誓。因为不惜食言的人也会把约誓撕得粉碎。我们却将忠贞不变,像星宿安处在各自的轨道里,使时间永远不能推翻以下的真理:你是一个忠心的臣子,我是一个诚笃的君王。(同下。)

第三场 同前。宫中应接室

泰利阿德上。

泰利阿德　这就是泰尔,这就是亲王的宫廷。我必须在这儿把配力克里斯亲王杀死;要不然的话,我回去一定要被吊死,这可不是玩儿的。从前有一个人得到国王的准许,可以有所请求,他说:他的唯一愿望,是不要与闻国王的任何秘密。这个人倒真聪明,真有见识!现在我明白他这种愿望是确有理由的;因为要是一个国王叫一个人做恶人,为了恪守一个臣子尽忠的誓言,他只好做一个恶人。嘘!这儿来了一群泰尔的官员。

赫力堪纳斯、爱斯凯尼斯及其他臣僚等上。

赫力堪纳斯　各位同僚,你们不必追问我王上为什么突然离国,他留给我的密封的委任状,可以充分说明他是去旅行的。

泰利阿德　(旁白)怎么!那亲王走了!

赫力堪纳斯　但是既然他未容你们略表忠爱之心就离去了,如果你们还想进一步知道内情,我也可以略为告诉你们一点。当他在安提奥克的时候——

泰利阿德　(旁白)在安提奥克?

赫力堪纳斯　尊严的安提奥克斯不知道为了什么缘故,对他有些不满,至少他自己是有那样的感觉;他深恐自己已经犯下了什么错误,为了忏悔他的罪过起见,才决意在海上漂流,挨受着每一分钟的风波的危险。

泰利阿德　(旁白)啊,我想我现在可以不至于被吊死了,他虽然逃过了陆地上的灾难,免不了要在海上丧身;我们的王上听见这个消息,一定会很高兴的。让我上前去见见他们。(高声)泰尔的各位大人,愿你们平安!

赫力堪纳斯　安提奥克斯大王御前的泰利阿德大人,欢迎!

泰利阿德　鄙人奉敝国国王之命,来见尊贵的配力克里斯亲王殿下;可是我到了贵国境内,就听说你们的王上已经出国漫游,踪迹不明,这样看来,我必须仍旧带着我的使命回去了。

赫力堪纳斯　您的使命既然是传达给我们的王上,不是给我们的,我们也没有理由要求您向我们说明您的来意。可是在您没有动身回国以前,请您允许我们以贵国友人的资格,在泰尔举行一次欢宴招待您。(同下。)

第四场　塔萨斯。总督府中一室

克里翁、狄奥妮莎及侍从等上。

克里翁　我的狄奥妮莎,我们要不要在这儿休息一下,讲些别人的悲惨的故事,看它能不能使我们忘记自己的哀伤?

狄奥妮莎　那就等于为了灭火而吹火;谁想要把高山掘为平地,当一座山推倒以后,另一座山又已经堆了起来。我的受难的夫君啊!我们的悲哀也正是这样;我们现在所感到的悲哀还算不了什么,可是当我们的心头再堆上别人的悲哀的时候,它更要感到不胜重压了。

克里翁　啊,狄奥妮莎,哪一个枵腹的人不嚷着要求食物,甘心忍受着饥饿而死去呢?我们的舌头要把我们的悲哀向太空申诉,我们的眼睛要淌下滚滚的热泪,使我们的悲声格外凄切;要是昏睡的上天不知道下民的困苦,我们要用这样的哀诉唤醒他们,请求他们的垂怜拯救。所以我要把这几年来

335

的艰辛尽情倾吐,当我力竭声嘶的时候,便用眼泪代替我的申诉。

狄奥妮莎　我也要尽力帮助你,夫君。

克里翁　我所统治的这一座塔萨斯城,原本是繁华富庶的都市,街道上到处满布着财富;它的高耸的尖塔上吻云霄,引得远方的旅客惊奇嗟叹;它的仕女们一个个装束得华丽俊雅,互相作为争奇斗艳的借镜;他们的食桌上摆满了各色的奇珍异馔,使看见的人目迷五色,忘记了腹中的饥饿;他们不知道贫穷为何物,他们是这样的骄傲,从不会向别人开口求助。

狄奥妮莎　啊!正是这样。

克里翁　可是瞧上天给了我们怎样的灾祸!自从经过了这次变故以后,本来那些得天独厚、海陆空中所有的珍馐都不能使它们餍足的嘴,现在却像长久无人居住的荒废的旧屋一样,在那里嗷嗷待哺了;那些在两年以前嗜新好异的口胃,现在是只要能够讨到一片面包也就十分快慰了;那些不惜访寻人间稀有的珍品饲育她们的婴儿的母亲,现在都在准备吃下她们所钟爱的小宝贝了。饥饿的利齿是这样锋锐,相依为命的夫妇都不能不抽签决定谁先死去,好让他们当中的一个多活几天。这儿站着一个流泪的贵人,那儿站着一个哭泣的贵妇;多少人倒毙路旁,那眼看他们死去的人,自己也都是奄奄一息,没有一丝残余的气力可以替他们埋葬。这不是真确的事实吗?

狄奥妮莎　我们瘦削的面颊和凹陷的眼眶可以证明它的真实。

克里翁　啊!让那些安享着丰饶繁荣的城市听一听我们的哀泣吧;塔萨斯的灾祸也许有一天会同样降临在它们身上。

　　　　　一官员上。

官　　员　总督大人在哪儿？

克里翁　这儿。你这样急急忙忙的,一定又带了什么坏消息来啦;说吧,因为我们现在再也盼不到安慰了。

官　　员　我们在邻近的海岸上,望见一队壮丽的船舶正在向我们这儿开驶过来。

克里翁　果然不出我的所料。福无双至,祸不单行;我们的天灾还没有完结,人祸却又接踵而来。多半是什么邻国看见我们遭到这样的苦难,认为有机可乘,所以装运了满船的甲兵,要来摧毁我们这不堪一击的城市,使不幸的我屈服于他们的威力之下,虽然这样的征伐是虽胜不武的。

官　　员　那您可以无须忧虑;因为他们的船上都扯起白旗,这表示他们是来做和平的访问,不是来做我们的敌人的。

克里翁　你说得完全像一个不通世故的人;愈是表面上装得彬彬有礼的,他的心里愈是藏着不可捉摸的奸诈。可是不管他们存着什么居心,或是能够怎样摆布我们,我们何必惧怕呢？我们现在的处境,也就差不多到了不幸的极端了。你去对他们的首领说,我们在这儿恭候着他的大驾,请问他是从什么地方来的,来此有什么目的。

官　　员　我就去,大人。(下。)

克里翁　要是他的来意是和平,那当然是欢迎的;要是他的来意是战争,那我们也没有力量抵抗他。

　　　　　配力克里斯及侍从等上。

配力克里斯　听说阁下便是这儿的总督,请不要让我们的船只和人众像一把燃起的烽火一般使你们惊心骇目。我在泰尔就听到你们的灾祸,如今又看见你们的街道是一片荒凉;我

337

们并不是来增加你们的悲哀,而是来解除你们的困苦;也许你以为我们这些船只就像特洛亚的木马一般,满载着杀人的战士,其实它们所载运的,却是供给你们急需的粮食,使那些濒于饿死的人们重新得到生命。

众　人　希腊的神明护佑你!我们为你祈祷长生!

配力克里斯　起来,请起来吧;我并不希望你们向我膜拜敬礼,我只要求你们的友谊,让我自己、我的船只和我的随从众人在这儿有一处安身的所在。

克里翁　谁要是不愿满足您这样的要求,或是存着丝毫忘恩负义的心思,无论那是我们的妻子、我们的子女或是我们自己,愿天上和人间的咒诅降临在他们的身上,惩罚他们不可恕的罪恶!可是我希望永远不会有这样的事情发生。请殿下接受我们诚意的欢迎吧。

配力克里斯　敢不领情。我们就在这儿小作盘桓,等候我们的命运回嗔作喜。(同下。)

第 二 幕

老人上。

> 好一个赫赫的君主,
> 奸通他自己的爱女;
> 另一位贤明的亲王,
> 遭遇也是异乎寻常。
> 诸位暂请宽心忍耐,
> 等他一旦否极泰来,
> 好一似失马的塞翁,
> 将土阜换一座高峰。
> 我赞颂的那位俊士,
> 言行都是毫无瑕疵,
> 那受恩的塔萨斯人,
> 钦仰他的智慧才能,
> 为他筑起一尊雕像,
> 旌表他的功德无量。
> 可叹的是好景须臾,
> 又来了故国的音书。

哑剧:配力克里斯及克里翁各率侍从自一旁上,二人谈话。

一朝士自另一门上,以一书致配力克里斯,配力克里斯以信示克里翁,犒赏使者,授以骑士封号。配力克里斯、克里翁等各下。

善良的赫力堪纳斯,
他把国事努力支持,
不学那懒惰的游蜂,
贪享着他人的成功;
奖拔贤良,诛锄暴恶,
不负他主人的付托;
一切事务不论大小,
他都报与君王知道:
他说那暴君的来使
怎样图谋向他行刺,
为了他生命的安全,
莫再在塔萨斯流连。
因此上他再涉重洋,
去冲冒那惊涛骇浪;
果然是海无一日安,
一阵狂风吹下云端,
一声声的霹雳轰鸣,
应和着怒潮的沸腾,
经不起颠簸的船只,
早被打得四分五裂。
这君王他随波逐流,
在海面上载沉载浮;
是他命中不该遭难,
被浪花卷上了沙滩,

囊空如洗,举目无亲,
　　只剩下孑然一身。
　　要知道以后的情形,
　　请列位再接看下文。(下。)

第一场　潘塔波里斯。海滨旷地

配力克里斯满身濡湿上。

配力克里斯　天上的星辰啊,停止你们的愤怒吧!风雨雷电的神灵,请你们记着,尘世的凡人在你们的神威之下是无能为力的,我这脆弱的身心唯有对你们俯首降服。唉!海水曾经把我冲在岩石上,从一处海岸卷到另一处海岸,留下我这仅余残喘的一身,除了一死而外,再没有其他的想望。你们已经使一个君王失去他所有的一切,这就足够表现你们力量的伟大了;你们既然不让他葬身鱼腹,他的唯一的要求,只是让他在这儿得到一个安静的死。

三渔夫上。

渔夫甲　喂,喂!毕契!
渔夫乙　嘿!来把网收了。
渔夫甲　喂,巴契!我对你说。
渔夫丙　你怎么说,老大?
渔夫甲　瞧你在干些什么!快来,不然我可要死劲把你拖走了。
渔夫丙　不瞒你说,老大,我正在想起那些刚才就在我们面前被海水卷去的可怜的人们哩。
渔夫甲　唉!可怜的人们!我听到他们向我们喊救的声音,心里真是难受,可惜我们自己顾自己还来不及,哪里还顾得到

341

他们。

渔夫丙　呃,老大,当我看见那海豚跳跃打滚的时候,我不是也这样说过吗?人家说它们一半是鱼,一半是肉;该死的东西!我一看见它们来了,就知道免不了又有一场风浪。老大,我不知道那些鱼在海里是怎么过活的。

渔夫甲　嘿,它们也正像人们在陆地上一样;大的拣着小的吃,我们那些有钱的吝啬鬼活像一条鲸鱼,游来游去,翻几个筋斗,把那些可怜的小鱼赶得走投无路,到后来就把它们一口吞下。在陆地上我也听到过这一类的鲸鱼,他们非把整个的教区、礼拜堂、尖塔、钟楼和一切全都吞下,是决不肯闭上嘴的。

配力克里斯　(旁白)巧妙的比喻!

渔夫丙　可是老大,要是我做了教堂里的当差,那一天我一定预先躲在钟楼里。

渔夫乙　为什么,伙计?

渔夫丙　因为他一定会连我吞了下去;等我一到了他的肚里,我就把钟乱敲乱撞起来,闹得他把钟楼、尖塔、礼拜堂和教区一起呕出来。可是我们这位好王上西蒙尼狄斯要是也像我一样心思的话——

配力克里斯　(旁白)西蒙尼狄斯!

渔夫丙　我们一定要把这些掠夺工蜂酿成的花蜜的游蜂一起扫除干净。

配力克里斯　(旁白)这些渔夫们借着海中的水族做题目,把人类的弱点影射得多么恰当;他们从茫茫大洋里悟透的道理,可以鉴别人类的善恶,使朱紫立分!(高声)愿你们在工作中得到平安,诚实的渔夫们!

渔夫乙　诚实！好人儿,那是什么东西？要是今天是你的好日子,请你把它从日历上抹掉吧,像这样的日子谁也不稀罕。

配力克里斯　你们可以看得出来,我是被潮水冲到你们这儿的海滨来的。

渔夫乙　这海是个喝醉了的酒鬼,所以才把你呕吐在我们这儿。

配力克里斯　我就像一颗被天风海水在那广大的网球场上一来一往地抛掷的球儿,请求你们的怜悯;虽然我是从来不会向人乞讨的。

渔夫甲　啊,朋友,你不会向人乞讨吗？在我们希腊国里,靠讨饭过活的人,着实比我们这些做工的人舒服得多哩。

渔夫乙　那么你也不会捉鱼吗？

配力克里斯　我从来没有干过这种活儿。

渔夫乙　那你只好挨饿了;因为在现在的世界上,你要是不能设法叫人上钩,是什么也不能得到的。

配力克里斯　我已经忘记我的过去,可是穷困使我想到我现在的处境:寒冷充满了我的全身,我的血管已经冻结,我的僵硬麻木的舌头简直连向你们求救的呼声都发不出来了;要是你们不肯给我援助,那么当我死了以后,请你们看在同属人类的分上,把我的尸体埋了。

渔夫甲　你说死吗？不,天神禁止这样的事！我有一件袍子在这儿;来,穿上了,暖一暖你的身体。嘿,好一个漂亮的家伙！来,你跟我们回去吧,我们假日吃肉,斋日吃鱼,还有布丁和煎饼;你尽管安心住下好了。

配力克里斯　谢谢你,大哥。

渔夫乙　喂,朋友,你说你不会乞讨。

配力克里斯　我只是请求。

渔夫乙　只是请求！那么我也去学学请求好了,免得要吃一顿鞭子。

配力克里斯　怎么,你们国里的乞丐都要挨鞭子吗?

渔夫乙　都挨鞭子?哪里有这种事,老兄?要是所有的乞丐都挨鞭子,我就只想当警官,其他什么好差使都不要了。走吧,我去把网收起来。(与渔夫丙同下。)

配力克里斯　(旁白)这些劳动人民的笑话多么风趣!

渔夫甲　听着,朋友,你知道你在什么地方吗?

配力克里斯　不大知道。

渔夫甲　我告诉你吧:这儿是潘塔波里斯,我们的国王是善良的西蒙尼狄斯。

配力克里斯　你们把他称为善良的国王西蒙尼狄斯吗?

渔夫甲　嗯,朋友;因为他治国和平,庶政清明,这样的称呼是名副其实的。

配力克里斯　他是一个幸福的国王,因为他的治国能够从他人民的嘴里博得善良的名称。他的宫廷离这儿海滨有多远呢?

渔夫甲　呃,朋友,只有半天的路程。我告诉你,他有一个美貌的女儿,明天是她的生日;无数的王子和骑士都要从全世界各处到来,为了争取她的爱情而比赛武艺。

配力克里斯　要是我的命运可以帮助我达到我的愿望,我倒也想参加一试。

渔夫甲　啊!朋友,万事只好听其自然,不可强求——

　　　　渔夫乙、渔夫丙曳网上。

渔夫乙　帮帮忙,老大,帮帮忙!这网里有一条鱼,就像穷人的权利落入法网一般,尽翻也翻不出来。嘿!他妈的,你到底掉下来啦,原来是一副锈甲。

配力克里斯　一副甲,朋友们!请你们让我瞧一瞧。命运之神啊,谢谢你,使我在经过这一切横逆以后,总算得到一些补偿,虽然它本来是属于我的,是我家世代相传的遗物。我父亲临终的时候把它传给了我,再三叮咛着说,"好好保存着它,我的配力克里斯,它曾经是保卫我的生命的屏障。"他指着这副甲胄说,"因为它曾经搭救过我,你要把它保存好了;万一你在危急的时候——愿神明护佑你不会有那么一天!——它也可以同样保卫你。"我无论到什么地方,总是把它随身携带;我是那样深爱着它。对任何人绝不容情的凶恶的怒海虽然夺了它去,可是在风平浪静以后,仍旧把它归还原主。谢谢你,我的覆舟之难现在不再是一件灾祸,因为我父亲的遗物依然完好。

渔夫甲　你在说些什么,朋友?

配力克里斯　善心的朋友们,我要向你们乞讨这一副贵重的甲胄,因为它过去曾经是一个君王的护身之物;从这记号上我能够辨认清楚。他是非常爱我的,为了他的缘故,我希望把它保藏起来。我还要求你们带领我到你们王上的宫廷里去,让我穿上这一副甲胄,向众人表明我是一个出身华族的人;要是我的不幸的命运有了转机,我一定重重报答你们的大恩;在我这报恩的心愿一天没有达到以前,我一天不会忘记你们。

渔夫甲　什么,你也要为了那公主去参加比武吗?

配力克里斯　我要显一显我的武艺。

渔夫甲　啊,那么你拿去吧;愿天神赐福于你!

渔夫乙　嗯,可是听着,我的朋友;是我们把这件衣服从汹涌的海潮中间打捞起来。出了力总该有些酬劳；我希望，先生，您要是得意的话，不要忘记您得到这一场富贵的根源。

配力克里斯　放心吧，我一定记着你们。幸亏你们的帮忙，我才穿起了武装；此外，我臂上的这颗宝珠，在海涛汹涌里仍然没有失落。我要用它去买一匹神骏的良驹，它的轻捷的逸步将会使旁观者目移神夺。不过，我的朋友，我还缺少一件罩袍。

渔夫乙　我们一定替你置办；我的最好的外衣可以给你改成一件袍子，我还要亲自领你到宫廷里去。

配力克里斯　愿我能取得我所向往的荣誉；这一去啊，我倘不能平步青云，怕从此要困顿终生。（同下。）

第二场　同前。通衢。有露台通比武场。旁设天幕，为国王、公主、贵妇、大臣等列座之处

西蒙尼狄斯、泰莎、群臣及侍从等上。

西蒙尼狄斯　那些骑士们准备开始他们耀武的游行没有？

臣　甲　启禀陛下，他们早已准备好了，专等陛下驾到，就来参见。

西蒙尼狄斯　你去回复他们，我们在这儿等着；今天的检阅是为了庆祝我的女儿的生辰，她坐在这儿，像一尊妙龄美貌的女神，造化生下她来，就是要让人们瞻仰赞叹。（臣甲下。）

泰　莎　父王，您老是喜欢把我夸奖得言过其实。

西蒙尼狄斯　那是应该如此的；因为君王们具备上天的品德，为人伦的仪范；正像珠宝因为被人漠视而失去它们的光彩一

样,君王们要是不为人民所尊敬,也会失去他们的荣誉。现在,女儿,你必须替我解释每一个骑士所用标识的涵意。

泰　莎　为了免得让您失望,我愿意尽心向您说明一切。

　　　　　　一骑士上,穿过舞台,其侍从以盾呈示公主。

西蒙尼狄斯　这第一个出场的是个什么人?

泰　莎　一个斯巴达的骑士,我的父亲;他的盾牌上的图样,是一个向太阳伸手的黑人,铭语是,"尔之光使余得生。"

西蒙尼狄斯　他很爱你,把你当作他的生命。(第二骑士过场)这第二个出现的是什么人?

泰　莎　一个马其顿的王子,我的父王;他的盾牌上的图样,是一个披甲的骑士被一个女郎所制服,上面还有西班牙文的铭语,"唯美色为能制天下之至刚。"(第三骑士过场。)

西蒙尼狄斯　第三个是什么人?

泰　莎　他是从安提奥克来的;他的图样是一个骑士的彩冠,铭语是,"造光荣之极峰。"(第四骑士过场。)

西蒙尼狄斯　第四个是怎样的?

泰　莎　一把倒置的灼亮的火炬,铭语是,"使余燃烧,使余毁灭。"

西蒙尼狄斯　这表示美貌有它的权力和意志,可以激起热情,也可以置人于死。(第五骑士过场。)

泰　莎　第五个是一只从云中探出的手,擎着一块被试金石试过的黄金,铭语是这样的,"忠心者亦若是。"(第六骑士即配力克里斯过场。)

西蒙尼狄斯　那第六个也就是最后一个,不带侍从,温文有礼的骑士是谁?

泰　莎　他似乎是一个外邦人;他的标识是一根枯枝,只有梢上

347

微露青色,铭语是,"待雨露而更生。"

西蒙尼狄斯　巧妙的句子;他希望从他现在这种潦倒的境地里,靠着你的力量而走上幸运之途。

臣　甲　他的外表实在叫人不敢恭维;照他这副寒伧的样子看起来,似乎他是挥惯鞭子,不像是抡枪弄剑的。

臣　乙　他看来是个外邦人,否则不会穿着这样古怪的装束,来参加今天的光荣的行列。

臣　丙　他有心让他的甲胄生了锈,为的是今天在尘土里摔几跤,可以磨得亮一些。

西蒙尼狄斯　我们不能凭着自己的成见,从外表上判断一个人的内心。可是且住,骑士们来了;让我们到楼座上去吧。

（同下。喧呼声,众喊,"好啊,寒酸的骑士!"）

第三场　同前。大厅。陈设酒席

　　西蒙尼狄斯、泰莎、司仪官、贵妇、廷臣、比武归来之众骑士及侍从等上。

西蒙尼狄斯　各位骑士们,承你们远道光临,不用说我们是万分欢迎的。我也不必把你们的武艺大笔特书,记载在你们的表功簿上,因为每一种真才实艺,它本身都可以彪炳在世人的耳目之前。你们都是王族后裔,我的席上的嘉宾,今天难得大家聚首一堂,希望诸位尽情畅快一下。

泰　莎　可是你是我的骑士和宾客;我替你加上这一顶胜利的花冠,使你成为今天的幸福的君王。

配力克里斯　公主,这不过是一时侥幸,我不敢贪天之功。

西蒙尼狄斯　随你怎么说,今天的胜利是属于你的;我希望这儿没有人妒嫉你的幸运。一个本领超群的人,必须在一群劲敌之前,方才能够显出他的不同凡俗的身手;你已经证明是这样一个人了。来,女儿,你是这宴会席上的女王,在你自己的座位上坐下来吧;各人都依照他们的身分,引导他们按序入席。

众骑士　西蒙尼狄斯贤王的盛意使我们感到莫大的光荣。

西蒙尼狄斯　你们的光降是我平生的一件快事。我爱的是荣誉,厌弃荣誉的人,也就是厌弃天神。

司仪官　壮士,您的座位在那边。

配力克里斯　不敢当,请另外那一位来吧。

骑士甲　不必推让,壮士;我们都不是市井小人,断不会在心头或是眼色之间,流露出妒嫉贤能、蔑视贫贱的情绪来的。

配力克里斯　你们都是很有礼貌的骑士。

西蒙尼狄斯　请坐吧,壮士,请坐吧。

配力克里斯　主管人类思想的乔武大神呀,我只要一想起她,便觉得这些佳肴盛馔,都变成淡而无味。

泰　莎　(旁白)支配人世婚姻的朱诺天后呀,无论什么食物,在我嘴里都失去了味道,我恨不得把他一口咽下去。——他真是一个风流的壮士。

西蒙尼狄斯　他不过是一个出身田野的骑士,他的本领并不比别人高强多少;打断一两支枪杆算得什么?

泰　莎　在我看来,他就像金刚钻一样,和凡俗的玻璃不可同日而语。

配力克里斯　那位国王的仪表很像我的父亲,使我回想起他当年也是同样的煊赫;列邦的君主像众星一般拱卫在他的宝座的四周,他就是为他们所朝拜敬礼的太阳;无论什么人站在他的面前,都会变成黯淡的微光,向他那灿烂的威焰免冠臣服。可是现在他的儿子却像夜间的萤火,只在黑暗之中吞吐着微弱的光辉,在光天化日之下就要焰销影灭。从此可以知道时间是世人的君王,他是他们的父母,也是他们的坟墓;他所给与世人的,只凭着自己的意志,而不是按照他们的要求。

西蒙尼狄斯　各位骑士们,你们都快乐吗?

骑士甲　我们多蒙陛下宠待,幸陪末座,怎么会不快乐?

西蒙尼狄斯　这杯酒斟得满满的,正像你们的心中充满了爱情,让我用它来敬祝诸位健康!祝你们各位健康!

众骑士　多谢陛下。

西蒙尼狄斯　且慢,坐在那边的骑士,瞧上去郁郁不乐,好像我们今天宫中的盛宴,还辱没了他的身分似的。泰莎,你没有注意到吗?

泰　莎　那跟我有什么相干,我的父亲?

西蒙尼狄斯　啊!听着,我的女儿;人世的君王应当像天上的神明一样,慷慨地把一切给与每一个向他们朝礼的人;否则他们只是一些徒有虚声的蚊蚋,死了也不过博得人们几声轻蔑的嗟叹。所以为了使他的脸上露出一些笑容起见,我命令你为他喝这一杯祝酒。

泰　莎　唉!我的父亲,我怎么可以向一个陌生的骑士这样大胆呢?他也许会嗔怪我的冒昧,因为男子对于妇女自动的呈献,往往会认作失礼的。

西蒙尼狄斯　怎么!照我吩咐你的去做,否则你就要惹我生气了。

泰　莎　(旁白)凭着神明起誓,这正中我的下怀。

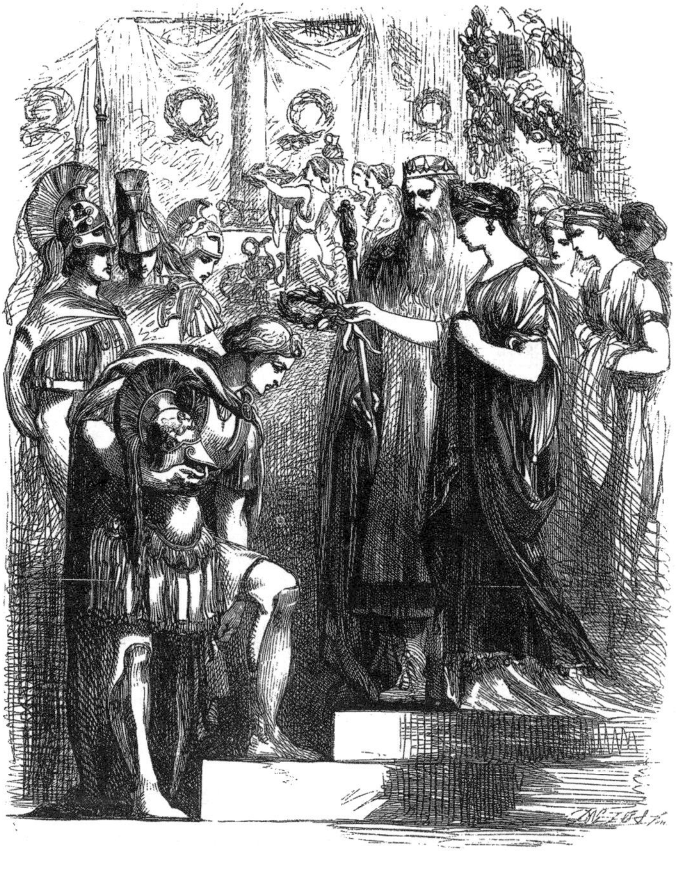

西蒙尼狄斯　你再对他说,我要问问他是什么地方来的,叫什么名字,他的家世怎样。

泰　　莎　壮士,我的父王向您祝饮了。

配力克里斯　多谢他的盛情。

泰　　莎　愿您的热血像这杯里的酒一般洋溢。

配力克里斯　我谢谢他,也谢谢您;让我回敬他这一杯。

泰　　莎　他还要请问您贵乡何处,尊姓大名,家世如何。

配力克里斯　我是泰尔的士族,配力克里斯是我的名字;在文学、武艺两方面,都受过相当的教养。因为抱着向广大的世间探奇历险的心愿,不幸在汹涌的海上丧失了船只和随从,自己被风浪卷逐到这里的海滨。

泰　　莎　他谢谢陛下;说他的名字叫做配力克里斯,一个泰尔的士族,因为遭遇海上的风波,丧失了船只随从,被浪涛卷到了这里的海滨。

西蒙尼狄斯　凭着神明起誓,我很同情他的不幸,愿意为他排解愁闷。来,各位骑士,我们把太多的时间浪费在枯坐之中了,让我们用其他的娱乐畅快一下。即使照你们现在这样全身甲胄,也很适宜于做军人舞蹈的。我不要听你们的推托,说什么妇女的耳朵听不惯喧嚣的音乐,因为她们谁都喜爱武装的男子。(众骑士跳舞)这是一个很好的建议,看他们跳得多么热闹。来,壮士;这儿有一位女郎,她也要舒展一口闷气;我常常听人家说,你们泰尔的骑士都是最善于陪娘儿们跳舞的。

配力克里斯　只有惯于此道的人,陛下,才有这样的本领。

西蒙尼狄斯　啊!你这样谦虚我们是不能答应的,请跳吧。(众骑士及众贵妇合舞)放手,放手;谢谢你们各位;你们全都跳得很好,(向配力克里斯)可是你跳得最好。童儿们,拿火来,送这些骑士们各自到他们的宿处安息!壮士,我已经吩咐他们就在我自己寝室的贴邻替你把宿处收拾好了。

配力克里斯　我一切听从陛下的旨意。

西蒙尼狄斯　各位王子,我知道谈情说爱是你们的目的,可是现在时间太晚了,各人还是回去安息一宵,等明天再来施展身手,试一试你们的运气吧。(同下。)

第四场　泰尔。总督府中一室

赫力堪纳斯及爱斯凯尼斯上。

赫力堪纳斯　不,爱斯凯尼斯,听我告诉你:安提奥克斯贪淫纵欲,上干天怒,至高无上的神明因为他犯下这样重大的罪恶,不能再事容忍,所以就在他和他的女儿驾着富丽的宫车出外游玩、炫耀他的无比荣华的时候,降下了一阵天火,把他们的身体烧成一堆可憎的黑灰;那令人掩鼻的臭味,使那些在他们生前崇拜他们的人,到这时候也不肯出一臂之力,帮着把他们埋葬。

爱斯凯尼斯　真是不可思议的奇事。

赫力堪纳斯　这也是报应昭彰;虽然这位国王势力强大,却逃不过上天的谴责,罪恶必然有它应得的惩罚。

爱斯凯尼斯　说得有理。

二三廷臣上。

臣　甲　瞧,无论在私人谈话或是会议的中间,他总不把别人的意见看重。

臣　乙　我们的不满已经到了忍无可忍的地步,非得表示一下不可了。

臣　丙　谁要是不愿采取一致行动的,愿他受永远的咒诅。

臣　甲　那么跟我来。赫力堪纳斯大人,准许我跟您说句话。

赫力堪纳斯　跟我说话吗?很好。早安,各位大人。

臣　甲　我们的不满已经达到极点,现在要像洪水一般横决了。

赫力堪纳斯　你们的不满!为着什么?不要对不起你们所爱戴的君王。

臣　甲　不要对不起您自己,尊贵的赫力堪纳斯;要是亲王果然尚在人世,让我们朝见他一面,否则请您告诉我们他的行踪究在何处。要是他身在世间,我们愿意到处寻访他;要是他在坟墓之中安息,我们也要探出他的埋骨的所在。他活着是我们的统治者,死了我们也要为他服丧哀悼,推举别人继承他的位置。

臣　乙　他的生死存亡,是我们最感到焦心的一个问题。现在国内无主,正像堂堂的巨厦没有了屋顶,不久就会倒塌;您对于治国行政这方面是最熟悉不过的,所以我们愿意推举您做我们的君主。

众　臣　万岁,尊贵的赫力堪纳斯!

赫力堪纳斯　为了荣誉的缘故,请你们放弃你们的推举;要是你们是爱配力克里斯亲王的,千万不要这样。假如我接受了你们的要求,那就等于跳进海水里去,难得有一分钟的宁静,每一小时都要忍受风波的扰攘。让我请求你们再等候一年的时间,要是在这一年以后,你们的王上还不回来,那么我也没办法,只好拼着这年老之身,担负这柄国的重责。可是我这一番诚意,要是不能使你们屈从的话,那么我希望你们像忠心的臣子一般,到各处去访寻他的踪迹,在旅行之中消磨你们的雄才远略;万一你们果然把他找到,敦劝他回来,你们不朽的功绩,将会像他王冠上的钻石一样彪炳一世了。

臣　甲　只有愚人才会拒绝智慧的良言;既然赫力堪纳斯大人这样劝告我们,我们愿意试一试旅行的机遇。

赫力堪纳斯　那才显得我们同心同德,让我们紧紧地握手吧:大臣能够这样团结一致,那国家是永远不会灭亡的。(同下。)

第五场　潘塔波里斯。宫中一室

西蒙尼狄斯上,读信;众骑士自对方上,相遇。

骑士甲　早安,西蒙尼狄斯贤王!

西蒙尼狄斯　各位骑士,我的女儿叫我通知你们,在这一年之内,她不预备出嫁。她的理由只有她自己知道,我也没有法子从她嘴里探问出来。

骑士乙　我们可不可以见见她,陛下?

西蒙尼狄斯　不,万万不能;她已经把她自己幽闭在卧室之中,寸步不出,谁也不能见她。她还要在狄安娜女神的神座之前做一年忠实的信徒;当着那女神的面前,她已经凭着她的处女的贞操,立誓决不毁信了。

骑士丙　虽然我们的心头恋恋不舍,可是既然如此,也只好告别了。(众骑士下。)

西蒙尼狄斯　好,他们已经被我巧妙地哄走了;现在让我再来看看我女儿的信。她在这儿写着,她决意嫁给那异邦的骑士,否则宁愿终生不见日光。很好,小姐;我赞同你的选择;那样很好;瞧她说得多么果决,简直不管我愿意不愿意! 好,她选得不错;我一定竭力促成他们的好事。且慢!他来了;我现在必须故意试探他一下。

配力克里斯上。

配力克里斯　愿一切的幸运降临西蒙尼狄斯贤王!

西蒙尼狄斯　愿同样的幸运降临在你身上,壮士!我谢谢你昨夜所奏的妙乐,我的耳朵里从来没有饱聆过这样可喜的曲调。

配力克里斯　多蒙陛下谬奖,愧不敢当。

西蒙尼狄斯　像足下这样的绝技,真可以称得上一位乐坛巨子了。

配力克里斯　我不过是乐神手下一名最拙劣的学徒而已,陛下。

西蒙尼狄斯　让我请问你一句话。你觉得我的女儿怎样?

配力克里斯　一位最贤淑的公主。

西蒙尼狄斯　她也很美丽,不是吗?

配力克里斯　正像晴明的夏晨一样无限的美丽。

西蒙尼狄斯　不瞒你说,我的女儿非常钦慕你,你必须做她的教师,她愿意做你的学生;所以请你准备着吧。

配力克里斯　我是不配做她的教师的。

西蒙尼狄斯　她倒不是这样想;你瞧瞧这封信吧。

配力克里斯　(旁白)这是什么话?一封表示她恋爱泰尔的骑士的信!这一定是国王的狡计,想要借此结果我的生命。——啊!陛下,不要陷害我,我只是一个异乡落难的骑士,对于公主除了尊敬以外,从不敢怀抱非分的爱念。

西蒙尼狄斯　你已经迷惑了我的女儿,你是一个恶人。

配力克里斯　凭着神明起誓,我没有;我从不曾起过丝毫冒昧的思想,也从不曾有过任何可以赢取她的爱情或是招致您的不快的行动。

西蒙尼狄斯　奸贼,你说谎!

配力克里斯　奸贼!

西蒙尼狄斯　嗯,奸贼。

配力克里斯　倘不是因为你是国王,我一定要叫你把这奸贼两字吞下去。

西蒙尼狄斯　(旁白)凭着神明发誓,我很佩服他的勇敢。

配力克里斯　我的行为正像我的思想一样光明正大,从不曾有过一丝卑劣的成分。我到你的宫廷里来,只是为了荣誉的缘故,不是要来勾引你的女儿叛弃她的地位;谁要是以为我别有用心的,这一柄剑将会证明他是荣誉的敌人。

西蒙尼狄斯　你不是这个意思吗?我的女儿来了,她可以证明一切。

　　　　泰莎上。

配力克里斯　那么好,您不但聪明,而且贞淑,请您明白告诉您这位发怒的父亲,我有没有向您掉过求爱之舌,或是伸过乞怜之手?

泰　　莎　嗳哟,壮士,即使您有过这样的行为,那正是我所满心乐愿的,什么人会因此而恼怒呢?

西蒙尼狄斯　好,姐儿,你竟是这样自信吗?(旁白)我很高兴,很高兴。我要制伏你们;我要使你们俯首听命。——你没有得到我的允许,胆敢把你的爱情倾注到一个不相识者的身上吗?(旁白)虽然我不知道他究竟是个什么人,我总觉得他在血统方面也许跟我同样高贵。(高声)所以,姐儿,你听我说,你必须依顺我的意志;你,足下,你也听我说,你必须服从我的命令,否则我要使你们——成为夫妇。来,来,你们必须用你们的手和嘴唇缔结你们的婚约;这样结合之后,我又要使你们的希望归于毁灭,还要叫你们吃这个苦头——愿上帝给你们快乐!什么!你们两人都很满意吗?

泰　莎　是的,郎君,要是您爱我的话。

配力克里斯　我爱你正像爱我自己的生命和血液一样。

西蒙尼狄斯　嘿!你们两人都同意了吗?

泰　　莎
配力克里斯　是的,要是陛下不以为嫌的话。

西蒙尼狄斯　我很赞成你们的结合,愿意尽早替你们完成婚事,然后让你们赶快去圆你们的好梦。(同下。)

第 三 幕

老人上。

　　兴阑人散,梦魂入定,
　　满屋子一片的寂静;
　　好一场盛大的婚筵,
　　把人醉得酣睡如绵。
　　狸猫圆睁它的眼孔,
　　在等候着鼠儿出洞;
　　蟋蟀们在炉前歌唱,
　　越干渴越唱得嘹亮。
　　只那许门好不繁忙,
　　把新人送入了洞房,
　　说不尽一夜的依偎,
　　早结下了珠玉灵胎。
　　苦的是俺两片唇儿,
　　说不完这万绪千丝。

　　哑剧:配力克里斯及西蒙尼狄斯率侍从自一方上;一使者自另一方上,相遇,以书信跪呈配力克里斯;配力克里斯以信示西蒙尼狄斯;众臣向配力克里斯下跪。泰莎怀孕偕利科丽达上;西蒙尼狄斯以信示泰莎；泰莎喜跃；泰莎、配力克里斯向西蒙尼狄斯辞别，众下。

却说那泰尔的群臣，
把他们的君王访寻，
费尽了无数的辛劳，
踏遍了天涯与地角，
飞骑四出，征帆远渡，
果然探到他的确处。
西蒙尼狄斯的宫廷
传来了泰尔的音声，
说那安提奥克暴王
父女两人同时身亡；
没有主的泰尔人民，
他们想要拥立新君，
多亏那赫力堪纳斯
把众臣的劝进推辞；
为了镇压叛徒异心，
他向他们恳切言明，
说要是他们的君王
年后依然踪迹茫茫，
他也只得俯顺众望，
把这一顶王冠戴上。
这一个消息传遍了
那潘塔波里斯全境，
每一个人欢呼若狂，
"我们的王嗣是君王！"

他接到故国的呼召,
必须立刻举起征棹;
他的王妃怀孕在身,
立志随她丈夫远行;
利科丽达,她的奶娘,
护送着她远涉重洋,
那临别的至情热泪,
都不必在这儿提起。
且说他们一帆风满,
早走完了路程一半;
不料那作怪的天公,
又吹起了一阵狂风,
像鸭子在水上沉浮,
那船儿全失了自由,
吓得王妃哀声惨叫,
一阵阵的腹痛如绞。
这一场凶恶的风波,
究竟后来结果如何,
台上自有一番交代,
用不着俺摇唇弄喙,
请听那遭难的君主,
在船上把心情倾诉。(下。)

第一场 海 船 上

配力克里斯上。

配力克里斯　大海的神明啊,收回这些冲洗天堂和地狱的怒潮吧!统摄飙风的天使啊,是你把这阵阵狂风从海洋深处呼召起来的,现在用铜箍把它们捆起来吧!啊,止住你的震耳欲聋的惊人的雷霆,熄灭你的迅疾的硫火的闪电吧!啊!利科丽达,我的王后怎么样啦?你发着这样凶恶的风暴,你是要把所有的海水一起翻搅出来吗?水手的吹啸像死神耳旁的微语一般,微弱得没有人能够听见。利科丽达!路西那①,神圣的保护女神,夜哭产妇的温柔的稳婆啊!愿你的灵驾来到我们这一艘颠簸的船上,帮助我的王后早早脱离分娩的苦痛吧!

　　　　利科丽达抱婴孩上。

配力克里斯　啊,利科丽达!

利科丽达　这小东西太稚弱了,不应该让她处在这样一个环境里;要是她懂事的话,一定会因悲伤而死去,正像我现在痛不欲生一样。请把您那已故的王后这一块肉抱了去吧。

配力克里斯　怎么,怎么,利科丽达!

利科丽达　宽心点儿,好殿下;不要用您的悲号痛哭给那海上的风涛添加声势。这是娘娘遗留下来的唯一的纪念品,一个可爱的小女儿;为了她的缘故,请您鼓起勇气来,不要悲伤吧。

配力克里斯　神啊!你们为什么把美好的事物赏给我们,使我们珍重它、爱惜它,然后又突然把它攫夺了去呢?我们凡人是讲究信义的,决不会把已经给了人的东西重新收回。

利科丽达　为了这一位小公主起见,好殿下,宽心点儿吧。

---

① 路西那(Lucina),希腊罗马神话中保护妇女分娩的女神。

配力克里斯　但愿你的一生安稳度过,因为从不曾有哪一个婴孩在这样骚乱的环境中诞生!愿你的身世平和而宁静,因为在所有君王们的儿女之中,你是在最粗暴的情形之下来到这世上的一个!愿你后福无穷,你是有天地水火集合它们的力量、大声预报你的坠地的信息的!当你初生的时候,你已经遭到无可补偿的损失;愿慈悲的神明另眼照顾你吧!

　　　　二水手上。

水手甲　您有勇气吗,殿下?上帝保佑您!

配力克里斯　勇气是有的。我不怕风暴;它已经把最不幸的灾祸加在我身上了。可是为了这一个可怜的小东西,这一个初历风波的航海者的缘故,我希望它平静下来。

水手甲　把那边的舷索放下来!你还不肯停吗?吹,尽管吹你的吧!

水手乙　只要船掉得转,尽管让这些浪花跳上去和月亮亲嘴,我也不放在心上。

水手甲　殿下,您那位王后必须丢下海里去;海浪这样高,风这样大,要是船上留着死人,这场风浪是再也不会平静的。

配力克里斯　这是你们的迷信。

水手甲　原谅我们,殿下;对于我们这些在海上来往的人,这是一条不可违反的规矩,我们的习惯是牢不可破的。所以赶快把她抬出来吧,因为她必须立刻被丢到海里去。

配力克里斯　照你们的意思办吧。最不幸的王后!

利科丽达　她在这儿,殿下。

配力克里斯　你经过了一场可怕的分娩,我的爱人;没有灯,没有火,无情的天海全然把你遗忘了。我也没有时间可以按照圣徒的仪式,把你送下坟墓,却必须立刻把你无棺无椁,投下幽深莫测的海底；那边既没有铭骨的墓碑,也没有永燃的明灯,你的尸体必须和简单的贝介为伍,让喷水的巨鲸和呜咽的波涛把你吞没！啊,利科丽达！吩咐涅斯托替我拿香料、墨水、白纸、我的小箱子和我的珠宝来；再吩咐聂坎德替我把那缎匣子拿来；把这孩子安放在枕上。快去,我还要为她作一次诀别的祷告；快去,妇人。（利科丽达下。）

水手乙　殿下,我们舱底下有一口钉好漆好的箱子。

配力克里斯　谢谢你。水手,这是什么海岸？

水手乙　我们快要到塔萨斯了。

配力克里斯　转变你的航程,好水手,我们向塔萨斯去吧,不要到泰尔了。什么时候可以到港？

水手乙　要是风定了的话,天亮的时候就可以到了。

配力克里斯　啊！向塔萨斯去吧。我要到那边去访问克里翁,因为这孩子到不了泰尔,一定会中途死去的；在塔萨斯我可以交托他们留心抚养。干你的事去吧,好水手；这尸体等我把它安顿好了,立刻就叫人抬过来。（同下。）

第二场　以弗所。萨利蒙家中一室

萨利蒙、一仆人及若干在海上遇险被救之人上。

萨利蒙　喂,菲利蒙！

菲利蒙上。

菲利蒙　老爷叫我吗？

萨利蒙　替这些可怜的人们弄些火和吃的东西来；昨天晚上的风暴真是大得怕人。

菲利蒙　暴风我也见过不少；可是像这样的晚上,却是从来没有经历过。

萨利蒙　等到你回去,你的主人早已死了;实在没有法子可以挽回他的生命。(向菲利蒙)把这方子拿到药铺里去,试试有没有效力。(除萨利蒙外均下。)

　　　　二绅士上。

绅士甲　早安,阁下。

绅士乙　您好,阁下。

萨利蒙　两位先生,你们为什么这么早就起来了?

绅士甲　阁下,我们的屋子就在海边上,给昨晚的暴风吹打得就像地震一般,梁柱都像要一起折断,整个屋子仿佛要倒塌下来似的。因为惊恐的缘故,我才逃了出来。

绅士乙　那正是我们一早就来打搅您的原因,并不是因为爱惜寸阴。

萨利蒙　啊,好说,好说。

绅士甲　可是我很不明白,像您阁下这样生活在富丽舒适的环境里的人,怎么肯在这样早的时间,就抛弃了休养身心的温暖的眠床,既然没有迫不得已的原因,一个人的天性怎么能够习惯于这种辛劳而不以为苦?

萨利蒙　我一向认为道德和才艺是远胜于富贵的资产;堕落的子孙可以把贵显的门第败坏,把巨富的财产荡毁,可是道德和才艺却可以使一个凡人成为不朽的神明。你们知道我素来喜欢研究医药这一门奥妙的学术,一方面勤搜典籍,请益方家,一方面自己实地施诊,结果我已经对于各种草木金石的药性十分熟悉,不但能够明了一切病源,而且对症下药,百无一失;这一种真正的快乐和满足,断不是那班渴慕着不可恃的荣华,或是抱住钱囊,使愚夫欣羡、使死神窃笑的庸妄之徒所能梦想的。

绅士乙　您是以弗所的大善士，多少人感戴您的再造之恩。您不但医术高明，力行不倦，而且慷慨好施；萨利蒙大人的声名，有口皆碑，时间也不会使它湮没的。

　　　　二仆舁箱上。

仆　甲　好；你从那头抬着。

萨利蒙　这是什么东西？

仆　甲　老爷，刚才海水把这箱子冲到我们岸上来；它大概是什么沉船上漂散出来的。

萨利蒙　放下来；让我们看看。

仆　乙　那瞧上去很像一口棺材。

萨利蒙　不管它是什么东西，那分量倒是沉重得很。快快把它撬开来；要是海水因为吞下了太多的金银，命运逼着它呕吐出来送给我们，那倒是一件意外的幸事。

仆　乙　正是，大人。

萨利蒙　它钉得多么结实，漆得多么牢固！是海水把它冲上来的吗？

仆　甲　老爷，我从来不曾看见过这么大的一个浪头，把它卷上岸来。

萨利蒙　来，把它撬开。且慢！我鼻子里好像闻到一股非常芬芳的香味。

仆　乙　一股馥郁的异香。

萨利蒙　我从来没有嗅到过这样的香味。好，揭开箱盖来，万能的神明啊！这是什么？一具尸体！

仆　甲　怪事，怪事！

萨利蒙　好一身富丽的殓衾；周围衬垫着这许多贵重的香料！

还有一纸证明书！阿波罗，帮助我诵读这上面的字迹吧！"余为国王配力克里斯，死者为余王后，罄世间所有之一切，均不足抵偿此无价之损失。万一此棺被风吹卷上岸，为仁人君子发现启视，务请依礼安葬，因彼系出天潢，为一国王之爱女也。凡棺中所有宝物，一概作为酬劳，而君子泽及朽骨之德，亦必仰邀天眷，奚止存亡同感而已。"要是你还在人世，配力克里斯，你的心一定因悲哀而粉碎了！这是昨夜发生的事。

仆　乙　大概是的，阁下。

萨利蒙　不，一定是昨晚的事，瞧，她的脸色多么鲜润！他们把她丢在海里，真太卤莽了。到里屋去生起火来；替我把我房间里所有的药箱拿出来。（仆乙下）一个人也许会接连几小时陷于死亡的状态，可是生命之火仍然会把不堪重压的精神重新燃起。我曾经听说有一个埃及人死了九小时，因为救治得法，终究苏醒过来。

　　　　仆人携药箱、手巾及火上。

萨利蒙　很好，很好；火也来了，布也来了。再请你们叫他们把那粗浊而忧郁的音乐奏起来；不要忘了那六弦提琴——瞧你办事这样没头没脑的，你这蠢货！喂，奏乐！请你们让她呼吸些空气。两位先生，这位王后一定会复活；她的生机已动，一丝温暖的气息已经从她嘴里吐出；她昏迷的时间，不会超过五小时以上。瞧！她又开始展放起她的生命之花来了。

仆　甲　上天假手于您，表现它的神奇的力量，使我们只有惊奇嗟叹，您的声名也将要从此不朽了。

萨利蒙　她活了！瞧，那锁闭着配力克里斯所失去的一双天上的明珠的眼睑,已经在那儿展开它们那像黄金一般闪亮的睫毛,显现出无比晶莹的两颗钻石来,使这世界增加一倍的财富了。醒醒,美丽的人儿,你有这样绝世的丰度,让我们听你叙述你自己的运命而流泪吧!(泰莎展动肢体。)

泰　莎　亲爱的狄安娜啊!我在什么地方?我的夫君呢?这是什么世界?

仆　乙　这不是怪事吗?

仆　甲　真是稀有的事情。

萨利蒙　静些,两位好邻居!帮我一臂之力,把她搀到隔壁房间里去。拿些被褥来;这事千万不能大意,她要是再昏过去,那就不可救治了。来,来;愿埃斯库拉庇俄斯①指导我们!

(众扶泰莎同下。)

第三场　塔萨斯。克里翁家中一室

配力克里斯、克里翁、狄奥妮莎及利科丽达抱玛丽娜上。

配力克里斯　最可尊敬的克里翁,我不能不走了;我的一年之期已经满限,泰尔的乱机一触即发。请你们夫妇两位接受我的衷心的感谢;愿神明加恩于你们!

克里翁　命运的利箭虽然使您受到莫大的创伤,也给我们带来了深刻的痛苦。

狄奥妮莎　啊,您那可爱的王后!要是命运不是这样无情,让您把她带到这儿来,使我这一双薄福的眼睛也能够一瞻丰采,那将是一件多大的好事!

---

① 埃斯库拉庇俄斯(Aesculapius),希腊罗马神话中司医药之神。

配力克里斯　我们不能不服从天神的意旨。要是我也能够像她葬身的海水一般咆哮怒吼,这样的结果还是不能避免。我这温柔的孩子是在海上诞生的,所以我替她取了玛丽娜的名字;现在我把她交给你们,请求你们善意的照顾,把她抚养成人,给她高贵的教育,使她谙熟按照她的身分所应该具备的一切举止礼貌。

克里翁　您放心吧,殿下,敝国曾经受到您的赈济的大恩,人民至今还在为您祈祷,您的孩子我们决不会亏待她的。要是我有一些怠慢疏忽之处,那班受恩的民众也会强迫我履行我的责任;但是假若我果真天良泯没,需要督促,愿神明使我和我的子孙永遭天谴!

配力克里斯　我相信你;即使没有这样的重誓,你的荣誉和义气,也可以使我充分信任你的真心。夫人,在她没有结婚以前,凭着我们众人所崇敬的光明的狄安娜女神起誓,我决定永不修剪我的头发,虽然这样会使我状貌很难看。现在我必须告别了。好夫人,请你好好抚养我的孩子,这样也就是造福于我了。

狄奥妮莎　我自己也有一个孩子,殿下,我不会宠爱她胜过您的小公主。

配力克里斯　夫人,我感谢你,为你祈祷天福。

克里翁　让我们把殿下送到海边,然后让和顺的天风和平静的海水护送着您回去。

配力克里斯　我敬领你们的盛情。来,最亲爱的夫人。啊!不要哭,利科丽达,不要哭;留心照看你的小公主,将来你要终身倚仗她哩。来,大人。(同下。)

第四场　以弗所。萨利蒙家中一室

萨利蒙及泰莎上。

萨利蒙　娘娘，这一封信和另外一些珠宝是跟您一起放在这口箱子里的；现在它们都在您的支配之下。您认识这笔迹吗？

泰　莎　这是我的夫君的笔迹。我记得我在海上航行，直到临近分娩的时间，我都记得十分清楚；可是究竟有没有在船上生产，凭着神明起誓，我却不能断定。可是我既然不能再见我的夫君配力克里斯王一面，我愿意终生修道，不再贪享人间的欢娱。

萨利蒙　娘娘，您这一番意思要是果然发自衷诚，那么狄安娜的神庙离此不远，您不妨在那里终养您的余年。而且您要是愿意的话，我有一个侄女可以在一起陪伴您。

泰　莎　我的唯一的酬报只有感谢，请你原谅我的礼轻意重吧。

（同下。）

第 四 幕

老人上。

  不说那泰尔的人民,
  怎样欢迎她的旧君;
  不说那薄命的王后
  在尼庵中凄凉苦守;
  单表小小的玛丽娜
  早已长成豆蔻年华,
  那克里翁不负重托,
  把这公主悉心教育,
  亏她生得剔透玲珑,
  音乐文艺色色精通,
  那卓越的才华仪态
  赢得每个人的敬爱。
  可叹那嫉妒的妖精
  又在施展它的祸心!
  克里翁有个女公子,
  菲萝登是她的名字,
  这时已经待嫁闺中,

和玛丽娜形影相从：
她们有时并肩共织，
赌赛着玉指的纤洁；
她们有时拈针共绣，
争夸着灵秀的心手；
有时抚琴同唱新声，
羞杀了哀吟的夜莺；
有时执笔同赋新诗，
歌颂着月殿的神姬。
这菲萝登好胜心强，
她总想争一日之长；
无奈她乌鸦的羽毛
怎么能和白鸽比皎？
只有玛丽娜的敏慧
受尽了众人的赞美；
菲萝登在相形之下
大大地减低了声价。
她的母亲因妒成憎，
陡起了杀人的心情，
她想把玛丽娜去除，
便可让她女儿独步；
这阴谋还正在酝酿，
利科丽达又告身丧，
可怜那孤零的公主，
她的生命危在朝暮。
那恶妇的毒计猖狂

究竟能否如愿以偿？
这以后的事移境变，
自有伶工们的扮演。
俺老汉啊荒腔走韵，
惭愧有渎看官清听，
谢列位大度的包容，
才把俺的漏洞弥缝。
这厢来了狄奥妮莎，
里奥宁是她的爪牙。(下。)

第一场　塔萨斯。海滨附近旷地

狄奥妮莎及里奥宁上。

狄奥妮莎　记着你已经发誓干这件事；那不过是一举手之劳，永远不会有人知道。世上再没有这样便宜事儿，又简单，又干脆，一下子就可以使你得到这么多的好处。不要让那冷冰冰的良心在你的胸头激起了怜惜的情绪；也不要让慈悲，那甚至于为妇女们所唾弃的东西，软化了你；你要像一个军人一般，坚决执行你的使命。

里奥宁　我说干就干；可是她是一个很好的姑娘哩。

狄奥妮莎　那就更应该让她跟天神们做伴去。瞧她因为哀悼她的保姆，哭哭啼啼地来了。你决定了吗？

里奥宁　我决定了。

玛丽娜携花篮上。

玛丽娜　不，我要从大地女神的身上偷取诸色的花卉，点缀你的青绿的新坟；当夏天尚未消逝以前，我要用黄的花、蓝的花、紫色的紫罗兰、金色的万寿菊,像一张锦毯一样铺在你的坟上。唉!我这苦命的人儿,在暴风雨之中来到这世上,一出世就死去了我的母亲;这世界对于我就像一个永远起着风浪的怒海一样,把我的亲人一个个从我的面前卷去。

狄奥妮莎　啊,玛丽娜!你为什么一个人到这儿来?怎么我的女儿不跟你在一起?不要让悲哀侵蚀了你的血液;你可以把我当作你的保姆的。主啊!这种无益的哀伤,已经使你的脸色变得多么憔悴!来,把你的花给我,趁着它们还没有被海潮打坏。跟里奥宁散散步去吧;那儿的空气很新鲜,它可以刺激脾胃,鼓舞精神。来,里奥宁,挽着她的手臂,陪她散步去吧。

玛丽娜　不,我谢谢您;我不愿夺去您的仆人。

狄奥妮莎　来,来;我是像爱自己人一般爱你和你的父王的。我们每一天都在盼望他到这儿来;要是他来了以后,看见我们这位绝世无双的好女儿消瘦成这个样子,他一定会懊悔不该这样远远地离开你;他也一定会埋怨我的丈夫和我,说我们不曾好好照料你。去吧,我求你;散散步,重新快活起来;不要毁损了你那绝妙的容颜,那是曾经使每一个少年和老人目移神夺的。你不用管我,我会一个人回去。

玛丽娜　好,我就去;可是我实在没有那样的兴致。

狄奥妮莎　来,来,我知道那是对你有益的。里奥宁,你陪她至少散步半小时。记住我刚才所说的话。

里奥宁　您放心吧,夫人。

狄奥妮莎　我的好姑娘,我要暂时少陪你一下;请你慢慢走着,不要跑得满脸通红的。嘿!我必须留心照顾你哩。

玛丽娜　谢谢您,亲爱的夫人。(狄奥妮莎下)这风是从西方吹来的吗?

里奥宁　这是西南风。

玛丽娜　我生下来的时候吹的是北风。

里奥宁　是吗?

玛丽娜　我的保姆告诉我,我父亲是从来不知道恐惧的,他向水手们高声呼喊,"出力,好弟兄们!"用他尊贵的手亲自拉着缆索,不顾擦伤他自己的皮肉;他曾经紧紧攀住桅樯,抵御着一阵几乎把甲板冲毁的巨浪。

里奥宁　那是在什么时候?

玛丽娜　就在我生下来的时候。像那样狂暴的风浪,真是从来不曾有过;一个爬到帆篷上去的人也从绳梯上翻下海里。一个说,"嘿!你下来了吗?"他们流着汗从船头奔到船尾;掌舵的吹口哨,船主到处喊人,满船忙作了一团。

里奥宁　来,念你的祷告吧。

玛丽娜　你是什么意思?

里奥宁　要是你需要短短的时间作一次祷告,我可以允许你。可是千万不要噜噜哝哝地拉上一大套,因为天神的耳朵是很灵敏的,而且我已经发誓要把我的事情快快办好。

玛丽娜　你为什么要杀死我?

里奥宁　这是我的女主人的意思。

玛丽娜　为什么她要把我杀死?凭着我的真心起誓,照我所能够记得的,我生平从来不曾做过一件损害她的事。我不曾讲过一句坏话,或是对无论哪一个生物做过一桩恶事;相信我,我不曾杀死过一只小鼠,或是伤害过一只飞蝇;我在无意之中践踏了一条虫儿,也会因此而流泪。究竟我犯了什么过失?我的死对她有什么好处?我的生对她又有什

375

危险？

里奥宁　我只知道奉命行事，不是来跟你辩论是非的。

玛丽娜　我希望你再也不会干这样的事。你的相貌很和善，表明你有一颗仁慈的心。我最近看见你因为劝解两个打架的人而自己受了伤，这就可以看出你是一个好人。现在再请你做一个这样的好人吧！你的主妇要害我的性命，你应该扶危拯困，救救我这柔弱可怜的人才是。

里奥宁　我已经宣过誓了，这事情非办不可。

　　　　众海盗上，时玛丽娜方在竭力挣扎。

盗　甲　放手，恶人！（里奥宁逃下。）

盗　乙　一件宝货！一件宝货！

盗　丙　大家分，弟兄们，大家分。来，咱们赶快把她带到船上去吧。（众海盗捉玛丽娜下。）

　　　　里奥宁重上。

里奥宁　这些恶贼是大海盗凡尔狄斯手下的；他们把玛丽娜捉了去啦。让她去吧；她是再也不会回来的了。我敢发誓她一定被他们杀死、丢在海里啦。可是我还要探望探望；也许他们把她玩了一个痛快以后，并不把她带到船上去也说不定。要是他们把她留下，那么她在他们手里失去了贞操，必须在我手里失去她的生命。（下。）

第二场　米提林。妓院中一室

　　　　妓院主人、鸨妇及龟奴上。

院　主　龟奴！

龟　奴　老板有什么吩咐？

院　主　到市场上去仔细搜寻；米提林多的是风流浪子，咱们没有姑娘应市，这笔损失可不小哩。

鸨　妇　咱们从来不曾像现在这样缺货。一共只有三个粗蠢的丫头，她们充其量也只能像现在这样应付；而且因为疲于奔命的缘故，都已经跟发臭的烂肉差不多了。

院　主　所以咱们只好不惜重价，弄几样新鲜的货色来。无论干什么生意，总要讲个良心，不讲良心，营业还会发达吗？

鸨　妇　你说得不错；那不是养育私生子的问题，我想我自己就一手养大了十一个——

龟　奴　嗯，每个养到十一岁，就又下水啦。可是我要不要到市场上去搜寻一番？

鸨　妇　别的还有什么办法？咱们这铺子里都是又臭又烂的货色，一阵大风就会把她们吹碎的。

院　主　你说得不错；凭良心说，她们的确太肮脏了。那个可怜的德兰斯瓦尼亚人才跟那小蹄子睡了一觉，不几天就送了命。

龟　奴　嗯，她很快就送了他的命；她叫他给蛆虫们当一顿美味的炙肉。可是我要到市场上搜寻去了。（下。）

院　主　有了三四千块钱也可以安安稳稳过日子了；那时候咱就洗手不干。

鸨　妇　为什么不干，我倒要问问你？难道咱们老了，赚钱就是一桩丢脸的事吗？

院　主　啊！咱们的名誉不是像货色一样源源而来的，咱们的货色也不能保险没有意外的损失；所以要是咱们在年轻的时候早一点儿赚下些产业，现在情愿关起门来吃现成饭了。而且咱们这一行营生是上干天怒的，要是不知道中途歇手，神明一定不会饶过咱们。

鸨　妇　算啦,别的生意也是跟咱们一样罪恶的。

院　主　跟咱们一样!嘿,他们可比咱们清白得多啦;只有咱们这一行才是最该死的。这行生意能算是职业吗?那简直不是人干的。可是龟奴来啦。

　　　　龟奴率众海盗及玛丽娜上。

龟　奴　过来。列位大哥,你们说她是个闺女吗?

盗　甲　啊!朋友,这我们可以担保。

龟　奴　老板,您瞧,我好容易东寻西找,才找到这么一件货色。要是您中意的话,那再好没有;不然我付的定钱可就白扔啦。

鸨　妇　龟奴,她有什么长处?

龟　奴　她有一张好看的脸蛋儿,会讲好听的话儿,又有一身挺好的衣服;有了这几件好处,人家还会拒绝她吗?

鸨　妇　她的价钱多少?

龟　奴　他们一定要一千块钱,一点儿也不能少。

院　主　好,跟我来,列位朋友,我立刻就把钱拿给你们。妻子,你领她进去,教导她应该做的事,免得她生手生脚的,怠慢了客人。(院主及众海盗下。)

鸨　妇　龟奴,你把她的容貌仔细记好,她的头发是什么颜色,她的皮肤是怎样的,怎样高的身材,怎样大的年纪,尤其要说明她是个闺女;你到市上去这样嚷着说,"谁要是愿意出最高的价钱,就可以做第一个享受她的人。"倘然男人们的性情没有改变,这样一个闺女是可以赚一注大钱的,照我吩咐你的办去吧。

龟　奴　遵命。(下。)

378

玛丽娜　唉！里奥宁应该把事情做得干脆一点,他应该早一点杀死我,不应该说那些废话;或者那些海盗们要是再凶狠一些,把我丢在海里,我也可以找我的母亲做伴去!

鸨　妇　你为什么哀哭,美丽的人儿?

玛丽娜　因为我是美丽的。

鸨　妇　得啦,天神们总算没有亏待了你。

玛丽娜　我并不抱怨他们。

鸨　妇　你既然落到我的手里,你就是我的人啦。

玛丽娜　我真不该从那想杀死我的人手里逃了出来。

鸨　妇　你在我这里可以过舒服的日子。

玛丽娜　不。

鸨　妇　是的,你可以过舒服的日子,你还可以尝尝各色各样绅士们的味道。这儿吃的也有,穿的也有;还有黑的、白的、胖的、瘦的汉子们,由你夜夜掉换新鲜。嘿！你捂住你的耳朵了吗?

玛丽娜　你是个女人吗?

鸨　妇　我倘然不是女人,你说我是什么?

玛丽娜　不贞洁的女人就不能算是女人。

鸨　妇　好,有你的,你这小鹅儿,看来你要给我添点麻烦啦。来,你是个糊涂的小东西,一定要给你点颜色看,你才会听老娘的管教。

玛丽娜　天神保佑我!

鸨　妇　要是天神保佑你多结识几个知心的汉子,那么让他们安慰你、供养你、给你甜头尝吧。龟奴回来了。

　　　　　龟奴重上。

鸨　妇　喂,你在市场上替她宣传过没有?

龟　奴　我简直连她头上有几根头发都说了出来;因为描摹她的美貌,把我的喉咙都喊哑了。

鸨　妇　告诉我,你觉得人们听了你的话,兴趣怎样?尤其是那些年轻的家伙?

龟　奴　不瞒您说,他们听我的话,就像听他们父亲的遗嘱一般。有一个西班牙人满口流涎,他一听见我的形容,就在那儿做着同床的好梦了。

鸨　妇　他明儿一定会穿起他的最漂亮的绉领衣服,到咱们这儿来的。

龟　奴　今晚就来,今晚就来。可是,妈妈,您认识那个弯腿的法国骑士吗?

鸨　妇　谁?维乐尔斯先生吗?

龟　奴　嗯;他一听见我的宣告,就乐得想要翻起筋斗来;可是结果只是呻吟了一声,发誓说明儿一定来看她。

鸨　妇　好,好;他曾经把他的一身病带到咱们这儿来,这一回最多不过是旧病复发。我知道他是个明处花钱、暗处占便宜的家伙。

龟　奴　好,要是每一个国家都有旅行的人到咱们这儿,咱们总是来者不拒的。

鸨　妇　(向玛丽娜)请你过来一下,你的好运气到了。听着,你在干那件事的时候,虽然心里愿意,也要装出几分害怕的样子;越是有利益的事情,越要装着不把这种利益放在心上。当你向你的情人们谈起你现在的生活的时候,你应该流些眼泪,这样可以引起他们的同情;这一种同情往往可以使你得到极好的名誉,而这种名誉也就是一种利益。

玛丽娜　我不懂你的话。

龟　奴　啊！带她进去吧,妈妈,带她进去;她这种羞人答答的神气,必须让她立刻得些实际经验,才可以把它除掉。

鸨　妇　你说得不错,真的,必须让她立刻经验经验;第一夜做新娘,不免要带几分羞涩,她干这个却是光明正大的。

龟　奴　说老实话,脸嫩的固然有,脸老的也不少。可是,妈妈,既然这块肉的价钱是我讲定的——

鸨　妇　你也可以切一小块去尝尝。

龟　奴　真的吗？

鸨　妇　谁来骗你？来,小姑娘,我很喜欢你的衣服的式样。

龟　奴　嗯,凭良心说,她这身衣服现在还没有更换的必要。

鸨　妇　龟奴,你再到市上去一趟,逢人便告诉咱们家里来了一位多么好的姑娘;多拉几个主顾,对于你总有好处。造化生下这东西来的时候,就有帮助你的意思;所以你应该竭力吹嘘,说她是怎样一个绝世无双的美人儿,你越是说得天花乱坠,越可以捞到一笔大大的油水。

龟　奴　您放心吧,妈妈,我只要一说起她的美丽,管教那些好色的人们一个个春心大发,比震雷惊醒那蛰眠水底的鳗鲡还要灵验。今天晚上我就可以带几个客人来。

鸨　妇　去吧;跟我来。

玛丽娜　要是火是热的,刀是尖的,水是深的,我要永远保持我的童贞的完整。狄安娜女神,帮助我吧！

鸨　妇　咱们跟狄安娜女神有什么来往？请你还是跟我进去吧。(同下。)

第三场　塔萨斯。克里翁家中一室

　　克里翁及狄奥妮莎上。

狄奥妮莎　嗳哟，你是个傻子吗？这事情干也干过了，还可以挽回吗？

克里翁　啊，狄奥妮莎！像这样的惨杀案，真是自有天地以来所未有的。

狄奥妮莎　我想你真要变成个小孩子了。

克里翁　假如我是这广大的世界的主人，为了挽回这一件罪行，我宁愿把这世界舍弃。啊，女郎！你的品德是比你的血统更为高贵的，虽然你是一位金枝玉叶的公主，可以和世界上无论哪一个戴王冠的人并立而无愧。啊，里奥宁这恶奴！他也已经被你毒死了；要是你自己把那毒酒先喝一口，倒还可以算功过相抵。尊贵的配力克里斯若是追问起他的女儿来，你有些什么话说？

狄奥妮莎　我就说她死了。保姆不是执掌生死的神明，谁能保得住一个孩子养得大养不大？她是在夜里死的，我就这样说。谁敢说一个不字？除非你要表示你是一个正直无罪的好人，那么你就高声宣布，说她是被人用恶计谋杀的吧。

克里翁　唉！得啦，得啦。在天下一切罪恶之中，这一件是最为天神们所痛恨的。

狄奥妮莎　你就去做那些傻子，相信塔萨斯的可爱的小鸟儿会飞到海外去，把这件秘密向配力克里斯揭破吧。我真替你惭愧，像你这样一个出身高贵的人，却有这么一副懦夫的性格。

克里翁　不要说是公然的同意,就是对于这样的行为表示默许的人,他也决不是高贵的祖先的子孙。

狄奥妮莎　就算是这么说吧。可是除了你一个人以外,谁也不知道她怎样死的;而且里奥宁已经不在,也没有人能够知道。她掩蔽了我的女儿,阻碍她前途的幸福;谁也不要看她一眼,大家都把他们的目光注射在玛丽娜的脸上,我们的女儿却遭人贱视,被人当作灶下婢一般看待。这就像利刃一样刺透了我的心。虽然你自己一点不替你的孩子着想,却说我的手段太不人道,可是我却以为这是为你的独生女儿所干的一件极大的好事哩。

克里翁　上天恕宥这样的罪恶!

狄奥妮莎　至于配力克里斯,他有什么话说呢?我们为她举哀送葬,至今还在替她服丧;她的坟墓已经大部砌好,她的墓碑上刻着灿烂的金字,表示一般的赞美和我们对她的爱念,这一切不都是我们花的钱吗?

克里翁　你是个妖精,用你天使一般的面孔欺骗世人,却用你的鹰隼一般的利爪杀害无辜。

狄奥妮莎　你才是个迂腐的傻瓜,冻死几个蝇子也要惊天动地。可是我知道你会照我的话做的。(同下。)

第四场　塔萨斯。玛丽娜墓前

老人上。

百年弹指,天涯寸步,
一苇可把重洋飞渡;
让我把你们的想像

带过了邦疆和国壤。
演戏本来是一片假，
列位看官不用惊诧
怎么那各地的人民
都讲着同一的方音，
这为的是观听便利，
不是俺们失于算计。
几句闲话交代过去，
接着再把正文重叙。
却说那配力克里斯
为了探望他的娇儿，
带领了大小的臣僚，
再度冒海上的风涛；
赫力堪纳斯这老臣
这一回也伴驾随行，
留下了爱斯凯尼斯
把国中的政务主持。
可喜的是一帆风顺，
早到了塔萨斯边境，
那老王满心的欢慰，
想把爱女接回国内。
请看这些人影幢幢，
又有一番哀怨凄凉。

哑剧：配力克里斯率侍从自一门上；克里翁及狄奥妮莎自另一门上。克里翁指玛丽娜坟墓示配力克里斯；配力克里斯做痛哭流涕状，以麻衣披身，大恸而去；克里翁、狄奥妮莎同下。

瞧这番拙劣的表情，
多么叫人难于信凭，
像这样的作势装腔，
也算是真实的哀伤！
悲哀的配力克里斯
披上了麻布的丧衣，
发誓永不洗脸剃发，
苦度着凄惶的岁月；
他挂着一颗颗泪珠，
叹口气又踏上归途。
心中阵阵风涛冲荡，
幸喜最后安然无恙。
列位且看这首墓铭
追叙玛丽娜的生平；
那心如蛇蝎的恶妇
偏会说蜜般的言语。（读玛丽娜墓碑上诗句）

佳人多薄命，奇花易萎折，
新春方吐蕊，遽尔辞枝别。
谁欤墓中人？泰尔王家女；
死神展魔手，一朝攫之去。
厥名玛丽娜，美慧世无比。
当其诞生时，海神大欢喜，
吐浪如山高，百里成泽国。
大地为战栗，恐至全沦没，
故将此女郎，上献与苍冥。
至今怒海水，犹作不平声。

最是那甘言的谄媚，
越显出居心的奸诡。
且不谈配力克里斯
深信他女儿的长逝；
他此去茫茫的前途
自有命运女神做主。
咱们现在回过头来，
再看那不幸的女孩，
她如今堕下了火坑，
失去了一切的希望。
请列位略耐一耐心，
咱们又到了米提林。（下。）

第五场　米提林。妓院前街道

二绅士自妓院中出。

绅士甲　您听见过这样的话吗？

绅士乙　没有，而且要是她去了以后，在这样一个所在，也永远不会再听见这样的话的。

绅士甲　可是在那样的地方高谈上帝的真理！您有没有梦想到会有这样的事情？

绅士乙　没有，没有。来，我从此不再逛窑子了。我们要不要去听听修道女的唱诗？

绅士甲　只要是合乎道德的事，我现在什么都愿意做；可是从此以后，再不寻花问柳了。（同下。）

第六场　同前。妓院中一室

　　　　院主、鸨妇及龟奴上。

院　主　哼,早知如此,咱宁愿丢了两倍她身价的钱,也不要她到咱们这儿来。

鸨　妇　该死的鬼丫头!她会叫普里阿波斯①倒抽一口凉气,她会叫这一辈青年人一个个绝了后代;咱们必须把她破了身子,否则还是撵她出去。轮到她侍候主顾,尽咱们这一行的本分的时候,她就有她的推托、她的理由——她的天大的理由;她会跪下来哀求祷告;要是魔鬼想和她亲一个嘴,见了她这样子,也会变成清教徒的。

龟　奴　哼,我非把她强奸了不可,不然我们的阔大少会跑得精光,浪荡子也会都变成修道士啦。

院　主　对,她再说什么经期失调,就别理她那一套。

鸨　妇　可不是吗?要让女的不害经期失调,男的就得不怕染杨梅疮才行。哟,拉西马卡斯大人穿着便服来啦。

龟　奴　要是这作怪的丫头对客人们迁就一些,咱们这门槛儿早就给上下三等的人踏破啦。

　　　　拉西马卡斯上。

拉西马卡斯　怎么!你们这儿的大姑娘多少钱一打?

鸨　妇　啊,天神祝福您老爷!

龟　奴　我很高兴看见您老爷贵体安好。

拉西马卡斯　是的,你们应该希望你们的主顾都有一个结实的

---

①　普里阿波斯(Priapus),希腊神话中司生育之神。

身子,这才是你们的福气。喂!婆子,你们这儿有没有一个可以让人玩了以后不必请教外科医生的姑娘?

鸨　妇　我们这儿倒有一个,老爷,要是她愿意的话。可是在米提林从来不曾有过像她一样的人。

拉西马卡斯　你的意思是说要是她愿意干那件事儿的话。

鸨　妇　什么都逃不了您老爷的明鉴。

拉西马卡斯　好,叫她出来,叫她出来。

龟　奴　要论她的皮肉,老爷,真称得起红是红,白是白,像一朵花儿似的。她的确是一朵花,就是还没有——

拉西马卡斯　没有什么?

龟　奴　老爷,我可不好意思说。

拉西马卡斯　女人羞答答的可以冒充贞洁,乌龟不好意思当然也可以提高身价。(龟奴下。)

鸨　妇　她是一朵枝头的娇花,我可以向您保证,还没有被人攀折过呢。

　　　　龟奴率玛丽娜重上。

鸨　妇　她不是一个美人儿吗?

拉西马卡斯　嗯,在船上待了这么多日子之后,看见这样的女人也就将就了。好。这是给你的赏钱,去吧。

鸨　妇　请老爷准许我说一句话,然后立刻就去。

拉西马卡斯　你说吧。

鸨　妇　(向玛丽娜)第一,我要你注意,这是一位很有名誉的贵人。

玛丽娜　我希望他果然是一位值得受我重视的正人君子。

鸨　妇　第二,他是本地的总督,我是受他管辖的。

玛丽娜　假如他是本地的总督,那你自然要受他的管辖;可是他在这方面是不是正人君子,我还不知道。

鸨　妇　请你少说些女孩儿家推推闪闪的废话吧;一句话,你愿意不愿意好好招待他?他要是喜欢的话,会把你的裙子上都镶满了黄金哩。

玛丽娜　凡是他用光明正大的态度赐给我的恩惠,我就用感激的心情接受他的好意。

拉西马卡斯　你们话讲完了没有?

鸨　妇　老爷,她是个一点不懂事的孩子;您必须耐心把她开导开导。来,咱们让老爷跟她两个人谈谈吧。

拉西马卡斯　你们去吧。(鸨妇、院主、龟奴同下)呃,美人儿,你干这个行业多久啦?

玛丽娜　什么行业,先生?

拉西马卡斯　那我可说不出口来,因为说出来会得罪人的。

玛丽娜　我自己干的事是不会使我自己听了动气的。请您说吧。

拉西马卡斯　我问你吃这碗饭多久了?

玛丽娜　从我刚记事的时候就开始了。

拉西马卡斯　怎么,那么年轻就开始了吗?难道你六七岁就干这个吗?

玛丽娜　比六七岁还早的时候,我就是现在这样。

拉西马卡斯　你现在住在这样一个地方,就说明你是一个出卖色相的女子。

玛丽娜　您既然知道这间屋子是这么一个所在,您还进来吗?我听说您是一位很有名誉的人,又是这儿的总督。

拉西马卡斯　啊,你那当家的已经告诉了你我是谁吗?

玛丽娜　谁是我的当家的?

拉西马卡斯　就是那个贩卖百草的婆子,那个播种罪恶的妇人。啊!你大概因为听说我有几分权力,所以故意装出高傲的态度,想要抬高你自己的身价。可是我告诉你,美人儿,我的权力是不会带到这儿来的,就是到这儿,也会对你表示宽大。来,带我到一间僻静些的屋子里去吧;来,来。

玛丽娜　假使您真是贵人出身,请您用行动证明您的身分。假使这名誉地位是别人给您的,那么您也不要辜负别人对您的期望。

拉西马卡斯　怎么回事?怎么回事?好严正的教训!再说下去。

玛丽娜　我是一个不幸的少女,残酷的命运把我推下了这一个火坑;自从我来到这里以后,我只看见人们用比请医生服药更大的代价,买一身恶病回去。啊!要是天神们把我从这暗无天日的所在解放出来,即使他们叫我变成一只最卑微的小鸟,我将要多么快乐地在纯洁的空气中任意翱翔!

拉西马卡斯　我没有想到你竟有这样动人的口才;这真是出我意料之外。即使我抱着一颗邪心到这儿来,听见你这一番谈话,也会使我幡然悔改。这些金子是给你的,你拿着吧。愿你继续走你的清白的路;愿神明加强你的力量!

玛丽娜　愿慈悲的神明护佑您!

拉西马卡斯　你不要对我误会,以为我到这儿来是存着什么邪恶的目的,因为在我看来,这儿的每一扇门窗都散放着罪恶的臭味。再会!你是一个贞洁的女郎,我相信你一定受过高贵的教育。这儿还有一些金子给你,你拿着吧。谁要是侵害了你的善良的灵魂,愿他永受咒诅,像盗贼一般不得好死!也许你还会听到我的消息,那一定是对于你有好处的。

　　　　　龟奴重上。

龟　奴　谢谢老爷,也赏我一块钱吧。

拉西马卡斯　滚开,你这该死的奴才!你们这一所屋子倘没有这位姑娘替你们支撑,它早就倒塌下来,把你们全都压死了。滚开!(下。)

龟　奴　这是怎么一回事?咱们非得换一副手段对付你不可。你的贞操还不值乡下人家露天下的一顿早饭,咱们不能为了你要守贞,一家子活活饿死呀。过来。

玛丽娜　你要我到哪里去?

龟　奴　我要不给你开苞,刽子手就得给你开膛。过来。咱们不能再让主顾们一个个给你推出门去。喂,过来。

　　　　　鸨妇重上。

鸨　妇　怎么!什么事?

龟　奴　越来越不成话了,妈妈;她对拉西马卡斯老爷也说起神圣的大道理来啦。

鸨　妇　嗳哟,可恶!

龟　奴　她把咱们这一行说得简直好像一股秽气可以冲到天神脸上似的。

鸨　妇　哼,这丫头不想活命了吗?

龟　奴　这位贵人有心抬举她,她却不识好歹;浇了他一头冷水;他立脚不住,只好走了,临走还作过祷告哩。

鸨　妇　龟奴,带她下去;你爱把她怎样就把她怎样;破坏她的贞操,看她以后再倔强不倔强。

龟　奴　即使她是一块长满荆棘的荒地,我也要垦她一垦。

玛丽娜　听哪,听哪,神啊!

鸨　妇　她又在呼告神明了;带她下去!但愿她从不曾走进我

391

的门里！哼,死丫头！她是来把咱们一起葬送了的。你不愿意走女人们大家走的路吗？哼,过来,我的三贞九烈的好姑娘！（下。）

龟　奴　来,姑娘;跟我来吧。

玛丽娜　你要我到哪里去？

龟　奴　我要把你自己最看重的那件宝贝采摘下来。

玛丽娜　请你先告诉我一件事情。

龟　奴　好,说吧,是一件什么事情？

玛丽娜　要是你有仇敌的话,你希望他做个怎么样的人？

龟　奴　嘿,我希望他做咱们的老板,或者还是做咱们老板的太太。

玛丽娜　他们的职业虽然下贱,可是比起你来还是略胜一筹,因为你是受他们使唤的。地狱里受着最痛苦的酷刑的恶鬼,为了爱惜他的名誉,也不愿和你交换地位;你是一个永远受罪的管门人,必须侍候每一个探望他的下贱的情妇的下贱的男子;碰到脾气坏的家伙,你的耳朵免不了挨他的拳头的痛打;你吃的东西是那些害肺病的人所呕吐出来的。

龟　奴　你要我干什么呢？上战场去吗？你要我当七年的兵,失去一条腿,结果连装木腿的钱都拿不出来吗？

玛丽娜　除了你现在所干的事以外,无论什么事都可以做。你可以打扫垃圾箱,到水边去淘粪,你可以做刽子手的助手,什么都要比你现在的事情好一些。一头狒狒要是会说话,一定也不屑于担当你这个名分。啊！但愿天神们拯救我平安脱离这一个所在！来,我这儿有一些金子送给你。要是你的主人一定要在我身上赚钱的话,你们可以宣布我会唱歌、跳舞、纺织、缝纫,还有其他的技艺,因为不愿夸口的缘故,我都不说了。我愿意招收生徒,教授这几门功课。我相信在这人口众多的城市里,一定可以收到不少的学生。

龟　奴　可是你真的会教授这许多功课吗?

玛丽娜　要是事实证明我没有这样的能力,我愿意让你们把我带回到这儿来,叫我向你们这儿最下贱的客人出卖我的肉体。

龟　奴　好,我愿意试试我能不能帮你一些忙;要是有可以安顿你的地方,我会替你想法的。

玛丽娜　可是我必须和良家妇女在一起。

龟　奴　说老实话,我在这方面是没有什么熟人的。可是既然我家老板和主妇花了钱买你下来,什么事总要得到他们的允许;所以让我先去把你的意思告诉他们,我相信他们都是很容易说话的。来,我愿意尽力帮你的忙;来吧。(同下。)

第 五 幕

老人上。
  玛丽娜跳出了火窟,
  开始她教学的生活:
  她的歌声不似人间;
  她的舞态翩翩欲仙;
  尤其她针线的精能,
  化工也要退让三分,
  尺缣上的花鸟枝叶
  和活的全没有分别。
  她招集了不少生徒,
  其中尽多贵妇名姝,
  她们那敬师的修脯,
  她全都给了那鸨妇。
  不表她在这里安身,
  再说她海上的父亲;
  他的船只随风漂荡,
  迷失了航行的方向;
  谁料那冥冥的天公

有心使他父女相逢，
把他吹到了米提林，
在这儿把征棹暂停。
却说米提林的居民
每年都要祭奠海神；
这时候拉西马卡斯
正在把那祭礼主持，
他望见泰尔的船舶，
那旗帜上一片黑色，
为了探察它的究竟，
他急忙驾艇去访问。
请列位再用些想像，
这儿便是老王船上，
说不尽的悲欢离合，
都在台上表演明白。（下。）

第一场　米提林港外，配力克里斯船上。甲板上设帐篷，前覆帷幕。配力克里斯偃卧帐中榻上。一艇停靠大船之旁

二水手上，其一为大船上者，其一为艇上者；赫力堪纳斯上，与二水手相遇。

泰尔水手　（向米提林水手）赫力堪纳斯大人不知道在什么地方；他可以答复你的。啊！他来啦。——大人，有一艘从米提林来的艇子，艇子里面是拉西马卡斯总督，他要求到咱们船上来。您看怎么样？

赫力堪纳斯　请他上来吧。叫几个卫士们出来。

泰尔水手　喂,卫士们！大人在叫着你们哪。

　　　　　卫士二三人上。

卫士甲　大人呼唤我们吗？

赫力堪纳斯　卫士们,有一个很有地位的人要到我们船上来；请你们去迎接一下,不要失了礼貌。(卫士及水手等下船登艇。)

　　　　　拉西马卡斯率从臣及卫士、二水手等同自艇中上。

泰尔水手　大人,这一位老爷可以答复您所要询问的一切。

拉西马卡斯　祝福,可尊敬的老大人！愿天神们护佑你！

赫力堪纳斯　大人,愿你的寿命超过我现在的年龄；愿你富贵令终,泽及后人！

拉西马卡斯　您真是善颂善祷。我刚才正在海滨祭祀海神,忽然看见你们这艘富丽的船舶经过我们的海面,所以特来探问一声,你们是从什么地方来的。

赫力堪纳斯　第一,先请你告诉我你是一位何等之人？

拉西马卡斯　我就是你们眼前这一座城市的总督。

赫力堪纳斯　大人,我们的船是从泰尔来的,船里载的是我们的王上；他这三个月来,不曾对什么人讲过一句话,虽然勉强进一点饮食,也不过为了延续他的悲哀。

拉西马卡斯　他为什么会变成这个样子？

赫力堪纳斯　说来话长；他的悲哀的主要原因,是失去他的亲爱的女儿和妻子。

拉西马卡斯　我们可以见见他吗？

赫力堪纳斯　你可以见他；可是见了他也是徒然；他是不会向任何人说话的。

拉西马卡斯　可是让我达到我的愿望吧。

赫力堪纳斯　瞧他。(揭幕见配力克里斯)他本来是一位仪表堂堂的人物,直到那一个不幸的晚上,意外的惨祸把他害成了这个样子。

拉西马卡斯　王上陛下,万福!愿天神们护佑你!万福,尊严的王上!

赫力堪纳斯　这是毫无用处的;他不会对你说话。

臣　甲　大人,在我们米提林地方有一个少女,我敢打赌她有本领诱他说出几句话来。

拉西马卡斯　你想得很好。凭着她的曼妙的歌声和种种动人的美点,她一定会打开他的闭塞不通的心窍。她是所有女郎中最美貌的,现在正和她的女伴们在岛旁的树荫下面谈笑。

(向臣甲耳语,臣甲下艇。)

赫力堪纳斯　什么都是毫无结果的;可是无论什么治疗的方法,只要有万一的希望,我们都不愿意放过。多蒙阁下这样热心相助,真是感激万分;我们还有一个冒昧的要求,因为我们航海日久,食物虽然不缺,但是味道不鲜,令人生厌,所以我们想要出钱向贵处购办一些食物,不知道阁下能不能允许我们?

拉西马卡斯　啊!大人,要是我们不愿意尽这一点点的地主之谊,公正的天神一定会在我们每一颗谷粒中降下一条蛀虫,使我们全境陷于饥馑的。可是让我再向你作一次请求,请把你们王上悲哀的原因详细告诉我知道吧。

赫力堪纳斯　请坐,大人,我可以告诉你;可是瞧,有人来打断我们的谈话了。

臣甲率玛丽娜及另一女郎自艇中重上。

拉西马卡斯　啊!这就是我请来的女郎。欢迎,美人儿!她不是很美吗？

赫力堪纳斯　她是一位俏悦的女郎。

拉西马卡斯　她是这样一位绝世的佳人，要是我能够确定她果然是世家贵族的后裔，我一定不再作其他的奢求，而认为得到这样一位妻子是终生的幸事。美人儿，这里有一位抱病的国王，在他身上你可以期望得到最高的赏赐；假如凭着你的巧妙的手段，只要能够使他回答你的一句问话，你的神奇的医术就可以使你得到你所愿望的任何酬报。

玛丽娜　大人，我愿意尽我的力量设法治疗他的病症，可是有一个条件，除了我自己和我的女伴以外，谁也不准走近他的身旁。

拉西马卡斯　来，让我们离开她；愿神明保佑她成功！（玛丽娜唱歌）他注意到你的歌声没有？

玛丽娜　没有，也不曾望我们一眼。

拉西马卡斯　瞧，她要向他说话了。

玛丽娜　万福，陛下！我的主，听我说句话儿。

配力克里斯　哼！嘿！

玛丽娜　陛下，我是一个少女，从来不曾勾引别人向我注目，可是像一颗彗星一般，到处受尽世人的凝视。她现在在向您说话，陛下，她所身受的种种不幸，要是放在准确的天平里衡量起来，也许正和您的不幸同样的沉重。虽然横逆的命运降低了我的身分，我的祖先却是和庄严的君主们分庭抗礼的；可是时间已经淹没了我的家世，使我在这多难的人世失去自由，忍受一切意外的折磨。（旁白）我不愿意说下去了；可是仿佛有什么东西在我的脸上发烧，它在我的耳边对我说，"不要去，等他说话。"

配力克里斯　我的命运——家世——很好的家世——可以跟我相比！——是不是这样？你怎么说？（推玛丽娜。）

玛丽娜　我说,陛下,要是您知道我的家世,您一定不会对我这样粗暴。

配力克里斯　我倒也这样想。请你把你的眼睛转过来对着我。你有几分像是——你是哪一国的女子？是不是这儿海岸上的？

玛丽娜　不,我也不是任何海岸上的；可是我出世却也和凡人一样,生来就是像您所看见的这样一个人。

配力克里斯　我心里充满了悲伤,一开口就禁不住泪下。我的最亲爱的妻子正像这个女郎一样,我的女儿要是尚在人世,一定也和她十分相像：我的王后的方正的眉宇；同样不高不矮的身材；同样挺直的腰身；同样银铃似的声音；她的眼睛也像明珠一样,藏在华贵的眼睫之中；她的步伐是天后朱诺的再世；她的动人的辞令,使每一个听者的耳朵在饱聆珠玑以后,感到更大的饥饿。你住在什么地方？

玛丽娜　我是一个托迹异乡的人；从甲板上您可以望见我所住的地方。

配力克里斯　你是在什么地方生长的？你这种卓越的才能是怎样得到的？

玛丽娜　要是我把我的历史告诉人家,人家一定会疑心那是谎话而加以鄙弃。

配力克里斯　请你说吧；谎话不会从你的嘴里出来,因为你瞧上去是这样正直而真诚,从你的容貌看来,你像一座真理的君王所居住的宫殿。我相信你,即使在你的叙述之中,有什么难于置信的地方,我也会毫不怀疑；因为你的模样活像一个

399

我所曾经爱过的人。你的亲族有些什么人？当我看见你在我眼前，把你推开去的时候，你不是说过，你有很好的家世吗？

玛丽娜　我的确说过这样的话。

配力克里斯　告诉我你的父母是什么人。我仿佛听你说起，你曾经受过种种的困苦折磨，你以为我们两人的不幸要是互相比较一下，也许会分不出轻重。

玛丽娜　这样的话我也说过；凡是我所说的话，都是我自己认为不违背事实的。

配力克里斯　把你的故事告诉我；要是你所经历的困苦，果然可以抵得上我的千分之一的不幸，那么你是一个男子，我却像一个女孩似的受不起人世的煎磨。可是你瞧上去却像忍耐女神一样，凝视着君王们的坟墓，把一切苦难付之一笑。你有些什么亲族？怎么会和他们分散？你叫什么名字，我的最温柔的女郎？告诉我吧，我在恳求你。来，坐在我的身边。

玛丽娜　我的名字是玛丽娜。

配力克里斯　啊！这简直是对我开玩笑；你一定是什么愤怒的神明差来，让世人把我取笑的。

玛丽娜　忍耐一些，好陛下，否则我不再说下去了。

配力克里斯　好，我要忍耐。你不知道你说了你的名字叫玛丽娜，使我吃了多大的一惊。

玛丽娜　这名字是一个有权力的人给我取下的；我的父亲，他是一位国王。

配力克里斯　怎么！一位国王的女儿？名叫玛丽娜吗？

玛丽娜　您说过您会相信我的；可是我不愿扰乱您的安静，还是不要说下去吧。

配力克里斯　可是你果然是有血有肉的活人吗？你的脉搏在跳动吗？你不是一个精灵吗？——果然跳动！好，说下去。你是在什么地方诞生的？为什么叫做玛丽娜？

玛丽娜　因为我在海上诞生，所以取名为玛丽娜。

配力克里斯　在海上！谁是你的母亲？

玛丽娜　我的母亲是一位国王的女儿；她在我生下来的一分钟就死了，这是我的好保姆利科丽达常常含着泪告诉我的。

配力克里斯　啊！暂时停一会儿。这是沉重的睡眠用来欺骗悲哀的愚人们的一个最稀有的梦境；这样的事是决不会有的。我的女儿已经葬了。好，你是在什么地方生长的？我愿意听你说下去，不再打搅你，一直听到你故事的结局。

玛丽娜　您一定不会信我，所以我还是不要说下去的好。

配力克里斯　我愿意相信你所说的每一个字，不管你将要对我说些什么。可是准许我再问你一个问题：你怎么会到这儿来的？你是在什么地方长大的？

玛丽娜　我的父王把我寄养在塔萨斯，在那里我生活得好好的，不料后来狠心的克里翁和他的奸恶的妻子不怀好意，想要谋害我的性命；他们买通了一个恶人杀我，正在他刚要动手的时候，来了一群海盗，把我从他的手里夺走，后来我就被他们带到米提林来了。可是，好陛下，您这样句句追问，是什么意思？您为什么哭了起来？也许您以为我是个骗子；不，凭着我的良心起誓，我是配力克里斯王的女儿，要是善良的配力克里斯王尚在人间的话。

配力克里斯　喂，赫力堪纳斯！

赫力堪纳斯　陛下叫我吗？

配力克里斯　你是一位德高望重、识见高超的顾问老臣,你能不能告诉我,这女郎究竟是个什么人,会使我流下这许多眼泪?

赫力堪纳斯　我不知道;可是,陛下,这一位是米提林的总督,他对于这位女郎是推崇备至的。

拉西马卡斯　她从来不肯告诉人们她的父母是谁;有人问起她的时候,她就一声不响地坐着淌眼泪。

配力克里斯　啊,赫力堪纳斯!打我;好老人家,给我割下一道伤口,让我感到一些眼前的痛苦,免得这向我奔涌前来的快乐的巨浪,淹没我的生命的涯岸,把我溺毙在它的幸福之中。啊!过来,那曾经生育你的,现在却在你的手里重新得到了生命;你诞生在海上,埋葬在塔萨斯,现在又在海上找到了。啊,赫力堪纳斯!跪下来,用像那使我们震惊的雷霆一样的巨声感谢神圣的天神;这就是玛丽娜。你的母亲叫什么名字?只要回答我这一个问题,因为即使在毫无疑惑的时候,真理也是不厌反复证明的。

玛丽娜　陛下,先让我请教您的尊号?

配力克里斯　我是泰尔的配力克里斯。可是现在告诉我我那死在海里的王后的名字;你刚才所说的话,句句都是真实的;你是两个王国的继承人,你的父亲配力克里斯的第二个生命。

玛丽娜　是不是一定要说出我的母亲的名字叫做泰莎,才可以证明我是您的女儿呢?泰莎是我的母亲,她的末日也就是我的生辰。

配力克里斯　啊,祝福你!起来;你是我的孩子。把我的新衣服拿来。我自己的孩子,赫力堪纳斯;虽然凶恶的克里翁想谋害她的性命,她并没有死在塔萨斯;她将会告诉你一切;当你跪下静听的时候,你将会证实她的确是你的公主。这是谁?

赫力堪纳斯　陛下,这一位是米提林的总督,他因为听见您心境不佳,特来探望您的。

配力克里斯　我拥抱你。把我的长袍给我。我晕眩得两眼都看不清楚了。天啊,祝福我的孩子!可是听!什么音乐?告诉赫力堪纳斯,我的玛丽娜,从头到尾告诉他你确实是我的女儿,因为他好像还有些怀疑。可是,什么音乐?

赫力堪纳斯　陛下,我没有听见。

配力克里斯　没有听见!天上的音乐!听,我的玛丽娜!

拉西马卡斯　我们不应该反对他,最好顺顺他的意思。

配力克里斯　稀有的妙音!你们听不见吗?

拉西马卡斯　陛下,我听见的。(音乐。)

配力克里斯　无上的天乐!它摄住了我的听觉,沉重的睡眠已经爬上我的眼睛;我要休息一下。(睡。)

拉西马卡斯　替他拿一个枕头来。好,大家出去吧。我亲爱的朋友们,如果这果然证实了我确信的想法,我一定忘不了你们。(除配力克里斯外均下。)

　　　　狄安娜女神在幻梦中向配力克里斯现身。

狄安娜女神　我的神庙在以弗所;你快到那里去,向我的圣坛前献祭。当我的女修道士们群集的时候,当着众人之前,宣布你怎样在海上失去你的妻子,哀诉你自己和你女儿的不幸的遭际,对他们详尽地表明一切。依着我的话做了,你可以得到极大的幸福,否则你将要永远在悲哀中度日。凭着我的银弓起誓,我不会欺骗你。醒来,把你的梦告诉众人吧!

403

（隐去。）

配力克里斯　神圣的狄安娜,银色的女神,我愿意听从你！赫力堪纳斯！

　　　　　　赫力堪纳斯、拉西马卡斯及玛丽娜重上。

赫力堪纳斯　陛下？

配力克里斯　我的本意是要到塔萨斯去,惩罚那忘恩负义的克里翁;可是我现在还要先干一些别的事,把我们张满的帆转向以弗所吧,等会儿我就告诉你什么缘故。(向拉西马卡斯)阁下,我们可不可以用金子向你换一些我们所需要的食物,在你们岸上饱餐一顿？

拉西马卡斯　陛下,那是我所绝对欢迎的;当您上岸以后,我还要向您提出一个请求呢。

配力克里斯　你的请求一定可以得到满足,即使你要向我的女儿求婚;因为看来你对她是十分关切的。

拉西马卡斯　陛下,让我搀着您的手臂。

配力克里斯　来,我的玛丽娜。(同下。)

第二场　以弗所。狄安娜女神庙前

老人上。

　　　漏壶的沙快要滴尽,
　　　不久一切将归寂静;
　　　这是俺最后的饶舌,
　　　请列位莫怪俺絮喋。
　　　兴高采烈的米提林,
　　　欢迎那远道的佳宾,

自有一番繁华热闹,
这些都用不着细表。
原来咱们这位总督
早已得到老王允诺,
他倾心爱慕的女郎
已成他未来的新娘;
可是必须祭过女神,
然后再把婚礼举行,
因此上这一行人众,
又一度向海外移动。
古语所说无话即短,
早到了以弗所沿岸;
瞧这座巍峨的神庙,
勾引多少人的瞻眺!
他们能够转瞬来临,
全靠列位信假为真。(下。)

第三场　以弗所。狄安娜神庙。泰莎是女祭司,立神坛近旁。若干修道女分立两侧。萨利蒙及其他以弗所居民均在坛前肃立

配力克里斯率侍从;拉西马卡斯、赫力堪纳斯、玛丽娜及其女伴同上。

配力克里斯　万福,狄安娜女神!我是泰尔的国王,奉了你的公正的命令,特来向你顶礼致敬。当初我因为避难离国,在潘塔波里斯和美貌的泰莎缔为夫妇;不幸她在海上死于产褥,

却生下了一个名叫玛丽娜的女孩,这孩子,女神啊!现在还穿着你的银色的制服。她在塔萨斯由克里翁抚养长大,当她十四岁的时候,他蓄意把她谋杀;可是她的幸运把她带到了米提林,我的船只正从那边的海岸驶过,冥冥中的机缘把这女郎带到了我的船上,凭着她自己的清楚的记忆,她向我证明她是我的女儿。

泰　莎　同样的声音和面貌!你是,你是——啊,尊贵的配力克里斯——!(晕倒。)

配力克里斯　这尼姑是什么意思?她死了!各位,看看她有救没有。

萨利蒙　陛下,要是您在狄安娜神坛前所说的话没有虚假,这就是您的妻子。

配力克里斯　老先生,不;我用这一双手亲自把她投下海里去的。

萨利蒙　我敢断定您把她投海的地方就在这儿海岸的附近。

配力克里斯　这是毫无疑问的。

萨利蒙　好好看顾这位王后。啊!她不过是喜悦过度。在一个风暴的清晨,她被海浪卷到了这儿岸上。我打开了箱子,发现其中藏着贵重的珠宝;我把她救活过来,让她在这狄安娜神庙之内安身。

配力克里斯　那箱子里的东西可不可以让我看看?

萨利蒙　陛下,您要是愿意光降舍间,我一定可以让您看个仔细。瞧!泰莎醒过来了。

泰　莎　啊!让我看!假如他不是我的亲人,我就要斩断情魔,不让它扰乱我的清净的心田。啊!我的主,您不是配力克里斯吗?您说话也像他,模样也像他。您不是说起一场风暴、一次生产和一回死亡吗？

配力克里斯　死去的泰莎的声音！

泰　莎　那泰莎就是我,虽然你们都以为我早已死在海里。

配力克里斯　永生的狄安娜！

泰　莎　现在我认识你了。当我们挥泪离开潘塔波里斯的时候,我的父王曾经给你这样一个指环。(出指环示配力克里斯。)

配力克里斯　正是这一个,正是这一个。够了,神啊！你们现在的仁慈,使我过去的不幸成为儿戏；当我接触她的嘴唇的时候,但愿你们使我全身融解而消亡。啊！来,第二次埋葬在这双手臂之中吧。

玛丽娜　我的心在跳着要到我的母亲的怀里去。(向泰莎下跪。)

配力克里斯　瞧,谁跪在这儿！你的肉中之肉,泰莎；你在海上的重负；她名叫玛丽娜,因为她是在海上诞生的。

泰　莎　天神加佑你,我的亲生的孩子！

赫力堪纳斯　万福,娘娘,我的王后！

泰　莎　我不认识你。

配力克里斯　你曾经听我说起,当我从泰尔逃走的时候,我把国事交给一位年老的摄政；你还记得我叫他什么名字吗？我常常提起他的。

泰　莎　那么他就是赫力堪纳斯了。

配力克里斯　又是一个证明！拥抱他,亲爱的泰莎；这正是他。现在我渴想着听一听你怎样被人发现,怎样死而复生；这一个绝大的奇迹,除了天神以外,应该感谢谁的力量。

泰　莎　萨利蒙大人,我的主；天神假手于他,表现了他们的力量；他能够从头到尾向你解释一切。

配力克里斯　可尊敬的先生,你是天神们所能找到的最有神性的一个人间的助手。你愿意告诉我这位已死的王后怎样复活的经过吗?

萨利蒙　很好,陛下。请您先跟我到舍间去,我可以把她的随身物件一起给您看个明白;我还要告诉您她怎么会到这神庙里来,决不遗漏任何必要的细节。

配力克里斯　圣洁的狄安娜!感谢你的托兆;我要向你举行夜间的献祭。泰莎,这一位是你女儿的未婚佳婿,他将要在潘塔波里斯和她成婚。现在我要修剪修剪我的须发,它使我显得太难看了;我的胡须已经十四年没有剃过,为了庆贺你们的佳期,我要把它剃剃干净。

泰　莎　陛下,萨利蒙大人得到可靠的消息,我的父亲已经死了。

配力克里斯　愿上天使他变成一颗明星!可是,我的王后,我们还是要到那里去主持他们的婚礼;等他们结过了婚,我们两人就在那里消度我们的余生,让这双小夫妇回到泰尔去主持国政。萨利蒙大人,我们不要耽搁时间了,我渴想听你的讲述哩。请你为我们带路。(同下。)

　　　　　　老人上。

　　　　　　乱伦的安提奥克斯
　　　　　　逃不过上天的诛夷。
　　　　　　善良的配力克里斯,
　　　　　　虽然历尽颠沛流离,
　　　　　　自有神明们的默护,
　　　　　　导引他和妻儿团聚。
　　　　　　赫力堪纳斯这老臣

是千古忠良的典型。
萨利蒙的博学好善，
谁不对他敬佩赞叹？
奸恶的克里翁夫妇
遮不住他们的罪辜，
全城民众激起公愤，
把阖家烧成了灰烬；
虽然他们蓄意未遂，
一念之差终遭天弃。
现在戏文已经终场，
敬祝列位快乐无疆！（下。）